**Kim Stone**
**4**
**PLAY DEAD**

킴스톤 시리즈 4

# 죽음의 연극

앤절라 마슨즈 지음 | 강동혁 옮김

**일러두기**

주석은 모두 옮긴이주입니다.

이 책을 나의 어머니와 아버지인 질과 프랭크 마슨즈에게 바칩니다.

두 분의 자긍심과 응원은 내게 계속 영감을 불어넣어 줍니다.

이 여행에 함께해 주시고 즐거운 여행길이 되도록

도와주신 것에 감사합니다.

사랑합니다.

# 차례

# 프롤로그

올드힐, 1996년

나는 그녀에게 손을 대기 전부터 그녀가 죽었다는 걸 알았다. 그래도 그녀에게 손을 댔다.

그녀의 아래팔을 훑자 피부의 촉감이 서늘하게 느껴졌다. 내 손길은 그녀의 팔꿈치 아래 사마귀에서 잠시 멈추었다. 이 사마귀는 그녀가 움직일 때마다 커지곤 했다. 이제는 그러지 않겠지만. 그녀의 팔은 내게로 다가와 그 온기로 나를 감싸곤 했다. 이제는 그러지 않겠지만.

나는 그녀의 옆얼굴을 부드럽게 어루만졌다. 아무 반응이 없기에 더 세게 피부를 쓰다듬었지만 그녀의 시선은 여전히 천장에 고정되어 있었다.

"날 떠나지 말아요."

나는 이렇게 부정하면 사실이 사실이 아니게 되기라도 할 것처럼 고개를 저었다.

그녀 없는 내 인생은 상상할 수 없었다. 너무 오랫동안 우리 둘뿐이었는데.

나는 확실히 하고자 숨을 참으며 그녀의 가슴이 솟아오르는지 지켜보았다. 23까지 세고 나니 내게서 숨이 터져 나왔다. 그녀의 가슴은 움직이지 않았다. 단 한 번도.

9

"내가 주전자를 올려놓으면 어떨까요, 엄마? 우리가 가장 좋아하는 게임을 하는 거예요. 내가 다 준비할게요."

눈물이 흐르기 시작했다. 나는 울면서 그녀의 팔을 세게 흔들었다.

"엄마, 일어나요. 부탁이에요, 엄마. 엄마가 떠나는 건 싫어요. 엄마가 떠났으면 좋겠다고 생각했는데 아니었어요."

내가 떠미는 힘에 그녀의 온몸이 흔들렸다. 그녀의 머리가 베개 위에서 이리저리 움직였다. 잠깐이지만, 나는 그녀가 아니라고 말하는 줄 알았다. 하지만 내가 멈추자마자 그녀도 멈추었다. 그녀의 흔들리던 머리가 마침내 고요해졌다.

나는 무릎을 꿇은 채 그녀의 손에 얼굴을 묻고 흐느꼈다. 내 눈물이 마법을 일으키기를 바랐다. 그녀의 근육이 부드러워지기를 바랐다. 그녀의 손바닥이 오므려지기를 마음이 아프도록 바랐다. 그녀의 손가락이 내 머리카락을 쓸어 주는 걸 느끼고 싶었다.

나는 그녀의 생기 없는 손을 내 머리 위에 얹었다. 그러곤 그녀의 고요한 손가락 아래에서 고개를 돌리며 속삭였다.

"얼른요, 엄마. 말해. 말해 줘요……. 내가 세상에서 제일 착한 엄마 딸이라고 제발 말해 줘요."

# 1

블랙컨트리
현재

킴은 바퀴 달린 대형 쓰레기통 뒤에 웅크렸다. 같은 자세로 15분 동안 있었더니 허벅지의 감각이 사라졌다.

킴은 고개를 숙이며 재킷 안섶에 대고 말했다.

"스테이시, 영장은?"

[아직이요, 대장.]

이어피스에서 스테이시의 목소리가 들려왔다. 킴이 끙, 소리를 냈다.

"오래 못 기다려."

눈가로 고개를 젓는 브라이언트가 보였다. 그는 열린 보닛 위로 몸을 웅크리고 있었다. 표적 주택의 바로 맞은편이었다.

브라이언트라면 언제나 이성의 목소리를 담당하는 믿을 만한 사람이었다. 그의 신중한 성격 때문에 팀원들은 모든 것을 교과서적으로 처리해야만 했다. 킴도 원칙적으로 브라이언트와 같은 의견이었다. 어느 정도는. 하지만 그들은 모두 그 집 안에서 무슨 일이 벌어지는지 알고 있었다. 오늘 끝장내야만 하는 일이었다.

[가까이 갈까요, 대장?]

킴의 이어피스에서 기대감에 찬 케빈의 목소리가 들려왔다. 킴이 안된다고 대답하려는데 그의 목소리가 다시 귓가에 들려왔다.

[대장, IC2* 남성이 거리 반대편에서 다가옵니다.]

잠깐의 침묵.

[키 170센티미터, 검은 바지에 회색 티셔츠 차림입니다.]

킴은 더욱 뒤로 물러났다. 그녀는 표적 주택에서 두 집 떨어진 곳, 쓰레기통과 수국 덤불 사이에 틀어박혀 있었다. 발각될 위험을 무릅쓸 수는 없었다. 지금이라면 기습이 가능했고 킴은 그런 상황을 변화시키고 싶지 않았다.

"케빈, 신원은?"

킴이 재킷에 대고 물었다. 아는 사람일까?

[미상입니다.]

킴은 눈을 감고 그 사람이 지나가기를 바랐다. 집 안에 남자가 한 명 더 들어가서 좋을 건 없었다. 현재는 팀원들이 수적으로 우위였다.

[들어갔습니다, 대장.]

브라이언트가 길 건너편에서 말했다.

빌어먹을. 그 말의 의미는 한 가지뿐이었다. 남자는 고객이었다.

킴이 마이크 버튼을 눌렀다. 빌어먹을 영장은 언제 나오는 거지?

"스테이시?"

[아직 안 나왔어요, 대장.]

표적 주택의 문이 열리며 두 남자가 인사를 주고받는 소리가 들렸다.

킴은 온몸의 피가 끓어오르는 걸 느꼈다. 그녀가 아는 모든 근육이 아플 지경이었다. 현관으로 달려가고 싶었다. 안으로 돌진해 그 집에 사

---

* 영국 경찰에서 사람의 인종을 구분하기 위해 사용하는 기호. IC2는 백인 유럽인을 의미한다.

는 자들에게 수갑을 채우고 싶었다. 서류 걱정은 나중에 하고.

[대장, 잠깐만 기다리세요.]

브라이언트가 보닛 아래에서 말했다.

킴의 생각을 정확히 아는 건 브라이언트뿐이었다. 킴은 무전기의 발신 버튼을 눌렀지만 브라이언트에게 알아들었다는 말은 하지 않았다.

영장 없이 들어가면 이 사건은 절대 법정까지 가지 못한다. 킴이 다시 물었다.

"스테이시?"

[아직이에요, 대장.]

킴은 귓속에서 울리는 좌절스러운 목소리에 스테이시도 그녀가 듣고 싶어 하는 대답을 하고 싶어 한다는 걸 알았다.

"좋아, 다들. 플랜 B로 간다."

킴이 마이크에 대고 말했다.

[플랜 B가 뭔데요?]

케빈이 그녀의 귓속에서 물었지만, 사실은 킴도 몰랐다.

"그냥 따라와."

킴이 허리를 펴며 말했다.

킴은 수국 덤불에서 빠져나와 얼얼해진 하체를 굴러 다시 생기를 불어넣었다. 꽃의 진액이 옷에 달라붙었을 때를 대비해 블랙진에 손을 문질렀다.

킴은 방금 이웃 정원에서 기어 나온 티를 내지 않고 집 앞쪽으로, 포장도로를 따라 성큼성큼 걸어가며 이어피스의 와이어를 머리카락 안쪽으로 밀어 넣었다.

그래, 영장은 곧 나올 것이다. 하지만 저 남자는 손님일 가능성이 컸다. 그렇게 생각하니 도저히 참을 수 없었다.

킴은 이어피스가 길 쪽을 향하도록 살짝 고개를 돌렸다.

문을 두드리며 입술에 미소를 퍼 발랐다. 브라이언트가 이어피스에서 식식대는 소리가 머리카락 사이에서 들렸다.

[대장, 대체 무슨……?]

킴은 입술 앞에 손가락을 들어 올려 조용히 하라고 신호했다. 안쪽에서 복도를 따라 다가오는 발소리가 들렸다.

문을 연 건 아시라프 나디르였다.

킴은 지난 6주 동안 그의 일거수일투족을 지켜보았지만 모르는 척 무표정한 얼굴을 유지했다.

아시라프는 즉시 인상을 찌푸렸다.

"안녕하세요. 좀 도와주실 수 있을까요? 저쪽에 차가 고장 나서요."

킴은 브라이언트 쪽을 고갯짓하며 말했다.

"남편은 아주 복잡한 문제라고 생각하는데, 제가 보기엔 그냥 배터리 문제 같거든요."

아시라프는 킴의 어깨 너머를 보았고 킴은 아시라프의 어깨 너머를 보았다. 다른 두 거주자가 주방에서 이야기하고 있었다. 둘 사이에 현금 한 뭉치가 오갔다.

아시라프가 고개를 슬슬 저었다.

"아니, 미안하지만……."

외국인 억양이 강하게 느껴졌다. 아시라프 나디르는 겨우 6개월 전 이라크에서 입국했다.

"혹시 케이블 좀 빌려주실 수 있나요?"

이번에도 아시라프는 다시 고개를 저었다. 그가 뒤로 물러났다. 현관문 문짝이 킴의 코앞으로 다가왔다.

"저기, 정말 없으신⋯⋯?"

문은 계속 닫혀 왔다.

[받았어요, 대장.]

스테이시가 킴의 귓속에 대고 소리 질렀다.

킴은 열린 틈새로 오른발을 밀어 넣고 온 체중을 실어 문을 들이받았다. 브라이언트가 다가오면서 바람이 휙 불어오는 게 느껴졌다.

"아시라프 나디르, 경찰이다. 수색 영장을 가져왔다."

킴의 손에 닿은 문이 힘없이 밀려났다. 그녀는 문을 밀어 열었다. 아시라프가 집을 가로질러 달려가며 다른 두 거주자를 볼링 핀처럼 쓰러뜨리는 모습이 보였다.

킴은 아시라프를 따라 달려서 뒷문으로 나갔다.

뒤쪽 정원은 웃자란 덤불로 빽빽했다. 오래된 소파 하나가 오른쪽, 무너진 울타리에 엉킨 식물 사이로 삐져나와 있었다. 아시라프가 앞으로 돌진했다. 정원을 가로지르려는 듯했다. 킴은 발목에 엉키려는 긴 풀을 밀어젖히며 그를 따라 뛰었다.

아시라프가 아주 잠깐 멈추더니 미친 사람처럼 주위를 둘러보았다. 그의 눈이 야생 담쟁이덩굴로 일부 가려진 정원 오두막에 머물렀다. 그는 양동이로 뛰어올라 허둥지둥 발을 디디며 벽돌을 기어올랐다.

킴이 땅에서 앞으로 몸을 날렸지만 겨우 몇 센티미터 차이로 그의 발을 놓쳤다.

"제기랄."

킴은 그의 자취를 한 발, 한 발 따라가며 짓씹어 뱉었다.

그녀가 오두막 꼭대기로 몸을 끌어 올렸을 때 이미 아시라프는 반대 쪽으로 내려가고 있었다.

킴은 놈을 놓쳤다고 생각했다. 놈도 그걸 알았다.

아시라프의 얇은 입술이 미소 짓기 시작했다. 그의 얼굴이 시야에서 사라지려 했다.

놈의 의기양양한 표정이 킴의 결단에 불을 붙였다.

킴은 아주 잠깐, 그러나 찬찬히 아시라프가 뛰어든 정원을 살펴보았 다. 그리고 아시라프는 보지 못한 것을 보았다.

이 주택은 탁 트여 있었고 깔끔했다. 안뜰의 잘 다듬은 잔디밭에 판석 이 깔려 있고 뜰의 오른쪽은 옆집과 이어져 있었다. 왼쪽에는 맨 위에 철조망이 쳐진 2미터 높이의 울타리가 있었다. 단, 훨씬 더 흥미로운 건 울타리 앞에 있는 두 존재였다.

킴은 오두막 위에 앉아 두 발을 가장자리 너머로 달랑거리며 기다렸다.

저편 셰퍼드 두 마리가 건물을 돌아 나오자 아시라프가 우뚝 멈춰 섰다.

킴의 이어피스에서 브라이언트의 목소리가 들렸다.

[대장, 어디예요?]

"뒤쪽을 지키십시오."

킴이 마이크에 대고 응답했다.

[음……. 대장, 헛간 위에 앉아 계시네요.]

브라이언트의 관찰력은 언제나 놀라웠다.

1호 용의자가 아무 데도 가지 못하리라는 것을 안 킴은 즉시 일요일 아침에 기습 작전을 펼친 이유를 떠올렸다.

"놈은 잡았습니까?"

[잡았습니다.]

킴의 질문에 브라이언트가 대답했다.

킴은 허벅지 양쪽에 두 손을 댄 채 황갈색과 검은색 털을 가진 개들이 아시라프를 향해 다가가며 자기 영역을 지키려는 모습을 지켜보았다.

아시라프는 개들에게서 물러나기 시작했다. 몸으로는 도망치고 싶어 안달하며 정신으로는 다른 탈출로를 찾았다.

[도와 드릴까요, 대장?]

브라이언트의 목소리가 귓속에서 지직거리며 들려왔다.

"아뇨, 곧 갑니다."

아시라프가 두 걸음 더 뒤로 물러나 킴을 돌아보았다. 킴이 그에게 살짝 손을 흔들었다.

저먼 셰퍼드가 아시라프를 따라 두 걸음 걸어왔다. 움직임은 느렸지만, 개들의 의도는 집중하고 있는 눈과 긴장된 목에서 드러났다.

아시라프는 개들을 한 번 더 보더니 킴에게 운을 걸어 보는 게 좋겠다고 판단한 듯했다.

그가 돌아서서 킴에게로 돌진했다. 갑작스러운 움직임에 개들의 몸속에 억눌려 있던 공격성이 풀려났다. 개들은 짖어 대며 아시라프를 따라 뛰었다. 킴은 오른손을 내려 아시라프를 안전한 곳으로 끌어 올렸다.

개들이 펄쩍펄쩍 뛰어오르며 짖어 댔다. 개들의 이빨이 아시라프의 뒤꿈치와 겨우 몇 센티미터 떨어져 있었다.

킴이 잡은 남자는 현관문을 열어 주었던 남자와 판박이었다. 아시라프의 가는 손목 오목한 부위에서 온몸의 떨림이 느껴졌다. 이마는 땀방울로 얼룩져 있었고 호흡은 거칠고 힘겨웠다.

킴은 왼손을 뒷주머니에 넣었다. 놈이 배짱을 되찾을 기회를 주지 않으려고 놈의 오른손을 꽉 잡은 채였다. 다시 아시라프를 쫓아 뛸 마음은 없었으니까.

"아시라프 나디르, 네깁 후세인을 납치 및 불법 감금한 혐의로 체포합니다. 당신에게는 묵비권이 있으나 나중에 법정에서 질문을 받았을 때 아무 말도 하지 않는다면 변호에 불리할 수 있습니다. 당신이 하는 모든 행동이 증거로 제출될 수 있습니다."

킴은 아시라프를 오두막 꼭대기에서 돌려세워 표적 주택을 마주 보게 했다.

180센티미터라는 큰 키의 브라이언트가 팔짱을 끼고 고개를 한쪽으로 기울인 채 서 있었다.

"다 하셨어요, 대장?"

킴이 아시라프를 지붕 가장자리로 몰아갔다. 마음 같아서는 고개부터 앞으로 떠밀어 버리고 싶었지만, 엄격한 품행 규정 때문에 체포된 용의자를 이유 없이 폭행할 수는 없었다.

킴은 아시라프의 어깨에 기대며 그를 억지로 앉혔다.

"미란다 고지는 하셨어요?"

브라이언트가 아시라프를 땅에 엎드리게 하며 물었다.

킴이 고개를 끄덕였다. 킴이 체포를 해 본 곳 중에는 헛간 지붕보다 특이한 곳도 있었다. 하지만 헛간 지붕도 특이하기로 아마 다섯 손가락 안에는 들 것이다.

브라이언트가 아시리프의 수갑을 잡고 그를 앞으로 밀쳤다.

"왜 도망가다 말았대요?"

"저먼 셰퍼드 두 마리 때문에요."

브라이언트가 곁눈으로 킴을 보았다.

"음, 나라면 개들한테 운을 걸어 봤을 텐데."

킴은 브라이언트의 말을 무시하고 먼저 뒷문으로 들어갔다.

두 번째 용의자 겸 손님은 수갑을 찬 채 케빈과 두 제복 경찰에게 감시당하고 있었다.

킴은 눈길에 의문을 담아 케빈을 보았다.

"거실입니다, 대장."

킴은 고개를 끄덕이고 다음 문을 지나 복도에서 거실로 들어갔다.

열세 살짜리 소년이 브라이언트의 정장 재킷 밑에 속옷과 티셔츠만 걸치고 있었고 스테이시는 소년과 족히 50센티미터는 떨어진 소파에 앉아 있었다. 소년은 브라이언트의 재킷 때문에 아주 작아 보였다. 소꿉놀이를 위해 아빠 옷을 훔쳐 입은 어린애 같았다.

아이가 고개를 숙인 채 다리를 한데 모으고 조용히 흐느꼈다.

킴은 서로 얽힌 소년의 두 손을 내려다보고 그 손을 자기 손으로 덮어 주었다.

"네깁, 넌 이제 안전해. 알지?"

네깁의 살갗은 차갑고 축축했다. 킴은 한 손에 하나씩 소년의 손을 잡았다. 떨지 않게 해 주려는 것이었다.

"네깁, 넌 병원에 가야 해. 그러면 우리가 네 아버지를……."

소년이 고개를 휙 쳐들더니 마구 젓기 시작했다. 아이의 눈에서 수치심이 번들거렸다. 킴은 가슴이 무너질 것만 같았다.

"네깁, 아버지는 너를 무척 사랑하셔. 아버지가 그렇게 고집을 부리지 않으셨다면 우리가 여기 오지도 못했을 거야."

킴은 깊이 숨을 들이쉬고 억지로 아이가 그녀의 눈을 들여다보게 했다.

"네 잘못이 아니야. 이런 일에 네 잘못은 하나도 없어. 아버지도 알고 계셔."

킴은 눈물을 삼키려는 아이의 힘겨운 노력을 보았다. 이 아이는 고통과 수치심, 두려움을 느끼면서도 무너져 울음을 터뜨리고 싶어 하지는 않았다.

킴은 같은 감정을 느끼던 열세 살짜리 다른 아이를 떠올렸다. 손을 뻗어 네깁의 뺨을 가만히 어루만졌다. 당시에 너무도 듣고 싶었던 그 말을 건넸다.

"괜찮을 거야, 꼬마야. 내가 약속할게."

그 말을 들은 아이의 눈에서 눈물이 폭풍처럼 쏟아졌다. 가슴을 들썩이며 흐느끼는 큰 소리가 그 눈물을 따라왔다. 킴이 몸을 숙여 네깁을 끌어안았다.

킴은 네깁의 머리 너머를 바라보며 생각했다.

'계속 울어, 꼬마야. 그냥 다 내보내.'

# 2


저마이마 로는 발목을 감아 오는 손바닥을 느꼈다.

그녀는 깡통 같은 밴에서 갑작스레 단번에 끌려 나왔다. 등이, 이어서 머리가 바닥에 닿았다. 어둠 속에 별이 터지기라도 하듯 머리통 주변에서 고통이 솟구쳤다. 몇 초 동안은 통증의 파편밖에 보이지 않았다.

'제발, 그냥 날 놔줘.'

입을 움직일 수 없었기에 그녀는 속으로 말했다.

몸의 근육이 뇌와 단절된 것 같았다. 팔다리가 더는 말을 듣지 않았다. 정신은 비명을 지르듯 온갖 말을 뱉어 냈지만 몸은 그 말을 듣지 않았다. 그녀는 하프 마라톤을 쉽게 하는 사람이었다. 영국 해협을 헤엄쳐 왕복할 수 있었다. 철인 3종 경기에서 요구하는 거리를 자전거로 달릴 수 있었다. 하지만 지금은 주먹조차 쥘 수 없었다. 그녀는 전신을 파괴하는 약물에 굴복하여 자신을 실망시킨 몸뚱이를 저주했다.

땅에 엎드린 그녀를 누군가 뒤집는 것이 느껴졌다. 상의가 위로 말려 올라가서 드러난 허리 부분에 자갈이 박혔다.

그녀는 발목을 잡힌 채 끌려가고 있었다. 갓 잡은 동물의 시체를 가족에게 주려고 끌고 가는 동굴 원시인이 갑자기 떠올랐다.

몸에 닿는 질감이 달라졌다. 풀이었다. 보이지 않는 손에 몸이 끌려가면서 머리가 위아래로 마구 튕겼다. 머리가 한쪽으로 홱 돌아갔다. 뺨이 작은 돌에 부딪혔다.

두 손에 땅을 붙잡으라는 지시를 내렸다. 희망이 있다면 이 일을 늦추는 것뿐이라는 걸 알고 있었다. 그것만이 살길이었다. 엄지와 검지가 풀을 살짝 잡을 뻔했다. 그러나 손가락이 버티기를 거부하면서 미끄러졌다.

약물이 체내에 깊이 들어와 있다는 걸 알 수 있었다. 좌절의 눈물이 눈을 찔러 왔다. 그녀는 죽게 되리라는 걸 깨달았다. 죽음을 막을 수 없다는 것도.

오르막이 가팔라지고 몸 각도가 바뀌면서 납치범의 힘겨운 숨소리가 침묵을 관통했다.

'제발, 그냥 날 놔줘.'

저마이마는 다시 기도했다. 의식은 선명해졌지만 근육은 의식을 따라잡지 못했다.

몸이 멈추었다. 평평해졌다. 다리가 등과 같은 높이에 있었다.

"그만했으면 좋겠지, 저마이마?"

그 목소리였다. 그녀가 지난 24시간 동안 들은 유일한 목소리.

뼛속까지 한기가 스몄다.

"난 네가 그만하기를 바랐어, 저마이마. 그런데 넌 멈추지 않았지."

저마이마는 이미 설명하려 노력했다. 하지만 알맞은 단어를 찾을 수 없었다. 그날 있었던 일을 어떻게 설명할 수 있을까? 그녀의 머릿속에서 진실은 너무 부족하게 느껴졌다. 일단 입 밖으로 내뱉자 훨씬 더 나쁘게 들렸고.

"너희 중 한 명은 내가 도와 달라고 소리 지르지 못하게 내 입에 양말을 집어넣었어."

저마이마는 사과하고 싶었다. 후회한다고 말하고 싶었다. 그녀는 어른이 된 이후의 인생 대부분을 그날의 기억에서 도망치는 데 썼다. 하지만 한 번도 도망치지 못했다. 수치심은 언제나 남아 있었다.

'제발, 그냥 설명만 하게 해 줘.'

몸이 마비된 가운데 정신이 비명을 질렀다. 생각할 시간이 딱 1분만 주어진다면 알맞은 설명을 할 수 있을 게 분명했다.

저마이마는 간신히 입을 열었다. 하지만 말할 힘을 끌어내기도 전에 무언가가 억지로 그녀의 입술을 밀고 들어왔다. 두껍고 건조한 물체에 혀가 밀려났다.

"자러 가면 들리는 건 네 웃음소리뿐이야."

입에 흙이 한 움큼 더 들어왔다. 흙이 아래로 흘러내려 기도를 막는 것을 느낄 수 있었다. 목구멍에 비명이 맺혔지만 그 소리는 빠져나갈 길을 찾지 못했다.

"다시는 그 웃음이 들리지 않겠지."

또 한 움큼의 흙이 억지로 들어왔다. 그런 뒤에는 누군가의 손바닥이 저마이마의 얼굴을 꽉 잡았다. 흙이 공간을 차지하려고 이리저리 움직이면서 저마이마의 두 뺨이 불거졌다. 흙이 빠져나갈 유일한 길은 저마이마의 목구멍을 타고 나가는 길뿐이었다.

저마이마는 제 숨결이 몸을 떠나는 것을 느꼈다. 몸부림치며 입을 막은 손에서 벗어나려 했다. 머릿속에서는 그 움직임이 강하고 격렬했다. 그러나 겉으로 드러나기에는 딱하게 꿈틀거리는 동작일 뿐이었다.

"그런 다음엔 네가 나를 잡고 눌렀어. 안 그래, 저마이마?"

'이런 느낌이었단 말이야?'

몸뚱이가 숨을 쉬려고 애쓰는 동안 그녀는 생각했다.

몸에서 생기가 빨려 나가 땅으로 흘러드는 것이 느껴졌다. 몸은 어쩌지 못했지만 정신은 항의하며 비명을 질렀다.

잠깐이지만 손이 움직였다. 찰나의 순간, 저마이마는 그것으로 끝나기를 바랐다.

무언가가 얼굴 한가운데를 쳤다. 저마이마는 뼈가 부러지는 소리를 들었다. 다음 순간에는 고통이 머리 전체로 번져 나갔다. 코에서 피가 뿜어져 나와 입술 위로 쏟아졌다.

고통이 입까지 전해졌다. 아무 소리도 낼 수 없었지만 비명을 지를 수밖에 없었다. 그러자 더 많은 흙이 목구멍에 흘러들었다. 구토 반응이 일어났다. 흙을 뿜어내려 했다. 숨을 헐떡이기 시작했다. 건조한 흙을 삼키려 했지만, 흙이 이제 막 퍼낸 타르처럼 목구멍 옆면에 달라붙었다.

저마이마가 몸속 어딘가에서 호흡을 찾아내려고 애쓰는 동안 눈물이 억지로 그녀의 눈을 비집고 나왔다.

두 번째 타격은 그녀의 뺨을 후려쳤다.

고통에 정신이 비명을 질렀다.

저마이마는 흙에 맞서 몸부림쳤다. 공포에 질린 울부짖음이 흙먼지로 가로막혔다.

세 번째 타격은 입에 맞았다. 치아가 잇몸에서 떨어져 나갔다.

온몸이 고통에 굴복하는 가운데 침착한 목소리가 다시 들려왔다.

"더는 꿈속에서 네 얼굴을 보지 않을 거야."

저마이마는 어둠에 삼켜지기 전 마지막으로 터져 나오지 못한 입속 비명을 질렀다.

'제발, 그냥 날 죽게 놔둬.'

24

# 3

킴은 상관인 우드워드 경감, 일명 우디의 영역에 들어가기 전 딱 한 번 노크했다. 우디는 헤일소언 경찰서 4층 구석의 사무실에 살았다.

그는 유선 전화기를 귀에 대고 있었다. 갑자기 전화를 끊게 된 그는 가벼운 짜증에 얼굴을 찡그렸다.

"'들어와'라는 말을 기다리고 싶진 않았나?"

우디가 불퉁하게 툭 내뱉었다.

"어……. 경감님이 보자고 하셨잖습니까?"

킴이 받아쳤다. 킴이 오고 있다는 걸 모른 것도 아니면서.

우디가 손목시계를 확인했다.

"거의 한 시간 전에 보자고 했지."

"진짜 그렇게 오래됐습니까?"

킴은 우디의 맞은편 의자 뒤에 섰다.

우디는 다시 자리에 앉아 묘한 표정을 지어 보였다. 킴이 보기에는 미소 같았지만 그런 추측에 집을 걸고 도박할 생각은 들지 않았다.

"어제 아시라프 나디르 사건에서 거둔 성과는 인정하네. 자네가 나디르의 성매매 조직에 연루된 사람이 더 있다고 그렇게까지 고집을 부리지 않았다면 우린 두 번째 업소를 찾지 못했을 거야."

킴은 그 칭찬을 받아들였다. 우디는 그녀의 끈덕진 노력을 단 하나의 문장으로 압축하는 데 성공했다. 킴의 기억이 맞는다면, 그녀는 언론에 보도된 버밍엄 성매매 사건의 용의자와 아시라프가 이야기하는 장면을 보고 네 번이나 재수사를 요청하고 나서야 아시라프를 조사할 수 있었다. 뭐, 딱히 우디의 사무실 앞에서 야영을 한 건 아니었다. 하마터면 텐트를 살 뻔했지만.

킴은 우디의 사무실에서 나서려고 한발 물러섰다.

"아직은 안 돼, 스톤. 두어 가지 물어볼 게 있네."

아, 그냥 등 한번 두드려 주겠다고 불려 온 거라면 얼마나 좋을까. 킴은 팀원들이 제출한 아시라프 기습 작전 진술서가 우디의 책상 위에 깔끔하게 쌓여 있는 것을 너무 늦게 보았다.

우디는 독서 안경을 코 위에 얹어 놓고 맨 위에 놓인 진술서 첫 페이지를 집어 들었다. 딱히 그럴 필요는 없었는데도. 우디가 묻고 싶어 하는 질문은 모두 이미 그의 머릿속에 들어 있으리라.

"영장이 발급된 시점과 아시라프의 집에 들어간 시점이 얼마나 차이 나는지 확인하고 싶은데."

"극히 미미했습니다, 경감님."

킴이 정직하게 대답했다.

"분 단위야, 초 단위야?"

"초 단위죠."

"두 자릿수, 한 자릿수?"

우디가 안경을 벗고 그녀를 노려보며 물었다.

"한 자리요."

우디가 책상에 안경을 내려놓았다.

"스톤, 자네가 주택에 진입하기 전에 영장이 나왔나?"

킴은 망설이지 않았다.

"네, 맞습니다."

'아슬아슬하게요'라는 말은 덧붙이지 않았다. 어쨌든 들어갈 작정이었다는 말도 덧붙이지 않는 게 좋겠다고 판단했다. 킴은 안 그래도 충동적인 판단으로 많은 말썽을 일으켰다. 아슬아슬했다고 말하면 이야기가 완전히 달라질 터였다.

우디는 몇 초 동안 의심스러운 눈으로 킴을 보더니 손가락으로 진술서를 타닥타닥 두드렸다.

"그거 빼고는 물 샐 틈이 없더군."

킴은 알겠다는 뜻으로 고개를 끄덕이고 다시 문 쪽으로 한 발짝 물러났다.

"너무 완벽해서, 자네와 자네 팀원들한테 상을 줘야겠어."

킴은 눈을 가늘게 뜨고 귀를 쫑긋 세웠다. 이제는 킴이 의심을 품었다.

"윌히스의 시설에 대해 보고받았던 것 기억하나?"

킴이 고개를 끄덕였다.

"법의학 연구 시설 말입니까? 물론입니다."

그 시설이 처음 문을 열었을 때 경찰에서는 경위 직급까지 모든 간부들이 관련된 보고를 받았다. 그 시설의 이름은 웨스털리로, 인간의 시신을 연구하는 데 초점을 두고 있었다.

킴은 7월 중순의 열기가 상관에게 영향을 끼친 건 아닌지 궁금했다. 겉보기로는 23도의 열기가 우디에게 고작 셔츠 소매 단추를 풀게 했을 뿐이지만, 마음은 아주 녹아 가는 모양이었다.

사건 수사는 볼링이 아니다. 사건을 해결한다고 해서 다른 사건들이 같이 쓰러지지는 않는다. 킴의 책상에는 수많은 다른 사건들이 흩어져 있었고 우디도 그 사실을 잘 알았다.

"경감님, 혹시 다음 기회도 있습니까? 저희 팀에는 지난 주말 동안 새로운 사건이 여섯 건 들어왔는데요."

이번에도 미소와 비슷한 무엇이 우디의 얼굴에 떠올랐다.

"안 돼, 스톤. 난 지난 몇 주 동안 지금 같은 기회를 기다리고 있었어. 아시라프 사건이 진행되고 있어서 미뤘을 뿐이지. 오늘 출장을 가게."

킴은 상관이 꿈쩍도 하지 않을 때는 받아들이는 방법을 배운 터였다. 싸움터를 고를 때도 좀 더 현명해졌다. 그래도 마지막으로 한번 시도는 해 봐야 했다.

"왜 꼭 지금인지 구체적인 이유라도……?"

"웨스틸리에서 하는 연구를 근거로, 웨스트머시아 경찰이 지난달에 미제 사건을 두 건이나 해결했네."

이 대화는 끝이라는 걸 분명히 밝히는 표정이었다.

가야 했다.

# 4

킴의 팀은 10년 된 그녀의 골프 자동차에 끼어 탔다. 오늘 킴이 골프를 탄 이유는 바니를 애견 미용실에 내려 주고 왔기 때문이다. 평소라면 가와사키 닌자만으로 충분했을 텐데.

브라이언트는 180센티미터의 몸뚱이를 접어 앞자리에 앉았고 스테이시와 케빈은 뒷좌석에 구겨져 탔다.

"안전벨트 매렴, 얘들아."

브라이언트가 어깨 너머로 말했다.

"제기랄, 케빈. 저리 좀 가라, 응?"

"세상에, 스테이시. 자리 많잖아."

케빈과 스테이시가 뒷자리에서 계속 옥신각신하는 동안 킴은 주차장에서 차를 몰고 나왔다.

"어이, 너희 둘."

브라이언트가 말했다. 고맙게도 킴이 나서기 전에 정리를 좀 하려는 모양이었다.

"차 타기 전에 화장실은 갔다 와야 해."

케빈이 끙, 소리를 냈고 스테이시는 킥킥 터져 나오는 웃음을 눌러 참았다.

"저기요, 브라이언트. 혹시 도시락 가져 왔……."

케빈이 앞으로 몸을 숙이며 말하는데 킴이 쏘아붙였다.

"우라질, 한마디만 더 하면 다들 걸어가게 될 줄 알아. 동물원 소풍이라도 가는 줄 아나."

최소한 경찰서에서는 '어항'으로 물러날 수라도 있었지만—어항이란 형사팀 사무실 한쪽 구석에 있는, 킴의 조그마한 개인 사무실을 일컫는 말이었다—작은 차 안에는 정말이지 갈 곳이 없었다.

침묵이 커튼처럼 내려앉았다.

결국 브라이언트가 평화를 깼다.

"대장?"

"뭡니까?"

"아직 도착 안 했어요?"

"브라이언트, 분명히 말하는데……."

"죄송합니다. 제가 물어보려던 건, 우리 어디 가는 거예요?"

"윌히스 바로 외곽입니다."

연구 시설은 웨스트미들랜즈 관할과 스태퍼드셔 관할이 만나는 경계선에 있었다.

윌히스는 서쪽으로 스태퍼드셔와 맞닿아 있는, 웨스트미들랜즈 광역시의 가장자리였다. 대체로는 주거지로 활용됐다. 킴이 생각하는 안전 구역의 가장 바깥쪽 경계선이었다. 그 너머로는 길이 좁아지고 신호등도 없다. 모퉁이를 돌 때마다 로드킬 당한 동물들이 보였다.

"홀베치 하우스*다."

킴이 웅장한 집 같은 곳을 지날 때 브라이언트가 말했다.

"화약 음모 사건**의 범인들이 최후를 맞은 곳으로 유명하죠. 원래는 1600년경에 지어졌지만 지금은 사설 요양원으로 쓰인대요."

"좋네요. 우린 웨스털리 농장이라는 곳을 찾고 있습니다."

킴이 왼쪽을 힐끗 보며 말했다.

"썩어 가는 시체 농장이라고 간판을 붙여 두지는 않았나 보네요?"

스테이시가 물었다.

---

● 킹스윈퍼드 북쪽의 역사적 저택.

●● 1605년에 로버트 캐츠비를 위시한 인물들이 당시 국왕이던 제임스 1세를 암살하고자 모의한 사건.

"후원을 받아서 진행하는 연구예요?"

케빈이 물었다.

팀원들이 다시 어른처럼 질문하기 시작하자 킴은 마음이 놓였다.

"맞아. 한 군데에서만 후원하는 건 아니지만. 이 프로그램은 여러 대학교와 경찰서에서 후원을 받고 있어."

"매년 나오는 '우리가 당신 돈을 어떻게 썼는지 보세요' 전단지에 실릴 만한 연구는 아닌데요."

킴도 스테이시의 말에 동의했다. 시체 농장은 확실히 '대중의 소비를 위한 연구가 아님' 목록에 올라 있을 터였다.

"방금 오른쪽에 있었어요."

브라이언트가 뒤를 돌아보며 말했다.

찻길은 1차선 도로였다. 킴은 거의 400미터를 더 이동한 뒤에야 후진하는 데 쓸 만한 진입로에 이르렀다.

그녀는 다시 차선을 따라가다가 2미터 높이의 산울타리가 끊긴 것을 보고 속도를 늦추었다. 나무를 그을려 이름을 새겨 놓은 수수한 팻말이 대문에 걸려 있었다. 대문이 너무 좁아 자동차 양옆으로 30센티미터 정도밖에 공간이 없었다.

브라이언트가 차에서 내려 대문 빗장을 풀고 킴에게 들어가라고 손짓한 뒤 대문을 닫았다.

"자물쇠가 없습니까?"

킴은 인상을 찡그리며 물었다.

길은 더욱 좁아지다가, 가운데에 풀과 잡초가 한 줄 나 있는 흙길로 변했다. 산울타리가 점점 높아지다가 일행 주위에 위압적으로 솟아오르기 시작했다. 차를 몰고 세차기를 통과하는 기분이었다.

흙길은 두 번째 나무 대문 앞에서 끊겼다. 그러나 첫 번째 대문과 달리 이 대문은 2.5미터 높이로 우뚝 서 있었으며 단단한 나무로 만들어져 있었고 뾰족뾰족한 무쇠 말뚝이 달린 검은 모자를 쓰고 있었다. 이 대문에는 자물쇠가 채워져 있었다. 부지의 영업용 공간에 이른 모양이었다.

킴은 창문을 내리고 오른쪽의 스피커폰을 향해 말했다.

"웨스트미들랜즈 경찰의 스톤 경위입니다."

답은 없었지만, 한 줄짜리 홈을 따라 단단한 대문이 움직이기 시작했다. 문은 반쯤 움직이다가 덜컹, 하더니 다시 움직였다. 킴은 틈새가 충분히 벌어지자마자 골프를 몰고 대문을 지났다. 시설을 구경한다고 생각하면 어느 정도 흥미가 생기지만, 킴의 책상에는 진짜 경찰 업무가 쌓여 가고 있었다. 그녀는 머릿속으로 이미 무장 강도 한 건, 성폭행 두 건, 악랄한 폭행죄 한 건을 팀원들에게 할당했다.

킴은 밝은 회색의 조립식 건물 옆에 차를 세웠다. 건물의 길이는 침대 여덟 개가 들어가는 객차 두 개 정도였다. 두 줄로 늘어선 완벽한 정사각형 창문들 사이에 빨간 문이 두 개 달려 있었다.

두 칸짜리 이동식 화장실 옆에는 다양한 자동차와 픽업트럭이 주차되어 있었다.

자동차는 전부 좁은 자갈밭에 욱여넣어진 모습이었다. 킴이 보니 임시 주차장에서 포터캐빈*까지 가는 한 줄의 자갈길을 만들려는 노력이

---

* 영국산 조립식 건물의 상표명.

있었던 모양이었지만, 사람들이 밟고 다니는 바람에 자갈 대부분은 땅에 박혀 있었다.

킴은 어쩔 수 없이 빨간 픽업트럭 뒤의 흙밭에 차를 댔다. 브라이언트가 그 픽업트럭을 힐끗 보더니 살짝 인상을 찡그렸다.

"끝내주네요."

스테이시가 뒷문을 열며 말했다.

"제기랄, 이 신발 비싼 건데."

케빈은 그렇게 말하며 신발이 진창에 빠지지 않을 만한 곳을 찾으려 애썼다.

한 남자가 미소 짓는 얼굴로 손을 내밀며 다가왔다. 킴은 그가 50대 중반일 거라고 짐작했다. 두둑한 뱃살 때문에 걸음걸이가 뒤뚱거리는 것처럼 보였다. 검은 웰링턴 부츠가 초록색 코듀로이 바지 위로 무릎 아래까지 올라왔다. 무늬가 들어간 스웨터까지 합쳐지니 아직 엄마와 함께 사는 농부의 모습이 완성됐다.

"스톤 경위님, 만나서 반갑습니다. 인간 생물학 교수이자 웨스털리의 책임자인 크리스 라이트입니다."

그의 손바닥은 따뜻하고 살집이 많았다. 그가 열정적으로 킴의 손을 흔들어 댔다.

킴은 잠시 시간을 들여 나머지 팀원들을 소개했고 교수는 작정한 듯 모두와 악수했다.

크리스 라이트는 두 단짜리 나무 계단으로 주요 출입구임을 표시한 왼쪽의 빨간 문으로 일행을 안내했다. 킴이 그 뒤를 따랐다.

팀원들이 뒤따라 줄줄이 들어오자 킴은 즉시 이 공간이 타디스*와 비슷하다는 인상을 받았다.

열린 문은 포터캐빈의 중간 부분으로 이어졌다. 사무실이 틀림없었다. 양쪽 벽에는 가벼운 모조 너도밤나무 조리대가 고정돼 있었다. 앞쪽 가장자리는 인체공학 의자가 안락하게 들어가도록 홈이 파여 있어 우아해 보였다.

작업 공간은 셋으로 확실히 구분되었다. 문 바로 맞은편의 첫 번째 공간에는 평면 모니터 세 개와 킴이 여태까지 본 것 중 가장 큰 키보드, 손목 받침대 옆에 한가로이 놓여 있는 마우스가 있었다. 작업 공간 양옆의 화면은 다음 작업 공간과 구분되도록 벽을 이루었다. 라이트 교수가 화면을 고갯짓하며 말했다.

"자밀이 늦네요. 여러분이 떠나시기 전에 와서 저희가 사용하는 분석 소프트웨어를 시연해 주면 좋겠는데 말입니다."

장담하는데, 스테이시의 눈에서는 질투가 뚝뚝 묻어났다.

라이트 교수는 포터캐빈의 마지막 세 번째 공간을 차지한 미닫이문을 가리켰다.

"저기는 준비 공간입니다. 밖에서 보았던 두 번째 문은 곧장 저곳으로 이어지죠. 사무실을 지나서 시신을 운반할 필요가 없도록 말입니다."

그가 활짝 미소 지었다.

"하지만 여러분이 정말 보고 싶어 하시는 건 우리 주민들이겠죠."

---

*드라마 〈닥터 후〉에 나오는 시간 여행 장치로, 바깥에서 볼 때보다 안쪽이 훨씬 넓은 파란색 경찰 초소다.

킴이 정말로 보고 싶었던 건 이곳을 떠나는 그녀의 등 뒤로 묵직한 나무 대문이 닫히는 모습이었다. 하지만 교수를 불쾌하게 하고 싶지는 않았다. 킴은 이곳에서 시행되는 연구가 중요하다는 걸 알고 있었다. 그저 책상 위에 쌓여 있는 사건과 관련된 증인들이 필수적인 정보를 잊어버릴지 모른다는 걱정이 계속 들었을 뿐이다.

교수가 미닫이문에서 돌아서 사무실 가운데로 향했다. 킴은 그에게 길을 비켜 주었다. 나머지 팀원들이 한 줄로 서서, 그녀의 뒤를 따라 관절이 어긋난 뱀처럼 그 공간을 한 바퀴 돌았다.

교수는 사무실 공간을 저 끝까지 가로질렀다. 그곳의 왼쪽 면에는 온갖 평범한 주방 기구가 갖추어진 주방이 있었다. 딱히 냉장고나 냉동고를 들여다보고 싶은 마음은 들지 않았다. 나머지 공간은 3인용 가죽 소파, 그리고 방금 본 책상처럼 가벼운 모조 너도밤나무로 만들어진 둥근 회의용 탁자가 차지하고 있었다.

한 여자가 끓는 주전자 앞에 서서, 늘어놓은 머그잔에 인스턴트커피를 숟가락으로 퍼 담고 있었다. 그녀의 다리는 짙은 색 청바지와 의무적으로 신은 것 같은 웰링턴 부츠로 감싸여 있었다. 실용적인 포니테일로 묶은 황갈색 머리카락은 대학교 트레이닝복 뒤로 늘어뜨렸다.

"이쪽은 곤충학자 캐서린 에번스입니다. 우리 연구소의 구더기 아가씨죠."

여자가 고개를 돌리더니 미소 지으며 고개를 끄덕였다. 그녀의 미소는 따뜻하지도, 일행을 반기는 것 같지도 않았다. 업무적인 미소였다. 만나기 싫은 고모 앞에서도 미소를 지어야 한다는 말을 들은 어린애를 연상케 하는 미소.

킴은 캐서린 에번스가 이런 소개를 이미 백 번은 들었으리라고 짐작했다. 기나긴 교육 과정과 연구가 '구더기 아가씨'라는 설명으로 축소되면 어떤 기분일지 잠깐 궁금해졌다.

라이트 교수가 걸음을 멈추고 돌아서며 두 손을 짝, 맞잡았다.

"지금 현장에는 자문위원 두 분이 돌아다니고 있습니다만, 그 사람들은 현재 앤트와 데크를 관찰하고 있으니 방해가 되지 않을⋯⋯."

"예?"

아리송해진 킴이 되묻자 라이트가 미소 지었다.

"설명 드리죠."

그는 일행을 밖으로 안내하며 말했다. 그가 문을 닫고 천천히 동쪽으로 걷기 시작했다.

"공식적으로, 저희는 법의인류학 및 그와 연관된 분야에 특화된 연구 시설로 분류됩니다. 더 흔하게는 시체 농장이라고 알려져 있죠."

"미국에도 하나 있지 않나요?"

케빈이 물었다.

"사실 미국에는 여섯 곳이 있습니다. 가장 큰 곳은 텍사스 주립대학교 소속으로, 8,500평 규모죠."

케빈이 인상을 쓰며 고개를 저었다.

"아뇨, 거기가 아니라⋯⋯."

"아마 윌리엄 베이스 박사가 1981년에 설립하고 작가 패트리셔 콘웰 덕분에 유명해진 테네시주 녹스빌의 원조 시체 농장을 말씀하시는 모양인데요. 웨스틸리는 텍사스 시설에 비해 훨씬 작습니다만, 법 집행관들에게 범죄 현장을 다루는 기교와 기술을 훈련시키기 위해 활용됩니다. 제가 몇 년 전에 텍사스에 가 보고 그쪽의 수많은 아이디어와 이론에 근거해서 웨스털리를 세웠습니다."

"그럼 웨스털리의 면적은 얼마나 되나요?"

케빈의 질문에 라이트 교수가 고갯짓으로 앞을 가리켰다.

"눈으로 보이는 땅 전부, 그리고 남쪽 경계선을 조금 넘어선 곳까지입니다."

킴이 교수의 시선을 따라갔다. 교수가 가리킨 공간은 축구장 예닐곱 개 면적이었다. 군데군데 언덕이 있긴 했지만 포터캐빈에서부터 아래로 경사지가 완만하게 이어졌다.

교수가 서쪽을 가리켰다.

"저 나무들이 스태퍼드셔와 장벽을 이룹니다. 남쪽 전체는 참나무 숲 뒤의 산울타리로 막혀 있고, 동쪽에는 개울이 우리 시설과 이웃 건물을 나누고 있습니다."

"이웃들은 어떻게 생각하나요?"

케빈이 묻자 교수가 미소 지으며 답했다.

"저희가 매주 광고를 하는 건 아니라서요. 어쨌든 가장 가까운 이웃이 식품 포장 공장이기도 하고요. 어느 쪽으로 가든 가장 가까운 주거지와 800미터는 떨어져 있습니다."

케빈은 만족한 표정이었다.

"시신은 몇 구나 있습니까?"

브라이언트가 물었다.

"현재는 일곱 구입니다."

"어디서 구해요?"

스테이시가 물었다.

"유족들이 기증하거나, 유언에서 사망자가 직접 기부 의사를 표명하기도 하고……."

브라이언트가 끼어들었다.

"잠깐만요, 교수님. 유족들이 실제로 사랑하는 사람을 이 연구에 기증한다는 겁니까?"

라이트 교수가 망설이며 대답했다.

"의학 연구에 시신을 기부할 때 연구의 성격을 명시하는 경우는 많지 않습니다. 연구의 자세한 내용을 알고 싶어 하는 유족은 별로 없죠. 하지만 그 사람들은 사랑하는 사람의 죽음이 과학의 발전에 보탬이 될 거라는 걸 아는 것만으로도 만족합니다. 물론 우리 연구도 보탬이 되고요."

킴이 끼어들었다.

"유언으로 여기에 오는 사람도 있다고요?"

"정확히 이 장소에 오는 건 아닙니다만, 연구에 도움이 되고 싶다고 하는 사람 중 일부가 이곳에 오게 되죠. 텍사스 주립대에는 매년 백여 구의 시신이 기증됩니다. 사망 당시 자신의 시신을 그곳에 기증하겠다고 구체적으로 등록한 사람이 1,300명입니다."

"대기자 명단이 있다는 겁니까?"

믿을 수 없다는 듯한 킴의 질문에 라이트 교수가 미소 지으며 고개를 끄덕였다.

"시신의 부패 정도는 다양한가요?"

스테이시가 물었다.

"네, 맞아요, 아가씨. 지금부터 만나 볼 두 주민을 통해 우리가 하는 일을 잘 파악하실 수 있을 겁니다."

킴은 아가씨라는 호칭에 스테이시가 살짝 굳는 것을 보았지만, 스테이시는 짜증을 참고 미소 지었다.

일행 모두가 교수를 따라가는 동안 아침 햇살이 마침내 흰 구름을 가르고 들어와 하루의 인상을 완전히 바꿔 놓았다.

킴은 교수와 발걸음을 맞추었다.

"연구비 조달 방식도 특이할 것 같은데요."

교수가 고개를 끄덕였다.

"저희가 접촉했던 기관 대다수가 자기들 앞마당에서 이 연구를 하고 싶어 하지는 않으면서도 저희 연구에 관심을 보였다는 게 정말 행운이었죠. 그래서 저희는 알아낸 내용을 모든 이해 당사자와 공유하고, 도울 수 있는 대로 돕고 있습니다."

"진행 중인 수사에도요?"

교수는 걸어가며 고개를 끄덕였다.

"물론이죠. 저희는 연구 목적에 도움이 될 뿐 아니라 현재 및 과거의 수사에 관해 경찰에도 도움이 될 수 있는 최대한 다양한 상황을 재현하고자 합니다."

게다가 이들은 웨스트머시아가 미제 사건 두 건을 해결하도록 이미 도움을 주었다. 빌어먹을 우디. 엿 같지만, 이젠 킴도 관심이 생겼다. 경찰의 자원이 늘어난다면 킴은 전혀 코웃음 칠 생각이 없었다. 미제 사건은 어느 경찰관에게나 답답한 것이다. 말할 기회도 얻지 못했는데 끝난 대화처럼 머릿속 한구석에 남게 마련이었다. 미제 사건은 무의식에 새겨지고 사건이 해결된 다음에야 지워진다. 아니, 그때라도 지워진다면 다행이다.

때로는 현재의 업무량을 계속해서 감당해야 하기에 미제 사건을 머릿속 한구석에 집어넣고 고민할 수조차 없었다. 또 때로는 미제 사건이 생각의 전면에 그대로 남기도 했다. 그럴 때면 의심이 계속해서 뇌를 물어뜯고 갉아 댔다. 알맞은 증인을 취조한 걸까? 치명적인 단서를 놓친 걸까? 내가 더 할 수 있는 일이 있었을까? 경찰 내의 알코올 오남용 중 상당 부분은 미제 사건 때문이라는 게 킴의 의견이었다.

"자, 다 왔습니다."

라이트 교수의 말이 다시 킴의 주의를 끌었다. 킴은 풀밭에 완벽한 직사각형 구덩이 두 개가 파여 있는 것을 보았다. 가까이 다가가니 그곳이 임시 무덤이라는 걸 알 수 있었다.

"잭과 베라를 소개합니다."

라이트 교수가 자랑스러운 아버지라도 된 것처럼 손가락질하며 말했다.

"실명인가요?"

스테이시가 묻자 케빈이 눈알을 굴려 댔다. 교수가 고개를 저었다.

"아뇨, 시신은 고유 번호를 달고 옵니다. 그 이후로는 그 번호가 계속 시신의 공식적 신분이 되죠. 하지만 현장에서 저희는 좀 더 친근하게 접근하는 걸 좋아합니다."

킴은 근처 나무의 아랫부분을 힐끗 보았다. 꽃다발 두 개가 죽은 사람들의 마지막 여정에 함께하고 있었다. 장미와 백합이었다.

"꽃이네요?"

교수의 눈이 킴의 시선을 좇았다.

"네, 작은 예의입니다."

킴은 그 작은 손길이 마음에 들었다.

라이트 교수는 무덤 머리맡에 서서 아래를 보았다. 일행도 모두 그를 따라 했다.

오른쪽 무덤에는 베라가 있었다. 그녀의 시신에는 죽은 뒤에 생긴 자상이 있었다. 살은 물에 잠겨 있었다. 이제 보니 무덤이 일행 쪽으로 기울어져 있었다.

킴은 똑같이 물에 잠겨 있는 잭을 보았다. 하지만 잭의 시신에는 사후에 베인 상처도 없었고 무덤도 기울어져 있지 않았다. 라이트 교수가 설명했다.

"우린 수중 곤충의 활동에 대해 모르는 게 많습니다. 베라는 시냇물이 공급되는 웅덩이에 잠겨 있죠. 저희가 수로를 파고, 베라의 무덤을 개울과 먼 쪽으로 기울여 놓았습니다."

킴은 손을 저어 귓가로 다가오는 파리를 쫓으며 무덤 끝에서 150센티미터쯤 떨어진 곳에서 흐르는 작은 물줄기를 바라보았다. 이제는 무덤이 기울어져 있는 이유를 알 수 있었다. 그렇게 해야 개울물이 수원지에서 빠져나갈 수 있었다. 그래야 시신에서 나온 오염 물질이 천천히 흐르는 시내에 다시 들어가지 않고.

"저희는 기회가 닿는 대로 주변 환경을 이용합니다."

라이트 교수는 그렇게 말하며 한쪽 눈썹을 치켜올렸다.

"텍사스 연구 시설을 프리먼 목장에 배치하겠다는 결정이 내려졌을 때는 여러 사람이 의문을 가졌죠. 거기엔 독수리가 있었으니까요. 하지만 지금은 그 덕분에 시체를 먹는 동물들이 인간의 부패에 끼치는 영향을 연구하는 새로운 연구 분야가 생겨났습니다."

킴은 고개를 끄덕였다. 쓸 수 있는 자원을 모두 활용한다니 대찬성이었다. 하지만 독수리라니?

"잭은 빗물에 잠겨 있습니다. 그래서 잭의 액체에는 곤충이 없죠. 베라가 잠겨 있는 물과는 다릅니다."

"꺼져, 좀."

케빈이 머리 주위의 허공을 내리치며 말했다. 라이트 교수가 킴의 동료를 보며 미소 지었다.

"검정파리는 나쁜 게 아닙니다, 형사님. 섭씨 11.1도 이하에서는 날아다니지 않는 곤충이거든요. 그래서 날씨가 따뜻해지고 있다는 지표가 되죠."

"뭐, 이 녀석은 좀 지나치게 활발하네요."

케빈이 신음했다. 그사이 다른 파리 한 마리가 브라이언트의 어깨에 앉았다.

킴은 검정파리가 활발하다는 것 말고도 한 가지 사실을 더 눈치챘다. 그녀는 물속의 시신을 내려다보았다. 파리가 시신에 아무 관심을 보이지 않고 있었다.

교수가 말했다.

"유감이지만, 저희가 하는 일에 따르는 피할 수 없는 위험이죠. 자, 다음으로 넘어갑시다."

그들은 잭과 베라에게서 물러나, 부지의 서쪽 가장자리를 향해 농장을 가로질렀다. 킴은 파리가 따라오는지 뒤를 돌아보았다. 파리들은 따라오지 않았다. 시냇가 바로 뒤쪽의 구역으로 물러나 있었다. 킴은 그 파리들만 그러는 게 아니라는 걸 알아차렸다. 수많은 파리들이 공중에 떠 있다가 새로운 발견에 신이 나서 내려앉았다.

킴은 교수를 보았다. 그는 일행을 데리고 멀찍이 떨어진 두 남자에게로 다가가고 있었다. 남자들은 육각형 철조망에 둘러싸인 땅 위에 배치된 생기 없는 형체들을 살피고 있었다.

킴이 망설였다.

"교수님, 혹시 아까 거기로 돌아가면⋯⋯."

"어머머, 대장. 그냥 저 두 분에게 가요."

브라이언트가 재미있다는 듯 눈을 반짝이며 말했다.

킴은 브라이언트가 재미있어하는 이유를 도대체 알 수 없었고 관심도 없었다. 팀원들이 볼 만한 좀 더 신선한 시신이 있다면, 그 시신을 통해 팀원들이 곤충 활동의 시작 단계를 관찰할 수 있다면, 킴은 공식 투어 열차에서 뛰어내려 쓸 만한 걸 배울 준비가 되어 있었다.

그녀는 돌아서서 잭과 베라 쪽으로 돌아가기 시작했다.

"경위님, 그쪽에는 아무것도 없습니다."

라이트 교수가 소리쳤다. 교수가 따라잡았을 때쯤 킴은 재빨리 땅을 가로질러 두 무덤이 있는 곳에 돌아와 있었다.

"뭣 때문에 그러시는 건지 잘 모르⋯⋯."

"걱정하지 마십시오. 저희 팀원들은 새 시체도 잘 봅니다."

킴이 천천히 흐르는 개울을 헤치고 나아가며 말했다. 물이 킴의 발목 위까지 닿았다. 가죽 바이커 부츠에는 아무 위협이 되지 않았지만 검은 캔버스 청바지 아랫부분은 젖어 버렸다. 상관없었다. 물이야 마르니까.

"그게 아니고요, 경위님. 그냥 뭘 하고 싶으신 건지 잘 모르겠어서⋯⋯."

그의 말이 흐려졌다. 두 사람은 개울을 건너 반대편으로 나와 곤충 활동의 진원지를 발견했다.

옷을 완전히 갖춰 입은 여성이 뭉개진 얼굴을 한 채 아무것도 보지 못하는 눈으로 푸른 하늘을 처다보고 있었다.

파리 백 마리가 피투성이 얼굴 위를 맴돌았다.

"이 시신으로는 뭘 배우고자 하는 겁니까, 교수님?"

팀원들이 다가오자 마침내 킴이 물었다. 교수의 얼굴에서는 안색이 완전히 빠져나갔다. 그의 눈은 시신에 고정되어 있었다.

오랜 침묵이 흐른 뒤에야 그가 대답했다.

"죄송합니다만, 경위님. 저는 아무것도 말씀드릴 수 없습니다. 저 시신은 저희 것이 아니니까요."


# 5


"케빈, 이 구역을 차단하는 데 도움이 될 만한 걸 뭐든 찾아와. 스테이시, 포터캐빈으로 돌아가서 도움이 될 만한 게 뭐라도 있는지 CCTV 영상을 살펴보고."

교수는 천천히 고개를 저었다. 그의 눈은 여전히 시신에 붙박여 있었다.

"CCTV에는 이쪽이 찍히지 않는데……."

"어디 보죠."

킴은 팀원들에게 고갯짓하며 말했다. 그들은 돌아서서 언덕을 올라갔다. 킴은 시체를 발견한 충격에서 이미 빠져나왔다. 이제는 바빠질 시간이었다. 교수는 여전히 휘청거리는 것처럼 보였지만.

책상 위 사건 생각이 머릿속에서 희미해졌다. 그 모든 사건의 피해자들은 아직 살아 있었다. 다치긴 했지만 숨 쉬고 있었다.

시야 가장자리에서 멀리 있던 두 사람이 다가오는 게 보였다.

"브라이언트, 저 사람들 못 오게 하십시오. 무슨 자문을 하러 왔든 상관없습니다. 이건 공개적인 구경거리가 아닙니다."

"알겠습니다, 대장."

킴의 손에는 여전히 핸드폰이 들려 있었다. 처음으로 전화를 건 상대는 키츠였다. 그가 과학수사팀을 즉시 보내겠다고 했다. 킴은 모두를 시냇물 반대편으로 보냈다. 과수팀이 올 때까지 사람들은 그곳에 머물 것이다.

"경위님, 제가 할 수 있는 일이 있을까요?"

마침내 라이트 교수가 시냇물 반대편에서 물었다. 그는 법의학자로서 훈련받은 것이 아니기에 그의 모든 조언은 범죄 현장이 아닌 곳에서 이루어져야 했다.

킴은 교수의 하얗게 질린 얼굴에 천천히 안색이 돌아오는 것을 눈치챘지만 고개를 저었다.

그녀는 연락처를 스크롤해 내리다가 통화 버튼을 눌렀다. 두 번째 신호음에 우디가 전화를 받았다.

"경감님, 시체가 있습니다."

킴은 앞을 자르고 말했다. 인사나 겉치레는 보통 킴의 우선순위 목록에서 높은 자리를 차지하지 못했다. 이런 사건에서는 아예 존재하지 않왔고.

[아, 스톤. 유머 감각이 아주…….]

킴은 대답하는 우디의 목소리에서 미소의 흔적을 느꼈다.

"아뇨, 살아 있는 사건입니다."

킴은 자기가 한 말이 역설적이라는 걸 알았다. 시체는 죽어 있었으니까. 하지만 우디라면 킴의 말뜻을 알아들을 터였다.

"여성입니다. 얼굴을 심하게 구타당해 나이를 추정하기는 어렵습니다. 옷을 완전히 갖춰 입었고, 여기에 오래 있었던 것 같지는 않습니다."

[알았어, 계속하게. 내가 언론에 뿌릴 예비 자료를 초안할 테니까. 키츠는 불렀나?]

킴은 짜증을 눌러 참았다. 당연히 그녀는 키츠에게 누구보다 먼저 전화를 걸었다. 법의병리학자인 그는 지금 현장을 분석하고 이런 짓을 저지른 사람을 찾는 데 도움이 될 단서를 제공해 줄 과학수사팀을 데려오고 있었다. 우디는 언론에 뿌릴 예비 자료나 초안하는 사람이었고. 우선순위를 따질 줄은 아는 건가?

"네. 제일 먼저 불렀습니다."

어쩌면 킴이 짜증을 아주 조금은 길들이지 못했는지도 몰랐다. 우디의 목소리가 퉁명스러웠다.

[전체 보고는 나중에 하도록.]

우디가 전화를 끊었다. 킴은 어깨를 으쓱하며 핸드폰을 뒷주머니에 넣었다.

그녀는 교수를 돌아보았다. 이제 교수의 안색은 정상적으로 돌아오고 있었다.

"저 사람이 얼마나 오랫동안 여기 있었는지 아시겠습니까?"

교수는 기침하며 킴과 눈을 마주쳤다.

"날씨가 따뜻할 때는 몇 분 만에 검정파리 수백 마리가 시신에 꼬입니다. 오늘 같은 날에는 시신의 코와 눈, 입이 파리 알로 가득 차는 데 몇 시간밖에 걸리지 않아요."

날씨는 어제도 따뜻했다. 그러나 아직 회색이 감도는 누런 알의 흔적은 보이지 않았다. 그 말은 시신이 간밤의 어느 시점에 남겨졌다는 뜻이었다.

"저희 농장에 시신이 도착하면 얼마 되지 않아 알을 밴 파리 암컷 수천 마리가 그 주변에 들끓습니다. 경위님도 아시겠지만, 암컷 한 마리가 한 번에 알을 수백 개는 낳거든요. ……파리들이 오직 저 여자의 얼굴만을 노린다는 게 흥미롭군요."

"어째서요?"

킴이 물었다. 그녀는 저 멀리서 다른 방문자들과 함께 활기 넘치게 이야기를 나누는 브라이언트를 힐끗 보았다. 브라이언트는 시간을 끌며 그들에게 접근하지 말라고 조언하고 있는 게 틀림없었다.

킴의 관심이 교수에게로 돌아왔다. 교수가 말을 이었다.

"다른 상처가 없다는 뜻이니까요. 파리들은 피 냄새가 나는 자리를 노리거든요."

킴은 이 사람에게 상이라도 줘야겠다고 생각했다. 그녀는 이미 시신이 밤사이에 버려졌으며 다른 상처는 없을 가능성이 크다는 걸 알게 되었다. 이 속도라면 키츠에게 하루 휴가를 줄 수도 있을 것 같았다.

"아, 와 줘서 고맙습니다, 브라이언트."

브라이언트가 돌아오자 킴이 말했다.

"경고해서 쫓아 버리라고 했지, 저 사람들 데리고 밥 먹고 오라는 말은 아니었는데."

브라이언트는 개울 바로 앞에서 멈춰서 교수에게 말했다.

"커피를 못 마시면 저렇게 기분이 나빠진다니까요."

킴이 그를 노려보았다.

"기사단이 왔네요."

브라이언트가 언덕 위를 힐끗 보며 말했다.

왜소한 법의병리학자 키츠가 그들을 향해 달려오더니 개울 앞에서 잠시 멈추었다가 물을 헤치고 왔다. 현장 조사관들이 그의 양옆에서 따라왔다. 웨스트미들랜즈 경찰에는 모든 증거를 사진과 스케치에 담고 수집할 민간인 기술자들이 100명 넘게 있었다. 이들이 작업을 끝낸 뒤에야 법의병리학자가 시신을 움직일 수 있었다.

키츠가 갑자기 멈춰 서서 손으로 차양을 만들었다가 멀리 떨어진 누군가에게 손을 흔들었다.

침묵은 잠깐뿐이었다. 몇 초 만에 키츠가 킴 옆에 섰다.

미소를 짓자 그의 뾰족한 턱수염이 위로 들렸다.

"아, 형사 양반. 여기서 시신을 발견할 수 있는 건 자네뿐이야."

"키츠, 그냥 좀……."

"스톤 경위도 아나?"

키츠가 브라이언트에게 물었다. 킴은 브라이언트가 빠르게 고개를 젓는 걸 보았다.

"뭘 압니까?"

킴이 묻자 키츠가 미소 지으며 말했다.

"아, 잘됐군. 자, 피해자를 한번 보지."

킴은 설명하라는 뜻으로 동료를 보았다.

"브라이언트?"

브라이언트가 두 손을 들었다.

"전 가서 커피나 찾아보렵니다. 대장한테 필요할 테니까요."

킴은 문득 모두가 농담을 알아들었는데, 그걸 이해하지 못하는 건 자신뿐이라는 느낌을 받았다. 그 농담이 현장 한가운데에 서 있는 두 자문위원과 무슨 연관이 있을 것만 같았다. 킴은 어깨를 으쓱하며 교수를 돌아보았다.

"현장에서 나가 주셔야겠습니다."

"이해합니다. 범죄 현장이니까요. 가서 다른 손님들을 살펴보겠습니다."

킴은 누군가 내민 증거 보호용 덧신을 받아 들었다.

"그래서, 형사 양반……."

"키츠, 오늘은 꿈도 꾸지 마십시오. 이번 출장은 원래 보상으로 받은 거라고요."

킴은 파란색 장갑을 끼며 말했다.

킴과 키츠는 범죄 현장에서 자주 옥신각신했다. 키츠는 그걸 가벼운 농담이라고 했다. 킴은 개수작이라고 했고. 작년에 키츠는 35년간의 결혼생활 끝에 갑작스럽게 아내와 사별했다. 그 상실로 키츠는 호된 충격을 받았지만 그 누구에게도 감정을 드러내지 않았다. 하지만 킴은 알고 있었다. 그래서 키츠가 재미있어하게 놔두었다. 가끔은.

기술자들이 주변에서 작업을 시작했다. 킴은 근처에서 들려오는 말소리를 차단했다. 잠깐이지만, 킴도 시신만큼 고요해졌다. 눈앞의 여자에게 감각을 집중하자 다른 모든 것이 희미해졌다. 중요한 건 피해자가 여전히 쥐고 있는 단서뿐이었다. 피해자가 아닌 모든 것이 머릿속에서 지워졌다. 킴은 시선을 내렸다가 부분적으로 드러난 피해자의 발을 보고 움찔했다.

여자의 발가락이 글래디에이터 샌들에서 삐져나와 있었다. 신발에는 발목 위쪽으로 끈이 두 개 달려 있었다. 양쪽 샌들 모두 끈이 하나만 묶여 있었다.

치마는 길고 하늘하늘한 것으로, 고무줄이 들어간 허리선까지 세로 줄무늬가 뻗어 올라가는 집시 스타일의 옷이었다. 킴은 자세히 살펴보았다. 치마가 샌들 바로 위를 전부 덮고 있었다. 꼭 조심스레 덮어 놓은 것 같았다. 가느다란 끈이 달린 연보라색 조끼 상의를 보니 브래지어는 없었다. 체격이 왜소해 브래지어가 필요하지 않았다. 금색 십자가가 달린 수수한 체인 목걸이가 목 아래로 늘어져 쇄골에 닿아 있었다.

여자의 두 팔은 윗몸에서 몇 센티미터쯤 떨어져 놓여 있었다. 손목이 팔의 나머지 부분과 거의 구분되지 않았다. 흰색의 가는 줄무늬로 왼손 손목에 시계를 찼던 자리를 알 수 있었다.

킴의 시선이 잠시 멈춘 것은 오른손 손목 때문이었다. 완벽한 선이 손목을 감고 있었다. 그리고 그 손의 윗부분이 뭔가에 스쳐 피부가 일부 벗겨져 있었다. 킴은 다른 정보 없이도 그 흔적과 쓸린 상처가 수갑의 흔적임을 알았다.

그 상처에 시선이 머무는 몇 초 동안 킴의 심장이 더욱 빨리 뛰었다. 그녀는 그와 똑같은 빨간색 고리가 여섯 살이던 자신의 손에서 어떻게 보였는지 기억하고 있었다. 피부가 벗겨졌을 때의 쓰라린 기억이 아주 잠깐 킴의 머릿속을 스쳤다. 그녀는 자기 손의 윗부분을 문질렀다. 때로는 그 모든 일이 오래전에 지나갔다는 사실을 되뇌어야만 했다. 새로운 살이 돋아나고 상처가 나았음에도, 킴은 28년이 지난 지금까지 그때의 상처를 다시 자신의 피부에 그려 넣을 수 있었다.

킴은 고개를 저으며 과거에서 정신을 붙잡아 왔다.

시선이 피해자의 머리였던 사물로 움직였다. 두개골은 누군가가 한 입 베어 문 사과처럼 한 움큼 뜯어먹힌 듯 망가져 있었다. 말라붙은 피가 피부 전체를 덮고, 여자의 아래턱에서 목으로 흘러내리는 실개울을 이루었다. 여자의 머리카락 오른쪽 부분은 피 때문에 빨갛게 물들어 있었다. 왼쪽은 금발이었다. 킴은 여자가 타격을 피하려고 그 방향으로 고개를 살짝 돌려 땅으로 얼굴을 파묻었던 거라고 추측했다.

코가 왼쪽을 가리키는 듯했다. 살이 타격을 받자마자 부풀어 오른 모양이었다. 죽은 이후에 생긴 상처는 붓지 않는다. 피해자가 구타당하는 동안 살아 있었다는 뜻이다.

"무슨……?"

킴은 그렇게 말하며 허리를 숙였다. 그녀의 관심이 윗입술과 아랫입술 사이의 선으로 향했다. 거기에 갈색 무언가가 묻어 있었다. 키츠가 킴의 모든 동작을 살피며 경고했다.

"진정해, 스톤."

킴은 더 자세히 보려고 고개를 갸웃하며 물었다.

"저게 뭡니까?"

키츠가 시신의 반대쪽에서 허리를 숙이더니 심호흡을 한 뒤에야 피해자 옆에 얼굴을 대고 더 자세히 살펴보았다. 그는 숨을 내쉬고 싶어 하지 않았다. 그랬다가는 귀중한 증거를 날려 버릴 수 있으니까.

"흙 같은데."

키츠가 킴과 시선을 마주치며 말했다.

"입 속에요?"

키츠는 여자의 부어오른 얼굴 두어 곳에 한 손가락을 대고 눌렀다. 킴이 보기에 키츠가 뭔가를 만지는 것만으로 그 정체를 알아내는 모습은 수수께끼 같았다.

"부검실에서 살펴봐야 알겠지만, 입이 흙으로 가득 차 있는 것 같아."

킴이 일어서서 주위를 둘러보았다.

"여기."

그녀는 파헤쳐진 게 분명한 곳을 발견하고 소리쳤다. 킴이 자리를 비켜 주자 기술자가 그녀가 가리킨 곳을 표시했다. 살인자가 흙을 퍼내느라 땅을 긁어 댔다면 뭔가를 남겨 두었을지 모른다.

브라이언트가 킴 옆에 나타나 종이컵을 내밀었다. 킴은 컵을 받아 들고 홀짝이며 키츠에게 관심을 돌렸다.

"피해자가 여기에 온 지 열두 시간도 채 되지 않았다는 점, 그리고 피해자에게 다른 상처가 없다는 점은 압니다. 그러니까……."

"들었나, 친구들? 형사 양반이 모든 걸 알고 계시니 이제 그냥 짐을 싸지. 내일 묻어 주자고."

아주 짧은 순간, 킴은 키츠가 묻자는 게 피해자인지, 킴 자신인지 궁금했다.

킴도, 기술자들도 키츠의 말을 무시했다.

"당신을 기다리는 동안 교수가 아주 많은 정보를 줬거든요."

"그러면 부검을 빨리 하라고 날 들들 볶지 않겠다는 건가?"

"설마요. 말이 나와서 말인데……."

"내일 9시야. 절대 못 바꿔."

"좋습니다."

"브라이언트, 자네 상사 이마 좀 짚어 봐. 싸우지 않겠다니, 무슨 이유인지는 몰라도 아픈가 봐."

킴이 키츠에게 잠시 미소를 지어 보였다.

부검 시간이 9시라니 마음에 쏙 들었다. 현장에는 핸드백이 없었다. 피해자의 옷에 달린 주머니도 없었다. 그러므로 오늘의 우선 과제는 피해자의 신원 확인이 될 것이다.

킴은 마지막으로 한 차례 시신 주위를 돌아보며 모든 정보를 기억해 두었다. 그녀는 잠시 멈추었다. 전에 못 본 것이 하나 있었다. 그녀가 시신의 왼손으로 손을 뻗었지만 키츠가 그 손을 탁 쳐 냈다.

"꿈도 꾸지 말게. 다 싸 가야 하니까."

킴이 눈썹을 치켜올렸다.

'내가 시체를 처음 보는 사람도 아니고.'

범죄 현장에서는 손이 시신의 가장 중요한 부분이었다. 손톱 밑에는 피부나 섬유 등 모든 단서가 있을 수 있었다.

킴의 시선이 시신의 발치에 이르렀다. 거기에서도 같은 단서를 발견했다.

킴은 피해자의 엄지발톱을 가만히 만져 보고 자신의 손톱 끝부분을 문질러 보았다. 무릎을 꿇고 앉아 발가락에 피해자의 얼굴을 가까이 대는데 등 뒤로 다가오는 발걸음이 느껴졌다.

"뭐……. 경위님, 다시 만나게 됐군요."

너무도 잘 아는 목소리에 킴의 눈꺼풀이 확 뜨였다.

# 6

"베이트 박사님."

킴은 몸을 일으켜 세우며 말했다.

"지금쯤은 대니얼이라 불러도 될 텐데요."

그가 손을 내밀며 말했다. 킴은 아주 잠깐 대니얼의 손을 잡았다.

이제 그녀는 키츠가 재미있어하던 이유, 그리고 브라이언트가 그녀의 불편한 마음을 예상하고 키츠와 맞장구 친 이유를 알 수 있었다.

킴과 대니얼은 작년 크레스트우드 사건 수사 때 만난 적이 있었다. 대니얼은 던디에서 파견된 법의골(骨)고고학자였다. 처음에 둘은 사사건건 부딪혔다. 둘 사이에는 얕은 무덤 셋과 약간의 떨림이 있었지만 그 사건은 마무리됐다. 대니얼은 떠났고, 그게 끝이었다.

대니얼의 머리카락은 킴이 기억하는 것보다 살짝 밝은 색이었다. 아마 햇빛에 탈색된 듯했다. 그의 눈은 가끔 장난기로 빛나면서도, 일할 때 보통 쓰고 다니는 얇은 안경테 너머에서 어두워지곤 하던 그때의 초록색 눈이었다.

대니얼은 가벼운 청바지와 카키색 티셔츠를 입고 있었다. 야외 활동을 좋아해서 생긴 팔 근육도 똑같았다. 다만 왼쪽 팔꿈치 아래에 새 흉터가 나 있었다.

문득 킴은 권투 시합의 주요 경기에 출전한 기분이 들었다. 첫 번째 펀치는 이미 날려졌고, 흥미를 느낀 세 사람이 그녀의 반응을 기다리고 있었다.

킴이 밝게 미소 지었다.

"이렇게 다시 뵙다니 정말 반갑네요, 베이트 박사님. 잘 지내셨죠?"

키츠가 턱수염을 쓰다듬었고 브라이언트는 주먹으로 입을 가린 채 기침했다.

킴이 법의 병리학자를 보았다.

"아직 시신 옮길 준비는 안 됐습니까?"

중요도 면에서는 그 무엇도 피해자에 앞서지 못했다. 이 시신은 웨스털리의 다른 시체들과 어울리지 않았다. 이 여자는 실험체가 아니었다. 증여된 것도, 기증된 것도 아니었다.

키츠는 단점이 많은 사람이었지만, 킴은 피해자들이 키츠의 부검실로 들어가면 언제나 안도감을 느꼈다. 키츠는 자신에게 맡겨진 모든 시신을 예의 있게 대우했다.

"최대한 빨리하지, 스톤."

키츠는 다시 대니얼을 보았다. 그의 눈에 재미있어하는 기색이 반짝였다. 대니얼이 게임을 하고 싶었는지는 모르겠지만, 이번 게임은 그 혼자 하게 될 터였다.

킴은 돌아서서 물을 헤치고 가다가 뒤를 돌아보았다.

"키츠, 내일 9시에 만나죠."

그녀는 오른쪽을 힐끗 보았다.

"그리고 다시 만나서 반가웠습니다……. 베이트 박사님."

킴은 쿵쿵거리며 언덕을 올랐다. 브라이언트가 옆으로 다가와도 속도를 늦추지 않았다.

"배신자."

킴이 짓씹어 뱉었다. 이제 전부 이해됐다. 픽업트럭에 머물렀던 브라이언트의 시선. 잘난 척하는 것처럼 보이던 미소. 손님으로 온 자문 위원들과 길게 수다를 떨던 모습. 킴의 기억이 정확하다면, 브라이언트와 대니얼은 무척 죽이 잘 맞았다.

"저 사람이 여기 와 있는 걸 알면서 나한테 말을 안 한 겁니까?"

브라이언트는 사과하지 않고 어깨를 으쓱했다.

"죄송하지만, 괜히 거시기를 걷어차고 싶지는 않아서요. 어쨌든 큰일도 아니잖아요? 그때 둘 사이에 무슨 일이 있었던 것도 아니고……."

"네, 큰일 아닙니다."

킴이 쏘아붙였다. 그래, 둘이 잠깐 끌리기는 했다. 하지만 둘 다 그 사실을 인정하기에는 너무 바빴다.

"네, 그럼요. 근데, 어……. 대장, 더 중요한 문제는요. 왜 죽은 여자의 발을 들여다본 거예요?"

킴은 손을 들어 검지로 엄지손톱을 문질렀다.

"두 손과 두 발의 손톱, 발톱이 무디고 거칠었습니다. 무광 매니큐어를 발라 둔 것 같던데요."

브라이언트가 고개를 저었다.

"그래도 못 알아듣겠어요."

"손톱 광택 제거제를 발랐다는 겁니다. 그걸 바르면 손톱이 반짝거리지 않게 돼요. 최근에 바른 겁니다."

"거기에 뭔가 의미가 있다고 보세요?"

브라이언트가 잘 모르겠다는 듯 물었다.

"브라이언트, 지금쯤은 알 줄 알았는데요. 모든 것에는 의미가 있습니다."


# 7


킴은 수화기를 내려놓고 '어항'에서 큰 사무실로 나왔다.

"좋아, 스테이시. 칠판 가져와. 케빈은 커피 따라오고. 브라이언트, 창문 좀 엽시다."

형사팀 사무실은 죽음의 악취로 가득했다. 상상한 것이든, 신발과 옷에 묻어 온 것이든 지금 그 냄새가 형사들에게 달라붙은 것만은 확실했다.

스테이시가 까치발을 들고 서서 화이트보드 맨 위에 이름표를 붙였다. '신원미상 여성'이라는 단어에 완벽한 밑줄이 그어져 있었다.

킴은 그 말이 싫었다. 그녀는 피해자들의 익명성을 극히 싫어했다. 생전에 그들에게는 이름이, 성격이, 과거가, 표정이, 사랑과 증오와 두려움과 꿈이 있었다. 그들은 다른 사람들과 상호작용하고 그들에게 흔적을 남기며 세상을 헤쳐 나갔다. 계산대의 여자에게 지은 미소. 카페의 바리스타와 나눈 짧은 대화. 자선단체에 한 기부. 모든 피해자가 어딘가에 흔적을 남겼다.

그녀의 이름을 찾는 것이 가장 중요했다.

"좋아, 사실 확인부터. 키는 162.5센티미터. 체중은 50킬로그램을 넘지 않는다. 염색하지 않은 금발에, 나이는 복장으로 미루어 보아 20대 후반이나 30대 초반이야. 사망 시간과 원인은 아침에 바로 나올 예정이고. 스테이시, 칠판 가운데에 선을 그어."

케빈이 킴에게 커피잔을 건넸다. 뜨거웠다. 킴은 옆의 남는 책상에 잔을 내려놓았다.

"지금은 메모만 해. 신분, 장소, 용의자, 동기."

스테이시가 받아 적는 동안 킴은 잠시 말을 멈추고 커피를 홀짝였다.

"옷을 완전히 갖춰 입었고, 손발톱에는 광택 제거제가 발려 있었어."

"직접 한 걸 수도 있습니다. 우린 피해자가 언제 공격당했는지 정확히 몰라요. 어젯밤, 외식이든 뭐든 하러 나간 뒤에 공격당한 것일 수 있습니다."

브라이언트의 의견에 킴이 고개를 끄덕였다.

"피해자가 입고 있던 건 낮에 입는 활동복이었습니다."

그녀가 어깨를 으쓱했다.

"아무 의미가 없을지도 모르지만, 어쨌든 적어 두죠."

스테이시가 받아 적을 준비를 하고 서 있었다.

"손목에 수갑 자국이 있어."

킴이 칠판을 바라보며 말했다. 그녀는 빠르게 다음 문제로 넘어갔다.

"얼굴은 알아볼 수 없을 만큼 구타당했고. ……신원 확인을 방해해서 수사 속도를 늦추려는 걸까, 아니면 다른 이유가 있을까? 입에 들어간 흙은 우연히 들어간 걸까, 의미가 있을까? 소지품은 어디에 있지? 대부분의 사람들은 최소한 핸드폰과 소액의 현금을 가지고 다니는데."

스테이시는 킴이 한 말을 두세 단어로 요약해 적었다.

킴은 칠판으로 눈을 돌렸다. 주요한 측면은 다 다루었다는 점에 만족감이 느껴졌다. 그녀는 스테이시가 다시 자리에 앉기를 기다렸다.

"좋아, 스테이시. 웨스털리 직원들에 관한 정보를 알아내는 것부터 시작해. 피해자의 신원 확인이 이루어지지 않았으니 쉽지는 않겠지. 개울 반대편의 땅은 공식적으로 웨스털리의 소유지가 아니야. 웨스털리는 비공개 시설이고. 그럼 시체를 유기한 장소의 의미는 뭘까? 추가로, 웨스털리의 접근 경로도 살펴봤으면 해. 범인은 어떻게 웨스털리에 갔을까? 그곳에 대해서는 어떻게 알았을까?"

"알겠습니다, 대장."

"케빈, 피해자와 신원이 일치하는 사람이 있는지 실종자 명단을 찾아봐."

케빈은 고개를 끄덕이고 전화기로 손을 뻗었다.

킴은 커피를 한 모금 홀짝였다.

"난 대장한테 보고하러 가지."

브라이언트가 히죽거렸다.

"재미있게 다녀오세요."

"경사님도 같이 오라던데요."

브라이언트의 얼굴이 축 늘어졌다. 케빈이 키득거렸다.

"그래서, 브라이언트. 이번엔 뭘 잘못한 겁니까?"

함께 계단을 올라가며 킴이 물었다.

"저도 대장한테 같은 질문을 하려 했는데요."

우디의 지시는 구체적이었다. '브라이언트를 데려와라.' 브라이언트
의 상관으로서 킴은 그가 아무리 '갈굼'을 당해도 곁에 있어 줄 작정이
었다. 하지만 브라이언트는 킴이 같은 일을 당할 때 한 번도 함께해 주
지 않았다.

"준비됐습니까?"

경감의 황동 명판이 붙어 있는 문에 이르러 킴이 물었다.

킴은 문을 두드리고 들어갔다.

"앉아, 둘 다. 보고하게, 스톤."

둘이 앉자 우디가 킴 쪽을 힐끗 보며 말했다.

킴은 방금 아래층에서 칠판에 적었던 모든 것을 반복해 말했다.

우디는 고개를 끄덕이더니 브라이언트에게 시선을 돌렸다.

"둘 모두와 이야기하고 싶었네. 시신이 발견된 장소가 알려질 경우
사건이 복잡해질 수 있어. 그 시설은 지금도 철저히 보안이 유지되는
비밀 시설이야. 하필 우리가 그 사실을 폭로하고 싶지는 않군."

'이게 다야?'

그 정도는 킴 혼자서도 알아낸 터였다.

"그리고 하나 더."

당연히 하나 더 있겠지.

"주말에 대해서 잊지 않았는지 확인하고 싶은데."

"어……. 주말이요?"

킴은 브라이언트를 힐끗 보며 물었다. 브라이언트에게서도 아무런

단서를 얻을 수 없었다.

"시상식 말이네, 스톤."

"아, 그거요. 네."

제기랄, 벌써 그날이 왔다니! 잊고 있었다. 킴은 최근에 해결한 납치 사건에 대해 표창을 받기로 되어 있었다.

킴도 고마운 줄 모르는 사람이 되고 싶지는 않았다. 하지만 그녀는 상을 별로 탐내지 않았다. 늘 그랬듯, 그 사건도 팀원들이 함께 노력해 해결한 사건이었다. 킴에게 딱히 명예욕이 있는 것도 아니었고.

상을 조각조각 자를 수만 있다면, 킴은 아무 불평 없이 그녀와 똑같은 시간을 근무해 온 팀원들에게 주고 싶었다. 팀원들은 그 사건을 위해 생활 전체를 갈아 넣었다. 그것도 기꺼이.

다음으로는, 킴과 팀원들이 떠난 이후 과학수사팀 기술자들이 증거를 확보하는 동안 며칠 내내 현장을 지켜 준 경찰관들에게 주고 싶었다.

그 뒤에는 납치당한 아이들의 상처를 꿰매고 돌봐 준 의료계 종사자들에게 주고 싶었다. 그런 다음에는 아이들의 회복을 도울 정신과 의사들과 상담사들에게도.

"그러니까 지금부터 그때까지 내 책상 위에 민원이 쌓이지 않았으면 좋겠군."

"네."

'아니, 언제나 민원이 쌓이는 것처럼 말하잖아.'

"내가 자네 말을 곧이곧대로 듣지 못해도 이해하게, 스톤. 이번 사건에서는 브라이언트와 딱 붙어 다니도록."

킴은 부츠 안에서 발가락이 말려 들어가는 걸 느꼈다. 어쨌든 브라이언트와 붙어 다니는 게 자연의 질서인 것 같긴 했지만, 그렇게 하라는 지시를 받으니 극히 화가 났다.

"경감님, 괜찮으시면……."

"부탁이 아니었네, 스톤."

킴이 갑자기 일어섰다.

"그게 전부라면……."

"다시 앉아. 삐치지 마, 스톤. 자네답지 않아. 내가 이런 말을 하는 건, 세상에는 다른 시각에서 접근해야 하는 사건도 있기 때문이야. 아무도 일 처리하는 자네 능력을 의심하지는 않아. 하지만 가끔은 약간의 꾀와 정치질이……."

"예의를 갖춰서 말씀드리는 겁니다만……."

"스톤, 내 오른쪽 주먹을 펴 봐."

그가 무겁게 한숨을 쉬며 말했다.

"예?"

킴은 우디가 책상 너머로 내민 꽉 쥔 주먹을 보며 눈썹을 치켜올렸다. 우디는 킴의 얼굴에서 꽉 쥔 주먹으로 시선을 돌렸다.

"간단한 명령이잖나. 내 오른손 주먹을 펴 봐."

킴은 몸을 숙이고 왼손을 써서 우디의 주먹을 위쪽으로 돌렸다. 우디의 손가락을 따라 손바닥까지 간 다음 손가락을 떼어 내려 했다. 다른 손가락들을 쥐는 데 도움을 주는 엄지부터 당겼다. 엄지는 꿈쩍도 하지 않았다. 킴은 오른손을 들어, 왼손으로는 엄지를 들어 올리고 오른손으로는 나머지 손가락을 떼어 내려 했다. 아무것도 움직이지 않았다.

킴은 손을 놓고 다시 의자에 앉았다. 상관이 증명하려는 게 정확히 무엇인지 알 수 없었다.

우디는 쥐고 있던 손을 브라이언트에게로 옮겼다.

"브라이언트, 내 주먹을 펴 보게."

킴은 브라이언트가 손을 뻗을 거라고 예상했지만, 브라이언트는 앉은 자리에 그대로 있었다.

"경감님, 주먹을 좀 펴 주시겠습니까?"

브라이언트의 말에 손가락이 마법같이 떨어져 쫙 펴졌다.

킴이 끙, 소리를 냈다.

"무슨 말인지 알겠지, 스톤. 같은 문제에도 두 가지 다른 접근법이 있는 거야. 자네는 한 번도 입을 쓰겠다는 생각을 떠올리지 못했지."

뭐, 킴은 입을 쓰겠다는 생각도 해 보았다. 우디가 생각한 방법은 아니었지만. 상관의 손가락을 물어뜯으면 분명 근무 평가지에 그 내용이 적힐 테니 참았을 뿐.

킴이 앉은 채로 움직거렸다.

"그럼 이제 가도 됩니까?"

"가 봐, 스톤."

우디는 문 쪽으로 손을 내저으며 말했다.

사무실로 돌아가는 내내 뒤통수에 꽂히는 브라이언트의 히죽거리는 웃음이 느껴졌다. 들어가 보니 사무실은 조용했다.

스테이시는 컴퓨터를 열심히 들여다보고 있었고, 케빈은 자기 책상 한가운데에 탑처럼 쌓인 종이 더미를 우울하게 바라보고 있었다.

"아주 어린 사람들과 아주 늙은 사람들은 걸러내."

"걸러냈어요. 이게 남은 거예요."

실종과 관련된 절차는 사람들 예상보다 훨씬 더 복잡했다. 몇 가지 사실이 적힌 단순한 보고서를 작성하는 간단한 일이 아니었다.

과거에는 실종자들이 오직 서류에만 기록되었다. 그러나 지금은 그 자료가 전산화되어 콤팩트(COMPACT)라는 시스템에 입력된다. 그 바람에 이제는 절차가 둘로 나뉜다.

최초 신고 접수자는 신고 대상자가 정말로 실종된 건지, 그냥 자리를 비운 건지 확인하기 위해 열여섯 가지의 매우 중요한 질문을 던져야 했다. 그런 정보에는 이름, 생일, 주소, 인상착의, 입고 있던 복장, 정신 상태, 신체 상태 등 일상적인 정보가 포함되었다. 경찰은 이런 정보를 토대로 그림을 그려 나간다.

일단 답을 얻으면 그 정보가 오아시스(OASIS)라는 관제 시스템에 입력된다. 이 시점에서 당직 수사관이 통보를 받아 실종자 신고를 더 살펴볼지 말지 결정한다.

전산 시스템은 규모가 엄청나게 컸고 언제나 속도가 빠른 건 아니었다. 그래서 팀원들은 헤일소언 경찰서에 접수된 신고서는 서류로 살펴보고, 다른 경찰서에서 넘어온 사건들은 전산 시스템으로 확인했다.

"좋아, 서류를 네 더미로 나눠. 파 보자."

피해자의 이름을 찾아 주는 것보다 더 중요한 일은 없었다.

킴은 남는 책상에 앉았다. 사무실이 고요해졌다. 종이 넘기는 소리만 들렸다.

킴은 소거법을 활용했다. 가장 흔하게 묘사되는 인상착의는 머리카락과 눈 색깔이었다. 부어오른 살 너머로 보이던 눈은 파란색이었다. 금발과 파란 눈을 둘 다 포함하고 있지 않은 신고서는 전부 뒤집어 책상에 올려놓았다.

"되게 우울하네요."

브라이언트가 고개를 저으며 말했다.

킴은 브라이언트가 맞지 않는 신고서를 한 장 한 장 가만히 내려놓는 모습을 보았다. 킴도 이해했다. 수사관으로서의 브라이언트는 실종된 여성 모두를 더 깊이 파고들고 싶어 했다. 아버지로서의 브라이언트는 그들을 집으로 데려오고 싶어 했고.

"기간은 어디까지 잡은 거야, 케빈?"

"석 달이요."

너무도 짧은 기간에, 신고가 엿같이 많았다.

"찾았습니다."

케빈이 종이 한 장을 집어 들며 말했다. 케빈을 제외한 모두가 미심쩍다는 듯 서로를 보았다.

케빈은 눈으로 자세한 정보를 훑으며 고개를 끄덕였다.

"맞아요, 대장. 사진이 있습니다. 그 십자가 목걸이를 걸고 있어요."

그가 신고서를 읽기 시작했다.

"토요일 점심시간 이후로 실종됐답니다. 부모가 신고했고요. 이름은 저마이마 로입니다."

킴의 머릿속에 약간의 평화가 찾아왔다.

피해자에게 이름이 있었다. 이제 킴은 그녀를 죽인 개자식을 찾기만 하면 되었다.

# 8

"자, 그럼 해 보시죠. 얼마?"

브라이언트가 말했다. 킴은 브라이언트가 뭘 묻는지 알고 있었다. 둘은 자주 집값을 놓고 내기했다. 이번 주택은 로 가족의 집이었다.

케빈이 가족들을 집으로 데려오고 있었다. 킴은 가족들이 딸의 시신을 그런 상태로 봐야 한다는 점이 싫었지만 수사를 진행하려면 어쩔 수 없이 해야 하는 일이었다.

킴은 키츠가 최선을 다해 가족들의 고통을 줄여 주었으리라는 걸 알았다. 하지만 키츠는 법의병리학자였지 기적을 일으키는 사람이 아니었다. 저마이마의 얼굴이 뭉개졌다는 진실과 그 잔혹함을 감출 수는 없었다. 죽기 직전에 딸이 느꼈을 고통을 그녀의 부모에게 감춰 줄 만한 친절한 말 같은 건 없었다. 저마이마의 모습은 그들을 영영 떠나지 않을 것이다.

복장과 장신구, 맹장 수술 자국과 오른손 새끼손가락의 뼈 기형으로 신원이 확인됐다. 피해자는 31세의 저마이마 로가 분명했다.

킴은 눈을 가늘게 뜨고 주택을 살펴보았다. 정면이 둘로 나뉘어 있고, 납으로 된 창살이 달린 돌출된 창문 사이에 문이 틀어박혀 있었다. 집은 외따로 떨어져 있었다. 자동차 두 대가 들어가는 차고가 있고, 그 너머로는 비슷한 주택 세 채가 나란히 서 있었다.

"3만 1천 파운드."

브라이언트가 추측했다. 킴은 고개를 저었다. 2만 8천 파운드 이상일리는 없었다.

"말도 안 되죠. 방이 다섯 개, 적어도 네 개는 있을 텐데."

킴은 그렇게 생각하지 않는 이유를 설명했다.

"나무가 늘어선 곳 너머에는 차량 통행량이 많은 도로와 메리힐 쇼핑 센터가 있습니다. 큰 그림을 보세요."

"그건 그렇지만……."

"왔네요."

자동차 한 대가 천천히 다가오자 그녀가 말했다.

차가 멈추자 케빈이 앞자리 조수석에서 내려 뒷문을 열었다. 저마이마 로의 아버지 로 씨가 먼저 내려서 아내가 내리도록 도와주었다. 이어서 그의 아내가 차에 타고 있던 세 번째 사람에게 손을 내밀었다. 부부의 다른 딸이었다.

로 씨는 케빈에게 짧게 고개를 끄덕였다. 케빈은 예의를 갖춰 마주 고개를 끄덕인 뒤 다시 차에 탔다.

가족이 다가오는 모습을 보며 킴은 그들이 서로 똑바로 눈을 마주치지 않는다는 걸 알았다. 눈을 마주쳤다가는 방어벽이 무너질 테니까. 다른 사람의 얼굴에 투영된 자신의 고통을 보면 아직 받아들일 수 없는 일이 확인될 테니까.

그러나 가족 모두를 이어 주는 신체적인 접촉은 있었다. 로 씨는 아내의 어깨를 팔로 느슨하게 감싸고 있었고 그의 아내는 딸의 손을 잡고 있었다. 새라 로는 언니와 똑같은 금발이었지만 좀 더 살집이 있어 건강해 보였다.

"로 씨, 로 부인."

브라이언트가 앞으로 나서며 말했다.

"브라이언트 경사와 스톤 경위입니다. 들어가도 될까요?"

로 씨는 망설인 끝에 고개를 끄덕였다. 그러나 그의 온몸은 둘에게 떠나 달라고 간청했다. 킴도 그럴 수 있기를 진심으로 바랐다. 유족의 슬픔에 침입하는 것은 한밤중에 침실에 들어가는 것과 비슷한 일이었다.

그들은 천천히 진입로를 가로지르는 가족들을 따라갔다.

로 씨가 현관을 열고 옆으로 비켜서 아내와 딸이 들어가게 해 주었다. 일단 안에 들어간 가족들은 뭘 해야 할지 몰라 복도에 잠시 멈춰 섰다. 이제는 모든 것이 같으면서도 낯설었다. 딸이 다시는 들어오지 않을 것이기에 집이 달라 보였다. 아무도 뭘 해야 할지 몰랐다. 새로운 일상을 찾기까지 일상은 정지되었다.

"차를 타 올게요."

로 부인이 딱히 누구에게라고 할 것 없이 말했다. 그건 하나의 행동, 움직임, 잠시 관심을 돌리기 위한 동작이었다. 가족 연락 담당관이 곧 도착하면 그 작은 업무조차 넘겨질 테지만.

오른쪽 문은 베이지 색조로 장식된 거실로 이어졌다. 킴은 구석에 있는 평면 TV를 보았다.

로 씨가 그들을 안으로 안내했다. 로 씨가 안락의자에, 킴과 브라이언트는 소파에 앉았다.

"위로를 전합니다."

킴이 이런 진부한 말에 무슨 의미라도 있는 것처럼 예의를 갖추자 상대가 고개를 끄덕였다. 그래 봐야 아무 의미 없었다. 모든 게 실수였다는 말을 제외하면 슬픔에 젖은 이 남자에게는 그 무엇도 의미가 없었다. 킴도 이해했다. 그녀는 남자가 방금 보아야만 했던 것을 보았다. 킴에게도 충분히 끔찍한 모습이었다. 이 남자에게는, 킴으로서는 헤아릴 수도 없는 트라우마였을 것이다.

킴은 로 씨가 50대 중반일 거라고 짐작했다. 흰 셔츠와 검은색 바지는 몸매와 맵시를 유지하고 있는 남자의 신체를 드러내 주었다. 머리는 짧았고 흰 머리는 굳이 감추지 않았다. 얼굴에서 야외 활동을 많이 한 티가 났다.

"새라는 빠져도 될까요?"

그가 킴과 브라이언트를 번갈아 보며 물었다. 갑작스러운 우려가 그의 눈 속 걱정과 슬픔 사이에 자리 잡았다.

킴은 고개를 끄덕였다. 그녀는 절대적으로 필요한 상황에만 저마이마의 동생과 이야기할 생각이었다.

로 부인이 방에 들어와 유리로 된 커피 테이블에 쟁반을 내려놓았다. 쟁반에는 찻주전자, 설탕 그릇, 우유 주전자가 있었으나 찻잔은 없었다. 아무도 지적하지 않았다. 아내에게 의자를 내주려고 로 씨가 일어섰다.

로 부인은 하이힐 덕에 남편과 키가 똑같았다. 핀과 고무줄로 간신히 정리한 헝클어진 붉은 곱슬머리였다. 로 씨가 의자 뒤로 돌아가 아내의 어깨에 손을 얹자 킴은 둘이 얼마나 매력적인 부부인지 알아차릴 수밖에 없었다.

"저마이마가 언제 실종됐는지 말씀해 주실 수 있겠습니까?"

킴의 질문에 로 부인이 답했다.

"토요일 오후요. 퇴근이 늦었어요. 그런 적은 한 번도 없었는데."

집에 와서 부모와 차를 마시다니, 킴은 그게 과연 서른한 살짜리가 매주 토요일에 할 만한 일인가 생각했다.

"저 마이마가 결혼은 했나요? 아이들은요?"

로 부인이 고개를 저었다.

"슬슬 그러고 싶다는 생각은 했던 것 같은데, 대학을 졸업한 이후로 저 마이마의 우선순위는 언제나 일이었어요. 걘 말 조련 전문가거든요. 모든 일이 해결될 때까지는 여기 살면서 동네에서 일할 생각이에요."

"모든 일이 해결된다고요?"

"아, 죄송해요. 저 마이마는……. 그 아이는…….

로 씨가 아내의 말을 이어받았다. 로 부인은 딸이 살아 있는 것처럼 현재 시제를 써 놓고 스스로 놀라 헤매고 있었다.

"저 마이마는 약 5년 전에 갑자기 두바이로 가기로 했습니다. 말을 사육하는 가족에게 고용됐거든요. 집에 돌아온 지는 한 달도 채 되지 않았습니다."

킴은 알겠다는 뜻으로 고개를 끄덕였다.

"저 마이마에게 남자친구가 있었습니까?"

"누굴 만나긴 했어요. 그냥 데이트를 한두 번 한 것 같았어요."

브라이언트의 펜이 노트패드 위에 들려 있었다.

"이름은 사이먼 로치입니다. 저 마이마가 길 건너에서 쇼핑하다가 만난 사람이에요. 무슨 회사 과장이라던가."

"만나 보셨습니까?"

로 씨가 확인해 주었다.

"한 번이요. 어느 날 밤에 저 마이마가 식사하자고 데려왔습니다."

"그리고요?"

브라이언트가 물었다.

"첫인상만 가지고 사람을 판단하고 싶지는 않군요."

그 한마디가 많은 것을 선명히 알려 주었다.

"저마이마에게 원한을 가질 만한 사람이 있습니까?"

로 씨가 인상을 찡그렸다.

"전혀 아닙니다. 저마이마는……. 온순한 아이였어요."

로 부인은 남편이 쓴 과거 시제에 터져 나온 흐느낌을 눌러 참았다.

로 씨가 아내의 어깨를 다시 꽉 잡았다.

"저마이마는 싸움을 잘 거는 스타일이 아니었어요. 말다툼을 극히 싫어했고, 문제가 생기면 언제나 자리를 뜨는 편이었습니다."

킴은 일어섰다. 지금으로서는 질문을 할 만큼 했다. 하루치고는 이 가족의 슬픔에 너무 오랫동안 침범했다.

브라이언트도 킴을 따라 일어섰다. 킴이 미처 말할 겨를도 없이 그가 입을 열었다.

"시간 내주셔서 감사합니다. 그리고 다시 한번 위로를 전합니다."

킴은 복도를 가로질러 갔다.

그림자가 계단 위에서 어른거리고 문이 조용히 닫혔다.

킴은 잠시 망설이다가 그 집을 떠났다.

# 9

킴은 아이팟을 켰다. 바흐의 곡을 다양하게 들어 본 적은 없지만, 브란덴부르크 협주곡의 현악기 연주는 오토바이 작업에 도움이 되었다.

바흐는 몇 가지 악기를 위한 협주곡을 만들었다. 호른 둘, 오보에 셋, 바순 하나, 바이올린 둘, 비올라 하나와 첼로 하나. 그 모든 요소를 한데 모아 음악을 만들어 내는 과정은 킴의 차고 바닥에 흩어져 있는 부품을 조립해 내는 작업과 그리 다르지 않았다. 언젠가는 이 부품들이 1954년형 BSA 골드스타가 될 것이다.

킴은 저마이마의 부모와 만나는 것으로 하루 일을 마무리 지었다. 케빈은 종이에 베여 가며 실종자 관련 서류를 만지고 있었다. 스테이시는 화면을 들여다보느라 사시가 되어 갔고, 브라이언트는 처음부터 킴과 붙어 있었다. 모두 오후 7시가 되기 전 퇴근할 자격이 있었다.

킴은 수사의 이 부분이 싫었다. 사무실 화이트보드의 글자에 숨 쉴 공간이 있는, 수사의 시작 단계. 킴에게는 이 작업이 언제나 조약돌을 쌓는 것처럼 느껴졌다. 시멘트가 없으면 진전이 이루어지지 않는다.

킴은 시간을 들여 창문을 전부 닦은 후 바니를 데리고 밤 산책을 했다. 지금 바니는 주방 문지방에 몸을 걸치고 엎드려 있었다. 녀석의 앞발 끝에 사슴 뼈 한 조각이 놓여 있었다. 그 간식이 오랫동안 버티며 개에게 할 일을 만들어 준다고 했다. 바니는 가끔 뼈를 씹어 보고는 그냥 놔두었다. 이 속도라면 바니의 새끼한테까지 그 뼈를 물려줄 수 있을 것 같았다. 녀석은 즉각적인 만족감을 원했다.

바니는 킴이 앞서 다룬 사건을 통해 킴에게 오게 되었다. 원래 녀석은 유죄 판결을 받은 강간범의 충실한 반려동물이었다. 그런데 녀석의 주인이 손즈가(街)에서 살해당했다. 공격당한 뒤에도 개는 자유를 찾아 도망치지 않고 털에 피가 튄 채로 주인 옆에 앉아 있었다. 지금은 그 핏자국이 지워졌지만, 킴은 지금도 손즈가에 앉아 있던 녀석을 떠올릴 수 있었다. 그보다 선명한 장면은 더 이상 바니를 돌볼 수 없게 된 강간범의 나이 든 어머니와 분리되어 유기견 보호소의 '입양 불가' 구역에 있던 녀석의 모습이었다. 바니의 철창에는 명패조차 없었다. 보호소에서는 바니가 다시 가정을 찾을 가능성이 없다고 그만큼 확신했다. 무슨 이유에서인지는 모르겠지만, 불행히도 바니는 다른 사람들과 잘 어울리지 못했다. 그 탓에 여느 이삿짐센터 트럭보다도 많은 집을 전전했다.

킴은 마지막으로 바니를 한 번 쓰다듬어 준 뒤 일어섰다. 그녀는 자신이 살면서 만난 그 누구보다 이 개와 공통점이 많다는 걸 잘 알고 있었다.

킴은 고개를 기울이며 바니를 보았다. 바니도 똑같이 그녀를 보았다.

"당근 줄까?"

바니의 귀가 쫑긋 섰다. 녀석이 꼬리로 바닥을 탁탁 내리쳤다.

"그래, 그럴 줄 알았⋯⋯."

아이팟 옆의 핸드폰이 울리기 시작하는 바람에 킴은 말을 멈추었다. 자정이 지난 뒤에 좋은 소식이 들려오는 일은 많지 않았다.

화면을 확인했다. 모르는 번호였다.

"스톤입니다."

[아, 경위님. 깨어 있을 줄 알았어요.]

처음에는 그 느릿느릿 놀리는 듯한 목소리를 알아듣지 못했다. 하지만 일단 그 정체를 알아차리고 나자 킴은 신음을 토해 냈다.

지역 신문의 기자이자 전국구 밥맛, 킴 스톤의 전화번호를 알아서는 안 되는 인간인 트레이시 프로스트였다.

"당신이 사는 하수구에서는 아직 자정이 아닌 모양이죠?"

[아, 아시잖아요. 난 기자예요. 우린 절대 잠을 자지 않아요.]

킴은 트레이시에게 적용하기에는 '기자'라는 용어에 지나치게 많은 권위와 전문성이 들어 있다고 생각했지만, 그냥 놔두었다. 킴이 한 지난번의 주요 수사에서 트레이시는 눈엣가시였다. 그녀는 보도 통제가 이루어지고 있는데도 납치 기사를 내겠다고 협박해 왔다. 아이들이 무사해지려면 수색할 시간을 적절히 잡아야 했건만, 트레이시 프로스트가 지나친 압력을 가했었다.

[경찰이랑 비슷하죠? 우린 닮은 데가 아주 많아요.]

킴은 귀에서 핸드폰을 떼어 놓고, 핸드폰이 방금 자기 귓불을 핥기라도 한 것처럼 노려보았다. 이 여자, 약이라도 먹은 건가?

"이제 끊죠. 그러니까……."

[제가 경위님이라면 끊지 않을 거예요. 듣고 싶을 테니까…….]

"트레이시, 우리가 친구가 아니라는 건 알죠?"

트레이시가 키득거리며 대답했다.

[그럼요.]

"내가 당신 모습을 보는 것조차 견딜 수 없고, 내가 조사하는 그 어떤 사건에 대해서도 당신에게 정보를 흘리지 않으리라는 것도 알고요?"

[당연하죠.]

"그럼 대체 왜 전화를 붙들고 있는 겁니까?"

킴은 숨을 참으며 웨스털리 소식이 아직 터지지 않은 것이기를 바랐다. 이 오밤중에 우디를 침대에서 끌어내 비상근무를 시키고 싶지는 않았다.

[그게, 제가 웨스트머시아에서 최근 미제 사건 몇 건을 해결했다는 특집 기사를 쓰고 있거든요. 솔직히 말하면, 웨스트미들랜즈 경찰에서는 그러지 못했다는 사실에 좀 더 초점을 맞추고 있어요. 경위님 이름도 좀 다루려고요. 그래서 경위님한테 변명할 기회를 드릴까 했죠.]

킴은 한숨을 쉬었다. 안도감과 역겨움이 동시에 흘러나왔다. 트레이시 프로스트는 언제나 부정적인 면에 집중했다. 현실을 말하면 변명거리가 되긴 할 것이다.

"프로스트, 끊겠습니다."

킴이 핸드폰을 귀에서 떼며 말했다.

[진정해요, 스톤. 당신 상관한테 이미 한마디 해 달라고 했는데 거부해서 당신한테 전화한 거예요. 당신 이름이 기사 전체에 도배될 테니까.]

당연히 그럴 것이다. 킴이 이 여자에게 사근사근하게 대해 주지 않는다는 사실은 트레이시가 웨스트미들랜즈 경찰에 관해 다룰 때 킴이 종종 그 초점이 된다는 뜻이었다. 그녀가 우디에게 전화를 걸었다는 점은 킴의 팀원들이 하필 그때 웨스털리에 방문하게 된 까닭도 설명해 주었다.

[내가 다룰 미제 사건 중 하나는 밥이라는 그 남자 사건인데…….]

"그게 대체 누굽니까?"

[1년 전, 손가락이 잘린 채 펜스 풀 저수지에서 발견된 신원 미상의 남자예요. 나는 그 사람을 밥이라고 부르거든요.]

킴은 역겨워 코에 주름을 잡았다.

"물속에서 발견돼서 밥이라고 부르는 겁니까? 물고기 밥이라고?"

[우리 삼촌 로버트가 생각나서 밥이라고 하는 거예요. 밥이 로버트의 애칭이니까. 엿이나 먹어요, 스톤. 나도 그렇게까지 냉혈한은 아니에요.]

킴의 마음속 배심원들은 그 말에 동의하지 않았다.

킴은 스피커폰을 켜고 핸드폰을 작업대에 올려놓았다. 차고 한가운데에 쌓여 있는 부품 더미로 돌아가 무릎을 꿇었다. 이 비천한 인간이 하겠다는 말보다는 연결 막대를 피스톤에 조립하는 데 훨씬 더 관심이 갔다.

킴은 트레이시를 재촉하는 말을 전혀 하지 않았지만, 그녀는 어쨌든 말을 이었다.

[그 사건은 당연히 기억하시죠?]

"기억합니다. 내 사건은 아니었지만."

킴은 블로램프로 손을 뻗으며 대답했다. 그 사건은 브라이얼리 힐 경찰서에서 처리했다. 시신이 발견된 장소에서 돌 던지면 닿을 거리에 있는 경찰서였으니까. 킴과는 아무 관련이 없는 사건이었다.

[살인범을 못 찾았어요.]

"그래서요?"

간혹 있는 일이었다. 물론, 어떤 경찰관도 그런 상황을 좋아하지는 않았다. 그들은 미제 사건을 절대 잊지 않았다. 미제 사건은 긁지 못한 가려움처럼 이따금 사람을 자극했다.

[왜 이래요, 스톤. 손가락 없는 남자라면 당신이 흥미를 느낄 법한데. 관심이 생기지 않아요? 살인자가 피해자 신원을 알아내지 못하게 해 놓고 빠져나간 거예요. 불쾌하지 않아요?]

불쾌했다. 그리고 분노를 일으키는 이 여자는 그 사실을 아주 잘 알고 있었다.

킴은 바니가 핸드폰 쪽으로 궁둥이를 돌린 채 엎드린 걸 보고 미소 지었다. 정말이지 영리한 개였다.

킴은 블로램프를 내려놓고 작업대 위의 물건들을 움직이기 시작했다.

[아니, 스톤. 뭐 하는 거예요?]

트레이시가 소리쳤다.

"공구 찾는데요. 그러니까 한밤의 수다가 끝났으면…….."

[진짜 좀, 경위님. 이게 경위님 사건이었다면 놈이 빠져나갔을 가능성은…….]

"아아아, 스패너다."

[저기요.]

"스패너를 찾아서요."

킴이 공구 쪽으로 손을 뻗으며 심드렁하게 말했다.

[그 가엾은 남자는 신원이 확인되지 않았어요. 이름도 없다고요. 아니, 그 사람이 당신 가족이라고 생각해 봐요. 네? 그런 식으로 방치하지는 않았을…….]

"어떤 피해자도 방치되지 않습니다."

킴은 그렇게 쏘아붙이고, 자신이 이 여자가 찾고 있던 바로 그 답을 내주었다는 걸 한발 늦게 깨달았다. 반응하고 말았다.

"이제 끊습니다, 프로스트."

킴은 핸드폰으로 손을 뻗으며 말했다.

[그리고 그냥 말씀드리는 건데, 경위님 표창장 수여식에 신고 가려고

새 신발을 샀……]

킴은 핸드폰을 끄고, 차고에 찾아온 갑작스러운 평화를 즐겼다. 트레이시 프로스트가 발을 구르며 들어와 여기 주저앉기라도 한 것처럼 평화가 깨졌었는데.

킴은 손을 뻗어, 자신만의 특별한 공간에 다시 바흐의 음악을 들여왔다.

트레이시는 대체 무슨 생각이었을까? 다른 경찰서의 팀이 해결하지 못한 사건을 킴이 정말로 가져오고 싶어 할 줄 알았을까? 킴은 자신의 관할 지역에서 벌어지는 일만으로도 벅차게 바빴다.

그러나 연결 막대를 피스톤에 끼워 넣으려던 킴은 자기도 모르게 밥이라는 남자를 생각하고 있었다.


# 10


트레이시 프로스트는 쿼리 뱅크 번화가 맨 아래쪽에 있는, 임대한 작은 주택에 들어갔다. 앰블코트의 좀 더 부유한 지역과 우편 번호는 달라도 트레이시는 이곳을 계속 사서함 주소로 활용했다.

다른 뭔가를 하기 전에, 그녀는 식탁의 노트북으로 다가가 스페이스바를 눌렀다. 컴퓨터가 윙윙거리며 살아났다. 그녀가 가장 아끼는 물건인 흰색 아우디 TT가 화면 중앙을 채웠다.

쿼리 뱅크 번화가에서 트레이시의 것 같은 자동차는 부정적인 관심을 끌 수 있었다. 언덕 더 위쪽의 싸구려 가게로 향하는 사람들은 가끔 멈춰 서서 차를 보며 감탄했다. 맞은편의 오토바이 용품점 창문을 들여다보는 아이들도 차를 한 번 들여다보겠다고 길을 건너올 수 있었다. 질투심 어린 이웃들이 타이어 한두 개를 펑크 낼 수도 있었다. 트레이시가 카메라를 설치하기 전에는 그런 일이 자주 있었다.

거의 새벽 1시였다. 오늘 밤 그녀의 자동차 곁을 지나가는 사람은 극히 드물 터였다.

트레이시는 노트북 화면을 열어 둔 채 10센티미터짜리 하이힐을 벗었다. 그녀는 이 빌어먹을 신발이 증오스러웠다. 하지만 그 신발이 없으면 아무것도 아닌 존재가 될 것이다. 트레이시는 자신의 자동차를 그 무엇보다도 좋아했다. 그러나 선택해야만 한다면 하이힐을 선택할 터였다. 하이힐에는 그녀의 제정신이 달려 있었다.

트레이시는 하루 종일 불안한 느낌에 시달렸다. 평소라면 내면의 불안을 잠재워 주었을 모든 일을 다 했다. 온라인 청구서를 확인했지만 특이한 건 보이지 않았다. 은행 잔고는 늘 비슷한 수준에서, 마이너스 통장 대출 한도 직전에서 맴돌았다.

트레이시는 일기장을 앞뒤로 훑어보며 잊어버렸거나 곧 다가오는 생일 혹은 기념일이 있는지 살폈다.

어머니에게 전화를 걸어, 지난번 전화를 건 이후로 벌어진 거의 모든 시시콜콜한 이야기를 들었다. 평소처럼 모든 것이 괜찮은 척, 다가오는 주에는 정말로 어머니와 아버지를 만나러 갈 시간을 내려고 노력하는 척했다. 트레이시는 이 두 가지 말이 모두 거짓말이라는 것도, 어머니가 그 사실을 안다는 것도 싫었다.

그녀는 가장 싫어하는 경찰관을 조금 자극하면 기분이 나아질 거라고 믿었지만, 그렇지 않았다.

트레이시가 킴 스톤에게 인정하지 않은 것 한 가지는 밥을 생각할 때마다 떠오르는 죄책감이었다. 2년 전, 그녀는 밥의 시신이 구급차에 실려 가는 모습을 지켜보았다. 그때 트레이시는 누구든 밥에게 그런 짓을 저지른 자를 찾아 그 정체를 폭로하겠다고 맹세했다. 편집장에게는 범인을 찾아내는 데 초점을 맞춘 흥미 요소의 기사를 쓰겠다고 말할 작정이었다.

이틀 뒤, 그녀는 연인의 폭로로 코카인 중독 사실이 밝혀진 지역 축구 선수에 관한 기사를 쓰고 있었다. 섹스와 마약에 관한 기사라니, 도저히 참을 수 없었다. 그리고 트레이시의 기사가 실린 신문은 〈더들리 스타〉에서 두 번째로 높은 판매고를 올렸다. 그보다 판매 부수가 많았던 건 다이애나 왕세자비 기념판뿐이었다.

그다음 주, 편집장에게 밥에 대해 이야기했더니 편집장은 그 남자가 호수에서 인양되었다는 사실을 어렵사리 기억해 내고는 트레이시의 요청을 거절했다. 트레이시는 밥의 살인사건을 수사하는 경찰이 아니었다. 하지만 밥을 죽인 자가 여전히 자유롭게 돌아다니고 있다는 데 왠지 책임감이 느껴졌다. 밥의 사건은 가끔 트레이시의 의식으로 뛰어들어 그녀의 따귀를 후려쳐 대는, 그런 사건이었다. 웨스트머시아가 몇몇 미제 사건을 해결하는 데 성공했다는 소식을 들으니 밥이 머릿속 전면에 다시 떠올랐다.

하루가 흘러가는 동안 트레이시는 생각할 수 있는 것을 모두 생각해 보았지만, 그럼에도 기분은 나아지지 않았다.

어쩌면 그냥 잠을 자야 하는 건지도 몰랐다. 이런 기분이 다음 날까지 이어지는 경우는 드물었다.

트레이시는 지미추 한 켤레를 들고 침실로 올라가 문을 열었다. 신발을 발가락 부분이 뾰족한 다른 하이힐 뒤, 아누크 라인의 신발들 사이에 놓았다. 지금까지 트레이시는 이 신발 여섯 켤레를 모았다. 한 켤레 한 켤레 모두 왼쪽 신발에 깔창이 깔려 있었다.

트레이시는 이 신발을 신고 종종걸음 칠 때마다 사람들이 등 뒤에서 비웃는다는 걸 알고 있었다. 괜찮았다. 그들은 이 신발이 그녀의 진짜 문제를 감추는 데 도움을 준다는 걸 모르고 있었으니까.

인생 대부분 그녀를 괴롭혀 온 문제 말이다.

# 11

아, 엄마. 매일 엄마가 그리워요.

엄마가 떠난 이후로 나는 진창 같은 세월을 질척질척 헤쳐 왔어요.

엄마가 날 떠났다니! 머릿속에서 늘 이런 표현을 쓴다니 참 이상하죠, 엄마는 날 떠나지 않았으니까. 엄마는 씨발, 죽었죠.

미안해요, 엄마. 엄마는 욕하는 걸 싫어하는데. 나도 싫어해요. 엄마는 욕을 쓰는 건 어휘력이 부족하다는 증거라고 했죠.

난 언제나 엄마와 같은 생각이에요. 결국엔 그렇게 돼요.

한 번, 그러지 않았던 때가 기억나요. 잠에서 깨 보니 내 옷이 침대 아래쪽에 놓여 있었죠.

앞섶에 단추가 달려 있는 갈색 피나포 드레스*였어요. 짙은 갈색이었죠. 진흙의 색. 내 무릎과 발목 사이, 어디에도 속하지 않는 곳까지 내려오는 직사각형이었어요. 앞에 달린 펄럭거리는 천 조각 두 장이 가짜 주머니 노릇을 하는, 기다랗고 형체 없는 흙덩이 같은 옷이었죠. 진짜 주머니가 달린 것도 아니었어요.

난 주머니가 좋았는데.

난 그 옷이 싫었어요. 입고 싶지 않았어요. 엄마한테 안 입겠다고 했죠.

엄마는 다시 생각해 보라고 했어요.

난 싫다고 했고요.

엄마는 그 슬픈 미소를 지어 보였고 난 실수했다는 걸 알았어요. 하지만 돌아갈 수 없었죠.

엄마도 돌아가지 않을 테고.

엄마는 아무 말 없이 내 방으로 성큼성큼 걸어갔어요. 내가 가장 좋아하는 옷을 전부 내렸어요. 가위를, 내 머리카락을 자를 때 썼던 날카로운 가위를 가져왔어요. 그 가위가 날카롭다는 걸 아는 이유는 엄마가 언젠가 내 머리를 다듬다가 그 가위로 내 목을 찔렀기 때문이에요.

엄마는 주방 식탁 앞에 앉았어요. 엄마의 입가에서 미소가 맴돌았어요. 나는 조금이라도 표정이 보이는 것이 기뻤어요.

싹둑. 싹둑. 싹둑.

---

● 소매가 없는 점퍼스커트.

나는 엄마가 옷을 갈기갈기 자르는 모습을 지켜봤어요. 색 테이프처럼 가는 천 조각이 바닥에 떨어졌죠. 그 조각들이 서로 뒤엉켜 뱀으로 가득한 구덩이처럼 보였어요.

피나포 드레스는 우리 사이의 식탁에 개어져 놓여 있었어요.

엄마는 솔기를 뜯은 게 아니었어요. 다시는 수선할 수 없도록 옷을 잘라 버렸죠. 확실하게 망가뜨린 거예요.

나한테 교훈을 주려고.

나는 옷을 벗기 시작했고 가위질은 느려졌어요. 하지만 멈추지는 않았죠. 나는 엄마를 보았지만 엄마는 나를 보지 않았어요. 엄마는 알았으니까요.

엄마가 이겼다는 걸.

나는 노란 티셔츠를 입은 뒤 널빤지 같은 갈색 옷을 입었어요. 그 옷은 절대 녹지 않는 초콜릿 조각처럼 늘어졌어요.

엄마는 가위를 주방 식탁에 내려놓았어요. 가만히, 아무 말도 하지 않고. 그런 다음에는 싱크대 앞에 섰어요.

나는 주방 한가운데에 서서 엄마 등을 보고 있었어요. 엄마가 세제를 거품으로 바꾸는 동안 들리는 소리라고는 엄마의 손이 뜨거운 물을 휘젓는 소리뿐이었어요.

그래도 엄마는 말하지 않았죠. 내가 또 뭘 잘못한 걸까요? 난 엄마가 말한 대로 했어요. 그런데도 침묵의 벽이 서 있었어요. 허리는 불쾌한 듯 구부러져 있었고.

"엄마……."

엄마가 돌아봤어요. 엄마의 표정은 도저히 알아볼 수 없었지만, 그 아래 어딘가에 미소를 지을 희망이 있었죠.

그때가 내게는 기회, 우리의 세상을 다시 바로잡을 기회였어요.

내가 정답을 말하기만 하면 됐어요.

"엄마, 놀아 주세요."

그러자 마침내 엄마가 미소 지었어요.

하지만 엄마는 더 이상 나와 놀아 줄 수 없잖아요. 안 그래요, 엄마?

그래도 다른 친구들은 있어요.

이제 가야 해요.

두 번째로 친한 친구가 기다리고 있거든요.


# 12


"좋아, 다들. 시작하자. 스테이시, 웨스털리에 대해서 알아낸 건?"

킴은 전면적 수사가 시작된 첫날을 맞아 열의를 드러냈다.

"크리스토퍼 라이트 교수는 1959년생이에요. 교수가 두 살 때 아버지가 돌아가셨고, 어머니는 재혼하지 않았습니다. 독신이 확실하고, 다양한 의학 분야를 연구하다가 인간 생물학에 정착했어요. 엄청나게 많은 논문을 썼고, 제가 지금까지 찾은 바로는 대학교 일곱 곳의 자문위원으로 등록돼 있습니다."

"똑똑한 양반이네."

브라이언트가 말했다. 스테이시가 말을 이었다.

"아, 더 있어요. 라이트 교수는 자격을 갖춘 전문가로서, 최소 세 건의 살인사건 수사와 두 번의 항소심에서 증언했습니다. 격렬한 반대 심문을 받으면서도 냉정을 잃지 않는다는 평판이 있어요. 거기다 웨스털리에서 전일제로 일하는 동시에 지금도 강의를 꽤 활발히 하고 있어요. 학생 중 한 명이 라이트 교수가 가르치던 초기에 민원을 넣은 적이 있는데, 아무 근거 없는 내용이라 이후에 취소됐어요. 아, 그리고 브라이언이라는 고양이를 키웁니다."

"빌어먹을, 스테이시. 뭘 한 거야, 그 교수랑 사귀기라도 했어?"

케빈이 비꼬듯 하는 말에 스테이시가 인정했다.

"솔직히 말하면, 교수가 이런 내용을 인터넷에 도배해 놨어. 찾기 어렵지도 않아."

킴은 질문하려고 입을 열었으나 스테이시가 먼저 그 질문에 대한 답을 내놓았다.

"전과는 없습니다, 대장. 주차 위반 딱지를 세 번 끊었는데 세 번 다 제때 과태료를 냈어요."

"좀 뻔한 사람이네."

브라이언트가 말했다. 메모해 두어야 할 내용은 전혀 없었다.

"반면 캐서린 에번스는 얘기가 완전히 달라요."

스테이시가 눈썹을 치켜올리며 말했다.

"학술지에 기고한 적도 없고, 논문을 출간한 적도 없어요. 링크드인에서는 발견했지만 페이스북이나 트위터에서는 못 찾았습니다. 진짜 이상하죠."

킴은 그렇게 이상한 일은 아니라고 생각했다. 그녀가 알기로 링크드 인은 전문가들이 쓰는 페이스북 같은 것이었다. 킴은 링크드인에 등록 되어 있지 않았다. 페이스북이나 트위터에도. 어떤 사람들은 그냥 소셜 미디어와 거리를 두고 살아가는 편을 선택하기도 한다.

"다음."

"자밀 모하마드는 22세로, 로버로 대학교의 통계 분석학과 수석이었 어요. 페이스북, 트위터, 스냅챗, 핀터레스트에서 검색됩니다. 유튜브 에도 자밀 모하마드의 영상 여섯 건이 올라와 있는데, 기타를 연주하는 영상이에요. 실력은⋯⋯. 형편없고요. 네더튼에서 엄마, 아빠, 누나 두 명과 함께 삽니다."

그렇군. 킴의 생각에 아직 "내가 살인자다"라고 소리치는 사람은 없 었다.

"캐서린을 계속 파 봐. 그물을 좀 더 넓게 쳐야 할 것 같다. 라이트 교 수한테 연락해서 웨스털리 설립에 관여한 사람 명단을 받아."

"네, 대장."

킴은 턱을 문질렀다.

"스테이시, 그전에 웨스털리 부지 항공사진을 보여 줄 수 있어?"

스테이시가 키보드를 몇 번 입력했다. 킴은 스테이시 뒤로 가서 섰 다. 카메라가 줌인하자 킴은 지역 전체를 알아볼 수 있게 되기까지 기 다렸다.

"어떻게 피해자를 그 안에 넣었는지 알고 싶은데."

구글이 킴의 눈앞에서 계속 세상을 빙글빙글 돌려 댔다.

"정지. 웨스털리의 부지 경계선을 표시하는 개울이 있어. 그러니까 저마이마는 사실 웨스털리 부지 안에 버려진 게 아니라는 걸 알 수 있지."

킴은 그게 중요한 정보인지 미심쩍을 수밖에 없었다.

"다시 줌아웃 해 봐. 천천히. 이 지역에 다른 건 없어?"

킴과 스테이시 모두 뒤로 물러나는 카메라의 시야를 살폈다.

"저거 도로야, 스테이시?"

스테이시가 다시 줌인 했다.

"도로 비슷한 거네요."

가까이에서 살펴보니 차선이 하나밖에 없는, 흙길로 이루어진 자동차 도로였다. 풀밭에 난 바퀴 자국이나 마찬가지였다.

"정말 범인이 혼자서 피해자를 끌고 저 잔디 언덕을 올라갈 수 있었을까요, 대장?"

"피해자는 어떤 식으로든 옮겨졌습니다, 브라이언트. 우체국에서 택배로 부친 건 아니겠죠."

그녀가 스테이시를 돌아보았다.

"다시 줌아웃 해. 제기랄, 근처에 아무것도 없잖아."

장소 선택이 정말로 흥미를 끌기 시작했다. 어떤 의미가 있을 게 틀림없었다. 킴은 그 의미가 무엇인지 알고 싶었다.

"좋아, 스테이시. 잘하고 있어. 케빈, 넌 웨스털리에 접근할 수 있는 사람들과 CCTV에 집중해. 대체 피해자를 어떻게 저 위로 데려간 거지?"

벌써 말이 되지 않는 것들이 보이기 시작했다.

# 13

"대장, 대체 제가 무슨 짓을 했기에 대장과 함께 다시 여기에 오는 기쁨을 누리게 됐는지 말 좀 해 주실래요?"

"그냥 운이 좋았던 거죠."

대문이 열리기를 기다리며 킴이 말했다.

"아, 네."

"브라이언트, 잘 알겠지만 내게는 구린 일을 처리할 사람을 선택하는 아주 공정한 기준이 있습니다. 누구든 나를 가장 열 받게 하는 사람에게 시키죠. 간단합니다."

"아, 그럼 왜 항상 제가 뽑히는지 설명되네요."

킴은 말대꾸하려고 입을 열었지만 그만두었다. 브라이언트의 말이 맞았다.

그때까지도 대문은 열리지 않고 있었다.

"우리 빌어먹을 살인자님은 별로 어렵지 않게 들어간 것 같던데."

킴은 버튼을 한 번 더 누르며 끙 소리를 냈다.

대문이 움직이기 시작했다. 킴은 차를 몰고 들어가 자갈밭을 가로질렀다. 그녀는 늘어선 자동차들을 힐끗 보고는 대니얼 베이트의 빨간색 픽업트럭이 눈에 들어오자 속으로 신음했다.

"한마디도 하지 마십시오."

그녀가 브라이언트에게 짓씹어 뱉었다.

"네에, 저야 지금 상태로도 충분히 곤란한 것 같으니까요."

킴은 늘어선 자동차들의 끝, 은색 애스턴마틴 옆에 주차했다. 전날에는 못 본 자동차였다.

"좋습니다. 내가 캐서린한테 구경을 좀 시켜 달라고 하죠. 경사님은 다른 사람들과 수다 좀 떠십시오."

킴은 차에서 내린 뒤 문을 잠그려고 돌아섰다.

"아, 킴. 돌아오길 바랐습니다."

대니얼 베이트가 자기 자동차로 다가오며 하는 말에 킴이 물었다.

"왜 아직 여기 있는 겁니까?"

"던디에는 그리 급한 일이 없어서, 그냥 시간을 보낼까 했죠. 한동안 사람들 비위도 좀 거스르고요."

"그렇게 일정이 유연하다니 아주 좋겠어요."

"다 한 만큼 거둬들이는 거죠."

대니얼이 간단히 답했다. 짜증 나게도 킴은 그 말이 사실이라는 걸 알고 있었다. 크레스트우드 사건 때 함께 시간을 보내며 킴은 대니얼이 고된 일을 마다하지 않는다는 걸 알게 되었다.

"뭐, 그냥 내 비위는 거스르지 마십시오."

킴이 그의 등에 대고 말했다.

"믿을지 모르겠지만, 시도조차 안 하고 있습니다. 아직은요."

대니얼이 조수석 문을 휙 열었다. 그가 키우는 외눈박이 개 롤라가 땅으로 홀쩍 뛰어내려 몸을 털더니 꼬리를 흔들었다. 개는 돌아서서 잠시 빤히 킴을 바라보다가 픽업트럭 뒤쪽에 서 있던 그녀에게로 달려왔다. 개의 시력에 어떤 문제가 있는지는 모르겠지만 전혀 거슬리지 않았다. 킴은 즉시 손을 내밀어 개가 냄새를 맡게 해 주었다.

"그렇게 해 봐야 별 의미 없어요."

대니얼이 킴에게 다가오며 말했다. 그의 손에 목줄이 늘어져 있었다.

"개들의 코는 아주 강력하거든요. 롤라는 경위님이 대문을 지나기 전부터 경위님 냄새를 맡을 수 있었을 겁니다."

그래, 킴도 알았다. 그래도 개에게 자신이 위험한 존재가 아니라는 걸 보이는 건 킴의 자연스러운 반응이었다.

개가 킴의 부츠를 미친 듯이 냄새 맡기 시작하더니, 두어 번 장난스럽게 짖었다.

대니얼이 당황스럽다는 듯 고개를 저었다.

"경위님을 좋아하네요. 이유야 누가 알겠습니까만."

브라이언트가 다 안다는 듯 킬킬댔다.

"바니 냄새가 나나 봐요."

킴은 잡아 죽일 것 같은 눈으로 브라이언트를 보았다.

"바니가 누군데요?"

대니얼이 킴에게서 브라이언트에게로 시선을 돌리며 물었다.

"금붕어요."

킴의 대답에 대니얼이 시선을 내렸다. 롤라의 관심은 아직도 킴의 부츠에 붙박여 있었다.

대니얼이 한쪽 눈썹을 치켜올렸다.

"뭘 한 겁니까? 금붕어를 밟아 죽였어요?"

"네, 열 받게 하길래."

킴은 멀어져 가며 말했다. 등 뒤 어딘가에서 대니얼의 웃음소리가 들렸다.

킴은 포터캐빈 문을 열고 들어갔다가 두꺼운 남색 스웨터를 걸친 누군가의 가슴팍에 부딪혔다. 킴은 고개를 들었다가 남자가 흙바닥으로 내려서자 다시 시선을 내렸다.

킴이 처음으로 눈치챈 것은 레슬링 선수처럼 생긴 그 남자의 몸이나 빡빡 깎은 머리 뒤 어딘가로 태양이 사라졌다는 사실이었다. 킴이 물었다.

"누구십니까?"

"대런 제임스입니다. 경비원이고요. 집에 갑니다."

대런 제임스는 목에 걸린 가는 끈을 잡아당겨 경비원 신분증을 내밀었다. 그는 시체를 지키며 시설에서 밤을 보낸 듯했다. 그냥 교대를 마치고 떠나면 된다는 환상을 품고 있는 것 같았다.

"뭐, 처음 두 가지 답은 정답이겠지만 세 번째는 아닙니다. 여기, 브라이언트가 당신과 한마디 나눌 때까지는 아무 데도 못 갑니다."

대런이 열린 문을 고갯짓했다.

"그렇겐 안 되죠, 아가씨. 열세 시간 근무하고 자러 갈 때만 기다리고 있는데. 내 상관은 저 안에 있습니다. 그 사람과 얘기하세요."

킴이 그의 배지를 바라보았다.

"'아가씨' 대신 '경위님'이라고 해 보시죠. 내가 당신한테 수갑을 채워 문에 묶어 놓을 필요는 없게 합시다."

대런이 브라이언트를 보았다. 킴이 눈알을 굴려 댔다.

"진짜로 그러진 못합니다, 대런. 그래도 당신이 남아 줘야 합니다."

대런은 여전히 미심쩍은 듯 킴을 보고 있었다. 아니, 이젠 아무도 농담을 받아들이지 못하는 건가?

"브라이언트와 먼저 이야기한 다음에는 가도 좋습니다. 알겠습니까?"

대런이 고개를 끄덕였다.

"일단 담배 한 대 피워도 될까요?"

"피우세요."

킴이 그를 돌아 포터캐빈에 들어가며 말했다.

자밀과 그의 동료가 돌아와 있었다. 자밀은 짧게 고개를 끄덕이고 화면으로 고개를 돌렸다. 자밀 옆 남자의 시선은 그대로 머물렀다.

킴은 정면으로 그 시선을 마주 보았다. 값비싼 회색 정장을 보니 그가 밖에 주차된 애스턴마틴의 주인인 듯했다. 비싼 정장이 너무 꽉 끼지도, 너무 헐렁하지도 않게 잘 어울리는 남자였다. 셔츠는 빳빳하고 흰색이었으며 넥타이는 진홍색 실크 넥타이였다. 밤색 머리카락은 멋들어지게, 전문직처럼 짧게 깎았다. 속눈썹은 킴이 여태껏 본 그 어느 남자보다 검었다.

남자가 일어서서 손을 내밀었다. 킴이 손을 뻗어 악수했다.

"엘리트 시스템 보안 회사 대표 커티스 그랜트입니다."

킴이 아는 이름이었다. 대런의 스웨터에 그 회사 이름이 수놓아져 있었다.

킴은 눈가로 자밀의 화면에 뜬 격자를 볼 수 있었다.

"당신이 여기에 CCTV를 설치했습니까?"

킴의 질문에 그랜트가 고개를 끄덕였다.

"저희는 고객의 모든 수요를 만족시킬 수 있도록 완전한 보안 서비스를 제공합니다."

그랜트가 정장 주머니에 손을 넣으려 하자 킴이 손을 들어 막았다. 그랜트에게는 만나는 모든 사람에게 명함을 건네는 습관이 있을지 모르지만, 킴은 그의 서비스를 구매하러 온 손님이 아니었다.

그랜트가 한 발 더 앞으로 나왔다.

"라이트 교수님이 저를 부르셨습니다. 업그레이드할 부분을 살펴보고 있습니다."

말이 도망친 뒤에야 마구간 문을 닫는다는 속담이 떠올랐지만, 킴이 신경 쓸 일은 아니었다. 그녀는 돌아서서 포터캐빈 안으로 두 발짝 더 들어갔다.

"안녕하세요, 교수님."

킴이 말했다. 그녀의 사교성도 한 걸음 나아졌다, 아침 인사를 할 수 있게 되다니. 우디가 정말 자랑스러워할 것이다.

"안녕하세요, 경위님. 크리스라고 불러 주세요."

킴은 고개를 끄덕였다. 킴이 다른 사람들에게 직함을 빼고 이름을 부르게 해 주는 경우는 극히 드물었다. 누군가 킴이라는 이름으로 그녀를 친근하게 부르는 건 원하지 않았다. 사건에 연루된 사람들은 친구가 아니라 경찰관을 대하고 있다는 걸 기억해야 했다. 킴은 가끔 상대의 직함을 빼고 불렀지만.

라이트 교수가 다른 사람들을 등지며 목소리를 낮추어 속삭였다.

"사건에는 진전이 좀 있었나요? 저희에게 알려 주실 수 있는 내용이라든지요."

킴은 교수가 질문하는 이유를 알 수 있었다. 그는 이 시설의 책임자였고 시신이 발견됐을 때도 현장에 일행과 함께 있었으니까. 그러나 교수는 민간인이었고, 킴은 다른 모든 사람과 마찬가지로 그에게도 사건에 관한 자세한 내용을 공유할 수 없었다.

"실례지만, 교수님. 사실 저희 수사 노선에 관해서는 상의할 수 없습니다."

억지로 교수의 이름을 입 밖에 꺼내 보려 했지만 불가능했다.

킴은 교수의 얼굴에 떠오른 놀라는 표정을 보고 이곳에 온 이유를 이어서 말했다.

"주변을 한번 둘러보고 싶은데……."

"캐서린이 이제 막 아침 점검을 시작하려던 참입니다. 아마 따라가셔도 될 거예요."

완벽했다.

킴은 좋다는 뜻으로 고개를 끄덕이고 클립보드에 집중하고 있는 여자에게로 갔다.

"교수님이 함께 가도 된다고……."

"들었어요, 경위님. 저도 귀머거리는 아니거든요."

캐서린이 고개를 들지 않고 말했다. 킴은 캐서린이 확실히 아침형 인간은 아닌 모양이라고 정리했다. 불만을 품지는 않았다. 킴 자신도 아직 하루 중 기분이 나아지는 시간을 찾지 못했으니까.

하지만 킴은 인내심 많은 사람이 아니었다. 그녀가 작게 기침했다. 캐서린이 결국 돌아서서 킴을 보았다. 미소도, 찡그린 표정도 짓지 않았다.

"기침을 참 작게도 하시네요."

그녀는 일어서서 킴을 내려다보며 말했다. 헐렁한 청바지와 민무늬 검정 조끼가 여자의 중성적인 체형을 강조했다.

"이제 출발해도 괜찮아요."

킴은 핸드폰을 블랙진 뒷주머니에 넣고 재킷을 벗었다. 기온은 19도 정도였고 날씨가 습했다.

킴은 캐서린을 따라 문을 나선 뒤 왼쪽으로 방향을 틀었다. 저마이마의 시신이 발견되는 바람에 가이드 투어는 단축되었다. 킴은 캐서린이 다른 길로 가고 있다는 걸 알 수 있었다.

"그래서, 곤충학자라고요?"

자갈밭을 나서 풀밭에 발을 디뎠을 때 킴이 물었다.

"네."

"여기서 일한 지는……."

"저 지금 생각 중인데요, 경위님. 걸어 다니면서 일하는 거예요."

킴은 생각했다.

'나도 그런데요. 최소한 그러려고 노력하고 있습니다.'

캐서린의 말은 불쾌하거나 무례하지 않았다. 그냥 냉정하고 거리감이 느껴질 뿐이었다. 킴은 그게 자신과 다르지 않다고 인정할 수밖에 없었다.

"제가 용의자인가요?"

캐서린의 물음에, 킴은 처음으로 표정의 흔적을 보았다. 은근한 미소였다.

"모두가 용의자입니다. 그래서……."

킴이 정직하게 대답했다.

"저는 웨스털리가 설립된 이후로 이곳에서 일해 왔어요. 라이트 교수님의 부탁을 받고 옛 직장에서 나왔죠."

"두 분이 만난 건……?"

"제가 애스턴 대학교에 있을 때 교수님 밑에서 공부했어요."

"그럼 어떤 점이 매력으로 느껴진……."

킴이 그렇게 말하다가 소리쳤다.

"세상에!"

"엘비스를 소개하죠."

시체가 반쯤은 앉은 채로, 반쯤은 나무 둥치에 기댄 채로 놓여 있었다. 킴은 캐서린이 이름을 말해 준 것이 다행이라고 여겼다. 솔직히 킴으로서는 성별을 구별할 수 없었으니까.

킴이 놀란 건 시체의 모습 때문이 아니었다. 말벌들이 너무 많아서였다.

말벌 한 마리가 윙윙거리며 킴의 귓가에 다가오자 킴은 즉시 놈을 쳐 냈다. 두 마리가 캐서린의 오른쪽 눈 근처에 맴돌았지만 캐서린은 그것들을 치워 버리려는 움직임을 전혀 보이지 않았다.

강철 같은 배짱이라고, 킴은 기억해 두었다.

"엘비스는 시신에 대한 말벌의 작용을 연구하는 데 도움을 주고 있어요."

"어떻게요?"

캐서린은 시신과 더 가까운 곳으로 몸을 숙였다. 킴은 그러지 않았다. 시신이야 많이 보았다. 킴은 그 시신들을 샅샅이 뒤져 작업에 도움이 되는 단서들을 찾았다. 그러나 곤충과 야생 동물군이 포식하고 거주하도록 일부러 버려둔 시체를 보는 건 킴에게도 다소 새로운 경험이었다.

"파리 알 군집이 있으면 네 시간에서 여섯 시간밖에 안 되는 짧은 시간 안에 수천 마리의 구더기가 부화한다는 건 우리 모두 알고 있죠. 그런데 말벌도 처음 몇 시간 안에 나타나요. 어떤 녀석들은 시신 자체를 뜯어먹죠. 다른 녀석들은 파리를 날개로 낚아채 데려가서, 턱으로 빠르

96

게 한 번 물어뜯어 머리를 잘라 버려요. 다른 녀석들은 파리 알 덩어리나 시체의 상처에서 부화한 어린 구더기들로 잔치를 벌이고요."

"그럼 당신은 말벌에 대해 뭘 알고 싶은 겁니까?"

킴이 한 걸음 물러나며 물었다. 캐서린이 시신을 돌아가며 움직이자 말벌 떼가 시체의 눈구멍에서 나왔다. 캐서린은 근육 하나 움직이지 않았다.

"저는 부패 정도에 따른 말벌 활동의 정도를 분석하고 싶어요. 신선한 단계, 부풀어 오르는 단계, 부패 단계, 건조 단계가 있죠."

킴은 독특한 향 때문에 엘비스가 아직 건조 단계에 이르지 못했다는 걸 확인할 수 있었다.

"엘비스를 나무 아래에 둔 이유가 있습니까?"

캐서린은 땅을 짚고 일어서며 고개를 끄덕였다.

"햇볕에 놔둔 시신은 미라화하는 경향이 있어요. 피부가 가죽처럼 거칠어져서 구더기가 물어뜯을 수 없죠."

캐서린이 뭔가 쓰기 시작한 탓에 킴은 더 이상 질문할 수 없었다. 킴은 그녀의 손이 종이 위를 이리저리 움직이는 걸 보았다. 킴의 시선을 사로잡은 건 캐서린의 손 관절이었다. 손마디 네 개 모두가 햇볕에 그을린 피부와 대조를 이루었다. 네 개의 손마디 모두에 하얀색 흉터가 남아 있었다.

"말씀하셔도 돼요."

캐서린이 말했다. 그녀는 무언가를 쓰려다가 펜을 위아래로 흔들어댔다.

"곤충을 정말로 좋아하는군요?"

"저는 곤충의 생존 능력에 매력을 느껴요. 그냥 곤충이 서로 의사소통하는 방법만 영영 배우지 못했으면 좋겠어요."

"왜죠?"

킴은 그 말이 좀 이상하다고 생각하고 물었다.

"그야 곤충은 백만 종이 넘고, 모든 살아 있는 유기체 중 절반 이상을 차지하니까요. 그러니 곤충이 서로 의사소통할 방법을 찾아내기만 하면 우리는 아주 곤란해지는 거예요."

킴은 한 번도 그런 생각을 해 보지 않았지만 아마 캐서린이 킴의 몫까지 생각해 두었을 것이다.

캐서린이 다시 펜을 흔들다가 킴을 보았다.

"혹시……?"

킴이 고개를 저었다. 캐서린이 두 손바닥 사이에 펜을 끼우고 비벼 대는 동안 킴은 겨우 24시간 전에 서 있었던 자리를 힐끗 돌아보았다. 그곳에서는 아무 활동도 벌어지지 않고 있었다.

"과수팀은 간 겁니까?"

캐서린이 고개를 끄덕였다.

"오늘 아침, 제가 들어오기 직전에요."

킴은 과수팀이 증거 수집을 끝냈다는 말을 듣지 못했다. 그녀는 핸드폰을 꺼내 우디에게 전화를 걸었다.

[스톤.]

"과수팀이 떠났습니다, 경감님. 이 지역은 규모가 꽤 큰데요. 벌써 꼼꼼히 검토를 마쳤다니 믿을 수가 없습니다."

[나도 알아. 내 지시였네. 오늘 아침 해가 뜨자마자 다들 그곳을 떠나

게 했어.]

"혹시 이유가……?"

[내 결정에 대해 자네에게 설명할 필요는 없네만, 어제 오후 딕베스에서 테러 집단이 버린 것으로 보이는 시설이 발견됐네.]

아. 그 이상의 설명은 필요 없었다. 그게 가장 중요한 작업이었다. 버려진 시설은 빈틈없이 분석될 것이다. 킴이 이곳에서 상대하는 사람은 이미 죽은 한 명이었다. 딕베스의 단서는 수천 명, 적어도 수백 명의 목숨을 구하는 결과로 이어질 수 있었고.

하지만 이해한다고 해서 좋아하기까지 할 필요는 없었다.

"알겠습니다, 경감님. 미리 알려 주셔서 아주 감사하네요."

킴은 아무것도 알려 주지 않았던 우디에게 조금 빈정거린 뒤 그에게 대답할 겨를을 주지 않고 전화를 끊어 버렸다.

캐서린은 겨우 100미터쯤 떨어진 곳에 있는 포터캐빈 쪽을 힐끗 돌아보더니 잉크가 떨어진 펜을 들어 보였다.

"하나 가져와야……."

"브라이언트 좀 보내 주시겠습니까?"

킴이 물었다. 그녀의 정신은 이미 캐서린을 떠나 범죄 현장으로 향하고 있었다. 캐서린은 고개를 끄덕이고 돌아갔다.

킴은 엘비스와 엘비스의 몸속에 사는 자들에게서 한 발짝 물러나, 캐서린이 성큼성큼 사무실로 돌아가는 모습을 지켜보았다.

곤충의 행동과 습성에서 저렇게 큰 기쁨을 느끼려면 성격이 아주 독특해야 할 거라는 생각이 어쩔 수 없이 들었다.

# 14

"재킷 벗어도 되는데요, 브라이언트."

"감사한데, 그냥 이게 좋습니다."

킴이 고개를 저었다. 그녀는 브라이언트가 사무실이 아닌 곳에서 재킷을 벗고 있는 모습을 거의 보지 못했다.

"안에서 뭔가 나왔습니까?"

킴이 부지를 가로질러 가며 브라이언트에게 물었다.

"그 짧은 시간에요?"

"뭐라도요. 아무거나."

"그래서 경위님은 정확히 뭘 찾으셨는데요?"

브라이언트가 묻자 킴이 미소 지었다.

"글쎄요, 경사님이 물었으니 말이지만 나는 캐서린이 사람보다 곤충을 좋아하는 것 같다고 느꼈습니다. 오른손에 아주 이상한 흉터가 있었고, 쉽게 흔들리지 않더군요."

브라이언트가 숨을 내쉬었다.

"물고문도 안 했는데 그걸 다 알아내신 거예요?"

"네. 이제 경사님 차례입니다."

"저는 경비원 이름을 알아냈습니다."

킴이 끙, 소리를 냈다.

"알겠어요. 경비원은 도로를 따라 800미터쯤 간 곳에 삽니다. 웨스털리 때문에 소름이 끼치지만 편하다더군요. 원래는 문을 지켰는데 상관이 이곳으로 옮기게 했답니다."

"다른 건 없습니까?"

"아뇨, 경비원은 두 시간에 한 번씩 전체 순찰을 하기로 되어 있습니다. 하지만 대부분의 밤에는 굳이 신경 쓰지 않고 그냥 순찰 일지에 체크 표시만 한다는군요."

"끝내주네요. 일자리를 지키고 싶다면 이제는 순찰을 해야겠군요."

브라이언트는 범죄 현장을 고갯짓으로 가리켰다.

"그런데 왜 일찍 철수한 거래요?"

"딕베스에서 버려진 테러 조직의 기지가 발견됐습니다."

브라이언트가 알겠다는 뜻으로 한숨을 쉬었다.

"그럼 이제 우리가 과수팀 역할까지 해야 해요?"

브라이언트는 형사로서 뭐가 됐든 일을 해내는 데 필요한 존재가 되어야 한다는 걸 잘 알고 있었다.

그들은 어느새 부지의 반대편에 도착했다. 킴이 시내를 가로질러 저 마이마가 버려진 바로 그 자리를 찾아냈다. 발목까지 올라오는 풀이 미스터리 서클처럼 발밑에 납작하게 눌려 있었다. 언덕까지 한 줄기 오솔길이 발에 밟혀 있었다. 과수팀이 일하는 동안 그 언덕에 밴을 세워 둔 모양이었다.

킴은 언덕 꼭대기에 섰다. 땅이 오솔길에서부터 2미터 정도 떨어진 지점부터 높아지기 시작해 10미터를 이어지는 동안 완만히 솟아오른 뒤 입구의 대문 쪽으로 낮아졌다.

킴이 서 있는 곳에서 오솔길로 내려가는 직선 경로는 빠르지만 가팔랐다. 그러므로 과수팀은 오르막 경사가 완만한 비탈을 따라 걸어 다녔다. 그편이 훨씬 덜 위험했다.

"찾을 게 남아 있을 가능성은 없어 보이는데요, 대장."

브라이언트가 손수건으로 이마를 닦으며 말했다. 과수팀은 이 구역을 떠났지만, 테이프가 두 나무 사이의 50미터를 가로지르고 있었다.

"확실하지는 않죠."

킴이 브라이언트를 지나쳐서 걸어가되 계속해서 내리막을 내려다보며 말했다. 등 뒤의 구역은 이제 아무 의미가 없었다. 그곳은 이미 과수팀이 살펴보았고, 발에 밟혀 상태도 더 나빠져 있었다. 게다가 사람이 두 명밖에 없으니 일렬로 늘어서서 수색하는 방법도 소용없을 터였다.

그렇다고는 해도 킴의 눈앞, 바로 이곳이 살해 현장이었다. 살인자가 차를 주차하고 저마이마를 끌어내 언덕 위로 끌고 간 다음 그녀를 눕혀 놓고 죽인 곳.

킴은 동쪽으로 몇 발짝 더 걸어갔다가 뒤로 돌았다.

"여기서 기다리세요."

킴은 과수팀이 만들어 놓은 오솔길을 따라가며 그렇게 말했다. 그녀는 언덕 맨 밑에 이르렀다. 오솔길을 따라 걸어간 끝에 브라이언트와 같은 높이에 도달했다.

킴은 이곳이 오솔길에서 정상으로 가는, 가장 짧고 직선에 가깝지만 가파른 길이라고 생각했다.

"브라이언트, 내려오십시오."

브라이언트가 킴에게 이르렀을 때쯤 킴은 이미 찾고 있던 걸 발견한 터였다.

"풀을 보십시오."

킴이 오솔길에서 30센티미터쯤 떨어진 자리를 가리키며 말했다. 풀이 납작하게 눌려 있었다.

브라이언트가 어깨를 으쓱했다.

"정확히 뭘 봐야 하는 겁니까?"

브라이언트가 선의 반대편으로 걸음을 옮기며 말했다.

"이게 놈의 흔적입니다."

킴이 그렇게 말하며 짓눌린 풀을 따라 언덕을 올라갔다.

그 길은 완전한 직선이 아니었다. 길이 약간씩 방향을 바꾼 곳에서는 풀 속에 희미하게 보이는, 원형의 파인 흔적이 있었다. 선을 따라 계속 가 보니 그들이 저마이마가 발견된 바로 그 자리로 향하고 있다는 게 분명해졌다.

"저 다른 흔적들은 뭘까요, 대장?"

다시 언덕을 내려오며 브라이언트가 물었다. 킴은 언덕을 반쯤 내려온 곳에 잠시 멈춰 서서 땅으로 몸을 낮추었다. 그녀는 풀밭에 엎드려 저마이마의 몸이 남긴 모양에 맞도록 자세를 바꾸었다. 비교적 긴 풀과 가시풀이 양옆으로 솟아났다.

"대장, 혹시 도와 드릴⋯⋯."

"저마이마의 머리입니다."

킴이 브라이언트의 말을 무시하고 말했다.

"끌려가면서 저마이마의 머리가 이리저리, 아무렇게나 부딪힌 겁니다."

직선으로 끌려가면서, 저마이마의 머리는 이미 몸 때문에 눌린 풀에 아무런 영향을 끼치지 못했을 것이다. 하지만 살인자가 조금이라도 방향을 틀면 저마이마의 머리가 몸을 따라잡기까지 아주 조금 시간 차가 있었을 테다.

킴은 몸을 일으키려던 순간 익숙한 목소리를 들었다. 대니얼 베이트가 언덕 아래에서 그녀에게 소리쳤다.

"이봐요, 경위님. 둘이서만 소풍하러 온 건가요, 다른 사람도 받아 주나요?"

킴이 일어나 앉았다.

"대니얼, 대체 몇 번을 말해야……."

"열 받을 거냐고요? 열 안 받는데요, 경위님. 경위님을 찾으러 온 게 아니거든요."

그는 언덕을 올려다보았다.

"제가 적극적으로 경위님을 피해 왔다는 걸 경위님도 아실 것 같은데."

잘됐다. 이제야 서로 이해하다니.

대니얼은 옆에 있던 롤라의 머리를 쓰다듬었다.

"그래도 저를 대니얼이라고 부르는 걸 들으니 보람이 있네요."

음, 이해한 게 아닌지도 모르겠다. 게다가 킴은 말실수를 한 걸 알아차리지도 못하고 있었다.

"브라이언트, 사진 찍으세요."

"무슨 사진이요?"

"그냥 내가 있는 이 자리를 정확하게 찍으십시오. 그런 다음에는 언덕 위로 올라간 흔적과 언덕 꼭대기를 찍으세요."

브라이언트는 핸드폰을 꺼내 사진을 찍으며 히죽거리는 웃음을 숨기려 애썼다. 대니얼은 그런 노력조차 하지 않았다.

"어디 갈 데 없습니까?"

킴이 일어나려고 움직이며 물었다. 대니얼이 빙그레 웃으며 고개를 저었다.

"사실 없습니다. 좀 재미있어서요."

킴은 몸 양옆에 손을 대고 일어나며 역겹다는 듯 대답했다.

"제기랄."

오른손이 풀 속의 무언가에 닿자 킴이 욕설을 내뱉었다. 지난번 대형 수사 때 오른손을 거의 뼈가 보일 정도로 베인 터였다. 지금도 조금 불편했다.

"왜요?"

브라이언트가 앞으로 나서며 물었다. 킴은 조심스레 아래로 손을 뻗어 어떤 물건을 집어 들었다.

"그게 대체 뭡니까?"

킴이 손바닥을 내밀자 브라이언트가 물었다.

킴이 보기에는 보비 핀* 같았다. 그 핀을 이루고 있는 철사를 흰 플라스틱이 덮고 있었다. 황동 색깔의 문양이 가운데에 장식되어 있었다.

킴은 더 가까이에서 살펴보았다. 그 문양은 둘로 갈라져 모서리가 삐죽삐죽한 심장이었다. 킴의 손바닥에 파고든 부분이 그 부분이었다. 그걸 보니 킴은 어딘가에서 보았던 목걸이가 떠올랐다. 두 개가 세트로 이루어져 있어 둘이서 하트를 반씩 나누어 가지게 되어 있는 목걸이.

"우리 마님이 그런 걸 쓰는데요. 당연히 하트는 없지만, 머리를 펼 때 삐져나온 술을 붙잡아 두는 용도입니다."

---

* 장식이 달린 실핀.

그래, 킴도 바로 그렇게 생각했다.

브라이언트는 재킷 주머니에서 증거 봉투를 꺼냈다. 킴이 안에 헤어 핀을 집어넣고 대니얼을 돌아보았다.

"뭐, 다시 만나서 무척 반가웠습니다."

킴이 아래로 손을 뻗어 개를 쓰다듬었다.

"⋯⋯롤라 말입니다."

그녀는 미소 짓고 휙 돌아섰다.

킴은 이미 보비 핀에 집중하고 있었다. 그 핀을 키츠에게 가져다주는 일에.

하지만 킴은 자기가 한 말보다 훨씬 많은 것을 알아냈다. 그녀는 더 이상 독극물 분석 보고서를 기다리지 않고도 저마이마가 약에 취해 있었다는 사실을 알 수 있었다. 남아 있는 유일한 질문은 무슨 약이냐는 것뿐이었다.

추가로, 피해자가 어딘가에 실려 간 게 아니라 언덕 꼭대기까지 발목을 잡혀 끌려갔다는 것도 알아냈다. 덕분에 살인자가 혼자 활동한다는 사실을 알 수 있었다.


# 15


킴은 영안실의 차가운 무균 상태를 신선하다고 느꼈다. 바깥의 열기가 이미 20도를 넘었다. 오늘 하루도 축축 늘어지는, 습도 높은 날이 될 터였다.

브라이언트의 주머니에 들어 있는 보비 핀이 여전히 머릿속을 맴돌았다. 이 시점에서 킴은 그 물건이 사건과 연관성이 있는지조차 알 수 없었다. 누구든 잃어버릴 수 있는 물건이었다.

저마이마의 어머니에게 빠르게 전화를 걸어 보니 피해자가 어떤 종류의 보비 핀도 사용하지 않는다는 점이 확인되었다. 저마이마는 머리를 푸는 편을 좋아했고, 그녀의 어머니 말로는 하트 모양 장식을 좋아하는 스타일이 아니었다. 그냥 수수한 고무줄만 썼다고, 저마이마의 어머니는 목멘 소리로 말했다.

킴과 브라이언트가 들어가자 키츠가 돌아보았다.

"아, 형사 양반. 다시 만나 반갑군. 어제의 이별은……."

"아직 그럴 때는 아닙니다. 진짜, 매번 이래야 합니까?"

키츠는 잠시 생각해 보았다.

"그래, 그래야 할 것 같아. 아니면 사람들이 우리가 서로를 좋아하고 존중한다고 여길걸."

"저는 아닌데요."

킴이 피해자에게로 다가가며 말했다.

저마이마의 시신은 수수한 흰 천으로 덮여 있었다. 천의 끝부분이 저마이마의 어깨 아래로 살짝 넣어져 있었다. 킴이 키츠에게 약간의 재미를 허락한 이유가 바로 이런 점 때문이었다. 이런 작은 배려 때문에.

"시작할까요?"

"이미 끝났어. 내가 일찍 시작했거든. 교통사고로 사망한 새 고객 두 명이 오는 중이라."

키츠는 금속 부검대 위에 놓여 있는 클립보드로 손을 뻗었다.

"좋아, 일단 알아 둬야 할 건 피해자가 팬티를 뒤집어 입고 있었다는 거야. 뭔가 의미가 있는 정보인지는 모르겠군."

킴은 주머니에서 공책을 꺼내는 브라이언트를 보았다.

"성폭행 흔적이 있습니까?"

키츠가 고개를 저었다.

"확률이 낮아. 멍도 없고, 발진도 없고, 정액의 흔적도 없었네."

킴이 고개를 끄덕이자 키츠가 설명을 이어 나갔다.

"사망 원인은 흙이 기도를 막아서 발생한 질식이야. 조그만 텃밭을 일굴 수 있을 정도로 흙이 많던데."

키츠는 작은 음식 포장 용기 크기의 플라스틱 통을 가리켰다.

"우리가 꺼낸 흙이 저만큼이야."

킴이 그리로 다가가 용기를 들어 올렸다. 그렇게 많은 흙이 사람의 입에 억지로 들어갈 수 있다니 상상도 못 했다.

"도움이 될 만한 게 있는지 살펴보도록 표본을 보내 놨네."

킴이 고개를 끄덕였다.

"다른 건요?"

키츠가 인상을 썼다.

"음. 방어흔이 없었어. 하지만 양쪽 팔 윗부분에 멍이 들어 있었네. 발목에는 좀 더 최근에 생긴 멍이 있었고."

키츠가 저마이마의 발 주변 천을 들어 올렸다. 킴은 즉시 웨스털리에서 최근에 본 장면을 떠올렸다. 그녀는 이미 예상하고 있었다.

108

킴은 시신의 끝부분으로 다가가 피해자를 바라보았다.

"놈이 피해자를 끌고 언덕을 올라간 겁니다."

킴이 두 손으로 발목을 움켜쥐어 보며 말했다. 그녀의 손가락이 멍 자국에 거의 완벽하게 맞았다.

"놈이라고, 형사 양반? 성폭행 흔적이 없는데도 벌써 범인을 남자라고 가정하는 건가?"

킴이 천천히 고개를 끄덕였다. 키츠가 어깨를 으쓱했다.

"자네의 추정대로라면 피해자의 허리에 새로 생긴 찰과상이 설명될지도 몰라. 피해자의 피부에 박힌 작은 자갈 조각도."

킴이 시트를 들추고 위팔에 남은 희미한 흔적을 살폈다.

"이건 피해자가 납치당했을 때 생긴 것 같습니다."

그녀는 10초 동안 말을 멈추었다.

"제 생각에, 우리가 잡을 범인은 170센티미터 이상일 겁니다."

키츠가 한숨을 쉬었다.

"스톤, 설마⋯⋯."

킴이 재킷을 벗자 그가 말을 흐렸다.

"아, 이런. 여기 남으려는 건 아니지?"

킴이 키츠 옆에 섰다. 키츠의 키는 165센티미터. 킴보다 7.5센티미터 작았다. 킴이 말했다.

"네, 이제 저를 여기서 문까지 옮겨 보세요."

"뭐라고?"

"간단하잖아요, 키츠. 저를 여기서 문까지 옮기세요."

키츠는 브라이언트를 보았고 브라이언트는 고개를 저었다.

"문 밖까지 밀어 버리면 안 되나?"

"그냥 좀 해요."

킴이 쏘아붙이자 키츠는 어깨를 으쓱하고 킴 뒤에 섰다.

"자네 죽었나?"

"그러길 바라나 보네요, 키츠. 죽진 않았지만, 그냥 제가 유연하다고 치고……."

"저기, 그건 좀……."

"생각하지 말고 그냥 해요."

"알았네."

키츠는 그렇게 말하고 킴의 등허리에 손을 댔다.

그는 킴을 문 쪽으로 밀고 가기 시작했다. 그녀는 타이어에서 바람이 빠질 때처럼 다리에서 뻣뻣함이 조금 풀리게 놔두었다. 몸이 휘청휘청 비틀거렸다. 그녀를 안정적으로 움직이게 하느라 키츠의 두 손이 킴의 등과 허리 전체를 따라 움직였다.

킴은 문 바로 앞에서 발에 힘을 주어 멈추었다.

"네, 고맙습니다."

킴이 시작점으로 돌아가 브라이언트를 등지고 섰다.

"이젠 경사님이 해 보세요."

브라이언트가 킴 뒤에 섰다. 킴은 자신의 정수리가 브라이언트의 코 높이에 닿는다는 걸 알았다.

브라이언트는 본능적으로 킴의 위팔을 잡고 앞으로 밀었다. 킴은 이 번에도 똑같이 휘청거렸지만, 그래도 빠르게 문으로 밀려갔다.

"그래서, 이 작은 역할 놀이로 알 수 있는 건?"

"키요."

키츠의 질문에 킴은 자기 팔의 한 지점을 가리키며 대답했다. 그녀가 키츠를 보았다.

"박사님은, 음……. 저보다 키가 작으니 제 몸통 가운데 부분을 잡아야 했습니다. 브라이언트는 저보다 커서 본능적으로 제 팔을 잡고 앞으로 밀었죠."

브라이언트는 생각해 보았다.

"남성이거나 키가 큰 여성이겠네요."

킴이 동의했다.

"뭐, 걷기 쇼가 마무리됐다면야. 위 내용물은 분석실로 보냈네. 알아내기가 쉽지는 않아. 그냥 죽처럼 되어 있어서."

킴은 부검대의 머리맡에 섰다. 아래를 보니 가느다란 금발 앞부분에 곱슬머리 두 가닥이 있었다. 킴이 브라이언트에게 손을 내밀었다. 브라이언트는 수술방 보조처럼 그녀가 원하는 걸 정확히 알았다. 헤어핀이 들어 있는 증거 봉투가 킴의 손바닥에 놓였다. 그녀는 봉투를 앞으로, 키츠에게 내밀었다.

"이게 뭔가 의미가 있을지는 잘 모르겠지만……."

"대체 그게 어디서 났나?"

키츠는 증거 봉투를 내려다보며 물었다. 그는 킴에게서 봉투를 받아들더니 더 자세히 보려고 뒤집어 보았다.

"저마이마의 시신이 발견된 곳 근처에서요."

킴은 키츠의 반응에 놀라 설명했다.

"뭐가 문젭니까?"

키츠는 봉투를 든 채 구석의 테이블로 향했다.

"여기 같은 게 있어."

키츠는 똑같은 증거 봉투를 들어 올리며 말했다. 킴은 혼란스러웠다.

"어제는 못 봤는데요."

"못 봤겠지, 형사 양반. 내가 저 여자 얼굴에서 파내야 했으니까."

브라이언트의 헛숨에 이어 침묵이 내렸다. 킴은 일행 모두가 사물을 여자의 피부에 파묻을 만큼의 타격을 주려면 어느 정도의 힘이 필요한 지 계산하고 있다는 걸 알았다.

마침내 키츠가 침묵을 깼다. 그는 기침을 한 번 하더니 입을 열었다.

"그러니까 사망 시각은……. 내 생각엔 어제 새벽 1시에서 3시 사이 일 거야."

"좋습니다, 키츠. 제가 더 알아야 할 게 있습니까?"

"사람들과 대화하는 법부터 배우면 좋은 출발일 거야."

"피해자에 대해서요."

킴이 퉁명스럽게 말했다.

"사실, 이상한 점이 한 가지 있네."

키츠가 가만히 시트를 젖혔다. 킴의 시선은 즉시 가는 손목을 감고 있는 수갑 자국에 머물렀다.

저마이마의 다리에 난 면도칼 알레르기와 피부 트러블이 시체안치소의 밝은 흰색 조명 아래에 드러났다. 킴은 피해자가 괜찮은 밤 외출을 준비했다는 인상을 받았다.

키츠는 시신의 배꼽 위 2센티미터 지점을 가만히 건드렸다. 약 2센티미터 폭의 희미한 붉은 선이 피해자의 허리 전체에 뻗어 있었다.

킴은 잠시 피해자가 묶여 있었을 거라고 생각했으나, 그 경우에는 흉터의 폭이 더 넓고 이처럼 곧지 않았을 것이다.

"등에는요?"

킴이 물었다. 아마 피해자의 몸에 감았던 무언가인지도 몰랐다.

"등에는 없는데 여기 있어."

키츠가 시신을 살짝 굴려 옆으로 눕혔다. 같은 선이 피해자의 엉덩이와 종아리 사이, 정확히 절반 지점으로 이어졌다.

킴은 키츠를 보았고 키츠는 어깨를 으쓱했다.

아니, 킴도 이런 건 본 적이 없었다.

# 16

"와아, 멀미가 날 때까지 1분은 걸리겠네요."

브라이언트가 비꼬듯이 말했다.

러셀 홀에서 더들리 우드까지 가는 데는 10분도 채 소요되지 않았다. 그들이 찾는 주소는 크래들리히스 자동차 경기장이 있던 옛 부지 바로 맞은편이었다.

자동차 경주팀은 1947년에 더들리 우드 경기장에서 발족했다. 80년대와 90년대를 통틀어 스포츠계에서 가장 성공적인 팀이었다. 스피드웨이 월드 챔피언십을 일곱 번이나 이뤄 냈다.

1995년에 팀은 새로운 지주에게 쫓겨났다. 지주는 경기장을 사 주택으로 개발했다.

킴은 그 경기장을 지나갈 때마다 고통을 느꼈다. 열 살과 열세 살 사이의 토요일 밤 대부분은 키스와 에리카 사이에 서서, 경기장을 도는 오토바이들을 지켜보며 보냈다.

킴은 토요일 밤의 군중들을 누르고 울려 퍼지는, 붉은 자살 경기장에 타이어가 닿는 소리를 쉽게 떠올릴 수 있었다. 지역 주민들에게는 견딜 수 없는 소음이었겠지만 정작 사라진 뒤에는 그리움의 대상이 되었다. 싸구려 핫도그 냄새와 뒤섞인, 오토바이 연료로 쓰이는 메탄올 냄새는 킴이 영영 잊지 못할 조합이었다.

처음에 킴은 키스와 에리카가 경주에 매료되는 이유를 이해하지 못했다. 오토바이 한 대가 승리할 때까지 트랙을 돌고 또 돈다니. 오토바이는 그냥 오토바이일 뿐이었다. 그녀는 살면서 어느 팀도 응원해 본 적이 없었다.

하지만 키스와 에리카의 열정에는 전염성이 있었다. 그녀의 양부모는 지역팀을 열렬히 응원했다. 킴도 그 팀을 응원했지만, 어떤 자부심을 느껴서라기보다는 키스와 에리카가 그렇게 했기 때문이었다. 집으로 돌아오는 길에 먹는 피시 앤 칩스는 팀이 이기든, 지든 똑같았다.

킴이 알든 모르든 그런 밤은 일종의 마법을 부렸다.

더들리 우드가의 양옆에 늘어선 널쩍한 집들 뒤쪽에는 신축 주거 단지가 있었다. 타운하우스와 아파트가 뒤섞여 포장된 작은 뜰 주변에 서 있었다.

사이먼 로치의 주택은 공용 진입로에 오래된 BMW 자동차를 세워 둔, 1층짜리 아파트였다. 문의 페인트가 군데군데 어울리지 않는 파란색으로 때워져 있었다.

브라이언트가 초인종을 눌렀지만, 주택 안에서 그 초인종과 연결된 소리는 나지 않았다.

킴이 문을 두드렸다. 세차게 세 번 두드리고 귀 기울였다. 아무 반응이 없었다.

브라이언트가 다시 시도했다. 킴은 뒤로 물러나 주변을 살폈다. 움직임은 없었다.

킴이 동료를 보았다. 로치는 직장에 간 게 아니었다. 그의 자동차가 밖에 주차되어 있었고, 그의 여자친구는 살해당한 지 48시간도 채 되지 않았다.

브라이언트는 킴의 눈짓을 알아보고 고개를 끄덕였다.

"네, 이번에는 저도 경위님과 생각이 같네요."

브라이언트가 문을 밀어젖히며 자물쇠의 정확한 위치를 확인했다.

킴이 브라이언트 옆에서 자세를 잡았다. 브라이언트가 자물쇠 위쪽에 몸을 던지는 순간 킴은 자물쇠 아래를 찰 예정이었다. 예쁘장한 광경은 아니었다. 트위스터*라는 게임을 서서 하는 것과 비슷했다. 하지만 전에도 써 본 방법이니 통할 터였다.

"셋까지 세겠습니다."

브라이언트가 말했다. 킴이 준비하고 다리를 들었다.

---

• 여러 가지 색깔의 동그라미가 그려진 천을 바닥에 펼쳐 놓고, 차례대로 룰렛을 돌려 나온 색깔을 손이나 발로 짚다가 균형을 잃고 넘어지거나 천 밖으로 몸이 나가는 사람이 지는 게임.

"하나, 둘, 셋……!"

자물쇠의 위아래 양쪽에 둘의 몸무게가 가해지자 문이 억지로 열렸다. 관성 때문에 문이 벽에 파고들었다가 튕겨 나왔다.

"경찰이다."

킴이 어둡고 작은 복도로 들어가며 소리쳤다. 수많은 닫힌 문이 비좁은 공간의 모든 빛을 차단했다. 두 번째 문이 열렸다. 빛줄기가 완전히 옷을 벗은 남자의 모습 앞에 나타났다.

"염병할, 이게 무슨……?"

"사이먼 로치?"

킴이 물었다.

"난데. 당신 누구야?"

브라이언트가 영장을 꺼내며, 신체 부위를 숨길 노력을 전혀 하지 않는 남자에게 자기소개를 했다. 킴은 그의 자신감에 별다른 근거가 없다는 생각이 들었다.

"대체 뭐야?"

"사이먼, 무슨 일이야?"

"아무것도 아냐, 레이첼."

로치가 돌아보지도 않고 소리쳤다. 그가 앞으로 나왔다. 킴의 개인 공간에 지나치게 가까워졌다.

킴이 옆으로 비켰다. 사이먼은 방금 나온 침실 문을 닫고 옆방의 문을 열었다. 킴이 그를 따라 거실로 들어갔다. 시선은 그의 뒤통수에 고정한 채였다. 로치의 머리카락은 길고 검었으며 헝클어져 있었다.

소파 두 개가 나무 커피 테이블 너머로 서로 마주 보고 있었다. 로치는 문에서 가장 먼 자리로 가서 앉았다. 킴은 맞은편에 앉았다.

로치가 왼발을 오른쪽 무릎에 얹어 놓았다. 킴은 조금도 틈을 주지 않고 말했다.

"죽은 당신 여자친구 때문에 왔습니다."

킴이 분명히 밝혔다. 로치가 몸을 가리지 못한 것은 예의를 모르기 때문일 뿐 아니라 킴을 불안하게 하려는 의도이기도 했다. 그렇게 되지는 않겠지만.

"저 마이마요?"

로치가 물었다. 킴은 로치에게 죽은 여자친구가 얼마나 많은 건지 궁금해졌다. 킴이 고개를 끄덕였다.

"여자친구라는 말은 좀 형식적이고."

그의 얼굴 전체에 게으른 미소가 번졌다. 바로 그때, 킴은 보았다. 로치의 뻔뻔스럽고 염치없는 카리스마. 이 남자와 잠깐 마주친 것만으로 킴은 저마이마가 대체 이 남자에게 뭘 본 건지 궁금했었다. 그러나 그 게으른 미소에 남자의 얼굴이 변했다. 입가의 유머가 눈으로까지 전달되자 그의 눈이 도전적이고 위험한 빛으로 반짝였다.

로치가 킴과 시선을 맞추었다.

킴은 별로 감동받지 않았다. 정말로 위험한 남자들은 그 사실을 광고할 필요가 없다. 그래도 장단은 맞춰 줄 생각이었다.

"레이철은요? 레이철은 여자친구입니까?"

킴이 묻자 로치가 천천히 고개를 저었다.

"아하, 그렇고 그런 친구 사이군요."

브라이언트가 말했다.

"비슷하죠."

로치는 킴에게서 시선을 떼지 않은 채 말했다. 그가 앞으로 몸을 숙여 탁자에 놓인 담뱃갑을 집어 들었다. 그가 성냥을 켜자 유황 냄새가 공기를 채웠다. 로치는 나뭇조각을 따라 불이 타들어 가도록 성냥을 계속 들고서, 불꽃이 자기 손가락 끝에 닿아 꺼질 때까지 계속 킴을 바라보았다.

킴은 웃지 않으려 애썼다. 노골적인 섹시함은 전혀 킴의 취향이 아니었다. 차라리 로치가 성냥을 가져다가 벌거벗은 궁둥이에 대고 껐다면 볼 만한 재주라도 됐을 텐데.

로치는 성냥을 탁자 위 재떨이에 던졌다.

"저 마이마가 살해당한 건 알죠?"

킴이 분명히 밝혔다. 로치가 그 사실을 아는 건지, 모르는 건지 확실하지 않았다.

"난 바보가 아닙니다, 경사님."

로치가 질질 늘어지는 목소리로 말했다. 다른 사람이라면 이글거린다고 표현할 만한 그의 시선에 찰나의 순간 짜증이 스쳤다.

"바보라고 한 적 없는데요, 로치 씨. 그리고 경사가 아니라 경위입니다. 슬픔을 아주 빠르게 해결한 것 같군요."

짜증이 가시고 히죽거리는 미소가 돌아왔다.

"서로 장난하지 맙시다, 경위님. 난 독점적인 관계를 맺는 사람이 아니에요. 알겠습니까? 일부일처제 스타일이 아니라고요. 세상에는 아름다운 여자가 너무 많으니까."

로치의 시선이 킴의 가슴으로 향했다.

"저 마이마도 그걸 알았습니까?"

로치는 어깨를 으쓱하더니 재를 떨었다.

"구체적으로 그런 말을 한 기억은 잘 나지 않는데, 저마이마가 몰랐다면 자기 잘못이죠. 아니, 날 좀 보라고요."

로치가 자기 사타구니를 내려다보며 말했다. 킴은 그의 시선을 따라가지 않았다.

"이걸 다 한 사람에게만 준다니 공정하지 않은 일이죠."

"그러니까 다른 여자랑 잔다는 얘기를 저마이마한테 실제로 하진 않았다?"

킴이 물었다. 조금이라도 후회가 보이기를 기대하면서. 그러나 로치가 고개를 저었다.

"그런 말은 헤어지고 싶을 때나 해야죠. 우린 아직 그 단계는 아니라서."

"레이철은요? 당신의 매력을 누리는 사람이 자기만은 아니라는 걸 압니까?"

로치의 입술에서 조용한 웃음소리가 새어 나왔다.

"마음에 드는데요, 경위님. 그리고 아뇨, 아직 그 대화는 안 했습니다."

킴은 오토바이를 탈 때 신는 부츠로 로치의 고환을 버려진 담배꽁초처럼 갈아 버리는 장면을 상상했다. 대체 이 매력둥이와 데이트를 하면 무슨 일이 이어질지 궁금해졌다. 촛불과 음악, 꽃으로 끝날 것 같지는 않은데.

"저마이마와는 어떻게 만났습니까?"

"아, 뭐 뻔하죠. 어디서 만났습니다."

"어디서요?"

킴이 압박했다. 로치의 표정에서는 기억하고자 하는 마음이 전혀 없다는 게 분명히 드러났다.

"솔직히 모르겠는데요, 경위님."

킴은 추궁할 보람이 없다는 걸 깨달았다. 로치는 까다롭게 구는 게 아니었다. 그냥 쥐뿔도 관심이 없는 거였다.

"저마이마를 마지막으로 본 게 언제입니까?"

"금요일 밤이요. 내 신경을 긁더군요. 삐쳐서 아무 말도 안 하고. 누가 자기를 따라다니는 것 같다고 했습니다. 그날 밤 데이트는 짧게 끝내고 친구들을 만나서 당구를 쳤어요. 저마이마한테 아무것도 얻을 수 없는 게 뻔했으니까."

"저마이마를 집으로 데려다줬습니까?"

브라이언트가 물었다. 킴은 그 말에 대답을 들을 필요가 없었다. 로치가 고개를 또 저었다.

"아뇨, 그냥 컨디션이 별로 좋지 않다고 하고 집에 왔는데요."

킴은 로치의 유치한 미소를 무시하고 그가 한 말 중 유일하게 관심이 가는 부분에 집중했다.

"저마이마가 다른 말은 안 했습니까? 자기를 따라다니는 사람이 누구라고 넌지시 말했다거나?"

"미안한데요, 경위님. 난 그때 이미 마지막으로 주문할 음식을 생각하고 있었어요."

킴은 로치의 표정에서 달리 소득이 없으리라는 걸 알았다.

"토요일에는 어디 있었습니까?"

로치가 고개를 갸웃했다.

"아, 경위님. 설마 내가 이번 일과 관계있으리라고 생각하는 건 아니겠죠? 솔직히, 난 신경도 안 써요."

그는 자랑스러운 듯 자기 사타구니를 내려다보았다.

"그냥 평범한 남자라서."

킴은 아무 반응도 하지 않았다.

"그래서 토요일에는?"

"여기, 침대에 있었죠."

"레이철이 확인해 줄 수 있습니까?"

로치가 미소 지었다.

"아뇨. 특이하게도 혼자 있었어요. 드문 경우인데……."

킴이 불쑥 일어서며 말했다.

"고맙습니다, 로치 씨. 다른 게 있으면 연락하죠."

솔직히 킴은 로치와 한순간도 더 같이 있고 싶지 않았다.

"사람을 보내서 이 문을 고쳐 놓는 게 좋을 겁니다."

킴의 등 뒤에서 로치가 신음하듯 말했다.

'아, 그래. 할 일 목록 맨 위로 올려놔야지.'

킴은 밖으로 나가며 그렇게 생각했다. 속을 씻어 주는 신선한 공기를 한입에 삼킬 뻔했다.

브라이언트가 킴을 지나쳐 자동차로 향했다. 킴이 돌아서서 그를 따라갔다. 로치가 그 벌거벗은 찬란한 몸으로 문을 꽉 막아섰다.

킴은 역겨운 변태에게 되돌아갔다. 한 뼘씩 가까워질 때마다 피부가 오그라들었다.

킴이 큰 소리로 말했다. 목소리가 잘 전달될 거라는 자신이 들었다.

"그건 그렇고, 당신의 성생활을 생각했을 때 성병 검사 받기를 강력히 추천합니다. 당신의 지난번 파트너의 성병 검사 결과를 기다리고 있 거든요."

놀란 로치가 입을 다물었다. 덕분에 킴은 로치의 등 뒤 침실에서 누군가 움직이는 소리를 들을 수 있었다. 저게 바로 인과응보였다.

사이먼 로치가 뭔가 말하려고 입을 열었지만 킴이 한발 빨랐다.

"그리고 기억해 두라고 하는 말인데, 당신이 평균이라고 말한 사람이 누군지는 모르겠지만⋯⋯."

킴이 아래쪽으로 시선을 내렸다.

"⋯⋯되게 착한 사람이네요."

킴은 딱하다는 미소를 지어 보이고 돌아섰다.

"솔직히, 여러 가지 이유로 저 사람 이름은 사이먼이 아니라 칵(cock) 이어야 했습니다."

킴이 차에 타며 말했다. 브라이언트가 잠시 생각하더니 말했다.

"아아, 이해했어요. 성이 로치이기도 하고."•

"괜찮습니다, 브라이언트. 이해가 느리다면 기다려 드리죠."

킴의 본능은 사이먼 로치에 대해 침묵을 지켰다. 킴이 찾는 사람이 세 번강 이쪽에서 가장 잘난 척이 늘어진 머저리였다면 로치가 수갑을 차고 경찰서로 가고 있었을 것이다. 하지만 킴이 찾는 건 살인자였다. 실제로 저 마이마의 얼굴을 곤죽으로 만들어 놓을 정념이 있는 사람. 우리 인기남에게 과연 그런 능력이 있을까? 정말이지 알 수 없었다.

---

• cock에는 남자의 성기, 잘난 척하는 사람 등 여러 가지 뜻이 있다. 그 뒤에 roach를 붙인 cockroach는 바퀴벌레라는 뜻이다.

"어디로 갈까요, 대장?"

브라이언트가 그렇게 물었을 때 킴의 핸드폰이 울리기 시작했다.

"스테이시."

킴이 손목시계를 보며 대답했다. 거의 6시였다. 스테이시가 아직 일하고 있는 것도 놀랍지 않았다.

킴은 스테이시가 전화 건 이유를 말하는 동안 유심히 귀 기울였다. 전화를 끊을 때쯤 그녀의 얼굴은 찌푸려져 있었다.

"계획을 바꿨습니다, 브라이언트."

킴이 심호흡하며 말했다.

"다시 로의 집으로 갑시다. 가족이 우리에게 말하지 않은 게 있습니다."


# 17


브라이언트가 주차했을 때 로의 집 문이 열렸다.

60대 초반의 여자가 나와서 돌아서더니 로 부인을 끌어안았다. 핸드백이나 가방이 없는 걸 보니 가족의 슬픔을 위로해 주러 온 이웃 같았다.

킴은 두 사람이 끌어안을 때 로 부인이 여자의 등을 두드리는 걸 보았다. 안심하라는 손짓이었다. 가족을 잃은 사람이 그 이웃이라도 되는 듯, 몸으로 "괜찮아, 괜찮아"라고 말하고 있었다.

여자가 로의 집과 옆집을 갈라놓는 진입로를 건너갔다. 예상한 그대로였다.

로 부인이 힘없이 손을 흔들자 가족이 사실을 빼놓고 말했다는 데서 느껴졌던 짜증은 희미해졌다. 로 부인의 눈에서 피로와 슬픔이 아른거렸다.

"다시 폐 끼쳐서 죄송합니다."

킴이 진심을 담아 말했다.

"그런데 확인해야 할 게 있어서요."

"그럼요. 들어오세요."

로 부인이 옆으로 비켜서며 말했다. 킴은 자동적으로 전날 썼던 거실로 향했다. 그녀는 계단 위쪽에서 누군가 움직이는 것을 언뜻 보았다. 새라였다. 그녀의 눈이 붉게 부어 있었다. 오른손에는 티슈를 쥔 채였다.

킴은 그녀 쪽으로 고개를 끄덕였고 새라도 마주 고개를 끄덕였다. 이번에 새라는 쭈뼛거리며 그림자 속으로 물러나는 대신 자세를 낮춰 계단 꼭대기에 앉았다.

"어떻게 지내십니까?"

세 사람 모두 자리 잡자 킴이 물었다. 로 부인은 잠시 생각한 뒤 대답했다.

"사람들은 좋은 뜻에서 찾아오죠. 자기들의 슬픔을 가져오는데, 난 더 이상의 슬픔이 필요 없어요. 사람들이 떠난 뒤에도 그들이 가져온 슬픔은 조금 남아요. 내 딸의 죽음이 다른 사람에게는 어떤 의미인지 또 한 번 깨닫게 되죠."

킴은 씁쓸한 말투에 담긴 내용을 알아들었다. 이해했다. 비참함의 바다에 빠진 사람 옆에서 함께 헤엄치는 건 애도하는 사람에게 도움이 되지 않았다. 그런 행동은 아무것도 내주지 못했다. 그런다고 상실에서 오는 공허함으로부터 쉴 수 있게 해 주는 것도 아니었다. 재미있는 이야기를, 떠난 사람의 서툶과 천진난만함, 유머 감각, 순진함을 보여 주는 이야기를 나누고. 슬픔에 잠긴 사람의 더 이상 늘어날 수 없는 포트폴리오에 기억을 더하고.

"로 부인, 저마이마가 두바이로 떠나기 전에 겪었던 일에 관해 여쭤보고 싶습니다."

킴과 브라이언트를 번갈아 보는 로 부인의 혼란스러운 표정은 진짜였다. 속임수는 없었다. 정직한 실수였다. 세월이 많이 지나서 잊어버린 게 분명했다.

"저마이마가 떠나기 몇 주 전에 경찰에 신고했던 기록이 있던데요. 저마이마의 아파트에 누군가 강제로 침입하려 했다는 내용이었습니다."

로 부인의 손이 입으로 향했다. 눈이 두려움에 휘둥그레졌다.

"정말인가요? 웬 정신 나간 사람이 저마이마의 집에 들어가려 했다는 거예요?"

"저마이마가 말하지 않았습니까?"

로 부인은 손으로 턱을 세게 문지르며 고개를 저었다. 머릿속에 어떤 기억이 문득 떠오른 듯 그녀가 눈썹을 치켜올렸다.

"왜 그러십니까?"

킴이 물었다. 무슨 얘기가 됐든 들을 생각이었다.

로 부인이 천천히 고개를 끄덕였다.

"저마이마가 두바이로 가기 전에 집에서 지내겠다고 왔어요. 집주인이 건물을 긴급하게 수리한다면서요."

나머지 기억이 떠오르면서 그녀가 잠시 말을 멈추었다.

"직장에도 휴가를 냈고요. 일 때문에 우울해진다고, 뭔가 새로운 게 필요하다고 했어요. 두바이의 일자리에 대해서는 대학 시절 친구에게 들었다고 했죠. 스카이프로 두바이에 있는 가족과 두 시간 동안 통화하더니 곧바로 죽이 맞아서는……."

"그래서 저마이마가 다시 집에 들어왔고, 그 이후로는 집을 나선 적이 거의 없다는 말인가요?"

킴이 확인하자 로 부인이 다시 고개를 끄덕였다.

"생각해 보니 그러네요. 심지어 가족 생일 파티를 할 때조차 우리를 따라 나가지 않았어요. 그런 일이 있었을 거라고는 한순간도 상상 못 했는데……."

"저마이마가 한 번도 말하지 않았다는 말씀인가요?"

킴이 믿을 수 없어 물었다. 저마이마는 경찰에 신고할 정도로 두려움을 느꼈다. 가족들의 집으로 돌아왔고, 아마도 그 때문에 영국을 떠났을 것이다. 그런데 가족에게는 말하지 않았다고?

"확실해요. 저마이마는 한 번도……."

"저한테 말했어요, 경위님."

새라가 문 앞에서 조용히 말했다. 로 부인의 머리가 휙 돌아갔다. 새라가 거실로 두 발짝 들어왔다.

"그게 무슨……. 저마이마가 언제……. 왜……?"

새라는 변명하듯 두 손을 들었다.

"미안해, 엄마. 근데 언니가 비밀을 지키겠다고 약속하라고 했어. 엄마가 걱정하는 게 싫다고. 그 일이 벌어진 날 밤에 언니가 나한테 전화

126

했어요. 언니한테 집에 오라고 조언한 게 나예요."

킴은 로 부인의 얼굴에 자리 잡은 아픔을 볼 수 있었다. 딸들이 그런 비밀을 말하지 않았다는 사실이 다른 모든 것의 무게를 진 채 견디기에는 너무 가혹하게 느껴졌다. 하지만 킴은 지금 그런 감정에 휘말릴 수 없었다. 새라는 무단침입 미수 사건이 벌어진 날 밤 저마이마와 이야기를 나누었다. 저마이마가 신고 당시에는 하지 않은 이야기를 새라에게 했을지도 몰랐다. 킴이 저마이마의 동생을 돌아보았다.

"새라, 저마이마가 무슨 일이 일어났는지 말했습니까?"

새라가 고개를 끄덕였다.

"그날 밤에, 전화로만요. 집으로 돌아온 뒤로 언니는 저한테 비밀을 지키겠다고 맹세하라고 했어요. 그런 나음에는 아예 그런 일이 없었던 것처럼 굴었고요. 다시는 그 얘기를 하지 않았어요."

킴은 가슴속에서 답답한 마음이 커지는 걸 느꼈다. 새라를 압박해야만 했다.

"언니가 그날 밤, 지금 우리에게 도움이 될 만한 사건 관련 내용을 말했습니까?"

새라가 아주 천천히 고개를 끄덕였다.

"말해 보세요."

킴이 재촉하자 새라가 숨을 들이쉬었다.

"언니는 아는 사람 짓 같다고 했어요."

# 18

킴은 자물쇠에 열쇠를 꽂고 돌리면서 그날 있었던 일은 현관 앞 깔개에 놔두기로 했다.

그녀는 집으로 가던 길에 조금 돌아서 브라이얼리 힐 경찰서에 들렀었다. 짧은 방문이었지만 소득이 있었다.

라미네이트 바닥을 밟아 오는 익숙한 탁, 탁, 탁 소리를 들은 킴의 입술을 작은 미소가 잡아당겼다. 그녀는 부정적인 기운을 집으로 끌어들이기 싫었다. 그녀의 가장 친한 친구는 짧은 평생 이미 너무 많은 것을 겪었으니까.

"안녕."

킴이 허리를 숙여 바니의 머리를 쓰다듬으며 말했다. 바니는 펄쩍 뛰어오르며 킴의 손에 머리를 더 가까이 대려고 했다. 킴은 재킷을 벗고 바닥에 주저앉았다.

"이리 와, 꼬마야. 덤벼."

바니가 그녀의 다리 위로 펄쩍 뛰어오르자 킴이 웃음을 터뜨렸다.

보더콜리 바니는 평소처럼 킴을 뒤따라 걸었다. 킴을 음식 찬장으로 몰아가느라 바빴다. 바니가 자리에 앉아 기대하는 눈으로 그녀를 쳐다보았다. 킴이 내려다보니 녀석의 풍성한 꼬리가 바닥을 탁탁 내리쳤다. 킴이 미소 지으며 찬장에 손을 넣었다. 개껌을 꺼내고 바니에게 손을 달라고 했다. 바니는 왼발, 오른발, 다시 왼발을 내밀었다. 그 작은 동작은 단 한 번의 예외도 없이 킴의 입술에서 미소를 끌어냈다. 바니는 개껌을 받더니 자랑스러운 듯 거실 깔개로 종종걸음 쳐 갔다. 그곳이 바니가 늘 전리품을 가져가는 곳이었다.

킴은 커피 여과기를 채우던 중 문득 절대 바니 없이는 살 수 없으리라는 걸 깨달았다.

하지만 바니의 열정적인 환영 인사조차 몇 분 이상 킴의 구름을 걷어 주지는 못했다. 킴은 그게 지금 담당한 사건 때문이라고 자신을 설득하려 했다.

그녀는 수사를 시작하는 이 단계가 싫었다. 피해자를 알아가고 살인자의 머릿속에 들어가려 노력하는 이 단계가 가장 답답한 부분이었다.

어떤 단서는 피해자의 인생에서, 다른 단서는 그들의 죽음에서 나왔다. 지금까지의 조사 결과에 따르면, 남자친구라는 얼간이와 가택 침입시도 외에 저마이마의 삶에는 뜯어볼 만한 내용이 거의 없었다. 저마이마는 영국에 돌아온 지 얼마 되지도 않았다. 그러니 그 짧은 시간에 새로운 적을 만들었을 가능성은 낮았다. 그렇다고 가능성이 전혀 없는 건 아니었지만.

저마이마의 죽음에 대한 단서를 기다리는 것은 러시아워의 찻길 가운데 차선에 갇혀 있는 것과 비슷했다. 다른 길을 찾아보아도 어디로도 갈 수가 없었다.

킴은 자신이 본 피투성이 곤죽에 로의 집에서 본 저마이마의 사진을 덧씌워 보려 했다.

이번 살인에는 개인적인 감정이 너무도 심하게 어려 있었다. 킴의 본능은 저마이마가 별다른 생각이나 주의를 기울이지 않고 무작위로 선택된 여성이 아니라고 말했다. 살인자가 저마이마를 원한 데에는 이유가 있었다.

킴은 평소에 활용하는 논리에 따라 과거, 현재, 미래를 나누어서 생각했다. 먼저 미래. 저마이마는 누군가에게 위협을 가할 것 같지 않았다. 누군가에게 해롭거나 위협이 될 그 어떤 프로젝트에도 참여하지 않았다. 그녀의 현재도 똑같이 평범했다.

물론, 이번 일을 핑계로 로치를 잡아넣을 수만 있다면 킴은 기꺼이 그러고 싶었다. 로치는 사라진다 해도 인류에게, 특히 여자들에게 전혀 아깝지 않은 인물이었다. 하지만 저마이마를 공격할 때의 악랄함과 열정을 상상하면 할수록 로치가 범인이 아니라는 확신이 들었다.

그러니 저마이마의 과거만 남았다. 내일은 그 과거에서부터 시작해야 할 것이다.

킴은 신경에 거슬리는 일이 그것만은 아니라는 걸 알았다.

킴이 비참한 기분을 느끼는 주된 이유는 그 빌어먹을 시상식 때문이었다. 보통 거슬리는 게 아니었다.

킴은 자기 일을 했다는 이유로 공개적으로 인정받는 게 마음에 들지 않았다. 그래, 힘들고 어려운 사건이기는 했다. 사건과 함께 먹고 자고 숨 쉰 것도 사실이었다. 하지만 그건 킴이 하기로 한 일이었다. 그녀는 수백 명의 사람들 앞에서 종이 쪼가리를 받으려고 경찰에 지원한 게 아니었다.

표창은 킴에게 거의 의미가 없었지만, 키스나 에리카에게는 그야말로 큰 의미였을 것이다. 공교로운 점은 시상식이 두 사람의 기일에 열린다는 것이었다.

한 해의 이 기간에는 키스와 에리카 부부의 돌봄을 받으며 지낸 소중

한 순간들이 떠올랐다. 하지만 기억하는 것만으로 킴을 무릎 꿇릴 수 있는 힘을 가진 그날도 함께 생각났다.

킴은 과거의 기억이 그녀를 삼켜 버리려고 위협할 때 본능처럼 하는 행동을 했다.

그녀는 일로 관심을 돌려, 밥이라는 남자의 파일을 열었다.


# 19


아, 엄마. 린지라는 이름의 여자애가 생각나요. 그 애는 길을 따라가면 나오는 집에서 아빠 두 명이랑 같이 살았어요.

난 린지에게는 아빠가 두 명이고 나한테는 한 명도 없는 게 이상하다고 생각했어요. 린지의 아빠들은 이름이 맥스웰과 클린트였죠. 내가 물어보자 엄마는 내 출생증명서를 보여 줬어요. 내 아빠의 이름은 '미상'이었어요. 엄마는 우리한테 아빠가 필요하지 않다고 설득했죠. 가족은 아주 다양한 사람들로 이루어진 거고, 어떤 가족에는 엄마가 없고 어떤 가족에는 아빠가 없다면서요. 다른 모든 말을 받아들이듯 나는 그 말도 받아들였어요.

어느 날 린지의 아빠 중 한 명이 린지를 우리 집에 내려 줬어요. 린지는 너무 예쁜 아이였어요. 머리카락은 금발에 곱슬곱슬했어요. 타고난 금발이 계속 린지의 얼굴로 흘러내렸죠.

린지는 눈에 들어오는 말썽꾸러기 곱슬머리를 떼어 내느라 귀엽게 고개를 젓곤 했어요. 린지의 속눈썹이 기억나요. 길고 검은 속눈썹이 여름 하늘처럼 푸른 눈을 감싸고 있었죠. 린지의 두 뺨은 장밋빛에 둥글었고 입술은 행복한 입술이었어요. 저는 항상 그렇게 생각해요, 엄마. 행복한 입술이라고. 린지가 인상을 찡그릴 때도 린지의 입술은 즐거워하는 것처럼 보였으니까요.

난 린지를 좋아했어요, 엄마. 엄마도 린지를 좋아했죠.

난 그날 밤 린지가 차를 마시러 와서 너무 신이 났어요. 그때가 처음이라 도저히 참고 기다릴 수 없었죠. 린지는 금발에 어울리는 밝은 노란색 드레스를 입었어요. 밝은 흰색 스타킹을 신고 있어서 통통한 두 다리가 작은 나무둥치처럼 보였어요. 버클을 채우는 흰 신발이 린지의 머리카락을 묶은 리본과 어울리는 점박이 무늬 리본으로 꾸며져 있었어요.

린지도 신이 났고 나도 신이 났어요.

처음에 우리는 아주 잘 놀았어요. 엄마가 고른 놀이를 하면서요. 우리는 깔깔대고 키득거렸어요. 엄마는 우리 둘을 보며 미소 지었어요. 아, 엄마. 난 그 미소를 보는 게 참 좋았어요.

엄마가 우리에게 차를 타 주겠다고 방을 나섰죠. 소시지와 계란, 강낭콩을 주겠다고요. 내가 가장 좋아하는 음식이었어요.

린지가 나를 쿡 찌르는 바람에 내가 넘어졌어요. 나는 린지를 쿡 찌르며 깔깔 웃었어요. 몇 분 만에 우리는 온 바닥을 구르며 씨름하고 있었어요. 우리는 웃으며 놀고 있었어요. 우리 드레스와 가장 좋은 옷이 구겨지고 찢겼지만 신경 쓰지 않았죠. 웃느라 바빠서 알아차리지도 못했어요.

엄마가 다시 방에 들어왔어요. 엄마의 표정이 바뀌어 있었어요. 난

*내가 뭔가 잘못했다는 걸 알았어요.*

*엄마는 린지의 아버지에게 린지를 데려가라고, 다시는 린지를 보내지 말라고 전화했어요.*

*엄마는 늘 내 친구들을 떠나게 해요, 엄마. 나도 이젠 그렇게 해야 하죠.*


# 20


킴은 바니를 데리고 밤 산책을 나가기 전에 사건 파일을 모두 읽어 두었다.

습한 밤공기 때문에 클렌트 힐까지 차를 타고 가려던 계획은 접었다. 창문을 전부 내리더라도 작은 자동차를 초과근무 시켰다가는 더들리의 용광로에 들어간 기분이 들 터였다.

킴은 바니가 어디를 산책하든 딱히 신경 쓰지 않는 것 같다고 느꼈다. 들판은 그저 들판일 뿐. 바니의 코는 어디로 가든 새로운 냄새를 잡아내며 달아올랐다. 바니가 동네의 아름다운 지역으로 자동차를 타고 가고 싶어 하는 것처럼 느껴지는 건 주인의 감정을 투사한 결과일 터였다.

킴이 식탁에 폭탄이라도 떨어진 듯 널려 있는 서류를 다시 살펴보는 가운데 바니는 방 한가운데의 깔개에 털썩 주저앉았다. 킴의 머릿속은 공원을 산책하는 동안에도 분주했다.

그래, 밥은 수수께끼 같았다. 하지만 끝을 알 수 없는 수수께끼는 아니었다. 킴의 머릿속에서 여러 질문이 달그락거렸다.

왜 하필 그 저수지였을까? 그 저수지에 어떤 의미가 있었을까? 밥이 어부였던 걸까? 지역 사람들은 밥을 알았을까? 밥의 신원을 감추는 게 왜 그렇게까지 중요했을까? 밥의 위 내용물은 중요했을까? 밥의 주머니에서 발견된 물건들은……. 파운드 동전 몇 개와 뽑기 티켓으로 뭘 알아낼 수 있을까?

밥에게는 특이한 점이 없었다. 그는 저수지 물가에서 발견된 과체중의 중년 남자였다. 아무도 그리워하지 않는 평범한 사람이었다. 하지만 누군가에게는 밥이 의미 있는 존재이리라. 킴은 바로 그 점이 신경 쓰였다. 다른 무엇도 아니라 한들 밥은 누군가의 아들이었다.

"제기랄, 밥."

킴이 파일을 집어 들며 중얼거렸다. 그녀는 이 남자의 사연이 이미 자신의 피부에 파고들었다는 걸 알았다. 트레이시 프로스트에게 그녀가 킴의 활성화 버튼을 눌렀다는 걸 알려 줄 필요는 없었다. 그러나 버튼이 눌린 사실은 변하지 않았다.

킴이 관심을 가진 건 밥의 손이 사라졌다는 수수께끼 때문만은 아니었다. 그보다는 아무도 평범한 사람을 위해 싸워 주지 않는다는 안타까움 때문이었다. 미제 사건은 주기적으로 재검토되었지만 밥이 잔의 맨 윗부분에 크림처럼 떠오를 가능성은 낮았다. 그는 눈에 띄지 않는 인물이었다. 아무도 수사 결과를 기다리지 않았다. 그러니 다른 사건들이 언제나 우선순위에 오를 터였다. 밥은 '신원미상 남성'이라는 꼬리표를 달고 검시관의 소유물로 남아 있을 것이다.

'내가 도울 수 있다면 다르지만 말입니다.'

킴이 브라이얼리 힐에서 가져온 요약 보고서에는 기본적인 내용이 적혀 있을 뿐 수사의 세부 사항은 담겨 있지 않았다. 그래서 킴의 머릿속에 더 많은 의문이 떠올랐다. 이 남자가 누군지 알아내는 데 얼마나 많은 노력이 들어갔을까? 이 사람은 누군가의 아버지일까? 할아버지일까? 살인자가 다가오고 있다는 건 알았을까?

킴은 너무도 많은 계열의 질문으로 생각을 갈라놓고 있었다. 그 바람에 갑작스러운 핸드폰 소리를 듣고 깜짝 놀랐다.

즉시 신경을 곤두세웠다. 이번 전화도 그 빌어먹을 트레이시 프로스트가 건 것이라면 킴은 그 여자를 스토킹 혐의로 체포할 작정이었다.

"스톤입니다."

[경, 경위님. 경위님……이세요?]

떨리는 남자 목소리. 프로스트는 아니었다.

"맞습니다."

킴은 인상을 찡그리며 대답했다.

[웨, 웨스털리의 라이트 교수입니다.]

킴은 앉은 채 몸을 앞으로 숙였다. 머릿속에서 핸드폰 너머의 목소리를 제외한 모든 것이 사라졌다.

"교수님?"

[하, 하나가……. 더 있습니다, 경위님.]

킴은 이미 자리에서 일어나 재킷으로 손을 뻗고 있었다.

"교수님, 아무것도 건드리지 마시고……."

[서둘러 주세요, 경위님. 이 가엾은 여자는 아직 살아 있습니다.]

# 21

킴이 대문 열리기를 기다리는 동안 브라이언트의 아스트라가 뒤쪽으로 다가왔다. 대문이 움직이기 시작하자 킴은 자동차 양쪽으로 틈새가 한 뼘쯤 벌어지기가 무섭게 그곳을 지나쳐 차를 몰았다.

브라이언트가 자동차를 주차하는 동안 그녀는 오토바이에서 내려 사무실로 향했다.

야간 경비원 대런이 작은 원탁에 앉아 있었다. 그의 두 손이 뭔가가 담긴 머그잔을 잡은 채 떨렸다. 대런의 피부색은 아직 자연스러운 상태로 돌아오지 못했다.

"피해자를 건드렸습니까?"

킴이 급하게 물었다. 대런이 고개를 저었다.

"그럼 그 사람이 아직 살아 있다는 걸 어떻게……."

"신음을 냈어요."

대런이 뚝뚝 끊어지는 말로 대답했다.

"맙소사, 그 소리가……."

대런은 고개를 저으며 다시 머그잔을 들여다보았다.

"지금 교수님이 그 여자와 같이 있습니까?"

대런은 킴을 보지 않고 고개를 끄덕였다. 킴이 브라이언트를 보았다.

"저 사람과 같이 있으십시오. 구급차가 오면 대문을 열어 주고요."

킴의 지시에 브라이언트가 고개를 끄덕였다.

킴은 문을 나서며 주머니에서 손전등을 꺼냈다.

포터캐빈에서 나온 불빛은 주차장 가장자리까지만 도움이 됐다. 달도 킴에게 갈 길을 알려 주지 않았다. 킴은 목적지에 대한 대강의 정보만을 가지고 어둠의 장막으로 들어갔다. 한 발 한 발이 그녀의 감각을 더욱 어지럽혔다. 몇 발짝 걸어간 그녀는 자신이 맞는 방향으로 걸어가고 있다고 더는 확신할 수 없었다.

브라이언트가 대런에게 질문을 던지고 순찰에 관해 알아낼 것이다. 킴은 이번에는 순찰의 내용이 좀 더 정확할 거라고 기대했다. 저번 사건으로 대런은 일자리를 잃을 뻔했으니까. 이번에 시신을 발견한 이후로는 일자리를 잃는 게 나았겠다고 후회할지도 모르지만.

"교수님."

킴이 어둠 속을 향해 소리쳤다. 갑자기 빛줄기가 땅에서 위쪽으로 솟아오르며 참나무 옆의 한 사람을 비추었다.

제기랄. 킴은 이미 그쪽으로 가고 있었다.

킴은 교수가 있는 쪽으로 전력 질주했다. 기다란 풀이 달려가는 그녀의 발목을 후려치는 게 느껴졌다.

킴은 잭과 베라가 그리 멀지 않은 곳의 푹 꺼진 무덤에 들어 있다는 걸 떠올리고 왼쪽으로 살짝 방향을 틀었다.

킴이 교수 옆으로 다가가자 교수가 손전등을 내렸다. 하지만 킴은 이미 그의 하얗게 질린 얼굴을 본 뒤였다.

킴이 땅에 엎드렸다. 무릎이 해 질 녘에 내린 짧은 소나기 때문에 흙속으로 가라앉았다.

작은 신음이 들렸지만, 킴은 풀을 따라 스며드는 붉은색을 볼 수 있었다.

킴은 증거를 찾아 현장을 살펴야 한다는 걸 알았지만, 우선순위는 아직 살아 있는 여자였다. 킴이 부드럽게 여자의 맨 팔을 건드렸다.

"괜찮아요. 우리가 함께 있습니다. 구급차도 오고 있고요."

킴은 정확한 위치를 밝히기 위해 구급대 상황실에 두 번째로 전화를 걸었다. 일부러 눈에 띄지 않도록 해 둔 웨스털리 같은 장소를 찾는다는 건 어려운 일이었다.

더 이상 신음이나, 그 사람이 킴의 말을 들었다는 걸 알 수 있을 만한 소리는 들리지 않았다.

킴이 고개를 들어 교수를 보았다.

"이리 내려와서 제 손이 있는 곳을 눌러 주시겠습니까? 그래야 이 사람이 누군가 여기 있다는 걸 알 수 있습니다."

교수가 킴 옆에 무릎을 꿇고 킴의 손을 건드리더니 그 자리를 대신했다.

이제는 순찰차와 구급차의 조명으로 밝혀진 포터캐빈에서 불빛이 보였다. 하지만 제기랄, 킴은 단서를 찾아야 했다.

"손전등을 이쪽으로 비추세요."

킴이 여자의 머리를 가리키며 말했다.

짧은 갈색 머리카락이 피와 흙으로 뭉쳐 있었다. 얼굴은 보이지 않았다. 추가적인 부상이 생길까 봐 감히 얼굴을 만져 볼 수도 없었다. 킴은 불빛을 따라 쇄골 있는 데까지 내려왔다. 주근깨 같은 갈색 얼룩이 턱 아래에 얼룩져 있었다.

제기랄, 입이잖아. 킴은 허리를 숙이고 여자의 입술을 살피며 생각했다. 갈색 얼룩이 있었다. 망할, 여자의 입이 흙으로 가득했다!

킴은 선택의 여지가 없다는 걸 알았다. 그녀는 여자의 턱을 잡고 천천히 아래턱을 끌어 내렸다. 원래 뻥 뚫린 구멍이어야 할 곳이 흙으로 꽉 차 있었다. 킴은 검지를 가만히 찔러 넣어 여자의 입에서 흙을 빼냈다. 킴은 꽉 찬 흙덩이를 너무 빠르게 빼내지 않도록 주의해야 한다는 걸 알았다. 그랬다가는 흙이 여자의 기도로 흘러내릴 수 있었다. 처음으로 흙을 쓸어 낸 킴은 허리를 숙여 여자의 입에 직접 닿지 않는 한 최대한 가까운 곳으로 뺨을 가져갔다.

공기가 들락날락하며 쌕쌕대는 소리가 들렸다. 킴은 안으로 손을 집어넣어 단번에 흙을 전부 긁어내고 싶었지만, 다시 한번 흙을 쓸어 내는 식으로 또 한 번 소량을 제거했다.

"숨쉬기 편하게 해 드리려는 겁니다."

킴이 침착하게 말했다. 여자에게는 코가 있었지만 콧구멍을 쓰려는 노력은 그녀의 가슴을 더 빠르게 오르내리게 할 뿐이었다. 한 번 더 부드럽게 흙을 쓸어 낸 킴은 가능한 한 제거할 수 있는 양의 흙을 모두 제거한 셈이었다.

"구급대가 왔습니다."

교수가 말했다. 교수의 목소리에서 안도감이 확 느껴졌다. 죽은 자를 다룰 때 오히려 자유롭게 할 수 있는 일이 많다는 아이러니가 떠올랐다. 그렇다고 사람이 죽는 게 더 좋다고 할 수는 없지만. 하긴, 그렇게 따지면 시체는 범인의 인상착의를 말해 줄 수 없었다.

킴은 눈에 보이는 것을 통해 살인자가 피해자의 입을 흙으로 가득 채우고 얼굴을 곤죽이 되도록 패 버리는 의식을 했다고 추측했다. 하지만 약간 다른 점이 있었다. 이 피해자에게 가해진 타격은 얼굴 중앙보다는 머리 옆쪽에 집중되었다. 그 말은 이 여자가 타격을 피하려고 머리를 움직일 수 있었다는 의미였다.

눈앞의 여자는 몸무게가 더 나갔다. 그 말은, 같은 수준의 약물이 체내에 들어와도 왜소한 체격의 저마이마 로에게 끼친 것만큼 효력을 내거나 이 피해자를 약화하지 못했다는 뜻일 수 있었다.

이 피해자의 입에 들어 있는 흙의 양이 비교적 적다는 점도 킴에게 놈이 서둘렀다는 사실을 알려 주었다. 놈은 멀리서 대런의 손전등 불빛을 보고서도 강박적으로 의식을 마친 듯했다. 여자의 가슴에 묻은 흙가루로 킴은 범인이 여자의 입에 채운 것이 주변의 흙이라는 걸 알 수 있었다. 다른 곳에서 흙을 쑤셔 넣었다면 피해자가 언덕 위로 끌려온 뒤에도 흙가루가 남아 있을 리 없었다. 범인에게는 압박을 받는 상황에서도 의식을 하는 게 중요했다. 하지만 대런이 다가오자 완전히 포기한 게 틀림없었다.

"괜찮아요."

킴은 상황을 파악하며 여자를 안심시켰다.

"구급대가 왔습니다. 구급대가 돌봐 줄 거예요."

손전등이 여자의 몸을 따라 아래로 향하자 킴은 그녀가 면으로 만든 꽃무늬 홀터네크 드레스를 입고 있다는 걸 알았다. 맨살에서 비누 냄새가 올라왔다. 드레스는 무릎 위로 들려 있지 않았고 상처의 흔적도 없었다. 뒤통수가 푹 꺼져 있는 것만 빼면.

손전등 불빛과 목소리가 가까워졌다. 불빛이 여자의 맨발에 닿았다.

"주위를 비춰 보세요."

킴이 교수에게 지시했다. 교수가 주변을 밝히려고 손전등을 들어 올리자 여자의 몸은 어둠 속에 잠겨 버렸다. 신발 흔적은 없었다.

이제는 브라이언트와 구급대원들이 주고받는 말소리와 그들이 풀을 밟는 소리가 들렸다. 또 한 번 조용한 신음이 들리자 킴은 재빨리 다시 여자에게로 몸을 숙였다.

킴은 가만히 여자의 손으로 손을 뻗어 엄지를 문질러 보았다. 저마이마의 경우와 마찬가지로 엄지손톱의 촉감이 거칠었다. 두 여자 모두 외출하기 직전에 손톱을 지우기로 했다. 킴의 머릿속에서는 불편하게 느껴지는 우연이었다.

"옆으로 비키세요."

첫 번째 구급대원이 피해자의 머리 옆에 무릎을 꿇으며 말했다.

"이름이 뭐예요?"

그가 피해자를 보며 말했다. 킴은 고개를 저었다. 드레스에는 주머니가 없었고 핸드백도 없었다.

"모릅니다. 입 속에 흙이 있습니다. 약물을 투여당했을 가능성도 있습니다."

머리의 상처는 구급대원들이 직접 볼 수 있었다.

"이제 괜찮아요."

구급대원이 자기 가방 속으로 손을 집어넣으며 피해자에게 말했다. 두 번째 구급대원이 교수가 있던 자리에 섰다.

킴은 몇 발짝 물러나 브라이언트 옆으로 갔다.

구급대원들의 작업이 그녀의 일보다 훨씬 더 중요했다. 지금은.

"대런은 약간 상태가 안 좋아요."

브라이언트가 말했다.

"하지만 근무일지는 제대로 돼 있습니다. 딸의 목숨을 걸고 맹세하는데 11시에, 그다음에는 12시에 순찰을 돌았다고 하네요. 피해자와 우연히 마주친 건 12시 15분쯤이었습니다."

킴은 고개를 끄덕이며 구급대원들에게 다시 관심을 돌렸다. 첫 번째 구급대원은 가방에서 드레싱 재료를 꺼냈고 두 번째 구급대원은 여자의 머리를 살짝 들어 올렸다.

"심한 출혈은 다 끝났지만 어쨌든 드레싱을 해야 해, 제프."

피해자가 다시 조용한 신음을 냈다.

"괜찮아요, 아가씨. 이제 괜찮습니다."

제프는 여자의 머리에 감기는 붕대에서 눈을 떼지 않고 말했다. 그 일이 마무리되자마자 첫 번째 구급대원이 다시 말했다.

"좋아, 제프. 들것 가져와."

킴이 한 발 앞으로 나섰다.

"상태가 어떻습니까?"

제프는 어깨를 으쓱했다.

"병원으로 이송해야 합니다. 호흡이 있으니까 빨리 병원으로 데려가 머리 부상을 치료하는 게 최선입니다."

구급대원 두 명이 어찌어찌 피해자를 들것에 내려놓고, 셋을 세며 들것을 들어 올렸다. 교수가 나머지 장비를 운반하겠다며 구급대원들을 따라 현장을 가로질러 갔다.

킴은 브라이언트의 손전등 불빛 덕분에 이쪽으로 다가오는 과수팀 기술자 세 명을 볼 수 있었다.

"무슨 흉기를 쓴 걸까요?"

브라이언트가 물었다. 킴은 브라이언트에게서 손전등을 받아 들고 여자가 발견된 지점 바로 근처를 살폈다. 저마이마의 범죄 현장에서는 흉기가 발견되지 않았다. 킴은 이번에도 다르지 않을 거라고 예상했다.

"흠, 지금 대런의 기분은 엿 같겠군요. 그래도 대런한테, 덕분에 피해자가 목숨을 구했다는 건 알려 주세요."

킴은 대런이 부지를 순찰하면서 비춘 손전등 불빛이 살인자를 겁주어 쫓아낸 덕분에 놈에게 일을 마무리할 기회가 없었다고 확신했다. 대런 덕분에 두 번째 피해자는 아직 맥박과 얼굴을 유지하고 있었다.

"문제는 살인만이 아닙니다. 놈이 피해자를 죽이기 전에 먼저 하는 일이 중요합니다."

"저 마이마한테는 성폭행 흔적이 없었어요."

브라이언트가 킴에게 일깨워 주었다.

과수팀 기술자들이 도착해 현장을 넘겨받았다. 킴은 물러나 브라이언트 옆에 서서 살짝 고개를 저었다. 저 마이마가 발견된 이후로 혼란스럽게 느껴졌고 지금은 더더욱 거슬리는 점이 한 가지 있었다.

"브라이언트, 놈이 왜 피해자들을 여기에 두는 걸까요?"


# 22


킴은 커피를 한 모금 마신 뒤 남는 책상에 걸터앉았다.

머그잔은 지난번 생일, 킴으로서는 절대로 축하하지 않는 날에 그녀의 책상에 나타난 것이었다.

원래 사진 위에 적힌 글귀는 '세계 최고의 드라이버'였지만, 웬 기발한 인간이 지워지지 않는 잉크로 그 문구에 '슬레이브'라는 말을 끼워 넣었다.• 킴의 팀원 중에는 그런 짓을 저질렀다고 자백할 만큼 용감한 사람이 없었다. 킴이야 나름대로 의심하는 사람이 있었지만.

"좋아, 다들 두 번째 피해자가 나왔다는 건 알겠지. 피해자는 여전히 신원 확인이 되지 않은 채 살아 있다. 지금 두 번째 피해자와 관련해 가장 중요한 점은 피해자를 살려 두는 거야. 대화는 가능해지는 대로 나눠 보자. 그래서 일단은 계속 저마이마에게 집중해야 해. 브라이언트, 독극물 분석 보고서는 나왔습니까?"

"이미 회람했습니다, 대장."

모두가 고개를 끄덕였다.

"그래서 의견은?"

"약을 먹인 게 확실합니다."

킴의 질문에 케빈이 말했다.

혈중 로힙놀 농도가 중간 크기의 말을 제압할 정도였다. 로힙놀은 최면제 겸 진정제 겸 골격근 이완제로 쓰였다. 효력이 강하고 기억 상실을 일으킬 수 있기 때문에 '데이트 강간 약'이라고 불리는 경우가 많았다.

"왜일까? 성폭행은 없었는데."

킴이 물었다.

"피해자를 다루기 쉽게 만들려고요?"

---

• '슬레이브 드라이버'는 노예를 부리는 사람이라는 뜻으로, 다른 사람을 지나치게 몰아대는 사람을 의미한다.

케빈이 물었다.

"어이, 케빈. 내가 먼저 손들려고 했단 말이야."

브라이언트가 징징거리자 케빈이 히죽 웃었다.

"내가 이겼지, 내가 이겼……."

"둘 다 그만두지 않으면 궁둥이를 걷어찰 겁니다."

킴은 시선으로 바라던 효과를 거둔 뒤 말을 이었다.

"그럼 범인이 저마이마를 고분고분하게 만들어야 했다는 사실에 어떤 의미가 있을까, 스테이시?"

"저마이마를 어디에 버리게 될지 정확히 알았던 걸까요?"

"정답."

"그것도 알았는데."

브라이언트가 웅얼거렸다. 킴은 브라이언트를 무시했다.

"내 생각도 그래. 시신을 유기하기 훨씬 편한 장소도 많아. 웨스털리에 가려면 범인은 좁은 차도를 따라 농장 두 곳을 가로질러야 했을 거야. 그다음에는 저마이마를 언덕 위로 끌고 가야 했고. 왜 그랬을까?"

아무도 대답하지 않았다. 팀원들은 킴이 진짜로 질문할 때와 말을 잇기 위해 형식적으로 질문을 던질 때를 구분할 줄 알았다.

"스테이시, 웨스털리 주변 땅에 대해 알아낼 수 있는 건 전부 알아내. 유기 장소의 의미를 알고 싶어. 캐서린에 대해서도 더 알고 싶고."

스테이시가 고개를 끄덕였다.

"키츠의 이메일에 첨부돼 있던 마지막 서류는 헤어핀 사진이었어. 그것도 좀 파 봐. 그게 얼마나 흔한 건지 알아내."

"알겠습니다, 대장."

스테이시가 메모하며 말했다. 킴은 핸드폰을 가볍게 스크롤 해 키츠가 보낸 두 번째 보고서로 넘어갔다.

"다음은 위 내용물이야. 소시지, 강낭콩, 커스터드가 든 페이스트리가 섞여 있었어."

"쉽게 구할 수 있는 음식이네요."

스테이시가 말했다.

"그리고?"

킴이 밀어붙였다.

"만들기도 쉽고요?"

케빈이 말했다.

"그리고?"

킴이 좀 더 힘주어 말했다.

"놈이 피해자에게 디저트를 준 겁니다."

브라이언트가 대답했다. 그거였다. 저마이마를 납치하고 구타하고 살해한 남자가 그녀에게 디저트도 주었다.

"좀 이상한데요."

케빈이 말했다. 킴이 다시 말했다.

"그러니까 우리의 납치범은 저마이마를 제압하고 납치하고 구금하고 옷을 벗기고 음식을 먹인 다음 얼굴을 뭉개 버린 거야."

"제 말이 그 말이잖아요, 변태 자식."

케빈이 말했다.

"변태 하나? 아니면 둘?"

브라이언트는 설탕을 몇 개 넣을 거냐고 묻는 것처럼 말했다. 킴은 잠시 생각했다.

"내가 볼 땐 지금도 한 명이야. 저마이마는 어떤 이유가 있어서 선택됐어. 우연히 눈에 띈 무작위적 피해자가 아니야. 그 말은 범인에게 저마이마가 어느 단계에선가 접촉한 사람이라는 뜻이고. 케빈, 네가 파봐. 저마이마가 예전에 살던 집으로 가서, 두바이로 떠나기 전 사건에 대해 기억하는 사람이 있는지 알아내. 너무 오래전 일이라 저마이마의 살인과 연관돼 있는지는 알 수 없겠지만, 새라는 저마이마가 그때의 범인을 아는 것 같다고 했어. 그쪽 단서를 쫓아야 해."

킴의 핸드폰이 울렸다. 그녀는 화면에 뜬 법의학자의 이름을 보고 인상을 찡그렸다.

"키츠?"

그녀가 말했다. 키츠는 선택의 여지가 없을 때만 킴에게 연락했다.

[스톤, 저마이마 로의 입에 억지로 집어넣었던 흙 분석 결과가 나왔네.]

"말하세요."

[현장의 흙과 확실히 일치하네.]

그 정도는 킴도 스스로 알아냈다.

"그리고요?"

[핏자국이 있어. 뭐, 정확히 말하면 자국이라고 하기는 어렵지.]

킴은 살인자가 부드러운 잇몸선에 대고 억지로 흙을 밀어 넣는 모습을 상상했다. 그랬다면 쉽게 상처가 생겼을 것이다.

"저마이마의 입 안쪽에서……."

[그렇다기에는 피가 너무 많아, 형사 양반.]

그가 킴의 말을 자르며 말했다. 킴이 일어섰다.

"살인자가 흘린 피일 수도 있다는 말입니까?"

[범인이 범죄를 저지르던 도중에 손가락을 베인 게 아니라면야……]

가슴 속에서 심장이 두근거리기 시작했다. 킴은 더 이상 키츠의 말을 듣지 않았다. 그녀는 키츠가 무슨 말을 할지 알고 있었다. 저마이마의 입에 들어 있던 피는 저마이마 자신의 것이 아니었다. 살인사에게서 나온 것도 아니었다. 그렇다면 답은 한 가지뿐이었다.

다른 누군가가 그 자리에서 살해당했다.

# 23

"경감님, 웨스털리로 사람을 보내야 합니다."

킴은 노크하지 않았지만 우디는 야단조차 치지 않았다. 그가 눈썹을 찌푸렸다.

"무슨 말인가? 과수팀은 방금 그 현장에서 철수했어. 밤새 거기 있었는데 아무것도 찾지 못했네."

우디는 킴이 과수팀 기술자들을 말하는 줄 알고 있었다. 지금부터 킴이 요청하려는 것을 주려면 우디는 연간 예산을 더 파내야 할 것이다.

킴이 고개를 저었다.

"아뇨, 경감님. 저는 탐지 장비가 필요합니다. 아마 발굴 장비도 필요할 테고요. 과수팀 전체가……."

"진정해, 스톤. 무슨 진전이 있었기에?"

우디가 침착하게 물었다. 때로 킴은 우디가 스무고개 놀이를 하기 전에 그냥 행동해 주었으면 했다. 이러고 있다 보면 비상 상황에 구급차를 부르는 사람이 된 기분이었다. *"그냥 보내라고. 자세한 내용은 나중에 설명할 테니까!"*라고 소리치고 싶어진달까.

"저마이마의 입 속 흙에서 채취한 표본 말입니다. 현장에서 퍼서 억지로 입에 집어넣은 겁니다. 그 흙에 저마이마의 것이 아닌 혈흔이 있었습니다."

"살인자의 것인가?"

우디의 질문을 들은 킴은 방금 이 대화를 나눈 기분이 들었다.

"그럴 가능성은 낮습니다. 그렇다기에는 양이 너무 많고, 흘린 지도 꽤 오래됐습니다."

"확실한가?"

킴이 고개를 끄덕였다.

"키츠가 루미놀로 흙을 시험해 보았는데, 키츠의 표현을 빌리자면 '등대처럼 빛났'다고 합니다."

"혈액이 얼마나 오래됐는지 알 만한 지표는 있고?"

"아뇨. 키츠가 추가 검사를 하고 있지만, 최소 6년에서 8년에 이르는 오랜 기간의 혈액이 검출될 수 있다고 합니다."

킴은 전화를 받기 전까지만 해도 몰랐던 내용을 우디에게 알려 주었다.

우디가 의자에 앉으며 한숨을 쉬었다. 이제는 킴 자신을 팔아 필요한 걸 얻을 시간이었다. 갑자기 〈드래곤스 텐〉*의 한 장면이 떠올랐다.

"경감님, 저는 현장에 다른 시신이 묻혀 있을 거라고 생각합니다."

그녀는 의견을 충분히 표현하지 못했을까 봐 설명했다.

킴은 우디가 시신이 발견될 가능성과 이번 작전에 들어갈 비용을 비교해 보고 있다는 걸 알았다. 킴으로서는 재정 계획이 그녀가 아닌 상관의 과제라는 점이 언제나 다행스러웠다. 우디가 오직 한정된 예산만을 판단의 기준으로 삼지 않는다는 점도 고마웠고. 킴과 마찬가지로 우디의 우선순위 역시 진실로의 여정이었다. 다만 우디의 직무 내용 설명서에는 일이 끔찍하게 잘못될 경우 더 많은 질문에 답해야 한다고 적혀 있었다.

"두 번째 피해자와 관련해서는 아무 변화가 없나?"

킴은 우디의 논리를 이해했다. 두 번째 피해자로부터 머지않은 미래에 범인의 신원을 확인할 기회가 있다면, 다른 이유가 없는 한 비용 지출이 정당화될 가능성이 낮았다.

"가장 먼저 전화해 봤습니다. 머리 수술을 한 이후로 아직 피해자를 안정화하는 중입니다. 우리가 피해자와 이야기할 수 있을지, 언제쯤 가능할지 말해 주겠다고 했습니다."

우디는 잠시 말을 멈추고 생각에 잠겨 턱을 문질렀다.

"대니얼 베이트가 웨스털리 현장에 있는 걸로 아는데."

킴이 인상을 찌푸렸다.

"전에는 있었습니다. 지금도 있는지는 모르겠······."

---

● 창업 지망생들이 투자금을 받을 목표로 사업 아이디어를 투자자들에게 발표하는 형식의 TV 프로그램 제목.

"베이트 박사를 계속 그 자리에 잡아 두는 게 좋을 것 같군. 내가 승인을 받아 놓겠네."

"베이트 박사가 이 세상의 유일한 법의골고고학자도 아닌데……."

"지금 현장에 있는 유일한 사람이기는 하지. 자네가 평소 원하는 만큼 이 사건을 빨리 진행시키고자 하는데도 아직 베이트 박사에게 전화하지 않았다는 게 오히려 놀랍군."

킴은 우디를 잠시 빤히 바라보았다. 적절히 대꾸할 말이 떠오르지 않았다. 킴은 과거에 인간 유해의 성별, 나이, 건강 상태를 파악하는 대니얼의 전문성을 경험해 보았다.

우디가 킴을 똑바로 마주 보며 인상을 찌푸렸다.

"아마 움직이는 게 좋을 거야, 스톤. 대니얼 베이트는 놓쳐서는 안 될 기회니까."

"경감님, 저는……."

"베이트 박사와 똑같은 전문성을 갖춘 다른 과학자를 현장으로 보내는 데는 최소 몇 시간, 길게는 며칠이 걸릴 걸세. 내가 자네였다면 베이트 박사가 이미 떠나지 않았기를 바랄 거야."

킴이 돌아서서 사무실을 나섰다. 대니얼 베이트와 대화해야 한다니 짜증이 났다. 경감의 말은 그 이상 분명할 수 없었다.

'활용 가능한 자원을 활용한다면 진행하게 해 주지.'

그래, 이번에는 우디가 이겼다. 대니얼 베이트가 아직 웨스털리에 있다면, 킴은 그와 이야기할 작정이었다.

살인자를 빨리 찾아내는 데 도움이 된다면 현장에 남아 달라고 부탁도 할 생각이었다.

# 24

킴은 포터캐빈에 들어갔다가 절망의 벽에 마주쳤다. 하긴, 시체 한 구와 곤죽이 된 여자 한 명이 며칠 사이에 나타나는 것만으로 직장에서의 사기는 엉망이 될 수 있었다. 사람들이 지금도 출근하고 있다는 사실 자체가 그들의 프로 정신의 증거였다. 그런데 이제는 그들에게 상황이 아마 더 나빠질 거라는 소식을 전해야 했다.

"아직 여기 있었습니까?"

킴이 커티스 그랜트에게 말했다. 그랜트가 미소 지으며 답했다.

"집에 다녀왔습니다. 이건 다른 정장입니다."

그랜트는 자기 재킷을 탁 튕기며 말했다. 킴은 그의 대답을 받아들였다.

"볼일은 거의 다 끝났습니까, 그랜트 씨?"

그랜트는 자밀을 힐끗 돌아보았고 자밀은 고개를 끄덕였다.

"이번 주 주말쯤에 돌아와 신형 카메라 두 대를 더 설치하고 소프트웨어를 업그레이드할 겁니다."

킴은 고개를 끄덕이고 포터캐빈 안으로 더 들어갔다. 브라이언트와 케빈이 그녀 뒤에 다가와 섰다.

캐서린이 회의용 탁자에 앉아 있었다. 그녀는 힐끗 눈길을 주는 것으로 사람들이 왔다는 걸 알은체했다.

라이트 교수와 대니얼 베이트는 문에서 가장 먼 지점에 서 있었다. 킴이 말했다.

"다들 안녕하세요. 몇 가지 검사 결과가 나와서 알려 드릴 정보가 있습니다."

"저보고 나가라는 얘깁니다."

대니얼이 교수와 악수하며 말했다.

대니얼은 밖으로 나가다가 킴의 옆을 지나며 그녀에게 고개를 끄덕였다.

브라이언트가 기침했다. 킴은 그를 노려본 뒤에야 케빈을 지나쳐 문으로 갔다. 그런 뒤 대니얼을 따라 나갔다. 대니얼은 픽업트럭과 두 발짝 떨어진 곳에서 돌아섰다.

"실례지만, 혹시 길을 잃으셨습니까?"

킴이 눈알을 굴려 댔다.

"얘기 좀 하죠."

대니얼이 자동차 옆면에 팔을 기댔다. 흥미롭다는 듯 눈이 가늘어졌다.

"무슨 얘기요?"

"이번 사건 얘기요."

킴이 확실히 밝혔다.

대니얼 베이트가 물러나며 조수석 문을 열었다. 롤라가 조수석 의자에서 뛰어내리려 했다. 대니얼이 롤라를 붙들고서 창문을 내린 뒤 다시 문을 닫았다. 킴은 조수석 아래쪽에 놓인 대니얼의 여행 가방도 보았다.

"제가 도움이 될지 모르겠는데요."

대니얼은 운전석 문 쪽으로 돌아오며 말했다. 그의 손에서 열쇠가 짤랑거렸다.

"부지에 시신 한 구가 더 있는 것 같습니다."

대니얼이 멈춰 섰다.

"내가 아는 정보를 다시 말해 달라고는 하지 마십시오. 지금 안에서 브라이언트가 설명하고 있으니까요. 어쨌든, 내 상관이 당신한테 남아서 도와 달라고 부탁하라더군요."

대니얼이 문 앞에서 잠시 멈췄다가 돌아섰다. 그는 트럭 화물칸에 기댔다. 주머니에 열쇠를 집어넣고 하늘을 쳐다보더니 킴에게로 고개를 돌렸다.

"그러니까, 확실히 해 두죠. 경위님의 상관인 우드워드 경감이, 땅속에 묻혀 있는 시신이 발견되면 내게 도움을 청하라고 했다는 겁니까?"

킴이 고개를 끄덕였다. 대니얼이 활짝 웃었다.

"그리고 경위님은 그 모든 순간순간이 싫어 죽겠고요?"

킴은 주머니에 두 손을 쑤셔 넣고 아무 말도 하지 않았다. 대니얼이 앞자리 위에 팔을 걸치고 턱을 괴더니 킴을 보았다.

"뭐 하는 겁니까?"

킴이 물었다. 대니얼의 노골적 눈길은 답을 주지 않고 시간을 끄는 행동만큼이나 짜증스러웠다.

"아, 경위님의 불편함에서 최대한의 즐거움을 짜내는 중입니다."

"유치함이라곤 없군요?"

"그럴 걸요. 그러니까 착하게 부탁하면 생각은 좀 해 보겠습니다."

킴은 뺨이 후끈거리는 걸 느꼈다.

"대니얼, 이제 재미없습니다."

"저는 생각이 다른데요. 그리고 경위님 입에서 제 진짜 이름을 들으니 거의 여기 남아야겠다는 마음이 듭니다."

"이 사건에 도움을 줄 준비가 돼 있습니까, 아닙니까? 전화를 해야……."

"못 하죠? 나한테 남아 달라고 실제로 부탁하지 못하는 거예요."

대니얼이 계속 재미있어하며 말했다.

킴이 그를 똑바로 마주 보았다.

"대니얼, 난 도와 달라고 부탁하고 있습니다. 하지만 당신이 이 개자식을……."

"조건이 하나 있어요."

대니얼이 말을 잘랐다.

"작은 부탁 하나만 들어주면 남죠."

킴이 인상을 찡그렸다. 무슨 부탁인지 알기 전까지는 절대 동의하지 않을 작정이었다.

"박사님이니, 베이트 박사니 하는 호칭은 그만두고 나를 계속 대니얼이라고 불러요."

킴은 잠시 생각해 보고 고개를 끄덕였다. 최소한 그건 할 수 있었다.

등 뒤에서 트럭 문이 열리는 소리가 났다. 네 개의 발이 자갈밭에 내려섰다.

"가자, 롤라. 좀 더 남아야 할 것 같아."

킴은 미소로 만족감을 감추었다.

## 25

"거시기가 두 개 달린 개 같아요."

브라이언트가 웨스털리를 떠나며 말했다.

킴은 브라이언트가 말하는 사람이 케빈이라는 걸 알았다. 기술 전문 가들이 도착하기 시작하자 케빈은 연락 담당관으로 기꺼이 웨스털리에 남았다. 18개월 전 크레스트우드 수사 당시에 케빈은 현장에 배치되어 훌륭하게 일을 해냈다. 킴이 보기에 케빈은 망가지지 않았으므로 고칠 필요도 없었다.

브라이언트는 계속 차를 몰아갔다. 킴이 이미 가고 싶은 곳을 말해 둔 터였다.

"그래서, 베이트 박사는 남는답니까?"

"이야, 경사님은 뭘 놓치는 법이 없네요?"

킴이 말했다.

"경위님이 다시 들어왔을 때 숨기려던 미소 같은 것 말이죠?"

브라이언트가 말했다.

"그건 내가 이겼기 때문에 지은 미소였습니다."

킴이 인정했다.

"뭘 이겨요? 상품이 걸려 있는 줄은 몰랐는데."

"신경 끄십시오."

"대니얼이 경위님을 좋아하는 건 아시죠?"

"여기가 고등학교가 아니고, 경사님이 우리 둘 사이에 쪽지를 전해 줄 필요는 없다는 건 아시죠?"

브라이언트가 킴 쪽을 힐끗 보았다.

"제 느낌에는 경위님도 대니얼을 좀 좋아하는 것 같은데요."

킴은 그 말을 무시했다. 엄밀히 말해 정확한 이야기는 아니었다. 킴이 대니얼을 좋아한다는 말은 약간의 과장이었다. 그냥 다른 수많은 사람에 비해 대니얼을 덜 싫어할 뿐이었다.

"제기랄."

러셀 홀 병원에 들어가며 킴이 말했다. 주차장은 이미 터져 나갈 것처럼 보였다.

이 초대형 병원은 완전히 폐업하거나 응급실을 없앤 지역 병원 세 곳을 합쳐 놓은 곳이었다. 불행히도 병원이 확장될 때도 주차 대수는 그에 비례해 늘어나지 않았다.

브라이언트가 병원 건물에서 가장 먼 자리를 발견하고 빠르게 주차했다.

"여기서 기다리십시오. 오래 걸리지는 않을 겁니다. 그냥 피해자 상태만 보고 싶은 거라서."

브라이언트가 툴툴거렸다.

킴은 브라이언트를 무시하고 산모 전용 출입구를 지나 계단을 오른 다음 수술 후 준 중환자실로 향했다. 이 병실은 집중치료실과 함께 병원의 중환자 치료를 담당했다. 준 중환자실은 보통 응급 수술이 필요한 환자들을 받아들였고, 담당자 한 명당 환자 두 명의 비율로 인력이 갖추어져 있었다. 집중치료실은 일대일 비율로 치료했다.

킴은 인터폰 통화로 들어갈 수 있게 되었다.

그녀는 문을 밀어 열었다가 수다 떠는 소리나 일상적인 소음이 없다는 사실에 다시 놀랐다. 조용히 웅성거리는 텔레비전 소리가 없었다. 순번을 도는 커피 손수레의 짤그랑거리는 소리도 없었다. 면회 전의 시간을 채우는, 병상 사이에 오가는 대화도 존재하지 않았다. 이따금 불편함과 고통에 신음하는 소리도 들리지 않았고.

이 병실에는 그런 소리가 전혀 없었다. 이 구역은 건물에서 가장 아픈 사람들을 위해 마련된 곳이었다.

킴은 경찰 신분증을 보여 주며 조라는 이름의 병동 간호사에게 미소 지었다. 조는 30대 후반으로, 통통한 얼굴 주변으로 짧지만 윤기 있는 금발의 단발을 늘어뜨리고 있었다.

조는 킴의 신분증을 자세히 살펴보고 고개를 끄덕였다.

"어젯밤에 여성 한 명이 입원했는데요."

"두부 외상 환자요?"

조가 등 뒤의 화이트보드로 고개를 돌리며 물었다.

킴이 고개를 끄덕이자 조가 대답했다.

"신분 확인이 되지 않아서 지금은 제인이라고 불러요."

이제는 많은 시설에서 신원 미상의 피해자를 존이나 제인이라고 부르는 미국의 방법을 받아들였다.

"2번 구역 3번 병상이에요."

"혹시……?"

"의식이 있느냐고요?"

조는 그렇게 묻더니 고개를 저었다.

"수면유도제를 맞았어요. 뇌에 심한 충격을 받아서요."

간호사는 책상 너머로 몸을 숙이고 복도 이쪽저쪽을 살폈다.

"싱 선생님이 아직 회진을 돌고 계세요. 와서 잠깐 이야기 나누시라고 할게요."

킴은 고맙다고 고개를 끄덕이고 2번 구역으로 향했다. 제인은 창문과 가장 가까운 맨 위 왼쪽 구석에 누워 있었다.

킴은 피와 흙으로 뭉치고 엉켜 있었던 풍성한 밤색 머리카락이 이제는 사라졌을 거라고 생각했다. 붕대 아래에는 박박 민 머리가 있을 터였다.

왼손 검지에는 제인의 혈중 산소량과 심박수를 측정하는 흰색 플라스틱 산소 농도 및 맥박 측정기가 채워져 있었다. 그 결과는 제인의 혈압과 함께 그녀의 왼쪽에 있는 화면으로 전송되었다.

제인의 오른손은 링거 바늘을 눌러 놓은 흰 석고로 덮여 있었다. 피가 테이프로 스며 나와 있었다. 혈관을 찾을 때 문제가 있었다는 뜻이었다.

킴의 눈이 여자의 왼쪽 손목, 그녀가 너무도 잘 아는 둥근 흉터로 향했다. 제인도 그 흔적이 지워지고 몇 년이 지나서까지 손목을 문지를지 궁금해졌다. 가끔은, 아주 잠깐이라도 그냥 그 흉터가 아직 있다는 느낌이 들까? 그런 면에서 정신은 잔인할 수 있었다.

킴의 손이 내려가 붉은 선을 건드렸다. 이 여자는 풀려나려고 손목을 상당히 심하게 움직였다. 억지로 손을 빼내려 했는지 손목과 손마디 사이에 두드러지는 흔적이 남아 있었다. 저 마이마와 똑같았다. 여러 해 전 킴 자신과도.

여섯 살 때 손을 풀어내려고 수없이 시도하다가 피부가 벗겨졌던 기억이 갑작스럽게, 고통스럽게 떠올랐다. 킴은 그 기억을 밀어내고 제인이라는 별명이 붙은 여자의 피부를 가만히 문질렀다. 제인의 살에서 그 자국을 지우려는 것처럼.

킴의 엄지가 부풀어 오른 피부를 지나쳤다. 그녀는 인상을 찡그리며 제인의 엄지를 앞뒤로 두어 차례 문질렀다.

손목을 부드럽게 뒤집어 보니 어젯밤에는 볼 수 없었던 것이 보였다. 아주 확실한 네 개의 흉터 조직이 손목 전체를 가로지르고 있었다. 이 여자는 자살을 시도했다. 장난한 게 아니었다.

"형사님……?"

킴이 돌아보니 짙은 색 피부의 매력적인 남자가 있었다. 킴은 그가 싱일 거라고 짐작했다. 흰 가운 단추가 풀려 흰 셔츠와 민무늬 검은 바지가 보였다. 눈에는 친절한 미소가 깃들어 있었다.

킴은 잠시 국가 보건 시스템이 그에게서 미소를 빼내는 데 얼마나 걸릴지 가늠해 보았다.

싱은 침대 끝에 서서 제인의 차트를 집어 들었다.

"여기 이 환자 분은 두개골 함몰 골절을 겪었고, 오늘 아침 6시까지 수술방에 있었습니다."

인도 억양이 희미하게 배어 있었지만 몇몇 단어만 그럴 뿐이었다. 싱의 목소리는 배려심 있고 따뜻했다. 킴은 즉시 그가 마음에 들었다.

킴은 함몰이라는 말이 상처로 인해 두개골이 뇌강 안쪽으로 파이거나 확장되었다는 의미임을 알고 있었다.

"골절에는 여러 종류가 있습니다만 이유는 한 가지뿐입니다."

싱이 설명했다. 킴은 그 유일한 이유가 뼈를 부러뜨릴 정도로 강력하게 머리를 때리는 것임을 알고 있었다.

"외과 선생님이 뇌압을 줄여 놓았지만, 환자는 글래스고 코마 척도로 6점을 기록했습니다."

킴은 인상을 찡그렸다. 전에는 들어 본 적 없는 말이었다.

"3점에서 15점까지의 점수로 머리의 상처를 평가하는 척도입니다. 3점이 가장 심각한 경우인데, 3점과 8점 사이의 모든 점수는 환자가 혼수상태라는 뜻입니다."

"저건 뭡니까?"

킴이 제인의 머리 뒤쪽에서 이어진 선을 가리키며 말했다.

"뇌압 감지 장치입니다. 두개골과 뇌 사이의 공간을 지켜보는 거예요. 두개골 내의 압력에 조금이라도 변화가 생기면 경고해 줍니다."

"살 수 있을까요?"

킴이 의사의 조용하고 부드러운 말씨에 어울리도록 목소리를 조절해 물었다. 싱이 몇 걸음 물러났다.

"모릅니다. 정말이지, 저런 부상을 입으면 보통 살 수 없습니다. 그런데 이분은 어떻게든 버텼어요. 환자 분이 힘을 잃지 않기를 바라야죠."

"소리는 들을 수 있습니까?"

킴은 의사가 그 말을 하려고 물러났다는 걸 알고 물었다. 싱이 어깨를 으쓱하며 말했다.

"혹시 몰라서요. 특히 생존 확률에 대해서 얘기할 때는."

"혹시 얼마나 걸릴지……?"

의사는 이미 고개를 젓고 있었다.

"그건 답할 수 없습니다. 뇌는 우리 중 누구도 이해할 수 없을 만큼 복잡합니다. 우리가 살아남을 거라고 예상했던 사람들이 죽는 경우도 많고, 반대로……."

싱이 말을 흐렸지만 킴은 알아들었다.

"만일 깨어난다면요?"

"경위님, 제가 답할 수 없는 질문은 전부 던지시는군요."

싱의 목소리는 여전히 친절했지만, 약간 재미있어하는 기색이 깃들어 있었다.

킴은 그의 태평한 태도에 미소 지었다. 법의학자 키츠와의 대화와 조금은 비슷했다. 단, 이 의사는 사근사근했다.

"뭐, 협조해 주셔서 감사합니다. 아, 사실 한 가지 더 있습니다."

"말씀하세요."

"피해자의 몸에서 확인해야 할 부분이 있는데 저로서는……."

싱은 알았다는 뜻으로 고개를 끄덕였다. 킴은 의사의 허락 없이 절대로 제인의 몸에 손을 대지 않을 생각이었다.

싱이 침대 쪽으로 몇 발짝 물러나 커튼을 쳤다.

"어딘가요?"

"다리 뒤쪽입니다."

싱이 이불을 들추고 여자를 아주 조금, 가만히 옆으로 돌려 눕혔다.

"봐도 됩니까?"

킴이 묻자 싱이 고개를 끄덕였다.

킴은 가만히 병원 가운 아랫부분을 들어 올렸다.

흔적이 있었다. 허벅지 뒤쪽, 아랫부분 전체에 그어져 있는 폭 2센티미터짜리 붉은 선.

킴은 핸드폰을 꺼내 사진을 두어 장 찍었다.

"배도 확인해야 합니다."

싱은 제인을 눕혀 놓고 이불을 허리 위로 끌어 올린 다음 환자복을 들추었다. 선은 제인의 배꼽 바로 위까지 이어졌다. 킴은 사진을 두어 장 더 찍었다.

그녀는 제인을 다시 덮어 주려고 이불에 손을 뻗었다가 멈추었다. 다리 아래쪽 피부에 난 아주 작은 빨간색 상처가 그녀의 관심을 끌었다. 킴은 침대를 돌아가며 여자의 무릎 아랫부분 사진을 찍었다.

"중요한 건가요?"

싱이 물었다. 킴이 미소 지었다.

"이제는 제가 모른다고 말할 차례네요."

싱은 그녀의 답을 받아들였다.

"이제 다 하셨나요?"

"조금만 더 있어도 괜찮겠습니까?"

"그럼요."

싱은 그렇게 대답하고 돌아서서, 다시 커튼을 걷고 반대쪽의 환자에게로 향했다.

킴은 핸드폰을 다시 주머니에 넣고 제인의 손목에 손을 얹었다.

"어쩔 수 없다지만 방금 일은 죄송합니다. 당신에게 이런 짓을 한 사람을 잡고 싶습니다."

킴의 손에 흉터 조직이 다시 한번 만져졌다. 이 여자는 과거에 고통을 겪었고, 지금도 고통스러워하고 있었다.

"약속드리죠. 제인으로 지내야 하는 시간이 길지는 않을 겁니다."

# 26

제인은 무언가가 손을 가만히 눌러 오는 것을 느낄 수 있었다. 무슨 꿈을 꾸는 건지 알 수가 없었다.

때로는 목소리가 들렸고 때로는 들리지 않았다. 때로는 조용하게 삑삑 소리가 났는데, 그 소리는 어둠이 다시 다가올 때만 사라졌다.

뱃속에 두려움이 자리 잡고 있었다. 그 두려움이 배꼽에서 시작돼 바깥으로 기어 나왔다.

주변의 어둠이 계속해서 움직이며 자세를 가다듬고 그녀의 생각을 낚아채거나 훔쳐 갔다.

온몸에서 고통이 울렸다. 어디서부터 메아리치는 고통인지는 알 수 없었지만 암흑이 그것도 가져갔다. 어둠은 고통을 그녀와 함께 먹어 치운 뒤 그녀를 다시 뱉어 냈다.

때로 그녀는 어둠과 하나였다.

그녀는 이게 죽음인지, 만일 그렇다면 어떻게 이곳에 오게 된 건지 궁금했다. 죽은 채로 고통을 느끼는 게 가능할까? 그녀가 죽은 거라면, 영원히 이런 상태로 지내는 걸까?

그 이상의 생각과 깨달음은 어둠이 가져갔다.

그녀는 눈을 뜨고 싶었지만 그럴 겨를도 없이 암흑이 그녀를 데려갔다.

살아 있는 거라면, 그녀는 자신이 병원에 있는 것이리라고 생각했다. 누군가가 자기 손을 잡고 있는 모양이다.

그녀는 눈을 뜨려고 노력했다. 뭔가 말해야 한다는 걸 알았다.

공포가 목구멍으로 솟아오른 뒤 어둠이 다시 그녀를 데려갔다.




# 27




브라이언트의 자동차로 돌아가는 대신에 킴은 즉시 시체안치실로 향했다.

키츠가 책상에 앉아 있었다. 고개를 숙인 채 뭔가 탐구하는 듯 집중하는 중이었다. 킴이 인기척을 냈다.

"으흠."

"온 거 안다네, 형사 양반. 어디서든 알아들을 수 있게 발을 쿵쾅대니까. 다만 내가 무시하면 형사 양반이 떠날지 모른다는 희망을 품고 있는 거야."

키츠는 고개를 들지 않은 채 길게 말했다.

"네, 박사님도 그렇고 제가 여태 만나 본 사람들도 대부분 그렇죠. 근데 도움이 필요합니다."

키츠가 고개를 들더니 의심스럽다는 듯 눈을 가늘게 떴다.

"나를 학대하려는 건가, 스톤?"

킴은 입가에 떠오르는 미소를 눌러 참았다. 키츠는 그녀를 너무 잘 알았다. 이 법의학자에게 연기만 피워 대는 건 시간 아까운 일이었다. 킴은 다른 사람들의 경험을 통해 그 방법이 통하지 않는다는 걸 알았다. 키츠는 그녀를 돕든, 돕지 않든 확실히 할 터였다.

"3년 전에 펜스 풀에서 한 남자가 발견됐습니다."

"그보다는 구체적으로 말해야지."

"손가락이 잘렸습니다."

"아아, 그래, 기억나는군. 내가 부검한 건 아니지만 그 사건은 기억나. 아직도 신원 확인이 안 됐나?"

킴이 고개를 끄덕이고 앉았다.

"관련 보고서는 가지고 있는데, 전문가의 번역이 있으면 도움이 될 겁니다."

키츠가 고개를 갸웃했다.

"나한테 그렇게 사근사근하게 굴지 않는다면야 도와주지. 날 지켜 줄 브라이언트도 없으니 좀 무섭군."

이번에는 미소가 빠져나갔다.

"그러죠."

키츠가 킴의 머리 위쪽을 보더니 키보드를 두드리기 시작했다.

"다음 고객이 도착할 때까지 5분 남았으니 빨리하게."

킴은 집에서 읽어 본 부검 보고서를 떠올리고, 이상하다고 여겨진 한 가지를 떠올려 냈다.

"눈에 보인 유일한 상처는 왼쪽 가슴 위쪽에 칼로 찔린 상처였습니다. 5센티미터, 아니면 7.5센티미터 길이였습니다. 아마 자창이겠죠?"

키츠가 화면을 힐끗 돌아보았다.

"글쎄, 자창이었다면 깊지는 않았을 거야. 사망 원인은 확실히 익사였어."

"손가락은 사후에 잘린 것 맞죠?"

킴의 질문에 키츠가 고개를 끄덕이고 계속 읽어 나갔다.

살인자는 고통을 연장하고자 고문을 하지는 않았다. 손가락을 없앤 것은 순전히 실용적인 이유에서였다.

"그 사람에 대해 말해 줄 수 있는 게 있습니까, 키츠?"

"쉿."

키츠는 그렇게 말하더니 2분 정도 더 글을 읽었다.

"일반인의 용어로 말하자면, 피해자의 나이는 50대 중후반으로 추정되네. 술꾼은 아니었지만 골초였던 건 확실해. 기름진 음식을 너무 많이 먹었고 운동은 충분히 하지 않았어. 눈에 띄는 골절이나 문신, 다른 특징은 없었네."

킴은 그럼 꽤 평범했던 거라고 생각했다. 손에서 모든 손가락이 잘려 나간 것만 빼면. 그래, 그 특정한 사실에서 벗어날 방법은 없었다.

킴이 한숨을 쉬었다. 별로 알아낸 것이 없었다. 킴이 일어서며 말했다.

"어쨌든 고맙습니다, 키츠. 나중에……."

"너무 서두르지는 마, 스톤. 그냥 이걸 한번 보게."

킴은 책상에서 키츠가 앉아 있는 쪽으로 돌아갔다. 화면에 뜬 사진이 확대되어 있었다. 킴은 자신이 무얼 보고 있는 건지 확신할 수 없었다. 그녀는 고개를 옆으로 기울였다.

"저게 가슴 상처입니까?"

키츠가 고개를 끄덕였다.

"약간 이상해 보이는 점이 있어."

킴의 귀가 쫑긋 섰다. 이상하다면 좋은 것이었다.

킴은 그 사진을 들여다보다가 키츠의 말뜻을 서서히 이해했다. 그녀는 수많은 범죄 현장에 가 보았기에 피부의 자창이 보통 어떤 모습인지 알고 있었다. 보통 상처는 사용된 칼의 종류와 상관없이 곧고 깨끗했다. 그러나 클로즈업해서 보니 이 상처는 울퉁불퉁하고 고르지 않게 보였다. 꼭 칼로 피부를 긁은 것 같았다.

"찔렀다기보다는 벤 것 같은데요."

키츠가 고개를 끄덕였다.

"이유도 알 것 같아."

키츠가 다시 한번 화면을 확대했다.

"내 생각엔, 피해자의 흉터 조직을 잘라 내려 한 것 같네."

"오래된 상처를 다시 뜯었다고요?"

킴의 머릿속에 이런저런 생각이 생겨나기 시작했다.

"아니면 뭔가를 꺼내려 했거나……."

그들은 동시에 한 가지를 깨닫고 서로를 보며 동시에 말했다.

"맥박 조정기."

## 28

"피해자는 좀 어때요?"

킴이 차에 도착하자 브라이언트가 물었다.

"지금 당장은 반응이 없고, 의사들도 환자의 회복 면에서는 사실 별로 할 수 있는 게 없습니다."

킴이 잠시 말을 멈추었다.

"브라이얼리 힐로 갑시다."

킴은 마지막 한 시간 동안 알아낸 모든 것을 떠올리며 말했다.

"이번 피해자도 등과 허벅지에 저마이마와 똑같은 흉터가 있습니다."

브라이언트가 차를 몰며 고개를 저었다.

"그런 건 본 적이 없는데. 말이 안 돼요."

킴도 같은 의견이었다. 그들은 피해자를 제압한 도구가 손목에 채운 수갑이라는 걸 이미 알고 있었다. 그럼 그 곧은 선은 무슨 의미일까?

"다른 뭔가가 있습니다."

브라이언트가 신호등을 가로지를 때 킴이 말했다.

"두 다리도 작은 상처로 뒤덮여 있었어요."

"뭐, 말 되네요. 피해자는 자갈밭을 지나고 언덕을 올라 유기 장소까지 끌려갔으니까요."

"저마이마처럼 드러누운 채로 끌려다녔을 겁니다. 그런데 이 흔적들은 저마이마와 똑같이 다리 앞쪽에 있습니다. 면도 알레르기처럼 보여요."

브라이언트가 턱을 문질렀다.

"네, 저도 가끔 알레르기가 생겨요."

킴이 생각에 잠겼다.

"왜 가끔만 생깁니까?"

"수염을 더 바짝 깎고 싶으면 털이 난 결과 반대로 면도하거든요. 그러면 더 깨끗하게 보이지만 피부가 더 자극돼요."

그러므로 킴은 이제 두 여자가 모두 손톱에서 광택제를 문질러 지웠고, 다리털을 바짝 깎았다는 것을 알게 되었다. 대체 누굴 만난다고 생각했기에?

"잠깐, 여기서 우회전하세요."

그들이 브라이얼리 힐을 통과할 때 킴이 말했다.

그녀는 계속해서 브라이언트에게 길을 안내했다. 결국 그들은 펜스넷가와 브라이스가의 교차로에 있는 관리실에 이르렀다.

"음……. 대장……."

"갈 겁니까?"

브라이언트는 킴을 따라 관리실을 지나서 펜스 풀로 갔다.

그 구역은 한때 펜스넷 사냥터라고 불렸다. 중세에 더들리 가문 남작들이 썼던 사냥터 일부로 자연 보호 구역이었다. 사냥터 대부분과 마찬가지로 이곳도 점점 석탄 채굴, 점토 추출, 벽돌 제조 등 산업적인 용도로 쓰이기 시작했다.

더들리 백작의 개인 철도 일부가 이 지역 전체에 깔려 있었다. 탄광과 점토 채굴용 구덩이는 20세기 초에 문을 닫았지만, 벽돌 제조 공장과 철도는 1960년에 이르러서야 폐쇄되었다.

옛 점토 채굴용 구덩이에 연못이 몇 군데 조성되었는데, 그중에서 가장 큰 저수지 세 곳인 그로브 풀, 미들 풀, 펜스 풀은 자연 보호 구역의 북동쪽에 있었다. 1776년에 스타워브리지 운하 회사가 만든 것으로, 더들리에서 가장 규모가 큰 수역이었다. 풋츠 홀이라고 불리는 네 번째 웅덩이는 남서쪽에 있었다. 텔 스포츠 경기장이 풋츠 홀과 다른 웅덩이들 사이에 있었다.

킴은 그곳이 낚시 명소이며 11만 2천 평의 부지가 특별한 과학적 관심을 받는 구역으로 지정되어 있다는 걸 알고 있었다. 그녀는 첫 번째 웅덩이 너머를 보았다. 물과 운하 사이에 있는 풀로 덮인 둑이 보였다.

"저기서 발견됐습니다."

킴이 손가락질하며 말했다. 이곳에는 앉아 있으면 건물이 밀집된 근처 산업 구역이 몇 킬로미터는 떨어져 있는 듯한 느낌을 받을 수 있는 구역도 있었고, 뻗어 가는 주택지나 상업 지구가 시야에 선명히 들어오는 구역도 있었다.

"누가요?"

"손가락이 잘린 신원미상의 남자가요. 몇 년 전 일이죠."

"브라이얼리 힐에서 그 사건을 해결하지 않았어요?"

브라이언트의 질문에 킴이 고개를 저었다.

"아뇨. 밥은 지금도 차갑고 어두운 냉장고에 들어 있는, 검시관의 손님 신세입니다."

"밥이요?"

브라이언트가 눈을 가늘게 뜨며 물었다.

"내가 붙인 이름은 아닌데, 그 사람의 진짜 이름을 알아낼 때까지는 그렇게 부를 겁니다."

킴은 정확히 어떻게 그의 진짜 이름을 찾아낼 수 있을지 몰랐다. 단서가 될 만한 것은 전부 사라졌다. 남아 있는 것은 밥의 옷과 옷 주머니에 들어 있던 잔돈, 그리고 낡은 뽑기 티켓 한 장뿐이었다. 치과 기록도 신원 확인을 하기 위한 좋은 방법이었으나 그 방법을 쓰려면 어디서부터 조사를 시작해야 하는지 알아야 했다.

밥의 사건에는 아버지나 형제, 삼촌의 살인에 관해 어떤 진전이 이루어졌는지 알려 달라고 경찰을 들들 볶는 가족이 없었다. 시신이 처음 발견됐을 때 실종자 신고를 검색해 봤을 테니, 신고할 만큼이라도 밥을 신경 쓴 사람은 아무도 없는 셈이었다.

아무도 밥을 그리워하지 않은 것 같았다. 그것만으로도 사건은 킴의 피부를 파고들었다.

"아아, 알락해오라기네요."

브라이언트가 말했다.

"뭘 해 와요?"

킴이 묻자 브라이언트가 고개를 저었다.

"알락해오라기, 새 말입니다. 저기, 웃자란 풀 옆에 있어요."

"조류 관찰가인 줄은 몰랐는데요."

킴이 돌아서며 말했다. 브라이언트가 무겁게 한숨을 쉬었다.

"으으음…… 우리가 이 사건을 왜 들여다보고 있는지 다시 말해 주실래요?"

킴은 "다른 사람은 아무도 들여다보지 않으니까요"라고 말하려 했지만, 핸드폰이 울리는 바람에 생각이 끊겼다.

발신자 번호가 뜨지 않았다.

"스톤입니다."

[경위님, 조예요. 방금 여기 오셨는데…….]

"제인은 괜찮습니까?"

킴이 급히 물었다. 그녀는 병동 간호사에게 명함을 남겨 놓으며 어떤 식으로든 상황이 바뀌면 알려 달라고 부탁해 두었다.

[네, 괜찮아요. 변화는 없어요. 단지 환자의 이름은 더 이상 제인이 아

172

니라 이소벨이에요.]

"어떻게 아셨습니까?"

[남자친구가 알려 줬어요. 남자친구가 전화를 걸어서 이리로 오고 있다고 했어요.]

## 29

스테이시는 컴퓨터를 노려보았다. 캐서린 에번스에 관한 기록이 입력된 방식은 어쩐지 아귀가 맞지 않았다.

출생증명서는 존재했다. 하지만 엉뚱한 곳에 새로운 서류를 끼워 넣다 보면 언제나 흔적이 남게 마련이었다. 아무리 좋은 솜씨로 끼워 넣어도 마찬가지였다. 이런 현상은 소프트웨어 변경으로 더욱 두드러졌다.

80년대 후반까지는 다른 형식의 파일이 사용되었으므로, 캐서린의 출생증명서가 그 시절에 발급되었다면 파일은 형식이 달라야 했다. 그때 쓰인 파일 형식은 밀레니엄 버그에 대한 두려움이 만연하기 전인 1999년의 시스템에서 쓰인 것이었다. 그 시기의 소프트웨어 회사들은 모두에게 신에 대한 두려움을 주입했다. 특히 정부와 지역 의회, 보건 당국에 그랬다. 그들은 시계가 새천년이 밝았다는 걸 모른 채 새로운 세기에 접어드는 순간 오래된 시스템이 날짜와 시간 기능을 유지할 수 없을 거라고 넌지시 겁주었다.

전 세계적으로 민간 기업들은 공급자로부터 시스템이 망가지지 않을 거라는 확인과 보증을 받으려 했다. 새천년으로 넘어가는 순간에 대비하기 위해 비상 대책, 영업 지속 계획, 재난 복구 지침이 모두 준비되었다.

예상된 혼란이 실현되지 않으면서 이 모든 일은 젖은 폭죽처럼 연기만 내며 잦아들었다.

캐서린의 출생증명서에는 1983년 6월 15일이라 적혀 있었으나 그 내용은 캐서린이 열여덟 살이 된 2001년까지 시스템에 입력되지 않았다.

15분 뒤, 스테이시는 캐서린 에번스 앞으로 등록된 의료 보험증을 추적했다. 그것도 1983년 6월로 등록되어 있었으나 입력은 90년대에나 이루어졌다.

스테이시는 의자에 기대앉았다. 손바닥이 마우스에 놓여 있었으나 손가락은 멍하니 타닥거리고 있었다.

왜 정보를 입력하는 데 18년이나 시간이 지연되었을까?

'신분 세탁'이라는 말이 스테이시의 머릿속에서 메아리쳤다. 진짜 기록처럼 보이도록 나중에 끼워 넣은 서류는 신분을 만들어 냈다는 의미일 수 있었다. 이건 캐서린 에번스가 직접 시작한, 단독 날인 증서에 의한 개명이 아니었다. 이런 수준의 전문성이 가리키는 건 한 가지뿐이었다. 국가.

대체 캐서린 에번스는 왜 새로운 신분을 받았을까?

스테이시는 가슴속에서 흥분이 솟구치는 걸 느꼈다. 뭔가 잡았다. 스테이시는 알고 있었다.

그녀는 기록 삽입 날짜로 돌아가 시간을 거슬러 올라가며 작업하기 시작했다.

무슨 사건인지는 몰라도 뉴스에 나왔을 것이다.


# 30


킴은 그날 두 번째로 병실에 들어갔다. 그녀가 책상으로 다가가자 조가 미소 지었다.

"남자친구는 제가 전화를 끊고 나서 몇 분 뒤에 도착했어요."

"만나봐도 될까요?"

킴이 책상에서 한 걸음 물러서며 물었다. 조가 고개를 끄덕였다.

검은 머리의 남자가 몸을 웅크리고 고개를 숙인 채 침대 옆에 앉아 있었다. 그는 검은 티셔츠와 청바지를 입고 있었으며 이소벨의 오른손을 꽉 잡고 있었다.

"실례합니다."

남자의 머리가 홱 올라왔다. 킴은 두려움과 걱정으로 망가진 잘생긴 얼굴을 보았다. 남자의 피부는 보기 좋게 그을려 있었다. 실외에서 일했거나 휴가를 떠났다가 이제 막 돌아온 것 같았다. 키를 빠르게 짐작해 보니, 킴 자신의 키인 172.5센티미터쯤 될 것 같았다. 그는 하이킹 부츠를 신고 있었는데, 이 점도 그가 실외에서 일한다는 킴의 가설을 뒷받침해 주었다. 팔 근육은 지나치게 발달된 것은 아니지만 잘 쓰이는 게 확실했다. 옅은 수염이 아래턱 턱선을 따라 삐죽삐죽 나 있었다.

"스톤 경위입니다. 성함이?"

그가 쑥스러운 듯 미소 지었다.

"던컨이요. 저는 던컨 애덤스입니다. 이소벨의 남자친구예요."

킴은 주위를 둘러보았다.

"이소벨이 여기 있다는 건 어떻게 아셨습니까?"

그가 살짝 얼굴을 붉혔다.

"월요일 밤에 이소벨이 저한테 문자를 보내지 않더라고요. 제가 언제나 잘 자라는 메시지를 보내거든요. 이소벨은 가능하면 답장을 보내고요. 제가 문자를 보냈는데 답장이 오지 않았어요. 어쨌든 화요일에 만나기로 했으니 딱히 신경 쓰지는 않았죠. 그런데 이소벨이 나타나지 않길래 뭔가 잘못됐다는 걸 알았어요."

"이소벨에게 전화해 봤습니까?"

킴의 질문에 그가 고개를 끄덕였다.

"밤새 걸었죠. 그래도 받지 않기에 경찰에 전화를 걸어서 혹시, 음⋯⋯. 사건이 있었는지 물어봤어요. 경찰이 제 전화 내용을 적어 두고, 지역 병원에 가 보라고 조언해 줬어요. 입원 담당 부서와 이야기해 봤는데 거기서는 이소벨이라는 이름으로 들어온 사람은 없다고 확인해 줬어요. 하지만 신원 미상의 여자가 준 중환자실로 급히 실려 왔다고 하더군요."

던컨은 간호사 스테이션을 고갯짓으로 가리켰다.

"저는 조에게 연결됐고, 조는 저한테 몇 가지 질문을 했어요. 그런 다음에는 최대한 빨리 이리로 왔고요."

"저 여자 분이 이소벨이라는 건 어떻게 확인했습니까?"

던컨이 자기 손목을 가리켰다.

그렇겠지. 흉터 때문이었다.

"이소벨과는 얼마나 만났습니까?"

"두 달쯤이요."

"이소벨의 성은 압니까?"

"존스예요. 성은 존스입니다."

던컨이 강조해서 말했다.

'그것 참 다행이군. 그런 흔한 성이라니.'

"두 분은 어떻게 만났나요?"

킴은 둘이 직장에서 만났기를 기도하며 물었다.

던컨의 얼굴 전체에 미소가 번졌다. 눈에 어린 애정이 빛났다.

"믿으실지 모르겠지만, 제가 이소벨을 낚아챘어요. 아니, 쓰러뜨렸다고 해야겠네요. 저는 핸드폰 가게에서 뛰어나오고 있었고 이소벨은 코스타*에서 나오고 있었어요. 둘이 서로 부딪혔는데, 유감이지만 이소벨은 최악의 경우를 당했죠. 커피가 바닥에 다 쏟아졌거든요. 제가 한 잔 새로 사 주겠다고 고집을 부렸어요. 제가 할 수 있는 최소한이었으니까요. 그렇게 이소벨과 얘기하게 됐는데 뭔가 잘 맞았어요. 마치……."

"이소벨이 어디서 일하는지 아십니까?"

킴이 물었다. 이렇게까지 갑자기 던컨의 말을 끊을 생각은 없었지만, 둘의 만남에서 사건에 도움이 될 만한 사실이 전혀 없다는 점은 이미 확

● 카페 체인인 '코스타 커피'를 말한다.

인한 터였다.

"어딩턴에 있는 157 피자에서 이소벨을 차에 태우긴 했지만, 그 가게 안에 들어가 본 적은 없어요."

킴은 머릿속으로 메모를 남겼다. 최소한 출발점은 될 테니까.

"주소는요?"

던컨의 얼굴이 더욱 붉어졌다. 도움이 되지 못한다는 사실이 킴 자신에게만큼 던컨에게도 난처한 일이라는 걸 알 수 있었다. 그녀는 던컨이 입술 안쪽을 깨물려다가 자제하는 걸 눈여겨보았다. 이 남자는 뭔가를 말하지 않고 있었다. 킴은 지금까지의 대화를 빠르게 재생해 보고 그가 앞서 했던 말을 떠올렸다.

"이소벨이 가능하면 문자에 답장을 보낸다고 했는데, 무슨 뜻입니까?"

던컨은 난처하다는 듯 이소벨을 보며 목소리를 낮추었다.

"이소벨은 유부녀예요, 경위님. 그래서 비밀을 강조한 거죠. 전 존중했고요."

던컨이 이소벨의 손을 꽉 잡았다.

"부탁이니까 이소벨을 멋대로 상상하진 말아 주세요. 이소벨은 저한테 바로 말했어요. 제가 이소벨을 계속 만나기로 선택한 거예요. 이소벨은 남편을 떠나야겠다고 마음먹던 참이었어요. 오랫동안 행복하지 않았거든요. 둘은 일주일 전에 별거하기 시작했어요. 이소벨은 이혼 얘기를 꺼낼 계획이었죠."

"남편이 학대한 겁니까?"

킴이 이소벨의 손목 흉터를 생각하며 물었다.

던컨은 이소벨의 등 뒤에서 그녀의 가장 내밀한 비밀을 이야기하기가 고통스럽다는 듯 망설였다.

"폭력을 썼던 것 같아요. 과격하게 떠밀고 밀치고…….."

"그래서 경찰과 병원에 전화한 건가요?"

던컨이 무겁게 한숨을 쉬었다.

"네, 이소벨이 남편에게 다 끝났다고 말해서 남편이 이소벨을 해쳤을까 봐 걱정했습니다."

킴은 비밀과 기만에 관해서는 어느 쪽으로든 감정이 없었다. 사람들은 알아서 자기 그물을 짜게 마련이었다. 킴이 그 모든 그물에 걸려들 수는 없었다.

던컨의 시선이 위로 올라와 왼쪽으로 향했다. 뭔가를 떠올리는 것 같았다.

"울버햄튼에서 쇼핑을 했다는 말을 한 적이 있는데…….."

킴은 알겠다는 듯 미소 지으며 머릿속에 메모를 남겼다.

던컨의 손은 이소벨의 손을 떠나지 않고 있었다. 그의 엄지가 이소벨의 피부를 가만히 어루만졌다.

"이소벨의 손목 흉터가 어쩌다 생긴 건지 아십니까?"

던컨은 고개를 저었다.

"두 번째 데이트 때 처음 봤는데 이소벨이 빠르게 가리더군요. 결국은 이소벨이 오래전에 생긴 상처라고 인정했고, 저는 더 이상 묻지 않았어요. 이소벨이 원할 때 말해 주리라는 걸 알았으니까요."

던컨이 한숨을 내쉬었다.

"경위님, 더 이상 도와 드릴 수 없어서 정말 죄송합니다."

그는 다시 이소벨을 보았다. 그의 표정이 누그러졌다.

"하지만 다른 질문이 있으실지 모르니 여기 있을게요."

그는 이소벨의 손을 가만히 잡았다.

"이소벨이 제 말을 들을 수 있다면, 제가 이소벨을 위해 여기에 와 있고 어디에도 가지 않을 거라는 걸 알았으면 좋겠어요."

던컨이 다시 킴을 똑바로 마주 보았다.

"겨우 몇 달밖에 안 됐지만 저는 우리 둘이 아주 잘 통한다고 느꼈어요. 기대가 컸죠. ……실은, 지금도 그래요."

킴은 먼저 처리해야 할 남편이라는 불편한 존재를 어쩔 수 없이 떠올렸다. 이소벨이 깨어나면 아주 많은 도움이 필요할 터였다. 빨리 회복되지는 않겠지만.

"이소벨 대신 당신 핸드폰 번호를 받아 가도 될까요?"

킴은 핸드폰을 꺼내며 물었다. 던컨이 번호를 불러 주었고 킴은 그 번호를 핸드폰에 입력했다.

"살 수 있을까요?"

던컨이 떨리는 목소리로 속삭였다.

"의사와 이야기해 봤는데, 의사는……."

"뭐든 확실하게 얘기하질 않더군요."

던컨이 고개를 저으며 말했다. 그도 싱과 똑같은 대화를 나눈 듯했다.

킴은 주머니에서 명함을 꺼내 던컨에게 건넸다.

"도움이 될 만한 게 뭐라도 기억나면, 아무리 중요하지 않은 정보 같더라도 전화 주세요."

던컨이 명함을 주머니에 넣었다. 킴은 그에게 미소를 지어 보인 뒤 돌아섰다.

킴은 던컨이 뭔가 떠올리게 해 달라고 기도했다. 지금 이 순간만큼은 단서가 전혀 없다고 느껴졌으니까.


# 31


킴은 병원에서 나오자마자 24도라는 열기의 벽에 부딪혔다. 구름은 걷혀 있었고 태양이 하늘에서 자랑스럽게 빛났다.

브라이언트는 길 건너의 이중 황색 선에 엄청나게 화난 표정을 지으며 차를 대 놓았다. 킴은 브라이언트가 입구 쪽으로 차를 돌려 오는 동안 가만히 서 있었다.

킴이 펄쩍 뛰어 들어갔다. 브라이언트가 티슈로 이마를 닦았다.

"이 차에는 에어컨이 없습니까?"

킴이 안전벨트를 채우며 물었다. 그러자 브라이언트가 조수석 창문을 내렸다.

"이제 됐죠?"

"누가 경사님 간식에 오줌이라도 쌌습니까?"

"빌어먹을, 더워서요."

브라이언트가 병원 부지에서 벗어나며 대답했다. 브라이언트의 신경을 거슬리는 건 절대 더위가 아니었다. 무기력한 아침이었다. 브라이언트는 영민한 두뇌와 문제 해결 능력을 갖춘 경찰관이었다. 운전기사가 아니었다.

"우리 피해자의 이름은 이소벨 존스입니다. 그게 답니다."

브라이언트가 그날만 두 번째로 교통섬에 접근하며 킴을 힐끗 보았다.

"정말입니까?"

"네, 그게 답니다. 저 안에 있는 사람은 몇 달 동안 이소벨을 만나 왔는데, 이소벨이 자기를 바람맞히자 걱정이 됐다는군요."

"그러니까 이소벨에 대해 아는 게 거의 없다는 건가요?"

"네. 하지만 핸드폰 번호는 받아 왔습니다."

킴이 화면을 스와이프한 순간 핸드폰이 울리기 시작했다.

"스테이시, 방금 전화하려 했어. 전화번호 받아 적을 수 있어?"

킴은 입력해 둔 전화번호를 불러 주었다.

"이소벨 존스라는 이름의 두 번째 피해자 전화번호야. 화이트보드에 새 정보를 적고, 어딩턴에 있는 157 피자 건물을 살펴봐. 피해자가 거기서 일했을 수 있어. 울버햄튼의 선거인단 명부도 확인해 보고. 거기에 남편이 등록돼 있을 거야. 그리고 신고 기록 확인해서, 어제 아침에 던컨 애덤스가 신고 전화를 걸었는지 봐. 어떤 식으로 들리는지 알겠지만 우리한테 있는 건 이게 전부야."

[세상에, 대장…….]

"나도 안다고 했잖아, 스테이시. 할 일이 많을 테니, 케빈을 다시 불러 들여야 한다면 나한테 말……."

[대장, 저는 제 일을 할 능력을 완벽하게 갖추고 있어요. 하지만 제가 전화드린 건 대장이 아셔야 하는 내용이 있어서예요.]

킴의 귀에서 삑삑 소리가 났다. 킴은 핸드폰을 귀에서 떼고 화면을 확인했다.

"잠깐 기다려, 스테이시. 케빈이 전화한다."

킴은 케빈에게로 통화를 전환했다. 뭐든 케빈이 전해 줄 말이 우선이었다. 그는 현장에 있었으니까.

"뭐야, 케빈? 우린 웨스털리로 돌아가는 중······."

[네, 대장. 돌아오셔야 할 것 같아요.]

"왜?"

킴이 스피커폰을 켜며 물었다.

[여기서 이상한 일이 벌어지고 있어요. 지금 좀 혼란스럽네요. 기계가 도착하고 있어요. 신원 확인 중이고요. 우디가 이번 작전에 한 달 치 예산을 퍼부은 것 같은데······.]

"케빈?"

[죄송합니다, 대장. 핸드폰이 미친 듯이 울려 대네요. 언론에서 이 시설에 대해 알게 됐어요. 상황이 미쳐 돌아갑니다.]

킴이 브라이언트를 보고 인상을 찡그렸다. 브라이언트는 왼쪽을 힐끗 보았다. 불행한 일이지만 전혀 예상하지 못한 일은 아니었다. 바보가 아니라면 이번 사건이 오랫동안 비밀로 남으리라고 예상할 리 없었다.

[너무 많은 일이 벌어지고 있어서 처음에는 눈치도 못 챘······.]

"뭘 눈치 못 챘다는 거야?"

킴이 물었다. 뭐든 케빈이 놓친 사실이 중요할 것 같았다.

[그 여자가 전화를 받았습니다. 제가 바로 옆에 있었어요. '노코멘트'라고 소리를 지르더니 전화를 쾅 내려놓더군요. 그러고 나서 보니 여기 없더라고요.]

"케빈, 도대체 무슨 말인지 모르겠으니까⋯⋯."

[캐서린 에번스 말입니다, 대장. 그냥 사라져 버렸습니다.]

## 32

킴의 배 속에서 느껴지는 불안한 느낌은 캐서린의 집에 다가가면서도 줄어들지 않았다.

그 느낌은 케빈에게서 캐서린이 직장에서 도망쳤다는 말을 들은 순간부터 시작돼, 스테이시와 다시 대화를 시작하면서 계속해서 소용돌이쳤다.

캐서린 에번스가 가짜 신분으로 살고 있었다는 사실은 킴의 생각을 십여 가지 방향으로 흩어 놓았다. 뭐든 과거에 있었던 일은 심각했던 게 틀림없었다. 그건 그렇고, 이 사건은 대체 어떻게 언론의 문의로 이어진 걸까?

지금 킴이 아는 것은 캐서린을 찾아 그 질문에 대해 일부 대답을 얻어야 한다는 것뿐이었다.

브라이언트가 번쩍번쩍한 주거지를 구불구불 헤치고 나아갔다. 웨스트 해글리와 경계를 맞대고 있는 그린벨트의 가장자리에 있어 논란을 일으켰던 지역이었다. 이쪽 들판과 작은 숲을 쓸어 내며 점점 뻗어나간 주택 단지의 마케팅 전략은 그곳이 서민을 위한 적정 가격의 주거지라는 것이었다.

지금까지 브라이언트는 자동차 두 대짜리 차고와 모형 기둥이 설치된, 널찍한 단독주택들로 이루어진 원의 외곽선을 따라 비슷한 집 주택 두 채를 지났다. 30만 파운드 중반대의 주택들은 결국 자동차 한 대짜리 차고가 있고 진입로 길이는 절반쯤 되는 집들로 바뀌었고, 그 주택들은 다시 주거지 한복판에 파묻힌 적정 가격 주택으로 이어졌다.

이런 집들은 서로 구별되려는 노력을 하지 않은 것처럼 보였다. 그 어떤 집의 정면도 이웃집이나 길 건너편에 늘어선 주택들과 다르지 않았다.

킴과 브라이언트가 멈춰 선 집은 부자연스러울 정도로 빨간 벽돌로 이루어져 있고, 다른 집과 어느 정도 떨어져 있는 2층짜리 건물이었다.

"작고 예쁘네요."

차에서 내리며 브라이언트가 말했다.

자동차 한 대가 지나갈 만한 폭의 좁은 진입로에는 캐서린 에번스의 포드 포커스가 있었다.

킴은 그 자동차를 돌아가 두 집 사이의 경계선에 올라섰다.

"노크하세요. 난 뒤쪽을 둘러보겠습니다."

킴은 브라이언트를 현관에 두고 가며 말했다.

집의 옆면에는 울타리가 없어서, 킴은 집 뒤쪽으로 자유롭게 접근할 수 있었다. 모퉁이를 돌면서 그 이유를 알 수 있었다. CCTV 카메라가 집 모퉁이에 설치되어 집 옆면으로 향하는 인도를 찍고 있었다.

뭐, 캐서린은 그들이 왔다는 걸 알 게 확실했다.

다른 카메라 한 대가 뒤쪽 벽에 고정되어 뒷문을 내려다보고 있었다. 작은 상자처럼 생긴 주택이 값비싼 CCTV 두 대로 감시당하고 있다니.

왜일까?

처음에 킴은 이웃 사이에 분쟁이 있어서 그런 것일지 모른다고 짐작했다. 하지만 카메라 위치를 보면 그렇지 않았다. 보안 설비는 주택으로 접근하는 길과 입구에 집중돼 있었다.

캐서린은 다가오는 사람들을 지켜보았다.

작은 정원은 경계선이나 다른 식물 없이 잔디로만 덮여 있었다. 높이 150센티미터의 울타리가 그 정원을 옆집, 뒷집과 나눠 놓았다.

킴이 가는 길을 막는 정원 비품은 없었다. 이런 계절에는 정원을 돌아다니다 보면 보통 바비큐 장치와 정원 의자, 파라솔로 방해받기 마련이었지만 이곳에는 아무것도 없었다.

울타리에는 폭 150센티미터, 높이 60센티미터가량의 실외용 보관박스가 기대어져 있고 그 옆에 플라이모 잔디깎이가 있었다.

킴은 테라스 문을 통해 집을 바로 들여다볼 수 있었다.

과거에 브라이언트가 가르쳐 준 덕분에 킴은 무거운 물건을 찾아 유리를 깨 버리고 싶다는 본능을 눌러 참았다.

"아직 답이 없습니다, 대장. 하지만 안에 있는 게 틀림없습니다."

브라이언트가 킴 옆에 나타나며 말했다.

"꼭 그런 건 아니죠. 차를 세워 놓고 나갔을 수도 있습니다."

킴은 그렇게 말하면서도 그럴 가능성이 낮다고 느꼈다.

정확히 무엇을 찾고 싶은 것인지는 알 수 없었지만, 어째서 캐서린이 언론의 문의를 받자마자 가죽에 뜨거운 물이 끼얹어진 토끼처럼 도망친 건지 확인해야 했다. 캐서린은 그 누구에게도 웨스털리를 떠나겠다고 말하지 않았고 핸드폰도 받지 않고 있었다.

이 사건에 대해서 뭘 알고 있기에? 대체 무엇 때문에 겁을 먹고 도망쳤을까?

킴이 문손잡이에 손을 대자 문이 문틀에서 스르륵 미끄러졌다.

킴은 인상을 찌푸렸다. 실외 공간 전체를 카메라로 찍는 여자가 어째서 뒷문을 잠가 두지 않은 걸까?

브라이언트도 같은 결론에 이르러 말했다.

"제기랄, 대장. 설마 우리 범인이……?"

"모릅니다, 브라이언트. 하지만 이제는 들어갈 이유가 생겼죠."

킴은 문지방을 넘으며 말했다.

방은 작고 어두웠다. 킴은 주방이 집 앞쪽에서 낮의 햇빛을 받고 있을 거라고 예상했다.

연한 자줏빛 커튼이 집 안으로 빛을 들여왔지만, 이곳에서는 왠지 폐소공포증이 느껴졌다.

킴은 가만히 서서 귀 기울였다. 집 안에 메아리치는 소리는 없었다. 가끔 자동차가 지나가는 소음이 들릴 뿐이었다. TV 소리도, 라디오 소리도, 침묵을 끊을 그 어떤 소리도 들리지 않았다. 어째서인지 그 탓에 이 작은 공간이 더욱 어둡게 느껴졌다.

킴은 주방으로 향했다. 그녀는 주방이 언제나 집 안에서 벌어지는 활동을 가장 정확하게 간추려 보여 준다고 생각했다.

집 안의 모든 빛이 한 번 걸러진 후 이 작은 공간으로 들어오는 듯했다. 가구와 주방 기구는 반짝거리는 흰색으로, 창문으로 쏟아져 들어오는 오후의 햇빛을 온통 반사하고 있었다.

공간은 깔끔하게 정돈되어 있었다. 발밑에서 음식 부스러기가 일부 느껴졌다. 싱크대에는 접시 하나와 뒤집힌 머그잔이 있었다.

오늘 아침 웨스틸리로 떠나기 전에 아침으로 커피와 토스트를 먹었다는 걸 추론하는 데는 굳이 킴의 수사력을 발휘할 필요도 없었다.

그러니까 캐서린에게는 귀가한 이후로 집을 더 어지럽힐 시간이 없었던 셈이다. 킴은 싱크대로 다가가 커피포트를 만져 보았다. 돌처럼 차가웠다.

대부분 사람들은 집에 들어와 뭔가 한 잔 마시기 위해 커피포트를 켠다. 사 온 물건을 차에서 내려 정리하느라 다른 데 정신이 팔리더라도 커피포트는 보통 켜 두게 마련이었다.

"이제 좀 수상해 보이는군요."

킴이 주방에서 나가며 말했다.

주방에는 한 사람이 들어갈 공간밖에 없었기에 브라이언트는 거실에 남아 있었다. 킴이 한 번에 두 단씩 계단을 올라가자 그가 따라왔다.

계단 맨 위에는 문 세 개가 있는 짤막한 복도가 있었다. 문은 셋 다 닫혀 있었다. 왼쪽 첫 번째 방은 작지만 실용적인 욕실이었다. 두 번째 방은 남는 방으로 안에 침대가 없었다. 그저 어울리지 않는 가구 두어 개와 상자 몇 개, 옷장 하나가 있을 뿐이었다. 그러니까, 집에는 CCTV가 있었지만 캐서린은 아직 제대로 짐을 풀지 않은 셈이었다.

킴은 불안한 느낌이 들기 시작했다. 안방으로 들어가서도 그 느낌은 덜어지지 않았다.

열린 여행 가방이 침대 위에 놓여 있었다. 가방은 비어 있었지만 서랍장 맨 위 칸이 열려 있었다. 킴은 안을 힐끗 보았다. 속옷. 보통 서둘러 짐을 쌀 때는 원하는 것보다 필요한 것에 초점이 맞춰지게 마련이었다.

여자들은 중요한 것부터 먼저, 안에서부터 바깥으로 짐을 싸는 경향이 있었다. 남자들은 보통 그 반대였다.

휴가를 떠나려고 짐을 쌀 때는 규칙이 달라진다. 그럴 때는 옷을 먼저 고르며 시간을 들일 수 있었다. 하지만 서두를 때는 속옷이 먼저였다.

"대체 캐서린이 어디 있는 걸까요, 브라이언트?"

킴은 방을 훑어보며 물었다.

집은 작았고, 킴과 브라이언트는 짧은 순간 안에 모든 곳을 샅샅이 살폈다. 캐서린은 이곳에 없었지만, 아예 들어오지 않은 건 아니었다.

보안에 대단히 신경 쓰는 여자가 뒷문을 열어 두었다. 어떤 이유에서인지 직장에서 도망쳐 집으로 왔다. 아무것도 기다리지 않고 짐을 싸기 시작했다. 자동차는 아직 있었는데 사람은 없었다. 그러나 몸싸움의 흔적은 없었다.

"놈이 캐서린을 잡은 것 같습니다."

브라이언트가 머리를 긁으며 말했다. 킴에게는 어떤 시나리오도 말이 되지 않았다. 핸드폰 소리로 침묵이 깨졌을 때 그녀는 브라이언트의 의견에 동의하기 직전이었다.

"스테이시."

킴은 스테이시의 흥분된, 동시에 잔뜩 힘이 들어간 목소리에 귀 기울였다. 단 한 번도 동료의 말을 끊지 않았다.

스테이시가 한 말이 모든 것을 바꾸어 놓았으니까.

## 33

킴은 통화 종료 버튼을 눌렀다.

그녀는 잠시 눈을 감고 방금 들은 말 전부를 소화했다. 퍼즐 조각이 맞아 들어가기 시작했다.

킴은 참고 있던 숨을 내쉬었다.

"아, 브라이언트."

할 수 있는 말은 그것뿐이었다.

"무슨 일입니까?"

킴은 잠시 시간을 들여 캐서린의 집에 도착한 이후로 본 모든 것을 거슬러 올라갔다. 이제는 어디를 봐야 할지 알 것 같았다.

"따라오세요."

킴이 방에서 나가 계단을 내려가며 말했다.

킴은 뒷문으로 성큼성큼 나갔다가 말이 되는 유일한 공간에 멈춰 섰다. 그녀는 땅으로 몸을 낮추고 정원의 보관용 상자 앞에 책상다리를 하고 앉았다.

"캐서린, 킴 스톤입니다. 그 안에 있는 거 알아요."

잔디깎이가 나와 있었으니까.

아무 소리도 들리지 않았다. 킴은 자기가 바닥에 앉아 빈 플라스틱 통에 대고 이야기하고 있을 가능성을 생각해 보았다. 하지만 아닐 것 같았다.

킴은 상자로 더 다가가 목소리를 더욱 낮추었다. 캐서린을 안심시키려는 듯 뚜껑 위에 한 손을 얹었다.

"캐서린, 그 안에 있는 거 알아요. 왜 겁먹었는지도 압니다."

아주 희미한 흐느낌이 들려왔다.

킴은 브라이언트가 날카롭게 숨을 들이쉬는 소리를 들었다. 브라이언트는 킴 뒤에 서 있었다. 킴이 휙 돌아보니 브라이언트는 당황스러워 고개를 젓고 있었다. 킴이 다시 통으로 고개를 돌렸다.

"괜찮아요, 캐서린. 당신이 주황색 박스 사건의 어린이라는 걸 압니다."

한 번 더 흐느끼는 소리가 들렸다. 킴은 스테이시의 말이 맞았다는 걸 알았다.

"당신 이름이 재닛 윌슨이고, 당신이 월솔에 있는 당신 집 앞마당에서 납치당했었다는 것도 압니다. 당신은 17일 동안 주황색 보관용 박스 안에 들어 있다가 간신히 탈출했죠."

킴은 이제 캐서린의 손에 난 흉터를 이해했다. 그건 탈출하려다 생긴 흔적이었다.

흐느끼는 소리가 더욱 커졌다. 브라이언트는 킴 뒤에 서서 아무 소리도 내지 않았다.

"왜 겁먹었는지 압니다, 캐서린. 나와서 나하고 얘기할 수 있을까요?"

흐느낌이 멈추었다. 킴은 뚜껑을 던져 버리면 다 자란 어른인 캐서린을 끌어낼 수 있다는 걸 알고 있었다. 그러나 지금 상자 안에 숨어 있는 사람은 아홉 살의 재닛이었다.

스테이시는 구할 수 있었던 모든 자료를 킴에게 읽어 주었다.

"당신이 어떻게 살아남을 수 있었는지 의사들은 몰랐죠?"

하지만 킴은 알았다. 아홉 살짜리 어린이는 곤충을 먹고 살아 남았다. 지금 그녀가 곤충을 그토록 존중하는 이유가 그래서였다. 곤충이 그녀를 살려 주었으니까.

"캐서린, 약속합니다. 나를 믿어도 괜찮아요. 부탁이니까 상자에서 나오십시오."

마침내 뚜껑이 열리기 시작하고 구겨진 몸이 펴졌다. 캐서린이 평소의 형태로 돌아오는 동안 킴은 뚜껑을 잡고 있었다. 브라이언트는 캐서린이 상자에서 나오는 걸 도와주려고 손을 내밀었다.

캐서린의 얼굴은 창백했고 눈물로 얼룩져 있었으며 32세라는 나이에 비해 훨씬 어려 보였다.

"안으로 들어가도 될까요?"

킴이 물었다. 캐서린이 고개를 끄덕이며 테라스 문을 지났다. 킴이 그 뒤를 따랐고 브라이언트는 문 앞에 서 있었다.

캐서린이 소파에 앉아 자기 손을 바라보았다. 이 사람은 킴이 웨스털리에서 만났던, 자기 확신에 차 있고 초연한 사람이 아니었다.

킴이 그녀 옆에 앉았다.

"캐서린, 당신이 아직 숨어 있다는 건 압니다. 당신을 납치했던 남자는 잡히지 않았죠. 아닌가요?"

아무리 오랜 세월이 지나도 상관없었다. 놈들이 그녀를 잡으러 돌아오리라는 두려움은 언제까지나 존재할 것이다.

킴도 어머니가 자신을 찾아내 손목에 수갑을 채우는 꿈을 오랫동안 꾸었다. 킴의 어머니는 그랜틀리 요양 정신병원에 25년 이상 갇혀 있었는데도.

"날 믿어요, 캐서린. 이해합니다."

킴이 캐서린과 눈을 마주치며 말했다. 그녀는 캐서린의 눈에서 보이는 두려움에 슬픔을 느꼈다.

"난 돌아갈 수 없어요."

캐서린이 속삭였다.

"웨스털리로요?"

킴이 확인했다. 캐서린은 고개를 끄덕이더니 시선을 내렸다.

"다시 떠나야 해요. 신문에서 기사를 내기 시작하면 내 이름이 뜰 테고, 누군가가 연관성을 알아낼지도 몰라요. 경위님도 오래 걸리지 않았잖아요. 그 사람이 나를 찾아낼 거예요. 난 알아요."

킴은 캐서린의 말뜻을 알아들었다. 모든 사람이 원할 때 스테이시를 쓸 수 있는 건 아니었지만.

어쨌든 두려움이란 이성적인 감정이 아니었다. 캐서린은 이제 다른 이름으로 다른 삶을 살아가는 성인 여성이었지만, 두려움은 자신을 고문한 자들이 아직 바깥에 있다는 걸 아는 아홉 살짜리에게서 나오는 감정이었다. 캐서린은 두 차례 대학을 옮기긴 했지만 안전하게 교육을 마쳤고, 절대 발견될 리 없는 곳에서 좋아하는 일을 찾았다. 그제야 안전하다고 느꼈다. 하지만 캐서린의 말이 맞았다. 웨스털리는 심층적인 검토의 대상이 될 것이다. 직원들을 포함해 모든 면에서.

"난 거기서 행복했어요. 브롬리를 떠난 이후로 그렇게 안전하다고 느낀 적은······."

캐서린의 입에서 나온 브롬리라는 이름에 킴의 몸이 두려움으로 떨렸다. 킴도 브롬리를 알았다. 보육 시스템을 거친 모든 아이가 브롬리를 알았으니까. 20년 전, 그곳은 아동을 수용하는 정신과 폐쇄 병동, 수

193

수께끼와 두려움으로 둘러싸인 장소였다. 다스리기 힘들거나 기가 센 아이를 도저히 다룰 수 없을 때면 모든 보육 직원이 브롬리에 보내 버리겠다는 협박을 입에 올리곤 했다.

캐서린이 킴의 표정을 알아보았다.

"브롬리를 아세요?"

킴이 고개를 끄덕였다.

"저는 보육원에서 자랐습니다, 캐서린. 브롬리는 보통 우리를 위협해서 고분고분하게 할 때 쓰던 말입니다. 우리는 그곳을 두려워했어요."

킴이 인정하자 캐서린은 놀란 표정을 지었다.

"정말요? 난 거기서 행복했어요. 뭐랄까, 나는 잘 대처할 수가 없었거든요. 그 일이 있고 난 다음에는요. 난 가족이 있는 집으로 돌아갔지만, 전과는 모든 게 다르게 느껴졌어요. 가족들은 나를 안전하다고 느끼게 해 주려 했죠. 경찰은 심지어 집 전체에 경보기를 설치할 준비까지 했어요. 하지만 내 정신은 그 모든 것을 회피할 방법을 찾아냈죠. 놈들이 경보기를 무력화시키고 전원을 끊고 잠들어 있는 나를 다시 잡아갈 수 있을 것 같았어요. 문제는 두려움이었어요……. 그게 나를 잡아먹었어요. 나는 먹을 수도, 잘 수도 없었고 어디서든 안전하지 못하다고 느꼈어요. 그냥 매일 울었죠. 사람들은 처음에 약물을 써 봤지만 아무것도 소용이 없었어요. 그러다가 난 브롬리로 보내졌어요. 그곳 사람들이 날 돌봐 줬어요. 날 보호했어요."

"거기서 줄곧 지냈습니까?"

킴이 부드럽게 물었다. 캐서린은 고개를 저었다.

"처음 갔을 때는 2주 동안 머물렀어요. 두 번째 갔을 때는 문이 닫히는 소리를 듣고 안전하다고 느꼈죠. 안도감이 들었어요. 그 모든 미친 상황 속에서 마침내 제정신을 찾은 것 같은 기분이 들었죠."

킴은 캐서린이 브롬리를 좋아하는 이유가 바로 자신이 그곳을 싫어하는 이유라는 걸 알았다.

"두 번째로 집에 돌아갔을 때는 옛 감정이 돌아왔어요. 이틀 뒤, 난 브롬리에 돌아갔어요. 집으로 가는 횟수는 점점 적어졌지만, 난 괜찮았어요. 부모님이 최대한 자주 나를 만나러 왔고 아버지는 변호사와 상의해서 새로운 신분을 만들어 줬어요."

캐서린의 표정은 아버지 이야기에 더욱 슬퍼졌다.

"브롬리를 영영 떠날 때쯤 나는 더 이상 부모님과 연락이 닿지 않았어요. 부모님을 보면 그냥 그때 있었던 일이 떠오를 뿐이라 내가 거리를 뒀죠."

킴은 스테이시가 알려 준 날짜를 통해 캐서린이 열여덟 살이 될 때까지 브롬리에 있었다는 걸 깨달았다. 바깥세상이 그녀에게 헤쳐 나가기 어려운 곳이었다는 것도 이상하지 않았다.

"난 웨스털리에서 안전하다고 생각했어요."

캐서린이 작은 거실을 둘러보며 말을 이었다.

"그런데 이제 떠나야 해요. 돌아갈 수는 없어요."

"조금 생각해 보세요, 캐서린. 성급한 행동 하지 말고요. 아직 끝난 게 아닐지도 모릅니다."

"이해가 안 가네요. 경위님도 다 아신다면서요. 내가 웨스털리로 돌아갈 수 없다는 걸 아실 텐데요. 수사 때문이라면 연락드릴 테니까……."

"수사 때문이 아닙니다. 그냥 진정하시라고 말씀드리는 겁니다. 적어도 내일까지는요. 저를 위해서라도 그렇게 해 주시겠습니까?"

잠시라면 캐서린은 여기서 안전하다고 느낄 수 있었다. 앞으로 한 시간 안에 기사가 나오지는 않을 테고, 캐서린에게는 CCTV도 있었으니까.

킴이 캐서린에게 명함을 건네주었다.

"문제가 있으면, 원치 않는 방문객이나 설명할 수 없는 소음이 들린다면 전화 주세요. 아셨죠?"

캐서린은 열심히 고개를 끄덕였다. 킴이 그녀에게 선택지를 주었다. 성인 여자의 논리적인 정신은 캐서린을 납치했던 자들이 돌아오지 않으리라는 걸 알고 있었지만, 소녀로서의 두려움은 영영 사라지지 않았다.

캐서린은 검지로 명함의 테두리를 따라 그렸다. 여전히 손이 조금씩 떨렸다. 턱에는 힘이 들어가 있었다.

"왜 그러십니까?"

킴은 여자의 마음속에 여전히 불안이 있다는 걸 느끼고 물었다.

"꼭 말씀하셔야 하나요? 그러니까, 웨스털리요."

캐서린은 아랫입술을 깨물었다.

"그냥 다른 대우를 받고 싶지 않아서요. 사람들이 이런저런 질문을 하면 그때가 다시 떠오를 것 같아요. 그건 견딜 수 없을 것 같아서요."

킴은 다른 누구보다도 그 점을 잘 이해했다. 킴에게는 자신이 알게 된 것을 캐서린의 직장 동료들에게 누설할 이유가 없었다. 캐서린은 캐서린 에번스로서 살고 있었다. 모든 사람에게는 자신이 선택한 사람과 과거를 나눌 권리가 있었고.

킴이 고개를 저었다.

"제가 말하지는 않을 겁니다. 하지만 오늘 갑자기 떠난 이유에 대한 설명은 생각해 두시는 게 좋겠습니다."

캐서린은 침을 삼키고 고개를 갸웃했다. 그녀의 얼굴에서 창백한 느낌이 일부 가셨다.

"경위님은 제가 생각했던 사람이 아니네요."

킴이 반쪽짜리 미소를 지었다.

"당신도 마찬가지입니다, 캐서린 에번스."

킴이 일어섰다.

"내일 전화하겠습니다. 아시겠죠?"

"고마워요."

캐서린이 말했다.

브라이언트가 조용히 자동차까지 그녀를 따라갔다.

"있잖아요, 대장. 이런 말은 하기 싫지만 저기서 들은 내용 중에 캐서린 에번스를 용의자 명단에서 완전히 배제하게 해 주는 내용은 하나도 없었습니다."

킴은 그의 말이 맞는다는 걸 알았다. 하지만 팀원들의 의심에도 그녀는 범인이 남자인 것만 같았다.

킴은 조수석 문을 열고 브라이언트에게 열쇠를 던졌다. 생각할 시간이 필요하다는 분명한 표시였다.

"브라이언트, 날 집에 데려다주고 웨스털리로 돌아가십시오. 거기서 다시 만나죠."

브라이언트가 인상을 찡그렸다.

"캐서린에게 뭘 해 주시려는 겁니까?"

킴은 아무 말도 하지 않고 창문을 내다보았다. 그녀는 브라이언트에게 자기 생각을 말할 수 없었다.

그녀는 악마와의 동침을 생각하고 있었으니까.

## 34

이소벨은 자기 머릿속 어둠을 따라 기어 다녔다. 어디에도 빛이 없었다. 암흑이 그녀를 삼키려 했다. 손에 느껴지던 따뜻한 감각은 사라지고 없었다. 정말 그 감각이 있긴 했을까?

몸이 어디로 사라졌는지 알 수 없었다. 그냥 머리만 존재하는 기분이었다. 신체 부위가 제자리에 놓여 있기는 하지만 연결되지는 않은 모습이 떠올랐다.

잠깐이지만 어둠 속에 어떤 형체가 어슴푸레하게 나타났다. 곧 다시 어둠에 삼켜졌지만.

그렇다고 아예 사라진 건 아니었다. 어둠이 전만큼 검지는 않았다. 저 멀리 어딘가에 잿빛이 있었다. 상상이 빛을 한 줄기 남겼다. 손을 뻗어 잡아야 할 밧줄, 어둠에서 그녀를 끌어내 줄 안내자.

하지만 어떻게 그 끈을 잡을지 알 수 없었다. 가슴 속에서 심장이 시끄럽게 두근거리기 시작했다. 생명줄이 완전히 사라지며 그녀를 다시 무한한 어둠 속으로 돌려놓는 모습이 떠올랐다.

*제발 가지 마.* 이소벨은 감질나게 놀려 대는 회색 점을 향해 소리쳤

다. *나도 데려가. 날 떠나지 마.*

그 의미를 생각하기 시작하자 갑자기 어둠의 완전한 공허가 무시무시하게 느껴졌다.

삑삑거리는 소리가 커지고 손길이 그녀에게 닿았다. 어쩌면 그 손이 그녀의 등을 다시 짜 맞추고 있는 건지 몰랐다.

심박 수가 정상으로 회복되고 회색 점이 돌아왔다.

아직 얼룩이 있을 때는 그렇게까지 외롭다고 느껴지지 않았다.

어둠 바깥에서 어떤 목소리가, 안개를 뚫고 들어오는 말이 들렸다. 하지만 그 말의 내용은 들어도 이해할 수 없었다.

"너 하나, 나 하나……."

# 35

킴은 손목시계를 힐끗 보았다. 일행이 10분 늦었다

킴은 자리를 잡으려고 산 묽은 커피를 밀어 놓았다. 이곳을 선택한 이유는 음식이 맛있어서가 아니었다. 브라이얼리 힐 상업지구의 기름때 묻은 헛간은 보통 킴이 만남의 장소로 선택하는 곳이 아니었다. 그런데도 조 다이너를 선택한 건 이곳이 길에서 벗어나 있어 눈에 띄지 않기 때문이었다.

밖으로 나가고 싶어 몸이 근질거렸지만, 제기랄. 킴이 초대한 사람보

199

다는 킴 자신이 이 만남을 더 원했다.

킴은 열린 창문으로 말벌이 들어와 옆 테이블 설탕 그릇 옆에 내려앉는 모습을 지켜보았다. 즉시 엘비스가, 이어서 캐서린이 떠올랐다. 킴이 여기에 온 이유가 바로 캐서린 때문이었다.

문이 열리면서 문 위의 종이 울렸다.

트레이시 프로스트의 시선이 주위를 두리번거리다가 킴에게 닿았다. 트레이시는 경멸감을 굳이 감추려 하지도 않았다. 그녀의 금발이 아무렇게나 흘러내렸다. 10센티미터짜리 하이힐이 킴이 앉아 있는 곳으로 휘청거리며 다가왔다. 트레이시의 다리는 검은색 맞춤형 바지로 감싸여 있었고, 상체에는 어깨에 커프스가 들어간 파스텔 톤의 티셔츠가 걸쳐져 있었다. 진홍색 볼레로*가 돈 냄새 풍기는 핸드백에 얹혀 있었다.

트레이시는 킴의 맞은편 의자에 슬쩍 앉더니 무릎에 핸드백을 올려놓았다.

킴도 트레이시에게 뭐라고 할 마음은 없었다. 킴이라도 개인 물건이 이곳의 바닥에 닿는 건 원하지 않을 것이다. 아니, 이곳의 테이블에라도. 킴의 팔이 탁자 상판에 실수로 스쳤다가 그 자리에 묻은 기름에 달라붙을 뻔했다.

킴은 이제 미지근해진 커피잔을 힐끗 보았다.

"한 잔 마시겠습니까?"

트레이시는 킴을 미친 사람 보듯 보았다.

---

* 앞이 벌어진 짧은 여성용 윗옷.

200

"파상풍 주사도 같이 맞혀 준다면요."

옆자리 여자가 엿듣고 트레이시를 고까운 표정으로 쏘아보았다.

이런 트레이시도 있는데 킴더러 사교성이 떨어진다고 하다니. 킴은 옆자리 여자에게 미안하다는 표정을 지어 보이고 그 보답으로 더욱 얼음장 같은 시선을 받았다. 트레이시는 눈치조차 채지 못했다. 눈치챘다 하더라도 전혀 신경 쓰지 않았다. 낯짝이 늙은 암소보다 두꺼운 모양이었다.

"그래서 대체 무슨 일이에요, 경위님? 나한테 전화를 걸어서, 더들리에서 성 경험 없는 사람 찾는 것보다 찾기 힘든 곳으로 오라고 하다니. 보통 내가 그랬다면 '꺼져요, 프로스트'라는 말이나 들었겠죠."

옆자리 여자가 역겹다는 듯 고개를 저었다. 킴은 그녀가 더들리 출신일 거라고 짐작했다. 여기에 오래 있기만 하면 트레이시는 이곳 모든 사람들의 비위를 거스를 수 있을 게 틀림없었다.

킴은 트레이시의 말에 미소를 눌러 참았다. 사실이었다. 킴은 트레이시도, 트레이시가 일을 처리하는 방식도 경멸했지만 지금 당장은 트레이시가 쓸모 있을지 몰랐다.

"현재 진행 중인 사건에 대해 말하고 싶었습니다."

"이젠 아주 정신이 나갔네요, 스톤."

킴이 몸을 앞으로 숙였다.

"보십시오. 이번 수사가 엉망이 되어 가고 있습니다. 대중은 사건 현장을 비밀로 한 이유에 대해 답을 내놓으라고 외쳐 댈 겁니다. 이 일을 혼자만 알고 있으려고 노력할수록 상황이 나빠질 텐데, 지금 이 순간 절대로 필요하지 않은 게 있다면 복면을 쓰고 플래카드를 든 시위자들이 수사의 집중력을 크게 흩어 놓는 겁니다."

"내가 이번 사건에 대해서 보도하기를 원해요?"

트레이시가 못 믿겠다는 듯 물었다.

"신원을 밝히지 않은 취재원이 정보를 줬다고 합시다."

트레이시는 잠시 생각했다.

"그래요. 근데 난 경위님한테 뭔가 꿍꿍이가 있을 거라고 봐요."

이제는 약간의 진정성을 보여 줄 차례였다.

"트레이시, 당신도 알겠지만 난 당신 꼴도 보기 싫습니다. 그 사실을
딱히 숨기지도 않았고요. 다른 지역 범죄 전문 기자가 있었다면 지금
이 순간 당신은 여기 없었을 겁니다."

이번만큼은 트레이시가 입을 쩍 벌렸다. 그래, 킴도 이게 누군가의
호의를 얻는 방법이 아니라는 건 알았다. 하지만 상대는 트레이시 프로
스트였다. 킴은 그 당황한 표정을 2초 내내 만끽한 뒤에야 말을 이었다.

"난 당신을 이용하는 겁니다, 트레이시. 지역 신문에 기사를 내야 하
는데, 그렇게 해 줄 사람이 당신밖에 없습니다."

"스톤, 난 당신을 믿지 않……."

킴은 의자를 밀고 일어나며 말했다.

"됐습니다. 딴 사람하고 얘기해 볼……."

"아니, 아뇨."

트레이시가 킴의 손목을 붙잡으며 말했다. 킴이 손을 떨쳐 냈다.

"당신한테 내 입장을 계속 설명할 시간은 없습니다. 노트 꺼내세요.
아니면 가겠습니다."

트레이시는 가방에 손을 넣어 금속 스프링에 펜이 끼워진 속기 노트

를 꺼냈다. 그녀는 왼손으로 탁자를 한 번 닦은 뒤에야 핸드백을 올려놓았다. 킴이 다시 앉았다.

"웨스털리는 곤충의 활동과 기후 조건이 인간 시신에 미치는 영향을 연구하는 시설입니다. 가장 가까운 주거지로부터 최소 2.5킬로미터는 떨어져 있죠. 2,500평 규모 부지에 총 일곱 구의 시신이 흩어져 있는데, 시신은 전부 합법적 방법으로 기증된 것입니다. 시설의 운영자는 크리스토퍼 라이트 교수로, 자밀 모하마드의 도움을 받고 있습니다. 둘 다 흠잡을 데 없는 자격을 가지고 있으며……."

"내가 취재한 사람 중에는 거기서 일하는 여자도 있었는데요."

트레이시가 끼어들었다.

"아니, 그럴 리가요."

"아니, 맞아요."

"아니, 아닐 겁니다."

킴은 힘주어 다시 말했다. 언제쯤 이 여자가 킴의 말을 알아들을지 궁금했다. 킴이 예상한 것보다 2초쯤 늦게 혼란스러운 표정이, 그다음에는 이해했다는 표정이 트레이시의 눈에 떠올랐다.

"제기랄, 스톤. 내가 바보였네요."

그러게 말이다.

"내가 말한 직원만을 언급하겠다고 약속해야만 정보를 주겠습니다."

트레이시가 의자 등받이에 기대앉았다. 그녀는 정확한 기사를 단독으로 내는 것과, 자세한 정보를 모두 담는 것 중 어느 것이 이로울지 헤아려 보는 눈치였다.

"누군가 침 고이는 정보를 알아내면 난 상등급 멍청이처럼 보이겠는데요."

킴은 그 말이 사실이라는 걸 알았다.

"네, 그렇죠."

"모르겠네요, 스톤. 확신이 서지 않아서……."

'지금이 결정타를 날릴 시간이야.'

킴은 표정을 찡그리며 생각했다.

"오늘 이른 시간에 법의학자 키츠와 만났습니다. 밥 사건에 관해 길게 이야기를 나눴죠."

트레이시가 무겁게 한숨을 쉬었다.

"아니, 이건 반칙이죠."

킴이 어깨를 으쓱했다. 둘의 시선이 부딪쳐 오랫동안 얽혀 있었다.

"좋아요, 간 보기는 그만하죠. 말해요."

트레이시가 페이지를 넘기며 말했다. 킴은 기꺼이 말을 이었다.

"시신 한 구는 신원이 확인됐습니다. 아직 이름이 밝혀지지 않은 두 번째 피해자는 살아 있지만 혼수상태입니다."

"사진은요?"

"꿈에서 보세요."

"계속."

트레이시가 킴에게 말을 이으라고 재촉했다.

"우린 현재 모든 방면으로 수사를 진행하고 있습니다. 연구 시설의 목적이 범죄와 관련되어 있는 것 같지는 않습니다. 모든 관련자가 수사를 통해 용의선상에서 배제됐습니다."

트레이시가 인상을 썼다.

"그럼 왜 그곳이 시신을 유기할 곳으로 쓰이는 거죠?"

킴은 준비해 온 내용을 말하지 않고 멈추었다. 트레이시가 어떤 식으로든 정보를 캐내고 있다고 느끼게 해 주어야 했다. 킴은 머뭇거렸다.

"시신이 발견된 정확한 장소는 사실 웨스털리가 아닙니다."

킴이 두 손을 들었다.

"내가 아는 건 그게 전부……."

"피해자 사이에 연관성은 있나요?"

트레이시가 물었지만 킴은 고개를 저었다.

"아직 확인되지 않았습니다."

킴은 현장 수사에 대한 질문이 나오지 않는 것에 놀랐다. 아직 수사의 내용이 밝혀지지 않은 것이면 좋을 텐데. 만일 트레이시가 수사 내용을 알았다면 당연히 가장 먼저 그에 관해 질문했을 것이다.

"혹시……?"

"더는 안 됩니다, 트레이시."

킴은 마지막으로 의자를 밀고 일어서며 말했다.

"이미 말해서는 안 될 정보까지 말했습니다."

"알아요."

트레이시가 눈썹을 치켜올리며 말했다.

"그래서 걱정되네요."

킴의 주머니에서 핸드폰이 진동하기 시작했다. 트레이시가 그 미묘한 소리를 알아들었다.

"전화 와요."

"네, 압니다."

"안 받아요?"

"당신 앞에서요? 퍽도 받겠네요."

킴은 주머니에 손을 얹고 어깨를 으쓱했다.

"기사야 싣든 말든 알아서 하십시오. 당신 선택이죠. 하지만 다른 기자에게는 말하지 않겠습니다."

트레이시가 입술을 핥았다. 보디랭귀지 전문가라면 그걸 트레이시가 흥분했다는 '말'이라고 설명할 터였다.

기사는 최소 반 페이지짜리였다. 트레이시는 킴이 말한 내용을 본격적이고 긴 기사로 만들어 낼 수 있을 것이다.

"이름이 필요해요."

트레이시가 말했다. 그녀의 펜이 노트 위에서 맴돌았다.

"첫 번째 피해자의 신원이 밝혀졌고 가족도 범죄 사실에 대해 통보받았다면 그 정도는 알려 줄 수 있잖아요."

빌어먹을 여자 같으니. 킴은 한동안 저마이마의 가족을 이 일에서 빼놓기를 바랐지만, 피해자의 신원을 계속 감추면 더 수상하게 보일 터였다.

"알겠습니다, 프로스트. 피해자 이름은 저마이마입니다. 풀 네임은 저마이마 로이고요."

킴이 자리에서 일어나는데 트레이시의 손에서 펜이 툭 떨어졌다. 킴이 허리를 숙여 펜을 집어 들었다.

트레이시는 아무 말 없이 펜을 받아 들었지만 킴은 그녀의 손이 조금씩 떨리고 있다는 걸 알아차렸다. 전에는 한 번도 그런 적이 없었다.

킴은 핸드폰이 계속 울려 밖으로 나섰다. 주머니에서 꺼낼 사이도 없이 전화가 다시 걸려 왔다. 그녀는 전화를 건 사람이 브라이언트라는 걸 즉시 확인했다. 지금 브라이언트는 현장에 돌아가 있었다.

브라이언트는 킴의 말을 기다리지 않았다.

[대장, 이리 돌아오셔야 합니다. 시신이 한 구 더 있는 것 같습니다.]


# 36


트레이시는 잠시 가만히 앉아 있었다. 얼굴이 멋대로 표정을 지어도 가만히 놔두었다. 혼란스러웠다.

제기랄. 저마이마 로라니, 듣고 싶지 않은 이름이었다. 절대로.

트레이시는 다리가 희미하게 떨리는 것은 피로 때문이라고 자신을 타일렀다. 그냥 잠시 기다리며 다리를 쉬기로 했다. 힘든 하루였다. 빌스턴의 나이 든 여자가 악랄하게 공격당한 일에 관해 기사를 쓰려고 하루 종일 블랙컨트리를 돌아다녔으니까.

지금 당장 하이힐을 벗고 맨발로 그녀의 자동차라는 안전한 공간에 돌아가고 싶었다. 하지만 당연히 그렇게 하지는 않을 것이다. 트레이시의 두 발은 토요일마다 아르바이트를 해 시장에서 싸구려 하이힐 한 켤레를 살 만한 나이가 된 순간부터 10센티미터짜리 하이힐에 감싸여 있었다. 일단 그 신발을 신고 나자 인생이 바뀌었다.

그래, 사람들은 지금도 그녀를 손가락질하며 웃었다. 그녀가 다스리지 못할 정도로 높은 하이힐을 선택했다고 생각했다. 그건 괜찮았다.

더는 그녀를 경련성 뇌성 마비 환자라고 부르지는 않았으니까.

그 단어를 떠올리자마자 두 뺨이 붉어지고 배 속은 불안으로 울렁거렸다.

아무리 과거에서 도망치려 해 봐도 절대 사라지지 않는 기억이라는 게 있었다. 그리고 그 기억과 함께, 어제 일이라도 된 것처럼 감정이 밀려왔다.

갑자기 숨이 목구멍으로 삼켜지지 않았다. 눈앞의 공간이 핑핑 돌기 시작했다. 배 속에서 구역감이 솟아올랐다. 지금은 안 된다고, 트레이시는 조용히 빌었다. 제발 지금 이러지 마.

트레이시는 공황에 저항하며 숨을 쉬려고 애썼다. 배운 대로 해 보려 했다. 일단은 호흡을 통제하려 노력해야 했다. 하지만 가슴 안쪽에서 두근거림이 시작됐다. 그녀는 밀려오는 현기증을 막으려고 눈을 감았다.

"제발, 안 돼, 제발, 안 돼."

그녀는 마른 입술로 속삭였다.

첫 번째 발작은 트레이시가 일곱 살일 때 벌어졌다. 어머니는 트레이시가 심장마비를 겪는 줄 알고 구급차를 불렀다. 공황 발작이라는 진단은 증상의 심각성에 어울리지 않았다.

첫 번째 발작 이후 오랜 세월을 거치며 트레이시는 발작이 체내에 솟구치는 아드레날린으로부터 신체를 보호하려는 작용이라는 걸 알게 되었다. 어쨌든 몸이 지금 그녀의 편이 아닌 것처럼 느껴진다는 것만은 확실했다.

'지나갈 거야, 지나갈 거야.'

트레이시가 자신을 타일렀다. 증상은 몇 분 안에 정점에 이를 것이다. 하지만 또 한 차례 이마에 땀이 쏟아지고 배 속에서 구역감이 느껴지자 그녀는 그 10분이 얼마나 길게 느껴질 수 있는지 깨달았다.

트레이시의 두 손이 핸드백 어깨끈에 얽혀 있었다. 손가락 끝이 하얗게 질렸지만 트레이시는 힘을 빼지 않았다.

"괜찮아요?"

아까 고까운 눈초리로 그녀를 보았던 여자가 물었다. 트레이시는 미소 지으려고 애쓰며 고개를 끄덕였지만, 자기 얼굴에 떠오른 것이 삐딱하게 인상을 쓴 표정이라는 걸 느낄 수 있었다.

트레이시는 여자가 옆자리 의자에 앉는 걸 느꼈다. 눈 속에 보이는 별이 그녀를 삼켜 버릴 것처럼 위협해 왔다.

여자가 트레이시의 손을 어깨끈에서 풀어내며 말했다.

"자, 날 잡고 최대한 세게 쥐어요."

트레이시는 시키는 대로 했다. 말대꾸를 할 입장이 아니었다. 트레이시는 여자의 손가락을 손바닥으로 꽉 감고, 죽으려는 게 아니라고 자신을 타이르고 또 타일렀다. 호흡은 계속 이루어질 거라고. 심장이 몸 밖으로 터져 나가는 일은 없을 거라고. 여자가 말했다.

"계속해요. 난 괜찮으니까."

또 한 번 꽉 쥐자 손가락에서 긴장도가 내려가는 것이 느껴졌다. 두 다리의 통제할 수 없는 떨림도 잦아들기 시작했다. 별은 뒤통수 쪽으로 물러났다. 몸이 두들겨 맞은 듯 기진맥진했다.

"이제 괜찮아요?"

트레이시가 고마운 마음에 고개를 끄덕였다. 몇 사람이 쳐다보고 있었지만 그 정도는 트레이시도 받아들일 수 있었다.

"감사합니다."

트레이시가 여자의 손을 마지막으로 한 번 꽉 잡으며 말했다.

요즘에는 트레이시의 증상을 지칭할 때 다리 길이 불균형이라는 용어를 흔히 썼다. 괜찮은 이름이었지만, 손가락질하며 웃어 대는 아이들에게 쓰라고 할 수는 없는 명칭이었다. 트레이시의 다리 길이에 차이가 있는 건 왼쪽 허벅지의 대퇴골이 오른쪽보다 짧기 때문이었다. 자주 느껴지는 요통이 지금은 틀어져 버린 골반의 결과였다.

트레이시는 발꿈치를 받쳐 주는 장치도, 시중에 나와 있는 못생긴 신발도 써 보았지만 아무 방법도 통하지 않았다. 그런 것들은 트레이시를 더욱 투박하고 추하게 느껴지도록 했을 뿐이다. 그게 트레이시가 하이힐을 신는 이유였다.

트레이시는 깊이 숨을 들이쉬고 핸드백으로 손을 뻗었다. 의자를 짚고 일어서는 순간 두 다리가 잠시 휘청거렸다. 하지만 두어 번 숨을 쉬자 걸을 준비가 됐다.

눈꺼풀을 내리누르는 피로는 트레이시에게 이미 시간을 꿔다 쓰고 있다는 걸 알려 주었지만, 조금 더 맞서 싸워야 할 터였다. 뒤엉킨 생각을 정리해야 했다. 다리는 공황 발작의 원인이 아니었다.

원인은 저마이마 로가 언급됐다는 사실이었다.

# 37

킴은 웨스털리를 문명 세계와 나눠 두는 대문 앞에 멈춰 섰다. 이 출입구가 기자며 플래카드를 든 시위대에 둘러싸일 때까지 시간이 얼마나 남았을까?

언론은 '월히스 경계선의 농장'에서 시신이 발견됐다는 걸 알았지만, 아직 정확한 정보는 감춰져 있었다. 장비와 전문가 들이 도착했으니 비밀이 드러나는 건 시간문제였지만.

대문이 늘 그렇듯 천천히 움직이기 시작했다. CCTV 카메라가 킴의 도착을 알린 것이다.

자갈이 깔린 주차장에는 킴이 모르는 자동차 세 대가 주차돼 있었다. 킴이 차를 댔을 때쯤 브라이언트가 포터캐빈 옆으로 나왔다.

킴은 오토바이에서 내려 시동을 끄며 저녁 햇볕의 완연한 힘을 느꼈다. 스쳐 가는 산들바람이 몸을 식혀 주었지만, 날씨 탓에 브라이언트가 정장 재킷을 벗고 소매를 팔꿈치까지 말아 올린 걸 보면 기온은 20도 중후반이었다.

"두 번 확인했습니다."

킴이 헬멧을 벗자 브라이언트가 말했다.

"대장이 그리로 가시면 한 번 더 설명하라고 하겠습니다."

"어디 있는데요?"

"저 마이마가 발견된 곳과 반대쪽, 가장 먼 지점입니다."

킴이 언덕을 내려가자 브라이언트가 그녀와 보조를 맞추며 말했다.

"키츠는 불렀습니까?"

브라이언트가 고개를 끄덕였다.

우디에게는 킴이 전화했으니, 브라이언트와 킴에게 관련된 핵심 인원은 이미 모두 이리로 오고 있는 셈이었다.

킴은 브라이언트가 대강 가리킨 방향을 바라보고 눈에 들어온 장면에 경악했다.

"제기랄, 벌써 서커스라도 열린 겁니까?"

소동이 멀리서 벌어지고 있었는데도 킴은 라이트 교수와 대니얼 베이트를 포함해 최소 아홉 명이나 열 명의 사람들이 그 구역에 모여 있는 것을 알 수 있었다.

"셰어* 조심하세요."

브라이언트가 킴을 왼쪽으로 안내하며 말했다. 킴은 서두르다가 풀밭의 파인 자국과 무덤 위에 깔린 금속 격자를 놓칠 뻔했다. 그녀는 지나가며 빠르게 그곳을 한 번 보았다. 진짜 셰어와의 유사점은 길고 검은 머리카락뿐이었다. 이 셰어는 부풀어 있었고 시랍화되었으며 벌레가 들끓고 있었다.

"제기랄, 여긴……."

킴은 고개를 저으며 사람들 한가운데로 곧장 달려들었다.

"자, 여러분. 뭐가 나왔습니까?"

킴이 장비 쪽으로 다가가며 물었다. 브라이언트가 그녀의 사교성 부족에 좌절하는 게 느껴졌지만, 자기소개에는 별 의미가 없었다. 누구든

---

● 1996년에 개봉한 영화 〈클루리스〉의 주인공으로, 인기 있고 유행에 민감한 고등학생이다.

정보를 가진 사람이 소리를 높일 것이다.

짙은 파란색 작업복을 입은 남자가 앞으로 나서며 손을 내밀었다.

"해리 앳킨스, 애스턴 대학교에서 온 고고학자입니다."

"만나서 반갑습니다, 해리."

킴이 재빨리 미소 지으며 말했다.

"말해 줄 건 뭡니까?"

킴의 퉁명스러움에 놀랐을지는 몰라도 해리는 티 내지 않았다.

"이쪽을 보시죠."

해리는 기계 쪽으로 물러나며 말했다. 킴은 땅을 관통하는 레이더 장비를 본 적이 있었지만, 이 기계는 잔디깎이와 더 비슷하게 보였다.

"이 기계가 하는 일은……."

"해리, 설명은 됐습니다."

킴은 그 말이 얼마나 투박하게 들리는지 깨달았다. 귓가에 우디의 경고가 메아리치는 것 같았다. 그녀는 미소 지었다.

"아무튼 고맙습니다."

킴은 기계가 전자파를 활용해 땅에 파동을 쏘아 낸 뒤 반향을 기록한다는 걸 알고 있었다. 해리가 그녀에게 보여 주고 싶어 한 것은 그 반향을 통해 구축한 사진이었다.

"쌍곡선의 정점을 보면, 바로 저기에 어떤 덩어리가 있다는 걸 알 수 있습니다."

해리가 라이트 교수의 발을 가리키며 말했다.

"깊이 60센티미터에서 120센티미터 사이 지점입니다."

킴은 갑자기 교수에게 움직이라고 명령하고 싶은 충동을 느꼈으나 자제했다. 저 아래에 누군가 있다고 해도 지금 아프지는 않을 테니까.

킴이 좀 더 기다렸지만 해리는 어깨를 으쓱했다. 킴이 농축된 이야기를 원했으니 농축된 이야기를 들려준 것이다.

킴은 교수에게 두 발짝 다가갔다.

"결국은 신문과 방송 기자들이 밀려들 겁니다. 이제 차선 끝에 경찰 통제선을 설치해 밴과 자동차 들이 입구에 접근하지 못하도록 하겠습니다. 하지만 400미터쯤 걸어야 한다고 그 사람들이 주저하지는 않을 겁니다."

킴은 밀려드는 사람들을 빠르게 훑어보고 인상을 찡그리며 물었다.

"보안 자문위원이 아직도 여기 있습니까?"

"대런의 위험 평가를 새로 해야 한다는군요. 시신 한 구와 거의 죽은 사람의 몸뚱이를 보면 직원의 상황이 달라지기 쉬우니까요."

브라이언트가 말했다.

"네, 하지만 회사 대표가 직접 여기 내려와 있을 필요는 없잖아요."

킴이 몇 발짝 물러나며 소리쳤다.

"여러분, 주목해 주십시오. 우린 이 구역을 비우고 필요한 사람만 접근할 수 있도록 제한해야 합니다. 필요한 사람이란 경찰관과……. 해리를 말합니다. 장비를 가지고 남아 줄 수 있겠습니까?"

해리가 고개를 끄덕였다.

"다른 분들은 다시 사무실로 올라가셔서……."

"저는 필요합니까, 경위님?"

대니얼 베이트가 물었다. 킴은 잠시 생각했다.

"쓸모 있을 가능성이 있다는 정도로 해 두죠…… 대니얼. ……케빈,

가서 세어 주변에 놔둘 뭔가를 찾아. 누가 그 구멍에 빠지면 안 되니까."

"네, 대장."

케빈이 그렇게 대답하고 떠났다. 작게 웃는 소리가 왼쪽의 브라이언트에게서 들려왔다.

"세상에, 대장. 사람들을 보내 버린 건 잘한 일이에요. 이 들판은 모두가 들어올 만큼 넓지 않으니까요."

킴은 돌아서서 브라이언트가 보는 곳을 보았다.

아, 그래. 브라이언트의 말이 무슨 뜻인지 확실히 알 수 있었다.


# 38


첫 번째 무리를 이끄는 여자는 160센티미터밖에 되지 않는 키로도 권위를 뿜어냈다. 여자 뒤의 키 큰 남자 네 명은 킴 쪽으로 빠르게 다가오는 그녀와 보조를 맞추느라 애썼다.

"아, 제기랄. 안 돼."

브라이언트가 킴 뒤에서 말했다.

"제기랄, 됩니다."

킴은 법의 고고학자 쪽으로 걸어가며 말했다.

다가온 여자는 회색 청바지와 검은색 민무늬 티셔츠, 닥터 마틴 부츠를 걸치고 있었다.

"닥터 에이(A), 만나서 반갑습니다."

킴이 말했다. 모두가 그 여자를 닥터 에이라고 불렀다. 마케도니아 출신인 그녀의 원래 이름은 길고도 복잡했다. 닥터 에이라는 이름은 여자가 직접 붙인 것이었다.

"도브라 베체르, 경위님."

잠깐의 끄덕임과 짧은 미소로 킴은 그 말이 일종의 인사라는 걸 알았다.

"무슨 일이다입니까?"

닥터 에이가 사람들을 둘러보며 물었다.

해리가 앞으로 나와 설명하는 동안 닥터 에이는 주머니에서 고무줄을 꺼내 잿빛 머리카락을 바짝 당겨 포니테일로 묶었다.

"대장, 다른 사건으로 발령 내 주실 것을 요청합니다."

브라이언트가 킴 옆에서 말했다.

"우리 같은 미천한 인간들 중 대장과 저 사람을 동시에 감당해 낼 자는 드무니까요."

"거절합니다."

많은 사람들이 닥터 에이의 솔직한 화법을 곤란해했다. 킴은 아니었다. 킴은 범죄 현장이 아닌 곳에서 닥터 에이를 한 번 만나 보았고, 그녀가 매력적인 동시에 심술궂은 유머 감각을 가진 쾌활한 사람이라고 생각했다.

닥터 에이는 해리가 보여 준 화면을 보며 알겠다는 듯 고개를 끄덕였다.

두 번째 집단은 키츠를 앞세워 도착했다. 킴은 이번 주 초반에 현장에서 철수해 딕베스로 파견되었던 기술자 두 명을 알아보았다. 킴은 그들의 발견이 테러 용의자 두 명의 체포로 이어졌으며 세 번째 용의자에 대한 정보도 수집되었다는 말을 들은 터였다.

두 무리의 사람들이 고개를 끄덕이며 인사를 주고받았다. 몇 분 만에 킴은 누가 어느 무리에 속하는지 더 이상 알 수 없게 되었다. 킴 자신의 팀이야 알 수 있었지만.

케빈은 노란색 '미끄러짐 주의' 표지판을 몇 개 찾아다 세어 주변에 배치하고 있었다. 브라이언트는 대니얼 베이트와 농담을 나누는 중이었다.

"아니, 그런 식으로 하지 마라입니다."

자기 팀원 중 한 명이 풀밭에 페인트를 뿌리기 시작하자 닥터 에이가 소리치며 팀원에게 다가갔다.

"내가 보여 준다입니다."

닥터 에이는 목소리를 낮춰 그 사람에게 뭔가 말하더니 부드럽게 앞뒤로 움직이며 스프레이를 뿌렸다. 한 번 뿌릴 때마다 선이 조금씩 길어졌다. 그녀가 스프레이를 돌려주자 팀원이 그녀를 따라 했다.

"완벽하다입니다."

닥터 에이는 팀원의 등을 두드리며 말했다. 남자는 그 칭찬을 듣고 그야말로 활짝 웃었다.

"닥터 에이, 다시 만나서 반갑군요."

키츠가 손을 내밀며 말했다. 닥터 에이가 그 손을 맞잡으며 미소 지었다.

"마찬가지다입니다, 키팅스."

닥터 에이는 그렇게 말하더니 돌아서서 두 번째 조수에게 자기가 요청한 장비에 대한 지시를 내렸다.

킴은 키츠의 아래턱 근육이 불뚝거리는 것을 보았다.

닥터 에이가 삽을 쥐며 구경꾼들을 돌아보았다.

"여기서 물러나라입니다."

키츠가 앞으로 나갔다.

"닥터 에이, 두 시간 뒤면 해가 집니다. 현장을 복구할 시간이 없을……."

"고맙다입니다, 키팅스. 그걸 알려 준 점이. 놀랍다입니다, 결국은 어두워질 것이."

키츠는 고개를 저으며 멀어져 갔다.

킴이 허리를 숙여 속삭였다.

"닥터 에이, 저 사람 이름은 키츠입니다."

닥터 에이가 킴을 돌아보았다. 미소가 그녀의 입술을 끌어당겼다.

"네, 그럼요. 안다입니다."

킴이 기침하며 돌아섰다.

"닥터 에이."

키츠가 고집을 부렸다.

"일상적인 자연광으로는 일을 마칠 수 없을 겁니다."

닥터 에이가 고개를 갸웃하더니 끄덕였다.

"그러면 불에 전기를 넣게 발전기를 달라입니다. 착착. 저 아래에 숙녀가 있다면 오늘 밤에는 땅에서 벗어날 것이다입니다."

킴이 닥터 에이를 좋아하는 이유가 바로 이것이었다.

# 39

킴은 자동차 뒷좌석으로 몸을 숙이고 바니의 안전벨트를 풀어 주었다. 바니는 킴이 목걸이에 목줄을 연결할 때까지 앉아 있다가 그녀가 "내려"라고 말했을 때에야 킴의 다리를 지나 뛰어갔다.

바니는 돌아서서 앉더니 킴이 자동차 문을 닫기를 기다렸다.

브라이언트는 키츠와 닥터 에이를 둘만 놔둬도 되느냐고 물었다. 하지만 킴은 둘의 전문성을 온전히 믿었다. 그 방법이 통하지 않더라도 케빈이 현장에 있으니 뭔가 부글거리기 시작하면 킴에게 곧장 알려 줄 터였다.

지금 당장 킴에게 필요한 것은 생각할 공간, 상황을 선명하게 볼 기회였다. 웨스털리 사건은 킴이 보기에 거의 말이 되지 않았다. 그녀는 과수팀이 뭔가 혹은 누군가를 발굴해 내 사건 해결에 도움을 받을 수 있기를 바라는 마음과 다른 누구도 저마이마 로와 똑같은 운명을 겪지는 않았기를 바라는 마음 사이에 갈팡질팡했다. 땅속에 시신이 있다는 소식을 들으면 곧장 돌아가, 시신이 수습될 때까지 현장을 떠나지 않을 작정이었다.

게다가 밥의 사건도 있었다. 악마와의 거래로 킴은 밥의 살인사건을 수사할지 말지 선택할 자유를 스스로 내주었다. 두 가지 수수께끼가 모두 킴의 머릿속에서 허우적거렸다.

클렌트 힐은 머리를 맑게 하는 데 도움을 주는 완벽한 장소였다. 토지대장에 클린터라는 이름으로 등록된 이 언덕은 300미터 높이로 솟아 있어 360도 경관을 볼 수 있었다.

바니와의 밤 산책은 평소보다 조금 일렀다. 태양이 지고 있었는데, 보통 둘은 어두울 때 산책했다.

바니는 다른 사람들을 별로 좋아하지 않았고 다른 개들은 확실히 싫어했다.

킴은 바니의 삶 초반에 무슨 일이 일어났기에 녀석이 이토록 복잡한 성격을 갖게 됐는지 종종 궁금했다. 바니도 킴 자신에 대해 그런 궁금증을 품을 것 같았다.

킴은 최근에 이 언덕의 남쪽 아랫부분에서 작은 숲을 발견했다. 개를 산책시키러 나온 사람 대부분은 태양이 지면서 블랙컨트리에 곤두박질쳐 뜨겁고 끈적끈적한 밤이 찾아오는 모습을 보려고 정상으로 올라간다. 그러나 킴은 한때 부랑자들이 다니던 길이지만 위험 지역으로 접근하지 못하게 새로 울타리를 세운, 웃자란 풀로 뒤덮인 오솔길로 향했다. 바니와 단둘이 걷기에 완벽한 곳이었다.

"뭐……. 여기서 보니 좋네요."

등 뒤에서 나직하고 약간 재미있어하는 목소리가 들렸다. 킴은 속으로 끙 소리를 내며 돌아보았다. 대니얼 베이트가 그녀에게 미소 짓고 있었다. 킴이 물었다.

"여기서 뭐 합니까?"

"모래성 쌓기요."

대니얼은 롤라를 내려다보며 비꼬듯 말했다.

바니의 어깨에 힘이 들어갔다. 녀석이 롤라를 내려다보았다. 롤라가 시선을 돌리며 잠깐의 서열 싸움이 끝났다.

킴의 손은 본능적으로 항복한 개에게 향했다. 롤라가 킴의 손바닥에 코를 들이밀며 꼬리를 쳤다.

대니얼이 바니에게 손을 내밀었다.

"하지 마세요. 안 좋아합니다."

바니는 모르는 사람이 다가오는 것을 싫어했고 으르렁거리며 거부감을 표현했다. 보통은.

롤라처럼 코를 들이밀지는 않았지만, 바니는 머리에 닿는 손을 참아 주었다. 킴은 좀 더 밝은 데서 보았다면 바니의 꼬리가 아주 조금 움직였을지도 모른다고 확신했다.

"흐음……. 주인의 감정을 투사한 것 같은데요, 킴."

킴은 둘 사이에 '경위님'의 장벽을 계속 쳐 놓을 수 없다는 게 분했지만, 범죄 현장이 아닌 곳에서 대니얼 베이트는 그녀의 관리 대상이 아니었다. 하긴, 범죄 현장에서도 대니얼에 대한 권한은 잘 봐줘도 미약했지만.

"그래서, 지난번에 만난 이후로 개를 키우게 된 겁니까?"

금붕어 전략이 영원히 통하지는 않으리라는 걸 알았어야 했는데.

"네, 당신을 보니까 개를 키우면 사람 사귀는 데 도움이 되는 것 같아서요."

킴이 한쪽 눈썹을 치켜올리며 대답했다.

대니얼이 큰 소리로 웃었다. 그의 녹색 눈이 반짝였다.

"당신한테도 잘 통하는 것 같은데요."

그래, 킴은 대니얼이 그녀가 농담을 할 때 실제로 알아들을 수 있는 몇 안 되는 사람이라는 걸 떠올렸다.

둘 사이에 침묵이 내려앉았다. 긴장된 침묵이었다. 킴은 그 침묵을 깰 수밖에 없었다.

"여기서 뭐 합니까, 대니얼?"

"개 산책시키는데요."

대니얼이 킴과 눈을 마주치며 말했다. 롤라와 달리 대니얼은 시선을 돌리지 않았다.

"왜 하필 여기서 산책을 합니까?"

대니얼이 주위를 둘러보았다.

"동네에서 아름다운 곳이잖아요. 롤라도 좋아할지 모른다고 생각했죠."

"주인의 감정을 투사한 겁니까?"

대니얼이 어깨를 으쓱하더니 걷기 시작했다. 킴은 대니얼이 이토록 쉽게 낚싯바늘에서 빠져나가게 놔둘 생각이 없었다.

"정확히 여기서, 하필 지금 말입니까?"

"그냥 우연이에요."

대니얼은 그렇게 말하며 히죽거렸다.

그렇겠지. 그 우연의 이름은 브라이언트였다. 킴은 밤 산책을 나갈 때 한번 브라이언트가 따라오게 놔둔 적이 있었다. 빌어먹을, 다시는 그러지 않을 것이다.

"꼭대기에서 보면 정말로 경치가 좋습니다."

킴은 사람들이 많이 다니는 길을 고갯짓하며 말했다. 대니얼은 도베르만 두 마리를 데리고 있는 한 남자가 그쪽으로 가는 걸 지켜보았다.

"저쪽은 사람이 많을 것 같은데요. 이리로 가야겠습니다."

그러니까 킴의 선택지는 바니를 다시 차에 싣고 집이나 동네 공원으로 데려가는 것이었다.

잠깐, 대체 왜 그런 생각을 한단 말인가? 이곳은 대니얼이 아닌 킴의 산책로였다. 대니얼은 던디에 살았으니 킴의 복지를 위협할 수 없었다.

킴은 바니의 목줄을 가만히 잡아당기며 성큼성큼 걸어 꾸물대는 대니얼과 그의 개를 지나쳤다.

"그래서, 사건은 어떻게 진행되고 있어요?"

대니얼이 킴과 보조를 맞추며 물었다.

"천천히요."

"용의자는요?"

"있겠죠."

"아, 이러지 맙시다, 킴. 우리도 싸우지 않고 일 얘기를 할 수 있을 거예요. 내 일에 대해서 뭔가 물어보세요."

"언제 직장으로 돌아갑니까?"

킴이 농담을 던졌다. 대니얼이 씩 웃었다.

"뻔한 질문이네요, 아무리 당신이라지만. 그래도 대답하자면 주말에 돌아가기로 되어 있습니다. 다음 주 초에 강연이 두 번 예약돼 있거든요."

"그럼 여긴 왜 온 겁니까?"

킴이 물었다. 대니얼이 들러붙은 것 같으니, 일 얘기 정도로 쳐 내면 안전할 듯했다.

"교수님이 우리한테 편지를 보내셨거든요. 사질 토양에서 뼈가 부패하는 시간에 관한 조언을 구하셨어요."

"이메일을 보낼 수는 없었던 겁니까?"

대니얼이 어깨를 으쓱했다.

"직접 와도 될 것 같아서요. 나도 모르게 블랙컨트리에 끌렸거든요. 나를 끌어당기는 어둡고 변덕스러운 뭔가가 있는 곳이라."

"네, 그걸 스모그와 검댕이라고 부릅니다."

"대응을 좀 지나치게 하는 경향이 있다는 거, 알긴 알죠?"

대니얼이 몸을 숙여 모기떼를 피하며 물었다.

"무슨 대응 말입니까?"

킴은 가시덤불에서 바니를 잡아당기며 물었다.

"나를 매력적이라고 느낀 것에 대한 대응이요."

"하, 꿈 깨시죠."

킴은 그렇게 말한 다음 얼떨떨한 표정으로 그를 보았다.

"당신을 좋아하지 않는 모든 사람이 사실은 당신과 자고 싶어 한다고 생각하는 겁니까?"

대니얼이 한쪽 눈썹을 치켜올렸다. 킴이 말했다.

"이 말을 하는 이유는, 케빈도 당신을 그렇게 좋아하지는 않는다는 얘기를 해 줘야 할 것 같아서입니다."

대니얼이 손가락을 꺾었다.

"제기랄, 케빈한테도 큰 기대를 걸었는데."

킴은 자신의 유머와 너무도 비슷한 그 유머에 미소 지었다.

"당신, 놀이터에서 애들 못살게 구는 아이 같아요."

대니얼이 말했다.

"이보세요, 그건……."

"진정해요. 예시를 들어 볼게요. 당신은 사람들에게 나를 경멸한다는 걸 보여 주려고 선을 넘죠. 하지만 사실은 당신 자신에게 증명하고 싶은 거예요."

"아, 그만하시죠."

킴이 눈알을 굴려 대며 말했다.

"내가 당신 머리를 잡아당겼다거나 공깃돌을 훔쳐 갔다는 생각이 든다면 미안한데, 그만한 오해도 없습니다."

"정말입니까?"

"내가 당신을 매력적이라고 느끼지 않는다는 게 그렇게까지 상상하기 어렵습니까? 사실, 난 당신이 짜증 나고 냉담한 사람이라고 생각합니다."

대니얼은 고개를 뒤로 젖히고 웃음을 터뜨려 킴을 놀라게 했다.

"냉담하다고요? 당신이 나더러 냉담하다고 해요?"

킴이 걸음을 멈추자 대니얼도 멈춰 섰다. 이제는 대니얼이 완전히 정신을 차리게 해 줄 시간이었다.

"대니얼, 난 동료로서 당신을 존중합니다. 당신이 헌신적이고 열정적이라는 걸 알고……."

"고마운데 이력서는 이미 있어요. 내가 원하는 건, 당신이 결국 눈치채고 우리 사이에 불꽃이 튄다는 걸 인정하는 겁니다."

킴이 그를 똑바로 마주 보았다.

"불씨도 없습니다, 베이트 박사님."

대니얼이 그녀에게 한 발짝 다가왔다. 그의 눈이 도전 의식으로 흔들렸다.

"어디 그 이론을 한 번 검증해 볼까요?"

아니, 빌어먹을. 킴에게는 그럴 생각이 전혀 없었다.

"한 발짝만 더 다가오면, 대니얼……."

둘 모두의 핸드폰이 울리기 시작하며 킴의 말이 끊겼다.

# 40

킴은 전화를 받고 10분도 안 돼 웨스털리에 돌아왔다. 현장 꼭대기에 골프를 주차하고 바니를 위해 환기가 잘되는지 확인했다. 그녀는 대니 얼을 약 5킬로미터쯤 따돌렸다.

세어가 여전히 킴과 팀원들 사이 어딘가에 누워 있긴 했지만 현장 맨 아래에 설치된 네 개의 투광 조명등이 길을 안내해 주었다. 전략적으로 배치한 미끄러짐 방지 표지판은 어둠 속에서 빛나지 않았다.

반쯤 갔을 때 케빈이 그녀를 마중했다.

"살점이 나왔습니다."

케빈은 인사말 없이 말했다. 케빈의 통화로 킴은 90센티미터도 채 못 내려간 지점에서 옷의 잔해가 발견되었다는 정보를 들은 터였다.

"닥터 에이는 뭐래?"

"모르겠어요. 닥터 에이가 하는 말의 절반은 제가 듣기에 수수께끼 같습니다. 욕도 여러 나라 말로 하는 것 같아요."

킴은 이제 사람이 묻혀 있는 것으로 확인된 장소에 다가갔다. 닥터 에 이가 손에 부드러운 솔을 들고 60센티미터 지하에 무릎을 꿇고 있었다.

그녀의 조수 중 한 명이 작은 흙손을 사용해 흙 표본을 퍼냈다. 오른쪽에서는 다른 두 명이 이미 퍼낸 흙을 체로 치고 있었다.

키츠가 조수 두 명과 함께 그 장면을 유심히 지켜보고 있었다. 해리는 지금 현장을 비운 듯했지만, 킴은 그가 돌아오리라는 걸 알았다. 나머지 현장을 확인해 봐야 했으니까. 킴이 인사 대신 말했다.

"박사님. 뭐가 나왔습니까?"

"경위님, 아주 아슬아슬하게 도착했다입니다."

닥터 에이는 고개를 들지 않고 말했다.

킴은 투광 조명등 네 대의 열기가 내리쬐이는 것을 느끼며 앞으로 몸을 숙였다. 발소리와 케빈에게 말하는 대니얼의 목소리가 들렸다.

"남성입니까, 여성입니까?"

대니얼이 물었다. 케빈이 혀를 찼다.

"아직 모릅니다. 저기 계시는 로제타석* 박사님한테 물어보세요."

킴은 구덩이를 내려다보다가 네모난 하늘색 물체가 드러난 것을 보았다. 그녀는 그 조각이 티셔츠 같은 것일지 모르겠다고 생각했다.

"저게 왼쪽 다리이다입니다."

닥터 에이가 붓의 반대쪽 끝으로 가리켰다. 킴은 인상을 찡그리며 더 가까이에서 바라보았다. 그저 흙이 보일 뿐이라고 생각했는데.

"피부가 아직 남아 있습니까?"

킴의 질문에 닥터 에이가 고개를 끄덕였다.

---

* 로제타석은 고대 이집트 문자 해석의 실마리가 된 석판으로, 여기에서 케빈은 닥터 에이가 외국인으로서 알아듣기 어려운 영어를 쓰기에 이렇게 말한 것이다.

"피터가 머리 쪽을 작업하고 있고, 나는 성별 노출 작업을 하는 중입니다. 여성에게서는 자궁이 마지막으로 부패한다입니다."

킴도 전에 그런 말을 들어 본 적이 있었다. 일반적인 흙에 180센티미터 정도 묻히면, 방부 처리를 하지 않은 시신은 부패해 백골이 되기까지 8년에서 12년이 걸릴 수 있다. 반면 노출된 시신은 며칠 안에 백골화될 수 있다.

"얼마나 됐는지 알 수 있을까요?"

닥터 에이가 고개를 돌려 킴을 보았다. 킴은 그녀의 얼굴에 흙이 두어 군데 묻어 있는 것을 보았다.

"163센티미터쯤일 거라고 생각합니다."

킴은 닥터 에이에게 말할 때는 더 구체적으로 말해야 한다는 걸 깨달았다.

"죄송합니다, 제 말은 키가 아니라 묻혀 있던 시간이 얼마나 됐느냐는……."

"압니다, 경위님."

닥터 에이가 비스듬하게 미소를 지어 보이며 말했다. 모두에게는 범죄 현장의 끔찍함을 헤쳐 나가는 자기만의 방법이 있었다. 오래된 현장이든, 최근의 현장이든.

닥터 에이가 말을 이었다.

"알겠지만, 여러 가지 요소가 부패의 속도를 늦춘다입니다. 낮은 기온, 공기의 차단, 동물의 부재, 축축함, 습함 등등. 계속 말할 수 있다입니다."

그녀가 고개를 돌려 킴을 보았다.

"인도에서는 관에 넣지 않은 시신이 1년 안에 백골화된다입니다. 안다입니까?"

킴은 고개를 저었다. 닥터 에이가 다시 시신을 돌아보았다.

킴의 시선이 키츠와 마주쳤다. 그녀는 둘 다 똑같은 생각을 하고 있다는 걸 알았다. 그들은 예전 크레스트우드 수사 때도 이런 상황을 겪어 보았다. 둘은 얕게 파인 무덤 건너로 서로를 마주 본 적이 너무 많았다. 이것이 바로 둘이 선택한 직업이었다. 킴은 키츠에게서 시선을 떼지 않았다. 이해했다. 키츠가 고개를 끄덕이고 시선을 돌렸다.

"아하."

닥터 에이와 피터가 동시에 말했다. 킴은 둘이 얼마나 오랫동안 함께 일해 왔는지 궁금해졌다. 두 사람의 감탄사가 모든 사람을 구덩이 가장자리로 불러왔다.

"실제로 여성이다입니다."

닥터 에이가 말했다.

킴은 하반신에 걸쳐진 꽃무늬 천이 드러난 것을 볼 수 있었지만, 박사가 시신의 성별을 확인하게 된 건 그 옷 때문은 아닌 것 같았다.

킴의 시선이 더 높은 지점, 피터가 계속해서 먼지를 털어 내고 있는 곳으로 향했다.

그곳에는 이미 확실히 드러났기에 킴도 누군가 말해 주기를 기다릴 필요가 없었던 존재가 있었다.

여자의 얼굴이 완전히 함몰되어 있었다.

## 41

내가 언제 약을 거부했는지 기억나요, 엄마? 난 왜 약을 먹어야 하는지 몰랐지만 엄마가 매일 고집을 부렸어요. 내 기분이 나쁘지 않을 때도요.

어느 날 내가 엄마에게 더 이상 약을 먹고 싶지 않다고, 약을 먹으면 기분이 이상해진다고 말했어요. 내가 물 마시기를 거부하니까 엄마가 물을 치워 버렸죠.

엄마는 물이 없는 내 입에 알약을 넣었지만 나는 알약을 삼킬 수 없었어요. 엄마가 내 머리를 뒤로 젖히고 알약이 천천히, 마른 지푸라기 사이를 지나는 축구공처럼 내려갈 때까지 내 목을 쳐 댔죠.

엄마는 내 눈물을 닦고 콧물을 훔친 뒤 물을 돌려주었어요.

나는 다시는 불평하지 않았어요.

매일 약을 먹었죠.

## 42

"자, 내가 먼저 말하지."

모두가 자리 잡자 킴이 말했다.

"다들 알겠지만, 이른 시각에 웨스털리에서 두 번째 시신이 발견됐다. 여성으로 확인됐고, 오늘 새벽 2시에야 수습됐어."

그 모습은 여전히 킴의 머릿속에 남아 있었다. 앞으로도 오랫동안 그럴 것이다. 그녀는 브라이언트와 케빈을 새벽 1시쯤 집으로 돌려보내고 피해자가 조심스럽게, 공들여 수습될 때까지 무덤 옆에 서 있었다. 그녀는 이렇게 많은 단계의 부패를 보여 주는 시신은 한 번도 본 적이 없었다. 군데군데 깨끗하고 흰 뼈가 튀어나와 있는 반면, 다른 뼈는 아직 살점으로 완전히 덮여 있었다. 그걸 보니 포식자가 부분적으로 뜯어 먹은 동물의 사체가 떠올랐다.

닥터 에이와 그녀의 동료 두 명이 기다리고 있던 시신 운반용 가방 위에 시신을 가만히 내려놓자 묵직한 침묵이 내려앉았다.

"스피지 미르노, 드라가 모자.•"

닥터 에이는 그렇게 속삭인 뒤 물러나 키츠에게 고갯짓했다. 키츠는 고고학자가 한 말을 알아듣지 못했지만, 애정 표현이나 잘 가라는 작별 인사인 듯했다.

"이제 우리가 인수하겠습니다."

키츠는 두어 번 깊이 침을 삼키더니 말했다. 그렇게 인수는 끝났다.

시신 가방에 지퍼가 채워지고, 시신이 들것에 실려 현장에서 떠날 때까지 모두가 기다렸다. 장례식은 아니었다. 추모식도 아니었다. 하지만 밤의 빽빽한 암흑에 둘러싸인 채 투광 조명등 아래에 함께 있던 그들은 잠시 예우를 표했다. 그들이 할 수 있는 최소한이었다.

---

• '잘 자요, 내 사랑'이라는 뜻의 크로아티아어.

킴은 심호흡한 뒤 말을 이었다.

"피해자의 얼굴이 구타당한 게 대단히 확실하다는 점 이상의 정보는 없다."

이 사실은 모든 사람에게 그들이 찾고 있는 것이 같은 살인범이라는 사실을 확실히 알려 주었다.

"그럼 사건 발생 시간표는 어떻게 될까? 저 피해자가 첫 번째 피해자로 보이는데."

"그러기를 바라야죠."

브라이언트가 말했다. 킴도 동의할 수밖에 없었다.

해리와 그의 팀원들이 오늘 아침 웨스털리로 돌아와 전체 지역을 다시 수색할 예정이었다. 킴은 그 이상 시신이 없기를 기도했다.

"피해자가 얼마나 오랫동안 땅속에 있었는지 정확히는 알 수 없지만, 몇 년이 지났다는 건 분명해. 그럼, 범인은 왜 이토록 오래 기다렸다가 다시 범행을 저질렀으면서도 이번 주에는 속도를 높인 걸까?"

모두가 잠시 침묵했다.

"자, 다들. 생각해 봐."

킴이 말했다.

"뭔가가 놈을 자극했거나……."

케빈이 말했다. 킴이 잠시 생각했다.

"그건 아닐 거야. 무릎반사를 하듯 범행을 저질렀다기에는 범인이 지나치게 체계적이야. 이번 주에 발생한 두 사건 모두에서 범인은 뭐든 피해자를 가격하는 데 사용한 물건을 챙겨서 떠날 만큼 분별력이 있었어. 아마 돌이었겠지."

"그동안 어떤 식으로든 무력화됐던 건지도 모릅니다."

브라이언트가 말했다. 킴은 생각해 보았다.

"가능하지만 그건 아닐 것 같습니다."

세 사람의 눈이 단서를 찾아 화이트보드를 지켜보느라 방 안이 조용해졌다.

"자, 다들. 놈은 체계적이고 꼼꼼하며 의례를 중요하게 생각해."

킴이 재촉했다. 그녀는 아이에게서 숙제의 답을 끌어내려는 부모가 된 기분이었다.

"놈에게 꼭 필요한 건?"

"질서요."

스테이시가 오점 하나 없이 정돈된 자신의 책상을 둘러보며 말했다.

킴이 고개를 끄덕이며 재촉했다.

"계속해 봐."

"저마이마를 잡기 전에 이소벨을 잡을 수는 없었던 거예요. 이 순서에 뭔가 질서가 있는 건 아닐까요?"

스테이시가 물었다.

"정답. 상품은 스테이시한테 줘야겠네. 첫 번째 피해자는 몇 년 전에 살해당했지만, 두 번째 피해자인 저마이마는 몇 주 전에야 이 나라에 돌아왔어. 두바이에서 말과 관련된 일을 했거든. 그런 뒤에는 이소벨 사건이 아주 금방 일어났지. 꼭 저마이마가 돌아오기를 기다렸다가 범죄를 계속한 것 같아."

킴은 자신이 모두의 관심을 온전히 받고 있다는 걸 알았다.

"그럼, 놈이 이 특정한 여성들을 표적으로 삼은 이유가 있다는 걸 알 수 있지. 어딘가에 연결고리가 있는 거야. 이소벨을 누군가와 연결하기는 어려울 테니 다른 둘에게 집중해야 해."

킴은 과거, 현재, 혹은 미래라는 논리를 활용해 어디부터 시작해야 할지 정확히 알아냈다.

"저마이마와 마지막 피해자가 최근에 만난 적이 없는 건 분명하니까 현재는 배제할 수 있어. 우리가 아는 한 저마이마는 미래에 뭔가 할 계획이 없었으니, 그럼 남은 건 하나뿐이지."

"저마이마의 먼 과거를 파 보고 거기서부터 작업을 해 나갈게요. 이소벨의 직장이나 주소는 아직 나오지 않았지만, 그것도 계속 살펴보겠습니다."

스테이시의 믿음직한 말에 킴은 고개를 끄덕였다. 이소벨의 남편은 확실히 이야기해 보고 싶은 대상이었다.

킴은 케빈을 돌아보았다. 케빈은 킴이 내리려던 명령을 먼저 말했다.

"그럼 전 다시 실종자를 살펴봐야겠죠?"

케빈이 다 안다는 듯 말했다.

"그래. 하지만 한두 시간만 살펴봐. 그런 다음에는 다시 웨스털리 현장으로 돌아가고. 그때쯤이면 과수팀이 돌아와 단서를 찾을 텐데, 그 사람들이 뭔가 찾아낼 경우 네가 현장에 있었으면 좋겠어."

킴이 잠시 말을 멈추었다.

"아, 그리고 케빈, 원하는 만큼 파 봐. 그곳 사람들에 대해 알아야 할 모든 걸 반드시 알고 싶으니까."

"알겠습니다, 대장."

케빈은 얼굴이 밝아지며 말했다.

"브라이언트와 나는 곧 키츠에게 갈 거야. 도움이 될 만한 게 있으면 알려 줄게."

케빈은 고개를 끄덕이고 목에 달라붙었던 셔츠 칼라를 당겼다.

6시 30분, 이곳에 도착했을 때 킴은 작은 창문을 열어 두었다. 하지만 아직 산들바람은 찾아들지 못했다. 상황이 더 나빠진 건 창문 아래에 단 하나 있는 라디에이터가 여전히 열기를 뿜어내고 있기 때문이었다. 20도 후반의 기온을 약속하는 날씨에 그 라디에이터는 반갑지 않은 부가물이었다. 손잡이가 망가져 있어 끌 수도 없었다. 경찰서 건물 중 북쪽에 자리 잡은 사무실들은 슈퍼마켓의 냉방 구역 같았기에 건물 전체 난방을 끌 수도 없었고, 구석에 선풍기 하나가 서 있었지만 가끔 케빈의 책상 위 종이를 날릴 뿐이었다.

"스테이시, 이소벨의 핸드폰은?"

스테이시가 고개를 저었다.

"브라이얼리 힐의 아스다에서 산 일회용 고물이에요. 등록된 게 아니라서, 남자친구가 준 전화번호가 우리한테는 별 도움이 되지 않았어요. 현금을 주고 샀더라고요. 이미 통신사에 이메일을 보내긴 했는데 지난번 일 기억하시잖아요."

아, 그래. 킴은 잘 기억하고 있었다. 두 소녀가 납치당했고 형사들에게 주어진 유일한 단서는 핸드폰 번호 한 무더기뿐이었다. 그런데 통신사는 그들의 협조 요청에 웃음을 터뜨렸다.

"살인자가 여성일 가능성은 배제하는 겁니까, 대장?"

"케빈 말이 맞아요, 대장."

케빈의 질문에 킴이 대답할 겨를도 없이 브라이언트가 동조했다. 그가 말을 이었다.

"성폭행 흔적도 없었고, 피해자를 고분고분하게 만들기 위해 약물을 사용했습니다. 힘이 센 여성일 수도 있어요."

킴은 반박하려고 입을 열었다가 그러지 않기로 했다. 그녀의 직감은 다르게 말했지만, 증거만 보면 가능성을 배제할 수는 없었다.

"네, 알겠습니다. 그리고 다른 게 있어요. 우리가 살펴봐야 할 다른 사건입니다."

"하긴 사건이 너무 없긴 하죠."

케빈이 투덜댔다.

"그럼 좋을 대로 그냥 앉아 있어, 케빈."

킴이 마주 쏘아붙였다. 그녀는 케빈에게 그 이상 모욕적인 말은 없다는 걸 알고 있었다.

"근데 제가 바쁜 걸 좋아해서요."

케빈은 미안하다는 듯 미소 지으며 말했다. 킴은 마주 미소 짓지 않았다.

"몇 년 전 펜스 풀에서 발견된 남자, 다들 기억하지?"

"피아니스트요?"

케빈의 말을 들은 킴은 그 사람에게 대체 별명이 몇 개나 있는 건지 궁금했다.

"우웩, 케빈."

스테이시는 역겹다는 듯 얼굴을 구기며 케빈을 나무랐다.

"그래, 맞아. 우리가 그 사건을 들여다볼 거야. 네가 무슨 말을 하기 전에 말해 주자면, 그래, 이건 브라이얼리 힐 사건이야. 하지만 미제로 남아 있어."

"아무 말도 안 할 생각이었는데요, 대장."

케빈이 고개를 저으며 말했다.

"피해자의 손이 제거된 건 신원 확인을 피하기 위해서라고 다들 추측할 수 있겠지. 하지만 난 어제 피해자의 맥박 조정기도 뜯겨 나갔다는 걸 알게 됐어."

"맥박 조정기에는 일련번호가 있어요."

케빈이 눈을 가늘게 뜨며 말했다. 이제는 사건이 그의 흥미를 끌었다.

"그런 환자들은 와파린*을 먹고 여섯 달에 한 번씩 검사를 받아야 하지 않나요?"

브라이언트가 물었다.

"오늘의 두 번째 상품은 내 오른쪽 사람에게 줘야겠네요."

킴이 그렇게 말한 뒤, 무엇을 해야 하는지 잘 아는 스테이시를 보았다.

"병원에 전화를 걸어서, 약 3년 전부터 진료를 받지 않은 사람이 있는지 알아보겠습니다."

"고마워, 스테이시. 케빈은……. 어쨌든 실종자들을 살펴봐."

"알겠습니다, 대장. 근데 하나만 더요."

"말해."

킴이 책상에서 일어서며 말했다.

"상품을 못 받은 건 저밖에 없는 것 같은데요."

킴이 의미심장한 눈으로 그를 보았다.

"그럼, 케빈. 뭔가 눈치채야 할 것 같은데."

* 대체로 심혈관 환자들의 혈전 생성을 막기 위해 처방하는 항응고제의 상표명.

# 43

아, 엄마. 엄마도 **그날**을 나랑 똑같이 기억하나요?

엄마는 1년 늦게 나를 학교에 보냈어요. 나는 어린이집도, 유치원도 다니지 못했죠. 엄마는 어린이에게 다른 어린이들과 친해질 기회를 주지 않은 거예요.

내 생일에 대한 단순한 거짓말로 난 또 한 해 동안 온통 엄마 차지가 되었죠.

내가 모를 줄 알았죠?

그날 아침, 엄마는 심장이 둘로 갈라지기라도 한 것처럼 울었어요. 난 뭐가 잘못됐는지 몰랐지만 같이 울었고요.

엄마는 내 머리를 빗기면서 흐느꼈어요. 내 머리 옆에서 튀어나오도록 머리카락을 똑같은 양 갈래로 묶어 주며 손가락을 떨었어요. 내가 뭔가 잘못한 것처럼 거칠게.

엄마는 내게 아침을 만들어 주고 비타민을 주었지만, 그건 비타민이 아니었어요.

내 양말이 기억나요. 윗부분에 줄지어 분홍색 나비들이 그려진 발목 양말이었죠. 난 그 양말이 싫었지만 피나포 드레스가 떠올라서 싫다는 말을 할 수는 없었어요.

엄마와 손을 잡고 걸어가며 나는 낮에 그 양말을 버린 뒤 다른 사람 탓으로 돌릴 수 있을까 궁리했어요.

교실에서는 눈물을 흘렸죠. 우리 둘 다요. 내가 운 건 엄마가 울었기 때문이에요. 그랬더니 엄마가 더 울었죠. 선생님이 우리를 떼어 놓았을 때 누가 먼저 울음을 그쳤는지는 기억나지 않아요.

다른 아이들이 지켜보면서 심술궂게 웃고 손가락질했어요. 나는 혼자 구석에 앉아서 누군가 내게 말을 걸어 주었으면 좋겠다고 생각했어요. 그러면서도 아무도 내게 말을 걸지 않게 해 달라고 기도했어요.

학교가 얼마나 싫은지 말하면 엄마가 다시는 날 학교에 보내지 않을 줄 알았어요.

루이즈가 나한테 배정된 단짝이었어요. 루이즈는 정말 예뻤어요. 쉬는 시간이면 내게 학교를 구경시켜 주는 게 그 여섯 살 꼬마의 일이었죠. 그 애는 나를 데리고 화장실로 갔어요. 나는 루이즈보다 먼저 들어가고 싶지 않았지만, 아침 식사로 먹은 시리얼의 우유가 내 방광을 무겁게 눌렀어요.

문은 바닥부터 천장까지 닿지 않았어요. 몸을 숙이면 문 아래로, 뛰어오르면 문 위로 문 너머가 보였죠.

나는 루이즈가 점심으로 뭘 고를지 신나서 떠들어 대는 소리를 들으며 최대한 빨리 오줌을 눴어요.

일어나서 속옷을 올렸죠. 말소리가 멈추었다는 것도, 루이즈가 문 위쪽으로 들여다보고 있다는 것도 모른 채로 말이에요.

루이즈는 조용했고 눈을 휘둥그렇게 뜨고 있었어요. 난 얼굴이 뜨거워졌지만 이유는 몰랐어요.

하지만 그날 늦게 알게 됐죠.

# 44

이소벨은 회색 빛을 꽉 붙들었다. 그 빛이 암흑을 따라, 번져 가는 얼룩처럼 조금씩 움직이고 있었다. 이소벨은 그 회색 빛이 자신을 차지하려 한다는 건 알았지만 그것이 삶인지, 죽음인지는 몰랐다.

더는 관심도 없었다.

질식할 것 같은, 물러서지 않는 암흑만 아니면 모든 것이 반가운 안식이 될 터였다.

어둠이 모든 것을 가져가 버렸다. 어둠은 그녀의 생각을 훔쳐 갔다. 그 피폐한 황량함 안에서는 허무 위에 허무가 쌓여 갔다.

*그녀에게 회색 빛을 보내. 흰 빛을 권해. 그녀를 다른 데로 데려다줄 터널을 보여 줘.*

때로는 잿빛 물결이 속도를 늦춰 고통스러울 정도로 느릿느릿 기어 갔다. 그러다 보면 이소벨은 회색 빛이 몰래 다가오고 있다는 생각이 상상은 아닐까 궁금해졌다.

의식이 너덜너덜해지기라도 하는 듯 회색 빛의 가장자리가 흐려지기도 했다.

암흑은 전처럼 깊지 않았지만, 이소벨이 손을 뻗으면 뻗을수록 파편화된 부분에서 더욱 심하게 공포가 솟아올랐다. 그래서 이소벨은 뭐든 다가올 일에 대비해 인내심 있게 기다렸다.

# 45

"경사님이 말했죠?"

자동차 안에 단둘이 있게 되자마자 킴이 내뱉었다.

"경사님이 종달새처럼 내가 어디에 있을지 조잘거린 겁니다."

브라이언트가 어깨를 으쓱했다.

"경위님이 수요일 밤 9시쯤에 바니를 데리고 클렌트를 산책한다는 말을 했을 수는 있죠. 경위님이 아래쪽 주차장에 차를 댄다는 말도요. 뭐랄까, 그냥 지나가는 말로."

킴은 핸들을 홱 왼쪽으로 꺾어 브라이언트가 조수석 문에 부딪히게 했다.

"브라이언트, 이런 식의 사생활 침해 시도에 내가 얼마나 화가 났는 지는 알고 있겠죠."

"하, 제가 한 게 사생활 침해라고 생각하세요?"

브라이언트는 자세를 바로잡으며 물었다.

"그럼 아닙니까?"

"아니죠. 큰 사건을 다룰 때마다 대장은 제정신이 아니잖아요. 저야 대장이 대니얼 베이트를 좋아하지 않는다는 걸 알고 있었으니, 이거야 말로 경위님이 한바탕 퍼부을 이상적인 기회라고 여겼습니다. 기본적 으로, 대니얼에게 소리를 질러 댄다면 우리한테는 소리를 지르지 않을 테니까요."

이런 대답을 떠올리다니. 킴은 브라이언트에게 생각할 시간을 너무 많이 주었다는 걸 깨달았다.

"그리고 그냥 저한테 벌을 주려는 목적으로 운전하겠다고 고집을 피우시는 거라면, 그 방법은 잘 통하고 있습니다. 다시는 안 그럴게요."

브라이언트가 대시보드를 붙들며 말했다. 킴도 원래는 운전으로 브라이언트를 벌할 생각이 없었지만, 다음번을 대비해 기억해 두기로 했다.

"이소벨은 변화 없습니까?"

킴이 러셀 홀 교통섬에서 속도를 늦추자 브라이언트가 물었다. 그는 킴이 이미 이소벨의 상태를 확인했으리라는 걸 알고 있었다.

"중요한 건 없습니다. 뇌 활동은 여전히 있다더군요."

"으윽……."

"왜요?"

"그게 어떨지 생각해 보신 적 있으세요?"

킴은 대답하는 대신 기다렸다. 브라이언트는 말을 이을 수밖에 없었다.

"산 채로 매장당하는 것 같지 않을까요? 그러니까, 뇌는 여전히 돌아가는데 몸이 움직이지 않고 감각이 마비돼 있으니 어둠 속에 갇혀 있는 거잖아요. 머리밖에 없는 기분일 걸요. 제 말 무슨 뜻인지 아시죠?"

불행히도 킴은 알고 있었다. 과거에 수사 도중 루시라는 이름의 소녀를 만나 어쩔 수 없이 상상해 봐야만 했던 일이니까. 루시는 혼수상태가 아니었지만 몸이 근위축증으로 망가져 손가락 일부밖에 쓰지 못했다. 뇌의 기능은 완벽했고.

"존재 자체가 머리가 되는 기분일 거에요."

브라이언트가 말을 잇더니 한숨을 쉬었다.

"자, 브라이언트."

킴이 말했다. 이런 이야기는 들을 만큼 들었다.

"생각할 게 필요하다면 밥이 왜 주머니에 파운드 동전과 뽑기 티켓을 가지고 있었을지 궁리하면서 시간을 보내십시오. 난 도저히 모르겠으니까."

킴은 주차하며 인정했다.

"네, 꼭 그 작업에 우선순위를 두겠습니다."

브라이언트가 신음했다.

킴은 지난 며칠간 병원을 몇 번이나 방문했는지 더 이상 셀 수 없었지만, 이번만큼은 병실로 가는 게 아니었다.

"그런데 왜 파운드 동전이 열한 개 있었을까요?"

킴이 생각을 입 밖으로 냈다. 그들은 복도를 따라 시체안치실로 향했다.

"무슨 난센스 퀴즈예요, 대장?"

브라이언트가 물었다.

"왜 10파운드나 5파운드짜리 지폐가 아니었냐는 말입니다. 왜 전부 동전으로 가지고 있었을까요?"

"전혀 모르겠는데요."

킴은 사람마다 서로 다른 문제를 곱씹는다는 사실이 가끔 이상하게 느껴졌다. 예를 들어 브라이언트는 이런 자세한 정보에 전혀 신경 쓰지 않았으나 킴은 다른 문제는 거의 생각하지 않았다. 해부할 증거가 너무도 적었기에 모든 것에서 의미를 찾아봐야 했다.

"흐음……."

킴은 시체 안치실로 들어가는 접근 버튼을 누르며 신음했다. 흰 가운을 입은 사람들이 그녀를 맞이했다.

"키츠, 대니얼."

"뭐가 나왔습니까?"

법의학자는 고개를 저었다.

"형사 양반, 수다 떠는 데 시간을 덜 쓰면 자네 시간을…… 뭐, 전혀 아낄 수 없겠군."

킴은 빳빳한 흰 시트가 피해자를 어깨까지 덮고 있는 것에 고마움을 느꼈다.

킴은 밤새 머릿속에 남아 있던 모습과 견주어 여자의 얼굴이 천천히 부패되고 있다는 걸 알았다. 그녀가 입은 부상은 여전히 확실하게 드러났다.

"얼굴을 몇 번 맞은 겁니까?"

킴이 물었다. 둘 중 누가 대답하든 상관없었다.

"내가 세기로는 지금까지 일곱 번이야. 전부 왼쪽이었고."

키츠가 대답했다. 그는 살인자가 오른손잡이일 가능성이 크다고 추론한 셈이었다. 타격은 아마 살인자가 두 다리를 벌려 피해자에게 올라탄 채로 위에서 들어왔을 것이다.

"입은요?"

킴이 묻자 키츠가 고개를 끄덕였다.

"흙으로 가득했어. 그게 사망 원인일 가능성이 대단히 높지만, 아직 부검을 마치지 않았으니 확실히 말할 수는 없네. 내 책상에 가서 한번 보게나."

킴은 부검실 구석에 있는 탁자로 성큼성큼 걸어갔다. 증거물 주머니가 구석에 놓여 있었다. 킴은 그것을 집어 들어 뒤집었다. 보비 핀이었다. 반으로 갈라진 하트는 없었지만, 흰 플라스틱에서 무언가가 떨어져 나간 틈새가 보였다.

"저 마이마와 같군요."

"우연이라기엔 좀 과하지?"

킴은 고개를 끄덕이고 증거물 주머니를 다시 책상 위에 올려놓았다. 이상하긴 했지만 큰 도움이 되지는 않았다. 이런 보비 핀은 대량으로 생산되어 드러그스토어 체인 두 곳과 수없이 많은 슈퍼마켓에서 판매되고 있다.

킴은 다시 부검대로 돌아갔다.

"시신이 얼마나 오랫동안 묻혀 있었는지 알 수 있습니까?"

부검 진행 단계가 어떻든 킴에게는 답이 필요했다. 이 여자의 신분을 밝히는 데 도움이 될 만한 것은 무엇이든 좋았다.

"계절이나 기후, 토양 내 수분의 양이나 산성도를 고려해 보면 4년에서 5년으로 보이는군."

"저렇게까지 부패되기에는 적은 시간인 것 같은데요."

브라이언트가 말했다.

"시신은 얕게 묻힐수록 빠르게 부패한다네."

키츠가 대답했다.

그렇겠지. 그들의 피해자는 겨우 75센티미터 깊이에 묻혀 있었다.

"피해자의 이름을 알아내는 데 도움이 될 만한 게 있을까요?"

킴이 물었다. 직업적인 면에서든, 개인적인 면에서든 킴에게 가장 중요한 일이었다.

대니얼이 앞으로 나섰다. 클라크 켄트 스타일의 안경은 그를 진지하고 학구적인 과학자로 바꾸어 놓는 유니폼이나 마찬가지였다. 전날 보았던 장난스럽고 놀리는 듯한 표정은 사라지고 없었다.

"인간의 골격은 평생에 걸쳐 보통 태아기, 유아기, 아동기, 청소년기, 성인기 등으로 분류되는 연속적, 연대기적 변화를 거칩니다. 스물한 살까지는 치아가 나이를 추정하기에 가장 좋은 지표죠. 제가 지금까지 알아낸 대로라면, 우리 피해자는 청년기에 속합니다. 보통 스무 살에서 서른다섯 살에 이르는 기간이죠."

"좀 더 구체적으로 말할 수 있습니까?"

킴은 실종자 명단을 살펴보고 있는 케빈에게 무언가 건네주고 싶었다. 대니얼이 말한 나이 범위는 지난 4~5년에 걸쳐 발생한 실종 사건을 찾아보기에는 지나치게 넓었다. 그것도 실종 신고가 이루어졌을 경우의 일이지만.

"저는 피해자가 스물다섯 살 이상이었을 거라고 추정합니다. 인체에서는 빗장뼈, 그러니까 쇄골이 마지막으로 완성되는 뼈인데, 이 피해자의 경우는 쇄골이 완전히 성장해 있거든요."

킴은 아무 말도 하지 않고 기다렸다. 그녀는 그 이상의 정보를 원했다. 그게 아니라면, 대니얼에게 남아 달라고 부탁하는 치욕을 감수한 것이 손해일 테니까.

대니얼이 말을 이었다.

"평생에 걸쳐 뼈는 새로운 골원을 만드는데, 골원이란 혈관이 들어 있는 아주 작은 관입니다. 젊은 성인은 골원의 수가 적고 크기가 큰데, 세월이 지날수록 새로운 골원이 생겨나 오래된 골원을 방해하기에 그

크기가 작아지죠."

정보를 전해 준 건 고맙지만 다시 그 정보를 활용할 일이 생길지는 의문이었다. 골원을 통해 이 여자의 신원을 확인할 수 있는 게 아니라면 큰 도움이 되지는 않았다.

"마지막은 두개골입니다. 뇌를 둘러싸고 있는 뼈는 어린 시절에 머리뼈봉합선이라 불리는 선을 따라 성장합니다. 성인이 되면 뼈가 재구조화되면서 그 선이 서서히 사라지죠."

"그러니까 나이 면에서 보면 피해자가 저 마이마 로와 비슷한 30대 초반이라는 겁니까?"

킴은 좀 더 정확한 답을 억지로라도 끌어내야겠다는 생각에 물었다.

"한 가지 핵심적인 차이는 있지만요."

대니얼이 말했다.

"이 피해자는 아이를 낳은 적이 있습니다."

킴이 브라이언트와 시선을 주고받았다. 이제야 대니얼의 서비스에 킴이 치른 대가만큼의 가치가 생겼다. 하지만 대니얼의 표정을 보니 아직 끝난 게 아닌 듯했다.

"임신한다고 여성의 뼈가 변하는 것은 아닙니다. 단 한 가지 예외가 있지만요. 출산 때는 신생아가 산도를 통과할 수 있도록 치골이 분리됩니다. 치골을 연결한 힘줄이 늘어나야 하죠. 힘줄이 끊어질 수도 있고, 힘줄과 뼈가 연결된 곳에서 피가 날 수도 있습니다. 나중에 이 부위에서 일어나는 골격의 재형성으로 인해 치골 안쪽 면에 분만공이라 불리는 작은 원형 혹은 선형의 홈이 생길 수 있는데……."

"베이트 박……. 대니얼, 무슨 말을 하려는 겁니까?"

킴이 물었다.

"제가 보기에 피해자는 10대에 아이를 낳았습니다."

거래에 종지부를 찍는 결정적인 진술이었다.

# 46

이소벨은 어둠 속을 둘러보았다. 이제는 주변이 검다기보다 지저분한 회색으로 보인다는 걸 깨닫고 심장이 더욱 빠르게 뛰었다.

검은색이 머릿속에서 표백되어 갔다. 더는 구석에서만 그런 게 아니었다. 게다가 그 검은색은 움직였다.

어둠 너머에 무언가가 있었다. 그림자도 있었다.

목소리가 들려왔다. 이소벨은 그 소리가 머릿속에서 들리는 건지 주의 깊게 귀 기울였다. 확실하지는 않았지만 그 소리는 머리 바깥에서 들려오는 것이지 안에서 들려오는 게 아니었다.

손에 닿는 익숙하고 따뜻한 감촉이 돌아왔다. 그 느낌에 안도감이 들었다. 편안했다.

*제발, 누군가 날 좀 도와줘요.* 이소벨이 소리쳤다. *나 여기 있어요. 제발 꺼내 줘요. 어떻게 나가야 할지 모르겠어요.*

정신으로 의사소통하려는 노력이 갑작스러운 피로감을 일으켰다. 하지만 감각이 느껴졌다. 발이 간지러웠다. 차가운 무언가가 그녀의 가슴에 놓여 있었다. *나 여기 있어.* 이소벨은 비명을 지르고 싶었지만 몸이 말을 듣지 않았다.

그녀는 한동안 자신의 신체 부위가 머리 주변에 흩어져 있는 게 아닐까 의심했지만, 감각은 그 모든 것이 연결되어 있다고 말해 주었다.

몸은 여전히 온전했다. 이소벨은 살아 있는 것인지도 몰랐다. 이 조용하고 영원한 지옥에 갇혀 있는 것이 아니라.

하지만 희망을 품으려면 절망할 준비도 해야 했다. 그녀는 틀린 생각을 할 때의 실망감을 받아들일 수 있다는 자신감이 없었다.

심장이 흘리지 못한 눈물로 소리쳐 댔다. 그녀는 악몽이 끝나기를 기도했다.

죽었다는 게 훨씬 말이 되었다. 그래서 이소벨은 기꺼이 죽음을 받아들였다. 살아 있다는 것은 훨씬 더 복잡하고 피로한 일이었다.

죽은 거라면 더 이상 질문은 없었다.

살아 있다면 너무 많은 질문이 있었고.


# 47


"왜 지금도 경위님이, 어……. 힘이 넘치는 건지 모르겠습니다."

병원을 빠져나오며 브라이언트가 말했다.

킴이 핸드폰을 켜 보니 스테이시에게서 부재 중 전화가 와 있었다. 스테이시야말로 킴이 이야기하고 싶었던 상대였다.

킴은 통화 버튼을 누르고 브라이언트에게 열쇠를 던졌다. 브라이언트는 킴이 운전하는 차를 탄다는 괴로움을 충분히 겪었으니까.

"뭔가 나왔어, 스테이시?"

[대장이 좋아하실 것 같아요.]

"말해 봐."

[저마이마가 다닌 학교의 전직 교장 주소를 알아냈어요. 저마이마가 그 학교에 다녔을 만한 시절의 직원 명단도 찾았고요.]

"잘했어, 스테이시. 브라이언트한테 주소를 문자로 보내. 이제 저마이마의 부모님한테서 저마이마가 다닌 고등학교를 알아내고, 그와 비슷한 시기에 임신한 청소년이 있었는지 확인해 봐."

킴은 브라이언트와 함께 차에 타며 말했다.

[알겠습니다, 대장. 한 가지 더 있어요. 그 지역에 와파린을 처방하는 의원이 일곱 곳 있었는데요. 그 모두와 이야기를 해 보고 밥이 발견된 즈음부터 진료를 받지 않은 남자 열한 명의 명단을 만들었어요.]

"제기랄, 스테이시. 너 불이라도 붙은 거야? 성은 빼고 이름만 알려 줘."

브라이언트가 주차장에서 나가자 킴이 말했다.

[알파벳 순서로 앨런, 찰리, 에드워드, 조프리, 아이버, 잭, 레스터, 맬컴, 노먼, 필립, 월터예요.]

스테이시가 말하는 대로 킴이 그 이름을 받아 큰 소리로 말했다.

"대장, 제가 운전 중이어서 그 이름을 받아 적을 수 없다는 건 아시는 거죠?"

"기억력을 활용하십시오."

킴이 핸드폰에서 입을 떼며 말했다.

브라이언트는 고개를 젓고 계속 운전했다. 그는 브라이얼리 힐 대로의 신호등 앞에 멈춰 섰다.

"나중에 다시 전화할게."

킴이 전화를 끊으며 말했다.

그녀는 왼쪽을 보았다. 횡단보도와 2미터쯤 떨어진 곳에서 도로에 들어선 10대 소년들 때문에 급정거할 수밖에 없었다.

"제기랄, 가끔은⋯⋯."

"차 대세요, 브라이언트."

킴은 어느 가게에 시선을 고정한 채 말했다. 브라이언트는 흰색 배달용 밴이 비워 둔 자리를 능숙하게 차지했다.

"대장, 저 녀석들 무슨⋯⋯?"

브라이언트는 멈춰 선 가게가 어딘지 확인하고 말을 흐렸다.

모든 대로에는 이런 가게가 하나씩 있었다. 아무리 가난한 지역이라도, 아무리 실업률이 높은 지역이라도. 언제나 오락실에는 수요가 있었다.

"여기서 기다리십시오, 브라이언트."

킴이 차에서 내리며 말했다.

킴은 오락실 문을 열고 들어갔다. 그녀의 눈이 밝은 낮의 햇빛에서 오락실의 인공적인 밤 환경에 적응하는 데 몇 초가 걸렸다. 슬롯머신 세 개를 지나간 곳에서 청바지와 흰 셔츠를 입은 남자가 화면 유리를 닦고 있었다.

"실례합니다."

킴은 등 뒤로 문이 닫히게 놔두고 인사했다. 남자의 얼굴은 홀쭉하고 창백했다. 그가 활짝 미소 지었다.

"무슨 일이시죠, 아가씨?"

킴은 시간을 들여 자기 지위를 설명하고 싶지 않았다. 그녀의 질문은
단순한 것이었다.

"여기서 뽑기 티켓을 파십니까?"

킴이 주위를 둘러보며 물었다.

"빙고 게임이라든지……."

남자가 이미 손을 내젓고 있었기에 킴은 말을 멈추었다.

제기랄, 확률이 낮다는 건 알았는데.

"아뇨, 아가씨……."

"네, 감사합니다."

"오랫동안 안 팔았어요. 5년은 더 됐지."

남자가 말한 짧은 문장 안에 좋은 소식과 나쁜 소식이 다 담겨 있었다.

"어디에 쓰신 겁니까?"

"상품을 줬죠. 매주 뽑기를 했는데, 장사가 안 돼서 그만뒀어요."

킴은 고개를 끄덕이고 폐소공포증을 일으키는 듯한 그곳에서 물러나
려 했다.

"시간 내주셔서 감사……."

"메리 힐에 있는 가게에 가 보세요. 거긴 요즘도 뽑기를 하는 것 같으
니까."

킴이 남자에게 따뜻한 미소를 지어 보이고 그의 이름표를 들여다보
았다.

"멜빈, 큰 도움이 됐습니다. 감사합니다."

킴은 그렇게 말하고 문으로 향했다.

"웃으시네요."

킴이 다시 차에 오르자 브라이언트가 말했다.

"메리 힐로 갑시다."

킴은 안전벨트를 차며 말했다. 지금도 확률은 낮았지만, 처음으로 최소한 뛰어 볼 경기장이 생긴 것 같기는 했다.

브라이얼리 힐에서 레벨가를 지나 메리 힐 단지로 들어가는 길은 그리 멀지 않았다.

브라이언트는 운 좋게도 바로 앞에 생긴 자리에 들어가 차를 댔다. 그들은 버스 정류장을 가로질러 오락실로 들어갔다.

어두운 공간은 대박을 터뜨릴 수 있다고, 상품을 주겠다고 유혹하는 기계들의 빠르게 돌아가는 빛으로 밝혀져 있었다.

옆 복도에서 파운드 동전이 떨어지는 소리에 나이 든 여자 두 명이 홱 고개를 돌렸다. 킴은 가게 뒤쪽에서 빙고 번호를 외치는 소리를 들었다.

"실례합니다."

킴이 하늘색 멜빵바지를 입은 여자에게 다가가며 말했다. 잔돈이 들어 있는 가죽 가방이 그녀의 허리에 둘러 있었다.

여자의 두 손이 자동적으로 가방으로 향했다. 킴은 이 여자가 손님이 누구인지 알아보는 방법에 관한 짧은 강의를 들어야 할지 모르겠다는 생각이 들었다. '전형적인 도박꾼'의 생김새라는 건 없었지만, 킴도 브라이언트도 전혀 한가로운 복장은 아니었다.

킴이 배지를 꺼냈다. 여자는 불빛을 받으며 눈을 가늘게 떴다. 여자의 눈가 주름이 깊어졌다. 그녀는 신분증을 받자마자 즉시 걱정스러운 표정이 되었다.

"여기서 일한 지는 얼마나 됐습니까, 진?"

킴이 여자의 이름표를 보고 물었다.

"8년이요."

여자는 자신도 믿을 수 없다는 듯 말했다. 하지만 킴에게 있어 일자리
는 일자리일 뿐이었다. 누구든 더 쉬운 선택지를 찾아다니는 대신 지금
있는 자리를 지킬 만한 처세술을 가진 사람이라면 그렇게 할 권리가 있
었다.

"여기서 뽑기 티켓을 팝니까?"

킴의 질문에 여자는 범죄를 인정하기라도 하듯 천천히 고개를 끄덕
였다.

"무슨 뽑기인지 물어봐도 될까요?"

킴은 어떤 단서가 있기를 기도하며 물었다. 여자가 어깨를 으쓱했다.

"여러 가지 있죠. 장보기 쿠폰, 고기 쿠폰, 쇼핑 쿠폰, 공짜 빙고 쿠폰."

한 가지씩 들을 때마다 킴의 뱃속에서 흥분감이 빠져나갔다.

브라이언트가 앞으로 나섰다.

"그런 물건들을 매주 뽑기 상품으로 주는 건가요?"

브라이언트가 묻자 진이 고개를 끄덕였다.

"뽑기 티켓 상품이 어떤 건지는 어떻게 압니까?"

"색깔로요."

킴이 브라이언트를 고맙다는 눈으로 보았다.

"파란색은 어떤 상품이죠?"

진이 미소 지었다.

"파란색은 벨 위스키예요."

킴의 뱃속에 희망이 다시 쌓여 갔다.

"늘 그렇습니까?"

"제가 기억하는 한은요."

여자가 말했다. 킴은 그 말이 8년 전부터를 의미한다는 걸 이미 알고 있었다. 이 뽑기는 아주 단순한 체계였지만 지금껏 통해 왔다.

"장부를 쓰십니까?"

킴이 기대에 차서 물었다. 뽑기 티켓에서 신분을 확인하는 일반적인 방식은 주소나 전화번호를 적어 두는 것이었다. 지난 3년간 매주 한 번씩 뽑기가 이루어졌지만, 그래 봐야 다 합쳐서 200건 미만이다. 밥에게 이름을 찾아 주기 위해서라면 수고를 들일 가치가 있었다.

그러나 진이 고개를 저었다.

"장부는 몇 달 동안만 보관하고, 찾아가지 않은 상품은 메리 스티븐스 호스피스 센터에 기부해요. 뽑기 티켓을 사는 사람들한테도 그렇게 말해 주고요."

진이 변명하듯 덧붙였다.

"몇 년 전 이곳에 손님으로 왔을지 모르는 한 남자에 대해서 여쭤보고 싶습니다. 제 생각에는 그 사람이 이 가게의 위스키 뽑기 티켓을 가지고 있었던 것 같습니다."

킴은 자기 입에서 나가는 말만 가지고도 이런 일이 얼마나 쓸모없는지 알 것 같았다. 여자의 표정도 그녀의 생각을 확인해 주었다. 진은 매일 수백 명의 사람들을 볼 게 틀림없었다. 거기에 2~3년이라는 세월을 곱하면, 10만 명 넘는 사람 중 한 명의 얼굴을 찾아야 하는 셈이었다. 하지만 파운드 동전에는 의미가 있을 게 틀림없었다.

"아가씨, 저도 장난하고 싶은 건 아닌데⋯⋯."

킴은 아가씨라는 호칭을 그냥 놔두고 말을 이었다.

"50대 중반에 검은 머리, 조금 살집이 있는 편이었습니다."

진은 고개를 저으며, 자기 오른쪽에 나타난 키다리 청년에게 아무 말 없이 파운드 동전을 한 줌 건네주었다. 그녀는 지폐를 파우치의 다른 지퍼 주머니에 넣었다.

브라이언트가 앞으로 나섰다.

"이름이 앨런, 찰리, 에드워드, 조프리, 아이버, 잭, 레스터⋯⋯."

킴이 동료를 힐끗 보았다. 진이 인상을 썼다.

"잠깐, 아이버라고요?"

브라이언트가 고개를 끄덕였다. 이 동네에서 흔한 이름은 아니었다.

"아이버라는 사람이 여기 자주 오기는 했어요. 앉아서 몇 시간 동안 OXO 게임을 하곤 했죠. 뭐든 딴 돈은 바로 다시 집어넣었어요."

여자의 눈이 놀라서 휘둥그레졌다.

"매주 위스키 뽑기 티켓을 샀고요. 다른 건 안 사고, 항상 벨 위스키 뽑기만 했어요. 몇 번 따기도 했죠."

여자가 고개를 끄덕이며 말했다.

"근데 안 온 지 몇 년 됐네요. 우린 그 사람이 교도소에라도 들어간 줄 알았는데."

"왜 그렇게 생각하셨습니까?"

킴이 인상을 쓰며 물었다. 손님이 더 이상 오지 않을 때마다 즉시 그런 결론을 내릴 거라는 생각은 들지 않았다.

"아, 이유는 없어요."

여자가 얼굴을 붉히며 말했다. 하지만 킴은 그 말을 믿지 않았다.

"그건 사실이 아니잖습니까? 부탁드립니다, 진. 뭐든 말씀해 주실 수 있으면 대단히 감사하겠습니다. 정말이지 그 사람에 대한 정보가 더 필요합니다."

진은 망설이다가 한숨을 쉬었다.

"잠깐만요, 곧 올게요."

그녀는 그렇게 말하고 멀어져 갔다.

"제기랄, 대장. 언젠가 우디가 대장이라면 무에서 유를 창조할 수도 있다고 했는데 그 말이 맞았네요."

진이 엿들을 수 없는 곳까지 벗어나자 브라이언트가 말했다.

"경사님도 나쁘지 않았습니다. 그 이름을 전부 다 외울 수 있을 줄은 몰랐는데요."

"제가 잘생겨서 데리고 다니시는 건 아니잖아요. 물론……."

"이쪽은 리타예요."

진이 자신과 비슷한 체격에 머리카락이 짙은 빨간색인 여자를 소개했다. 그 여자도 하늘색 멜빵바지를 입고 전대를 차고 있었다.

"너랑 좀 문제가 있었던 그 남자, 위스키쟁이 아이버 기억나?"

리타가 고개를 끄덕이더니 킴과 브라이언트를 의심스럽다는 듯 보았다.

"괜찮으니까 말씀드려. 경찰이야."

진의 소개에도 리타는 미심쩍은 듯했지만 진이 그녀를 부추겼다.

"어서. 중요한 일인지도 몰라."

킴의 관심이 높아졌다.

"덩치 큰 사람이었어요. 뚱뚱했다는 말이에요, 키가 크지는 않았고요. 좀 소름끼치는 사람이긴 했는데 여기서 일하다 보면 그쯤은 익숙해져요. 오해하지는 마시고요. 여기 오는 사람 중에는 아주 좋은 사람들도 있……."

"그렇겠죠. 아무튼 아이버는요?"

킴이 다시 방향을 돌려 말했다.

"그게, 가끔은 여기 아이들이 오거든요."

리타가 진을 보며 말했다.

"아이들을 막으려고 할 수 있는 일은 다 하는데, 애들이 문에 걸린 경고판을 무시해요. 우린 애들을 보면 바로 쫓아내고요. 맞죠, 진?"

킴은 미성년자의 슬롯머신 도박에 아무 관심이 없었다.

"이해합니다. 힘들겠네요. 그래서 아이버는요?"

"얼마 전에, 아마 2년쯤 전이겠네요. 여자애들 한 무리가 들어왔어요. 저는 그 애들을 못 보고 있었는데, 그중 한 명이 다가와서 아이버가 자기 친구를 만졌다고 하는 거예요."

"그래서 어떻게 하셨습니까?"

"뭐, 경찰을 부를 수는 없었어요. 아이가 신고하고 싶어 하지 않았거든요. 애초에 여기 오면 안 됐으니까요."

그러니까 그 소녀도, 이 여자도 골치 아픈 일은 원하지 않았던 것이다.

"그럼 아이버는요?"

"제가 아이버한테 나가라고, 다시는 오지 말라고 했어요."

리타는 자기가 올바른 행동을 했다는 확신을 가지고 고개를 끄덕이며 말했다.

"그런데 돌아왔습니까?"

리타가 고개를 저었다.

"아뇨. 아이버랑 같이 오던 친구도 다시는 못 봤어요."

킴의 심장이 빨라졌다. 아이버가 밥이라면, 그의 친구가 첫 번째 단서가 될 수 있었다.

## 48

"좋아, 스테이시. 명단에 뜬 아이버라는 남자에 대해서 알아낼 수 있는 건 전부 알아내. 확률이 높지는 않지만 아이버가 우리 피해자일 가능성이 있어."

[알겠습니다, 대장.]

"그리고 아이버에 대해서 알아내는 동안에, 아이버한테 래리 뭐라는 친구가 있었대. 그 사람도 병원의 환자 명단에 올라 있는지는 모르겠어. 둘이 병원에서 만난 사이일 수도 있지. 그 사람을 찾으면 도움을 받을 수 있을지도 몰라."

[네.]

킴은 전화를 끊었다.

"리타 얘기는 어떻게 생각하세요?"

스투어브리지 쪽으로 차를 몰아가며 브라이언트가 물었다. 다리 반대편에 스투어튼이 있었다. 저마이마 로가 다니던 학교의 교장이었던 인물이 사는 곳이었다.

킴이 대답 대신 어깨를 으쓱했다.

"별로 해로울 것 없는 오해였을 수도 있습니다. 내가 스테이시에게 전혀 엉뚱한 나무를 보고 짖어 대게 한 걸지도 모르죠. 하지만 지금은 우리한테 그 나무밖에 없어요. 어떤 식으로든 신원이 확인되지 않은 남자를 다룰 때는 조금이라도 앞으로 나아가려면 운을 걸어 보는 수밖에 없고요."

"솔직히 말해서, 우리 숲에 왜 하필 그 나무가 나타났는지는 아직 잘 모르겠습니다."

브라이언트가 말했지만 킴은 핸드폰이 울린 덕에 대답하지 않을 수 있었다. 이 사건을 맡게 된 이유가 트레이시라는 걸 브라이언트에게 알릴 필요는 없었다.

"스톤입니다."

[경위님, 러셀 홀의 의사 싱입니다. 그때 이야기했었는데…….]

"네, 알고 있습니다."

킴이 확인해 주었다.

[이소벨 때문에 전화했는데요.]

킴은 두려워하던 소식을 들을 각오를 했다.

[이소벨이 깨어났다는 말씀을 드리려고 전화했습니다.]

킴은 전화를 끊고 브라이언트에게 차를 돌리라고 했다.

이제야 목격자가 생겼다.

# 49

케빈은 굳이 차에서 재킷을 꺼내지 않았다. 아침나절의 열기도, 대장이 없다는 사실도 오늘은 재킷을 입지 말아야 한다는 뜻이었다.

케빈은 범죄 현장 출동 차량과 해리의 저하대 트럭 사이의 자갈밭에 차를 댔다. 해리의 트럭은 땅을 투시하는 레이더 장비를 수송하기 위한 것이었다. 고약한 깜짝 선물이 더 발견되지 않는 한 해리의 작업은 오늘 끝나겠지만, 과수팀은 최소 며칠 더 남아 있을 터였다.

사람들이 대문을 열어 주었지만 케빈은 문을 두드린 뒤에야 들어갔다.

그는 자밀의 등에 부딪혔고, 자밀은 돌아보더니 케빈에게 고개를 끄덕였다. 배경에서 더 쉐도우즈의 노래가 들려왔다.

이상한 녀석이었다.

"요, 안녕하세요."

자밀은 그렇게 말하더니 다시 컴퓨터로 시선을 돌렸다.

케빈이 그의 뒤로 다가갔다가, 앞에 그래프와 도표를 쭉 펼쳐 놓고 회의용 탁자에 앉아 있던 캐서린을 보고는 잠시 멈추었다.

"오셨네요."

케빈이 멍하게 말했다. 캐서린은 희미하게 미소 지었다.

"네, 그런 것 같네요."

"근데 어떻게 들어오셨어요?"

케빈은 경찰 저지선의 경찰관들이 기자들을 비키게 하고 길을 열어 줄 때까지 족히 몇 분은 기다려야 했다. 과수팀이 도착하는 바람에 그렇게 되었다. 과수팀이 나타나자마자 기자들은 뭔가 찾아내야 할 것이 있다는 걸 알았고, 전날 저녁 이후로 꾸준히 수를 늘려 가고 있었다.

대장이 캐서린의 과거에 대해 알려 주었기에 케빈은 그녀를 다시 일터에서 보게 될 줄 몰랐다.

이번에는 캐서린이 실제로 미소 지었다.

"교수님 차 뒷자리에 있던 피크닉 담요를 뒤집어쓰고요."

"교수님한테 말했어요?"

케빈이 물었다. 대장은 팀원들에게 절대 한마디도 하지 말아야 한다고 분명히 밝혔었다.

캐서린이 고개를 끄덕였다.

"스톤 경위님이 하신 말씀이 많은 부분 이해되더라고요. 제가 일을 하는 게 낫죠."

케빈은 그 말을 이해할 수 있었다. 최근에 그는 어느 갱단원의 사망 사건을 수사하던 중 심한 폭행을 당했다. 하지만 다음 날에는 곧장 자리로 돌아왔다.

"이상한 사람이죠, 당신 상관?"

캐서린은 그런 말로 케빈을 놀라게 했다. 케빈이 직접적인 질문을 던지지 않았는데도 그녀가 케빈에게 말을 건 것은 그때가 처음이었다.

케빈은 자기도 모르게 발끈했다.

"왜요?"

"눈에 보이는 게 다가 아니던데요. 아주 호감이 가는 사람은 아니지만……."

"네에, 잘 모르셔서 그래요."

케빈이 팔짱을 끼며 말했다.

"……제 말은, 첫인상이 별로였다고요. 하지만 그 이면에서 아주 많은 일이 벌어지고 있더군요. 스톤 경위님을 욕하려던 게 아니에요. 어제 그분이 저를 아주 많이 도와주셨어요."

캐서린이 서류를 챙기며 말했다.

"자밀, 난 엘비스 확인하러 갈게요."

그녀는 불쑥 말하고 케빈을 지나쳐 문을 나섰다.

자밀은 돌아보지도 않았고 어떤 식으로든 캐서린의 말을 알아들었다는 티를 내지도 않다가 문이 닫히자 뭐라 중얼거렸다.

"네?"

케빈이 포터캐빈의 사무실 공간으로 한 걸음 물러나며 말했다.

"목에 뭐가 걸려서요."

자밀이 그렇게 말하더니 티를 내려고 기침했다.

케빈은 속지 않았다.

"둘의 사이가 좋지 않은 모양이죠?"

케빈이 물었다. 캐서린이 방금 그에게 말한 방식을 생각해 보면 놀랄 일도 아니었다.

"변덕스러운 여자들하고는 잘 지낼 수가 없죠. 여자라는 종은 그 자체로 이해하기가 어렵고. 안 그래요?"

케빈이 미소 지었다. 아, 그래. 무슨 말인지 알 것 같았다.

"변덕스럽다고요?"

케빈이 물을 한 잔 따르며 물었다.

"뭔가 원할 때는 작정하고 달려들잖아요. 칭찬도 하고 뭣도 하고. 하지만 자기가 원하는 걸 얻어 내고 나면 펭귄 뱃가죽처럼 차가워진다니까요."

케빈이 작게 웃었다.

"어디 저 여자만 그럴까요."

그는 주위를 둘러보는 시늉을 했다.

"오늘은 커티스 그랜트가 같이 있지 않나 보죠?"

"네. 잘됐죠. 그 사람 애프터셰이브 냄새가 목구멍에 달라붙으려던 참이었는데."

케빈이 미소 지었다. 그래, 케빈도 눈치챘다.

"여기에 오래 있던데요. 시스템에 건드릴 부분이 많은가 봐요?"

자밀이 고개를 저었다.

"아닐걸요. 그 사람은 그냥 소프트웨어 업그레이드 때 버그가 생기지 않았는지 확인하고 싶어 했어요."

"그래도 할 일은 제대로 하는 사람인가 봅니다."

"그렇게 말하는 게 맞겠죠. 그랜트한테 회사는 인생 그 자체예요. 회사가 자기 아이라도 되는 것처럼 말한다니까요."

케빈도 인정했다.

"보안 계획은 전부 그 사람이 세운 건가요? 카메라 위치 설정이라든지, 전부요."

"그럴걸요. 제가 출근하기 전 일이긴 한데, 라이트 교수님이 그 사람을 데려와서 모든 걸 믿고 맡긴 것 같아요."

케빈은 물을 다 마시고 문으로 향했다. 갑자기 자밀이 돌아보았다.

"시간 좀 있어요? 물어보고 싶은 게 있는데."

케빈은 잠시 놀랐다. 자밀은 현장에서 벌어지는 활동에 전적으로 무관심한 태도를 보여 왔다. 아무것도 묻지 않고 그냥 고개만 숙인 채 자기 일을 계속했다.

"말해 보세요."

자밀이 허벅지에 두 손을 대고 눈을 크게 떴다. 빠르게 입술을 핥더니 질문을 던졌다.

"알고 싶어 죽겠는데요, 경사님. 혹시 사람 죽여 본 적 있어요?"

"뭐라고요?"

케빈이 믿을 수 없다는 듯 물었다.

"여기가 LA 사우스센트럴이 아니라 블랙컨트리라는 건 알죠?"

자밀이 앞으로 몸을 숙였다.

"네에, 그래도 아무튼요."

케빈은 눈알을 굴려 대지 않으려고 애썼다. 하루가 눈앞에 펼쳐지고 있었다.

# 50

브라이언트는 병원 주차장으로 들어간 다음 일을 보고 나오는 손님을 몰래 따라가 주차 자리를 낚아챘다.

킴이 차에서 내려 병원으로 달려가다시피 했다. 그녀는 자동적으로 준 중환자실로 향했다. 인터폰을 울리고 익숙한 달칵 소리가 들리자 문을 밀었다.

의사 싱이 간호사 스테이션에 서서 차트를 적어 넣고 있었다. 지난번의 병동 간호사가 킴을 보며 미소 지은 뒤 종이로 만들어진 환자용 변기를 가지고 그곳을 벗어났다.

싱은 쓰던 것을 마저 쓴 뒤 킴을 돌아보았다.

"아주 빨리 오셨네요, 경위님."

킴과 브라이언트는 교장을 찾아가는 일을 미루었다. 실제로 살인범과 시간을 보낸, 살아 있는 증인을 면담하기 위해서였다.

"깨어났다면서요."

킴이 그를 지나쳐 가며 말했다. 싱은 킴의 팔에 가만히 손을 얹었다. 그녀는 싱의 손길을 피하며 인상을 찡그렸다.

"선생님, 즉시 피해자와 이야기해야 합니다. 저희 수사에 반드시……."

"이해합니다. 환자 분이 의식을 찾자마자 전화드린 게 그래서예요."

"그런데요?"

"그게, 어……. 통화한 후에 변화가 좀 있었습니다. 상황이 복잡해졌어요."

킴은 의사의 점잖은 태도에도 짜증이 솟구치는 걸 느꼈다. 5미터 떨어진 곳에 그녀에게 필요한 답을 가진 여자가 있었다. 다른 누군가가 다치기 전에 이 사건을 해결할 열쇠를 이소벨이 쥐고 있을지 몰랐다.

"저기, 제가 서명해야 할 서류가 있다면……."

"서류는 도움이 되지 않을 겁니다, 경위님. 이소벨은 깨어 있을지 몰라도 최근 사건을 전혀 기억하지 못해요. 사실 자기가 누군지조차 모릅니다.”


## 51


킴은 물러나 간호사 스테이션의 선반에 기댔다.

“그래서 형사님이 환자분을 만나기 전에 이야기하려고 했던 거예요. 이소벨은 퇴행성 기억 상실을 겪고 있습니다. 이런 경우, 때로는 사건 이전의 기억이 겨우 몇 초나 몇 분밖에 사라지지 않아요. 때로는 몇 년간의 기억이 사라지기도 하고, 모든 기억을 잃는 경우는 그보다 드뭅니다.”

킴은 그때까지 참고 있던 숨을 뱉어 냈다.

“기억이 돌아오긴 할까요?”

싱은 어깨를 으쓱했다.

“아직 모르겠습니다, 경위님. 제가 다루어 본 여러 경우에서는 기억이 퍼즐을 맞추듯 무작위적으로 돌아왔어요. 환자는 지난주 일을 떠올리고, 그다음에는 자기가 일곱 살이었을 때의 일을 떠올릴 수 있습니다. 앞으로 생각해야 할 질문이 많이 있습니다. 손상 정도를 제대로 파악해야 해요.”

킴은 혼란스러웠다.

“그야 이미 분명하지 않습니까?”

여자에게는 기억이 없었다. 더 뭘 알아내야 한다는 거지?

"아, 기억 생성과 기억 저장은 다릅니다."

싱이 그렇게 말하고 잠시 말을 멈추었다.

"도자기 공장에 불이 나서 도자기가 전부 망가졌다고 상상해 보세요. 재고는, 이미 만들어 두었던 건 전부 사라졌습니다. 하지만 도공의 물레는 어떨까요? 그 장치는 아직 작동하고 있을까요, 아니면 그것마저 사라졌을까요?"

킴은 이해했다.

"이소벨이 깨어난 지 얼마 안 돼서 아직 그걸 모르겠다는 말입니까?"

싱이 미소 지었다.

"정확합니다. 단기 기억은 약 30분 뒤에 확인할 수 있습니다. 장기 기억은 하루, 이틀, 일주일 혹은 그 이상의 시간이 지난 뒤 떠올려 보도록 해야 하죠."

킴이 휘청하며 고개를 저었다. 이소벨에게 남아 있는 싸움을 떠올리니 벌써 안타까웠다.

"시간 내주셔서 감사합니다, 싱 선생님."

킴이 말했다.

"별말씀을요. 이제 이소벨을 만나셔도 됩니다."

킴은 망설인 끝에 병동으로 들어갔다. 오토바이 부츠 굽이 쿵쿵대며 그녀의 도착을 알리지 않도록 이미 까치발을 든 채였다.

킴은 깊이 숨을 들이마신 뒤 병상이 있는 공간으로 들어섰다.

킴이 처음으로 알아본 것은 이소벨 옆의 침대가 이제는 비어 있다는 점이었다. 이 병실에서는 아무도 침대가 빈 이유를 묻지 않았다.

두 번째로 눈에 띈 건 이소벨이 음식을 먹을 수 있도록 조심스레 도와주는 던컨의 모습이었다.

킴이 미소 지으며 침대로 다가가 던컨의 어깨를 가만히 어루만진 뒤 입을 열었다.

"안녕하세요, 이소벨. 저는 스톤 경위입니다. 괜찮다면 한마디 나누고 싶은데요."

의사와 이야기를 나누어 본 킴은 이소벨에게서 얼마나 많은 것을 알아낼 수 있을지 알 수 없었다.

"'이지'라고 부르는 걸 더 좋아해요."

던컨이 미소 지으며 말했다.

이소벨이 아무 말 없이 둘을 번갈아 보았다. 그녀의 얼굴은 창백했고 눈은 검었다. 눈꺼풀이 피로로 무거운 듯했다. 킴은 어디든 이소벨이 있던 곳에서 이곳으로 헤쳐 나오기까지 필요했을 힘이 경이로울 뿐이었다.

킴은 이소벨의 다른 쪽으로 돌아갔다. 던컨이 침대에 걸터앉아 있었으므로 간이 의자를 가까이 가져왔다. 의자를 끌지 않고 들어 올리려고 조심했다.

"자리를 비워 드릴까요?"

던컨이 물었지만, 킴은 고개를 저었다. 던컨은 병원 탁자에 놓인 묽은 수프를 그릇에서 입으로 떠 넣을 수 있도록 이소벨이 오른손을 들어 올리는 동작을 도와주었다.

이소벨은 왼손을 들어 악수하려 했다. 킴은 그 손을 살짝 잡았다가 다시 놓고 허리를 숙여 두 팔을 무릎에 댔다.

"이지, 아무것도 기억나지 않는다는 건 압니다. 그래도 여쭤봐야 해요. 괜찮을까요?"

이소벨이 고개를 끄덕였다. 던컨이 그녀의 손을 한 번 더 그녀의 입으로 옮겨 갔다. 걸쭉한 액체를 삼키는 데만도 엄청난 노력이 필요한 것 같았다.

"너무 피곤하면 그냥 알려 주세요."

"눈을 감기 싫어요."

이소벨의 목소리에 힘이 없었다. 간신히 속삭임에서 벗어난 소리였다. 킴이 조금만 먼 곳에 있었다면 한마디도 듣지 못했을 것이다.

킴은 눈을 감기 싫다는 이소벨의 말도 이해할 수 있었다. 아마 혼수상태로 돌아가거나 아예 깨어나지 못할까 봐 두려워하는 것이겠지.

던컨이 이소벨의 손을 잡고 수프를 한 숟가락 더 뜬 다음 그녀가 숟가락을 입으로 가져가도록 도와주었다.

이소벨은 한 번 더 애써 수프를 삼키고 왼손을 들어 이제 괜찮다고 표시했다.

던컨은 그릇에 다시 숟가락을 내려놓았으나 그녀의 손을 계속 잡고 있었다.

"이소벨, 당신으로서는 받아들이기 어려운 일이라는 걸 압니다. 하지만 당신의 상처는 사고로 생긴 게 아니에요."

이소벨이 침을 삼키며 고개를 끄덕였다. 아마 깨어 있던 짧은 시간에 그 점을 알았을 것이다.

"저희는 당신이 납치당해, 당신의 뜻과는 무관하게 붙잡혀 있었다고 확신합니다. 머리의 부상은 당신을 죽이려다가 생긴 겁니다."

이소벨의 목구멍에서 우는 소리가 났다. 킴은 안심시키려고 이소벨의 팔에 손을 얹었다.

"걱정하지 마세요. 당신은 안전해요. 놈은 여기로 당신을 잡으러 올 수 없습니다. 하지만 그자가 또 이런 일을 벌이기 전에 우리가 놈을 잡아야 해요."

킴은 다른 두 여자는 그녀만큼 운이 좋지 않았다는 말로 이소벨을 더욱 겁에 질리게 하고 싶지 않았다.

이소벨의 두려운 표정은 답답한 표정으로 변했다.

"난……."

"목을 아끼세요. 저는 그저 뭐라도 알아낼 수 있을지 살펴보려는 겁니다."

이소벨이 고개를 끄덕였다. 하지만 찡그린 표정은 남아 있었다. 킴은 확신을 구하려는 듯 이소벨이 던컨을 바라보는 것을 보았다. 던컨이 미소 지으며 그녀의 손을 꽉 쥐었다.

"잘하고 있어, 이지."

"다리 뒤쪽과 배에 흔적이 있던데요. 어디서 생긴 건지 아시겠습니까?"

이소벨은 고개를 저었다.

"납치당할 때의 기억이 뭐라도 나세요? 냄새라든지, 소리라든지, 뭐든지 말입니다."

이소벨이 다시 고개를 저었다.

"당신이 납치당했을 만한 장소가 조금이라도 기억나십니까?"

이소벨은 고개를 젓더니 던컨을 보았다. 던컨은 자기도 답을 내줄 수 없어 고통스러워하는 듯했다.

"당신이 잡혀 있던 곳에 관해 뭔가 생각나는 게 있습니까? 뭐든지요."

이소벨의 눈이 눈물로 가득 찼다. 킴은 이해했다. 그 무엇에 대한 기억도 없었기에 이소벨은 허무를 들여다보고 있었다. 그녀는 자신에 대해 아무것도 몰랐다. 그녀의 정신은 익숙한 것이 아무것도 없는 곳, 전혀 모르는 낯선 공간에 있었다. 그녀 자신이나 그녀가 신경 쓰는 사람에 대한 기억조차 하나도 없었다.

던컨이 이소벨의 팔을 쓰다듬었다.

"괜찮아, 자기야. 다 돌아올 거야."

킴은 던컨의 말이 옳기를 바랐다. 이소벨보다는 수사 때문이었지만, 이소벨을 위해서이기도 했다.

기억을 찾지 못하면 이소벨은 처음부터 다시 시작해야 할 것이다. 완전히 새로운 인격을 만들어 내야 할 것이다. 그녀의 기억은, 기억을 만드는 장치가 아직 작동한다는 가정하에 약 30분 전부터 시작할 것이다. 하지만 그건 나중의 걱정이었다.

킴은 입을 열었다가 병상 근처에 서 있는 의사를 보았다.

싱은 킴에게 시간을 오래 줄 수 없다고 말했고 그 사실을 일깨워 주려고 온 터였다. 킴은 환자를 지나치게 피곤하게 할 수 없었다.

킴은 부상으로 씻겨 나가기 전, 아주 작은 정보가 뇌에 박혔을지 모르니 계속해서 질문을 던지고 싶다는 충동을 느꼈다. 어느 생각의 끝에 매달려 있는 단 하나의 고집스러운 기억이라도 좋으니까. 하지만 그건 부당한 일이 될 테고, 아마 소득도 없을 터였다.

킴은 일어서서 간이 의자를 원래 자리에 돌려놓았다.

"이소벨, 잘해내고 있습니다. 그러니까 뭔가 기억해 내려고 너무 스트레스 받지 마세요. 애쓸수록 기억이 떠오르지 않을지도 모릅니다. 여기에 명함을 두고 갈게요. 뭐든 기억나면 던컨한테 전화를 걸어 달라고 하세요."

이소벨은 고개를 끄덕이며 약하게 미소 지으려 했다. 던컨도 고개를 끄덕였다. 그는 피곤하고 슬픈 표정이었다.

"괜찮으세요?"

킴은 물어볼 수밖에 없었다.

"전 괜찮아요."

던컨이 표정을 밝히며 말했다.

"당신도 쉬어야 합니다."

킴이 조언했다. 병원은 기가 빠지는 공간이었다. 게다가 던컨의 얼굴에는 걱정이 새겨져 있었다.

"전 괜찮아요. 여기서 나가면 이지 물건을 몇 가지 가져오려고요."

그는 여자친구를 돌아보았다.

"분홍색 파자마 말이야. 자기는 늘 분홍색을 입잖아."

킴은 이소벨의 얼굴 전체에 번지는 따뜻한 표정이 마음에 들었다. 사실이든, 정보든, 어떤 조그만 조각이든 이소벨은 고맙게 받아들였고 기억하고 싶어 했다.

킴은 앞으로 며칠 동안 두 사람의 몇 안 되는 데이트에 관한 한정적인 기억이 얼마나 되돌아올지 궁금했다. 그때마다 이소벨은 자신이 어떤 사람이었는지 새로운 정보를 알게 될 터였다.

킴은 작별 인사를 하고 의사에게 돌아갔다.

"제가 너무 오래 있었다면 죄송합니다."

"아뇨, 아뇨, 경위님. 그게 아닙니다. 아셔야 할 게 있어서요."

의사는 병실 입구에서 물러섰다. 킴이 그를 따라갔다.

"요청하셨던 혈액 검사 결과가 나왔습니다. 이소벨의 혈액에는 확실히 로힙놀 흔적이 있었어요. 하지만 그게 다가 아니었습니다."

"말씀하세요."

킴의 재촉에 의사는 클립보드를 돌아보며 노트를 한 번 더 확인했다.

"환자에게 C형 간염이 있습니다."

킴은 물러서서 병실을 힐끗 들여다보았다.

던컨은 여자친구가 플라스틱 비커로 물을 마시게 도와주고 있었다.

둘 중 한 명이라도 의사가 말한 사실을 알고 있을지 궁금해졌다.


# 52


킴은 카페 앞에서 목발을 짚은 덩치 좋은 남자와 수다를 떨고 있는 브라이언트를 발견했다. 놀라웠다. 브라이언트는 어디에 가든 아는 사람을 마주칠 수 있는 그런 남자였다.

브라이언트가 킴을 보더니 남자와 악수하고, 건물에서 벗어나는 그녀에게 다가왔다.

"뭔가 나왔어요?"

브라이언트가 물었다.

"기억이 전혀 없습니다. 자기가 누군지, 어디서 일하는지, 어린 시절은 어땠는지. 전혀 기억하지 못해요. 완전히 백지입니다. 머리를 제대로 후려친 거죠. 살아 있는 것만으로도 다행입니다."

"뭐든 다시 떠오를까요?"

자동차에 다가가며 브라이언트가 물었다.

"아무도 알 수 없습니다. 머리 부상이 얼마나 까다로운지는 우리 모두 알잖아요. 그냥 기다려 봐야죠."

킴은 숨을 들이쉰 뒤에야 말을 이었다.

"그런데 의사 말로는, 이소벨에게 C형 간염도 있답니다."

브라이언트가 걸음을 멈추었다.

"정말입니까?"

C형 간염은 전염성이 있는 혈액 질환으로 간에 영향을 끼친다. 전체적으로는 치료 받은 환자의 50퍼센트에서 80퍼센트가 완치된다. 하지만 더 흥미로운 사실은 C형 간염이 보통 주사기를 사용한 마약 투여, 관리 상태가 형편없는 의료 장비, 수혈 등과 관련되는 혈액 대 혈액 접촉으로 전파된다는 점이었다.

"그게 우리한테 무슨 도움이 되는지 모르겠는데요, 대장."

브라이언트가 운전석 문을 열며 말했다.

"나도 그렇습니다. 근데 그냥 이 빌어먹을 병원에서 두 시간만 탈출해 봅시다. 어때요?"

브라이언트가 동의한다는 뜻으로 고개를 끄덕였다.

"좋습니다. 다시 스투어튼으로 가죠."

킴이 말했다. 저마이마의 교장이 그들에게 뭔가 정보를 줄 수 있기를 바랄 뿐이었다.

"어……. 그건 좀 그래요, 대장."

브라이언트가 말했다.

"대장을 경찰서에 다시 데려다 놓으라는 엄격한 명령을 받았거든요. 우디가 즉시 대장을 보고 싶대요. 사실대로 말하면……. 대장하고 오후의 차 한 잔을 즐기고 싶다는 목소리는 아니었어요."

킴은 고개를 끄덕이며 자동차 앞자리에 타고 핸드폰을 꺼내 전화를 걸었다.

[알아낸 것 같아요, 대장.]

스테이시가 인사말도 없이 말했다. 킴의 팀원들은 간략함을 하루의 원칙으로 삼아야 할 때를 잘 알았다.

"피해자에 대해서 말이야?"

킴이 기대감에 차서 물었다.

[네, 저 마이마의 어머니와 이야기해 봤어요. 저 마이마가 루이즈 히크먼이라는 이름의 여자애와 친했대요. 루이즈 히크먼이 열다섯 살에 아이를 낳았고요. 교육청에 확인해 보고 루이즈 히크먼의 마지막 주소를 알아냈어요. 학창 시절 주소이긴 한데…….]

"말해 봐, 스테이시."

그 주소가 시작점이었다. 킴은 주소를 잘 들었다. 워즐리에서 겨우 몇 킬로미터 떨어진 곳이었다.

"잘했어, 스테이시."

킴은 그렇게 말하고 전화를 끊었다. 브라이언트는 이미 앞으로 닥칠 일을 알고 있는 듯했다.

"대장, 말씀드렸다시피 저는 대장을 경찰서에 데려다 놓으라는……"

"나는 다른 누구도 루이즈나 저 마이마와 같은 최후를 맞지 않게 하라는 엄격한 명령을 받았습니다. 그러니까 차 돌려요, 브라이언트."

킴은 우디가 그녀를 보고 싶어 하는 이유를 이미 알고 있었다. 서둘러 그 대화를 나눌 필요는 전혀 없었다.

## 53

케빈은 들판 전체를 한 번 더 완전히 가로질렀다. 과수팀은 피해자와 관련이 있을지도 모르고, 없을지도 모르는 천 조각 두 개밖에 찾아내지 못했다. 웨스털리가 설립되기 전 이 지역이 탁 트인 들판이었다는 점을 감안해 보면, 그 천 조각이 피해자와 관련이 있을 가능성은 대단히 낮았다. 그래도 기록하고 봉투에 넣어 두긴 했지만.

케빈이 정말로 기대하고 있는 것은 피해자의 머리를 함몰시키는 데 쓰인 돌이었다. 그는 지금도 사건 전체를 깨뜨려 줄 중대한 증거를 기대하고 있었다. 그게 케빈이 들판을 걸어 다니는 이유였다.

케빈은 그렇게 하는 것이 과수팀의 업무라는 걸 알고 있었지만, 대장에게 한 가지 배운 것이 있다면 그 무엇도 당연하게 받아들이지 말라는 것이었다.

최근 피해자의 무덤으로 돌아가다가 케빈은 그곳에 있던 교수를 알아보았다.

케빈은 발걸음을 서두르며 한숨을 쉬었다. 이미 교수에게 과수팀 직원들이 일하게 놔두라고 두 번이나 말했는데 말이다.

"라이트 교수님, 뭔가 도와 드릴까요?"

케빈은 현장으로 다가가며 말했다. 과수팀 책임자인 바비가 케빈을 돌아보며 눈알을 굴려 댔다.

라이트 교수가 미소 지으며 고개를 저었다.

"그냥 모든 게 괜찮은지 확인하는 겁니다."

라이트 교수가 이 구역의 책임자라는 건 케빈도 알았다. 하지만 그가 계속 끼어들어 봐야 수사 진행이 더욱 늦어질 뿐이었다. 케빈은 교수의 팔꿈치에 손을 대고 그를 데려가려 했다.

"저 사람들은 그냥 놔두세요, 교수님. 좀 이상한 사람들이긴 하지만요. 별로 사교성이 없어요."

케빈이 말했다. 교수의 기분을 상하게 할 필요는 없었다. 라이트 교수가 다 안다는 듯 고개를 끄덕였다.

"아, 이해합니다. 우리 과학자들은 그런 경향이 있죠."

"좀 그렇죠."

케빈은 라이트 교수의 팔꿈치에서 손을 떼며 동의했다. 이제 두 사람과 과수팀 직원들은 족히 50미터쯤 떨어져 있었다.

"혹시 최근 추가된 시신까지 함께 가시겠습니까, 경사님? 아주 흥미로운 연구인데."

케빈은 아주 잠깐 망설인 뒤 고개를 끄덕이고 교수를 따라갔다. 교수를 현장에서 잠시 떼어 놓을 수 있는 것이면 뭐든 좋았다.

교수는 부지 맨 가장자리를 향해 똑바로 걸어갔다.

"쿠엔틴을 소개합니다."

교수가 자랑스럽게 말했다.

"제기랄."

케빈은 걷다 말고 우뚝 멈춰 서며 소리쳤다.

시신이 너덜너덜해 보일 정도로 타 있었다. 보이는 모든 부분이 그을린 토스트처럼 까맸다. 시신에 손을 대면 바삭바삭해진 피부 조각이 떨어질 게 확실했다. 하지만 케빈이 놀란 건 그래서가 아니었다. 문제는 시신이 누워 있지 않다는 점이었다. 시신은 기어가는 듯한 동작으로, 두 손을 바닥에 납작하게 댄 채 한 무릎을 다른 무릎 앞에 놓고 있었다.

연출된 듯한 모습이 다른 시신보다도 소름끼쳤다.

"여기 이 친구한테는 꽃이 없죠. 이 사람에게는 그럴 자격이 없으니까요."

케빈은 어느 순간에든 다시 움직일 듯 앞을 똑바로 보고 있는 시체의 눈구멍을 빤히 바라보았다.

"왜요?"

케빈은 시선을 떼지 못한 채 물었다.

"이 사람은 아내와 세 살짜리 아들을 죽일 부비트랩을 설치하던 중이었거든요. 이 남자가 바람을 피워서 아내가 다시 받아 주지 않겠다고 했어요. 그랬더니 이 남자가 현관에 수제 폭발 장치를 달려 했죠."

"세상에, 그래서 어떻게 됐습니까?"

케빈이 물었다. 갑자기 폭발을 당한 사람이 이 남자라는 게 다행스럽게 느껴졌다. 이런 상태의 세 살짜리 아이라면 평생 잊을 수 없었을 것이다.

"이 사람이 폭발물의 균형을 잡는 중이었는데, 거리에서 어떤 자동차 엔진에 폭발이 일어나면서 이 사람이 깜짝 놀란 거예요. 그래서 이 사람이 폭탄을 전부 뒤집어썼죠."

"그래서 이 상태로 발견된 거예요?"

케빈이 믿을 수 없다는 듯 물었다. 라이트 교수는 허리를 숙이며 고개를 끄덕였다.

"네. 바로 죽지 않고 도망치려 했습니다."

케빈은 그제야 시선을 돌릴 수 있었다. 라이트 교수가 미소 지었다.

"얼이 빠지셨군요, 경사님. 미안합니다. 사람마다 다른 이유로 충격을 받는다니 이상하죠."

"저 사람한테서 뭘 알아내시려는 겁니까?"

케빈은 화제를 돌리고 싶어 물었다.

"쿠엔틴은 캐서린과 제가 합동으로 하는 연구입니다. 그을린 유해의 부패 속도 및 패턴은 광범위하게 연구된 적이 없어요. 심각하게 그을린 것으로 보이는 신체 부위가 더 빠른 속도로 부패하는 것으로 보입니다. 그을린 수준이 매우 낮은 부위는 천천히 부패하고요."

"하지만 저 사람은 완전히 타 버렸잖아요. 어떻게 비교합니까?"

교수가 쿠엔틴을 가만히 옆으로 돌렸다. 쿠엔틴의 자세는 바뀌지 않았다. 케빈은 그의 허벅지 사이에 타지 않은 살이 있다는 걸 즉시 알아보았다.

"캐서린은요?"

"법의 곤충학 연구에서도 타 버린 시신은 가장 등한시되는 분야입니다. 캐서린은 정상 시신에 비해 타 버린 시신에서 파리들이 보이는 활동을 분석하고 있습니다."

케빈은 생각을 정리하고 억지로 시신에서 눈을 뗐다. 옆으로 누워 있으니 시신은 더욱 으스스하게 보였다.

"아무나 밤에 여길 순찰할 수는 없겠어요. 안 그래요?"

"우리 주민들은 숨을 쉬지 않아요. 당연히 사람을 해치지도 않죠, 경사님."

아주 솔직한 답은 아니었다.

"하지만 밤중에 여기를 혼자 돌아다니려면 당연히 배짱이 강철 같아야 하지 않을까요? 온갖 무덤에 빠질 수 있으니까요."

"무덤 위치를 알면 그렇지 않죠. 죽은 이들 사이에서 일하다 보면 상당히 마음이 평안해지는 부분이 있습니다. 물론 모두에게 맞는 일은 아니지만요."

"뭐, 대런은 이 일을 좋아하는 것 같던데요. 대런이 여기서 일한 지는 얼마나 됐습니까?"

라이트 교수는 잠시 생각했다.

"아마 두 해쯤 된 것 같네요. 전에는 나이 든 분이 일하셨죠. 퇴직할 때가 다 된 분이었다고 할까요. 하지만 커티스가 갑자기 대런을 현장으로 데려오더니 대런이 새로운 경비원으로 일할 거라고 했어요. 예전의 그레고리는 어떻게 된 건지 잘 모르겠군요. 좀 갑작스럽긴 했지만 대런은 잘 적응했습니다."

이 말에 케빈의 안테나가 곤두섰다. 갑작스러운 일은 뭐든 이유가 있어서 일어나게 마련이었다.

## 54

옛 위즐리 병원 부지 바로 뒤의 적당히 떨어진 넓은 주택에는 자동차 세 대가 지나갈 수 있는 진입로가 있었지만, 그곳을 차지하고 있는 자동차는 한 대뿐이었다.

복스홀 칼튼이 가운데에 정면으로 주차되어 있었다. 다른 자동차가 올 거라고는 예상하지 못하는 듯했다.

킴은 브라이언트와 함께 널찍하고 네모난 현관에 다가가면서도 무엇을 발견하게 될지 전혀 짐작할 수 없었다.

킴이 초인종을 누르자 현관 뒤쪽에서 높은음이 울렸다. 딱 2초만 짧으면 좋을 것 같았다.

50대 중반이라는 나이에 편안하게 정착한 것처럼 보이는 여자가 문을 열었다. 체격은 날씬했고 머리칼은 완전히 백발이었다.

현관으로 들어와 문을 여는 그녀의 그을린 얼굴은 예의 바르게 거절하는 표정을 짓고 있었다.

"히크먼 부인?"

킴은 즉시, 기대를 담아 말했다.

여자의 시선이 그녀와 브라이언트를 모두 알아보았다. 이윽고 그녀의 얼굴이 찌푸려졌다. 킴은 이 사람이 루이즈의 어머니인지 궁금했다.

킴과 브라이언트가 둘 다 신분증을 들어 올리자 그녀는 천천히 킴 쪽으로 고개를 끄덕였다.

"스톤 경위와 브라이언트 경사입니다. 들어가도 될까요?"

킴이 조용히 물었다. 여자는 달갑지 않은 소식을 듣기 일보 직전이었으니까.

히크먼 부인이 옆으로 비키며 그들이 지나가게 해 주었다.

복도 뒤쪽의 주방에서 빛이 들어왔다. 킴은 그리로 다가가, 어지럽혀져 있는데도 맛있고 기분 좋은 여러 가지 냄새를 풍기는 주방에 들어섰다. 주방 문은 탁 트여 널찍한 유리 온실로 이어져 있었다.

"난장판인데 이해해 주세요. 내일 파티를 준비해야 해서요."

여자가 두 손을 행주에 닦으며 말했다. 킴은 그녀의 어깨에 이미 힘이 들어가 있는 것을 보았다.

"루이즈 때문에 왔습니다."

브라이언트가 조용히 말했다. 히크먼 부인이 고개를 끄덕였다.

"그러시겠죠."

여자는 조리대에 기대 두 손을 7부 면바지 주머니에 넣었다. 부정적인 소식을 듣게 되리라는 짐작에 체념한 듯했다.

"히크먼 부인, 마지막으로 따님을 본 게 언제인지 알려 주실 수 있을까요?"

"2005년 12월 25일이요."

그녀가 즉시 대답했다.

11년 전. 피해자가 살해당하기 훨씬 전이었다.

"그렇게 선명하게 기억하십니까?"

"네, 경위님. 그럼요. 이제 어떻게 해 드리면 될까요?"

"따님인 루이즈가 10대 중반에 아이를 낳았다는 사실을 확인해 주실 수 있겠습니까?"

히크먼 부인이 고개를 끄덕였다.

"열여섯 살 생일이 되기 사흘 전이었어요."

히크먼 부인은 그렇게 말하고 팔짱을 꼈다.

"이제 왜 오셨는지 말해 주실 수 있을까요?"

그녀는 나쁜 소식이라고 확신하는 그 소식을 듣고 싶어 안달하는 것처럼 보였다. 킴은 그녀가 몇 년 동안 소식을 기다려 왔다는 느낌을 받았다.

"앉으시죠, 히크먼 부인."

브라이언트가 말했다.

"난 멀쩡해요, 고맙지만."

킴이 한 발짝 앞으로 나섰다.

"여성의 시신을 발견했는데, 그게 루이즈일 거라고 여길 만한 이유가 있습니다."

히크먼 부인의 입술에서 작은 울음이 터져 나왔다. 이런 소식을 예상했을지라도 충격은 똑같으리라.

히크먼 부인은 식탁을 돌아가 의자를 꺼냈다. 브라이언트가 그녀를 잡아 주려고 손을 내밀었지만 그녀는 손을 뿌리쳤다.

브라이언트가 물러섰다. 킴이 여자의 맞은편에 앉았다. 히크먼 부인은 두 손에 얼굴을 묻고 있었다.

그녀는 한참 만에 조용히 고개를 젓더니 시선을 들었다. 눈이 붉어져 있었지만 킴은 실제로 눈물이 보이지 않는 걸 알고 놀랐다.

"그냥 시간문제였어요."

히크먼 부인이 식탁을 내려다보며 속삭였다.

"왜 그렇게 말씀하십니까?"

"어떻게 떠났나요?"

히크먼 부인이 마침내 킴과 눈을 마주치며 물었다. 킴은 그녀의 눈에서 깊은 슬픔을 보았지만, 이 여자가 이미 자식에 대한 애도를 마쳤다는 느낌을 받을 수밖에 없었다.

"따님이 살해당했다는 사실을 친절하게 말씀드릴 방법은 없습니다, 히크먼 부인."

킴은 이 상황을 더듬어 헤쳐 나가려고 노력하며 말했다.

"마약과 관련된 건가요?"

킴이 고개를 저었다. 히크먼 부인은 루이즈가 최근에 사망했다고 짐작하는 듯했지만, 둘 사이에는 서로가 없었던 11년의 세월이 남아 있었다.

킴은 루이즈가 몇 년 전에 죽었다는 사실을 이야기하기 전에 이 상황을 좀 더 잘 이해하고 싶었다.

"루이즈를 몇 년 동안 만나지 못하셨죠, 히크먼 부인. 그 이유를 말씀해 주실 수 있을까요?"

히크먼 부인은 고개를 끄덕이며 킴의 머리 너머에 시선을 두었다.

"너무 자세히 말하지는 않겠지만, 인정하기는 괴로워도 내 딸은 상냥한 아이가 아니었어요. 외동딸인 만큼 지금은 세상을 떠난 남편과 내가 아이 버릇을 망쳐 놓았죠. 아이의 행동이 조숙한 정도를 넘어섰다는 걸 깨달았을 때는 이미 너무 늦었어요. 루이즈는 모든 단계에서 우리 생각보다 빨리 자랐어요. 우리는 루이즈를 훈육하려 했지만, 루이즈는 그 어떤 결과도 두려워하지 않았죠. 우린 모든 방법을 다 써 봤어요. 그래도 나쁜 짓을 멈추지 않더군요. 무슨 일에도 개의치 않는 아이를 훈육한다는 건 어려운 일이에요. 아무튼, 루이즈가 집에 돌아와 아이를 가졌고 그 아이를 낳을 작정이라고 말했을 때, 우리는 사실 그게 루이즈가 달라지는 계기가 되기를 바랐어요. 하지만 루이즈는 아이보다는 임신한 상태 자체를 더 즐겼죠."

킴이 인상을 썼다.

"무슨 뜻입니까?"

"임신으로 루이즈는 관심의 중심이 됐어요, 경위님. 점점 커지는 혹을 학교에 달고 간 유일한 아이였으니까요. 특별한 존재로서 받는 관심을 즐겼죠. 아기가 태어날 때까지만요. 당연히 우리는 루이즈를 지지해 줬어요. 루이즈는 여기서 아들 마커스와 함께 살았고, 우리는 할 수 있는 모든 일을 다 했어요. 하지만 친구들이 더 이상 찾아오지 않자 루이즈는 자기 아들에 대한 관심을 완전히 잃었어요. 어느 날 나한테 말하지도 않고 집을 나갔죠. 나도 위층에서 아기 울음소리가 들릴 때까지는 전혀 몰랐어요. 아기는 기저귀를 적신 채 굶고 있었어요. 그런데 루이즈가 아기를 그냥 놔두고 떠난 거예요. 우리는 루이즈가 아이를 돌보지 않으려 하는 문제로 계속 말다툼했지만, 평소처럼 루이즈는 자기 행동의 결과에 전혀 신경 쓰지 않았어요."

킴은 브라이언트가 의자에 앉았다는 걸 눈치채지 못하고 있었다.

"그래서 부인이 루이즈의 아이를 돌보신 건가요?"

"당연하죠. 루이즈가 집을 떠나서 보내는 시간은 점점 더 길어졌어요. 처음에는 며칠, 그다음에는 몇 주, 그다음에는 몇 달. 이런 일이 11년 전, 마커스가 다섯 살이 된 해의 크리스마스까지 이어졌죠."

그녀는 숨을 들이마시고 말을 이었다.

"루이즈는 거의 넉 달 동안 집에 들어오지 않다가, 크리스마스 아침에 쿵쿵거리며 들어왔어요. 술에 취해서 마커스를 데려가려 했죠. 마커스는 겁에 질려 있었어요. 루이즈를 잘 알지도 못했으니까요. 루이즈가 마커스를 원한 건 그냥 아이가 있으면 임대 아파트를 얻을 확률이 높아진다는 말을 들었기 때문이에요. 루이즈의 아빠가 루이즈를 힘으로 내쫓고, 행실을 똑바로 하지 않을 거면 돌아오지 말라고 했어요. 이후로 우리는 루이즈를 보지 못했지만, 혹시 다시 그런 일이 일어날지 몰라 조심했어요."

킴은 히크먼 부부가 마커스의 안전을 지키기 위해 보호자 자격을 신청했으리라고 추측했다.

히크먼 부인은 빵을 구울 재료들을 둘러보며 미소 지었다.

"마커스는 평소처럼 수제 케이크를 만들어 달라고 했어요. 단지, 이번에는 자기 친구들한테 말하지 말라는 조건을 붙였죠. 루이즈의 아들은 건강하고 행복하게 지내고 있어요. 그렇다고 내가 루이즈를 매일 생각하지 않는 건 아니에요."

그렇게 말하는 그녀의 눈에서 첫 번째 눈물방울이 흘러내렸다.

"난 예전부터 루이즈가 다른 삶을 살 수 있기를 바랐지만……."

킴은 이해했다. 이제는 그 희망이 끝나 버렸다.

히크먼 부인은 의자를 조용히 뒤로 밀었다. 더 물어볼 질문은 많지 않왔다. 이 여자는 자기 딸을 잘 알지 못했고, 그녀가 살해당하기 전 몇 년 동안 그녀를 본 적이 없었다.

"이렇게 솔직하게 말씀해 주셔서 감사합니다, 히크먼 부인."

킴이 손을 내밀며 말했다. 히크먼 부인은 그 손을 맞잡고 일어서려 했다. 킴이 그녀를 다시 앉혔다.

"알아서 나가겠습니다."

공식적인 신원 확인이 이어지겠지만, 킴은 피해자가 누군지 알아냈다.

그녀는 현관으로 이어지는 문 앞에서 잠시 멈춰 섰다. 쥐의 털 같은 갈색 머리카락에, 빨간 체크무늬 드레스를 입은 소녀가 확대된 학교 사진 속에서 인상을 찡그리고 있었다.

"우리 집에도 딱 저렇게 생긴 제 사진이 있습니다."

브라이언트가 서글프게 미소 지으며 말했다.

"사진사에게는 악몽 같은 시간이었겠지만, 예쁜 아이네요."

킴은 잠시 사진을 바라보다가 무언가를 보고 놀랐다.

"다른 건 안 보입니까, 브라이언트?"

"아아, 제기랄."

브라이언트는 킴의 눈이 본 것을 보고 중얼거렸다.

반쪽짜리 하트가 달린 보비 핀이었다.

# 55

트레이시 프로스트는 기사를 다 읽고 조수석에 내려놓았다.

좋은 기사였다. 편집장도 무척 좋아했다.

트레이시는 자신이 알면서도 이용당했다는 점을 편집장에게 밝히지 않기로 했다. 지금도 그 사실이 굶주린 족제비처럼 그녀의 뱃속을 갉아 댔지만.

트레이시의 본능은 스톤 경위가 숨겨 두고 싶어 하는 바로 그것을 파 보고 싶어 했다. 사실 트레이시는 그런 마음을 완전히 참지 못했다. 그 녀는 웨스털리에서 곤충학자로 일하는 여자의 이름을 알아내는 데 성 공했다. 그러자 킴 스톤이 캐서린 에번스에 대해 숨기고 싶어 하는 것 이 무엇인지 더더욱 궁금해졌다.

트레이시의 손가락이 검색할 준비를 했다. 그리고 그때, 트레이시는 자기가 무슨 짓을 하는 건지 깨달았다. 그녀는 스톤 경위에게 약속했 다. 가끔은 약속에도 의미가 있는 법이었다. 트레이시와 킴 스톤은 서 로의 등을 긁어 주기로 합의했다. 트레이시는 좀 더 입맛 돋는 가려운 자리를 찾았다는 이유만으로 긁기를 그만두어서는 안 된다는 걸 알았 다. 밥이 이렇게 오랫동안 이름을 찾지 못한 이유가 바로 그래서였다. 트레이시는 키보드에서 손가락을 떼고, 다른 사람이 찾지 못하도록 곤 충학자의 이름이 적힌 페이지를 찢어 버렸다. 거래는 거래였다.

주차를 했으니, 트레이시는 결국 차에서 나가려 노력해야 한다는 걸 알았다. 하지만 그러려면 먼저 두어 번 심호흡을 해야 했다.

그녀는 돌출된 창문을 힐끗 올려다보았다. 그 남자는 트레이시가 여기에 있다는 걸 알 터였다. 그의 자리는 첫 번째 유리창 왼쪽이었다. 그가 21년 전, 트레이시의 어머니와 결혼하면서 차지한 자리.

트레이시는 온몸에 분노가 솟구치는 걸 느끼며 자동차에 시동을 걸었다.

아직은 그 안에 들어갈 엄두가 나지 않았다.

## 56

"절 부르셨다고요?"

킴은 문을 닫고 들어가며 말했다. 그녀는 우디의 책상에 〈더들리 스타〉 한 부가 놓여 있는 걸 보고도 놀라지 않았다.

"스톤, 정보가 샜더군."

킴이 책상으로 다가갔다.

"봐도 될까요?"

"봐."

우디가 신문을 그녀에게 밀어 놓으며 말했다.

킴은 신문을 뒤집어 보았다. 헤드라인이 '시체 농장의 충격'이라고 부르짖고 있었다. 그걸 보자 배 속에서부터 신음이 나왔다. 트레이시에게는 괜찮은 헤드라인을 뽑아낼 시간이 충분히 있었을 텐데.

기사는 1면에서부터 시작되어 2면과 3면도 대부분 차지했다. 킴은 기사를 훑어보고, 제목이 역겹긴 했지만 트레이시가 일을 나쁘지 않게 처리했다는 걸 알았다.

"모든 내용이 다 들어 있던데, 스톤. 자네에게 이번 사건을 눈에 띄지 않게 처리하라고 지시했던 게 분명히 기억나네만. 자네 팀원들에게 그 지시를 전달할 생각은 안 나던가?"

"생각했습니다, 경감님."

킴은 신문을 다시 우디에게 밀어 놓으며 말했다.

"이 기사가 무슨 일을 일으킬지 아나? 쏟아져 들어올 편지며 민원, 탄원서를 알기나 해?"

다행히 그런 것을 받을 사람은 킴이 아니었다.

"이번 일은 몹시 마음에 들지 않아, 스톤. 자네 팀원 중에 정보를 흘린 사람이 있어서 시설의 위치가 노출됐네. 단순한 지시도 따르지 못하거나 도저히 입을 다물지 못하는 못 믿을 작자야."

우디가 신문을 탁 쳤다.

"이 여자가 수사 관련자와 이야기한 게 분명해. 그 관련자의 이름을 알아야겠……."

"접니다, 경감님."

킴이 침착하게 말했다.

"제가 트레이시 프로스트와 이야기했습니다."

상관의 할 말 잃은 모습을 보는 건 킴에게도 자주 있는 일이 아니었다. 그리고 그 상황은 오래가지 않았다.

못 믿겠다는 우디의 표정이 알겠다는 찡그린 얼굴로 변했다.

"아니, 스톤. 팀원 중 누군가를 감싸 주려나 본데 내가 못 참아. 누구였는지 알아야겠어."

"정말로 저였습니다. 제가 트레이시 프로스트와 직접 이야기하고 대부분의 정보를 넘겼습니다. 일부는 트레이시가 직접 알아낸 것이지만 그런 정보가 많지는 않습니다. 제가 준 겁니다. 제가 익명의 취재원입니다."

우디가 의자에 기대앉아 고개를 저었다. 그는 대답을 요구하는 표정으로 킴을 보았다.

킴은 우디의 분노를 마주하고서도 자신이 한 일을 후회하지 않았다. 그녀는 직접적인 명령을 위반했다. 후회 없이.

기자가 할 일은 오래된 사실을 똑같이 읊조리는 것뿐이다. 그 사실을 트레이시가 이미 모두 다루었다면 다른 신문사에서 기사를 실을 가능성은 매우 낮았다. 캐서린과 대화해 본 사람은 트레이시뿐이었고 그 곤충학자는 더 이상 기자들의 전화를 받지 않을 터였다.

"대체 무슨 생각으로 이런 건가?"

킴이 심호흡했다.

"경감님, 제 직업은 시민에게 봉사하고 그들을 지키는 것입니다. 때로는 경감님도 제가 제 일을 하고 있다는 걸 그냥 믿으셔야 합니다."

"그게 다야, 스톤? 나한테 할 말이 그것뿐인가?"

킴은 아무 말도 하지 않았다.

"내가 그 설명을 로이드 하우스*에 전달할 거라고 생각하나? 내일 아

---

*버밍엄에 있는 웨스트미들랜즈 경찰 본부.

침이 밝자마자 거기 갈 예정이라서 하는 말이야."

킴은 자신이 상관을 도저히 견딜 수 없는 상황에 몰아넣었다는 걸 알았다. 그리고 잔디깎이 상자에 숨어 있던 캐서린을 떠올렸다.

"네, 경감님."

"자네를 데리고 갈 생각도 얼마든지⋯⋯."

킴의 핸드폰이 울리기 시작하자 우디가 말을 흐렸다. 그는 표정으로 킴에게 대답을 내놓으라고 요구했다.

"그럼 내일 아침에 자네는⋯⋯."

이번 문장도 완성되지 못했다. 킴의 핸드폰에서 음성 메시지 도착을 알리는 땡 소리가 나는 동시에 그의 전화기도 울리기 시작했던 것이다.

우디는 킴의 얼굴에서 시선을 떼지 않은 채 수화기를 홱 집어 들었다.

"네."

우디가 쏘아붙였다. 이름은 대지 않았다. 경감의 전화가 실수로 울리는 경우는 없었으니까.

우디의 시선이 킴의 얼굴에서 그녀의 머리 위 어느 지점으로 움직였다. 관심의 대상이 바뀌었다는 신호였다. 그는 5초 동안 귀 기울인 끝에 수화기를 내려놓았다.

"이걸로 끝난 게 아니야, 스톤. 하지만 당장은 급한 메시지가 있으니 키츠에게 전화해 봐야 할 것 같군. 자네의 최근 피해자에 관한 소식일지도 몰라."

킴이 핸드폰을 꺼냈다. 킴이 받은 음성 메시지는 키츠가 보낸 것이었다. 내용은 짧았다. 자신에게 전화를 걸어 달라는 내용이었다.

"경감님, 제가⋯⋯."

"나가, 스톤."

우디는 손을 내저으며 말했다.

"하지만 분명히 말하는데, 이게 끝은 아니야."

킴은 문을 닫고 나와 키츠에게 전화를 거는 버튼을 눌렀다.

[이제야 전화하는군, 형사 양반.]

키츠가 인사 대신 말했다. 서두르는 것 같았다. 세상에, 킴이 전화를
받지 않은 게 불과 30초 전이었는데.

[네더튼 저수지로 가는 중인데, 함께 가면 좋을 것 같아.]

키츠는 정말로 킴에게 할 일이 부족하다고 믿는 걸까?

"키츠, 제가 지금 좀 시달리고 있는데……."

[그럼 시달리지 말아 봐. 다른 손님을 데려오려는데, 이번 손님에게
도 손이 없다는 믿을 만한 정보를 들었어.]

## 57

킴은 네더튼 저수지 가장자리의 탈의실 근처에 차를 댔다. 그 저수지
는 오두막 농장 저수지라는 이름으로 더 많이 알려져 있었고, 수상 스포
츠나 운하에 물을 대는 용도로 쓰였다.

"빌어먹을, 브라이얼리 힐의 하루는 참 조용하네요. 안 그래요?"

건물을 돌아가며 브라이언트가 물었다. 순찰차 여섯 대와 민간인 승

용차 두 대가 보였다.

킴은 형광색 재킷이 호숫가에 흩어져 있는 것을 보았다. 그 지역을 비우려는 경찰관들이었다. 한 무리의 사람들이 킴의 오른쪽 50미터 지점에 서 있었다. 킴은 그쪽으로 향했다.

"어이, 스톤. 길이라도 잃어버린 거야?"

킴은 던 경위의 깊고 툴툴거리는 듯한 목소리를 알아들었다. 던 경위는 킴이 이미 악수를 청했다고 믿는 모양이었다. 그가 킴의 손을 덥석 잡고 따뜻하게 미소 지었다.

던이 경사이고 킴은 순경이던 시절, 킴은 던과 함께 일한 적이 있었다. 던의 직업윤리는 킴과도 다르지 않았다.

언젠가 킴은 던이 한 여자에게 남편을 상대로 소송을 걸라고 설득하는 모습을 보았다. 아이 둘의 엄마인 그 여자는 팔이 부러지고 턱이 빠진 상태였으며, 병원 직원들조차 헤아릴 수도 없을 만큼 여러 군데에 멍이 들어 있었다.

남편은 피해자와 분리되어 기소당한 뒤 아내에게 가까이 가지 말라는 접근 제한 명령을 받고 보석으로 풀려났다. 쉼터에는 여자와 두 아이가 지낼 공간이 없었고, 가족들은 남편의 간섭이 두려워 그녀를 받아주지 않으려 했다.

여자의 신변 보호를 위한 경찰 병력의 사용을 승인받지 못한 던은 매일 밤 교대 근무를 끝낸 뒤 여자의 집 앞에 차를 대고 밤을 지새웠다.

셋째 날에, 술에 취하고 화가 난 로이 브래들리가 비틀거리다가 자기 집 앞 정원에 모르고 들어섰는데, 현관에 이르기도 전에 던이 그를 바닥에 쓰러뜨렸다. 그 남자는 다시 수갑을 차고 안전하게 철창에 들어갔다. 로라 브래들리는 무슨 일이 일어났는지 눈치도 채지 못했다.

던과 함께한 시간 동안 킴은 많은 것을 배웠다.

던은 은퇴를 18개월 앞두고 있었고, 은퇴한 뒤에는 스페인의 작은 집에 살 예정이었다. 그에게는 그럴 자격이 있었다.

킴이 마주 미소 지었다.

"아아, 아시잖아요. 좀 지루해져서요. 와서 이 동네 남자들은 뭘 하나 구경할까 했죠."

"그래, 그래."

던이 다 안다는 듯 말했다.

"우리 미제 사건을 채 가려는 건 아니지?"

킴이 어깨를 으쓱했다.

"제 사건하고 연관성이 있을지도 몰라서요."

킴이 솔직하게 말했다. 그녀는 브라이언트 쪽을 가리켰다.

"제 동료 브라이언트 경사입니다."

던이 손을 내밀었다.

"위로를 전하네, 경사."

그가 한쪽 눈썹을 치켜올리며 말했다. 킴조차 슬쩍 미소 지었다.

"그래, 아시라프 나디르 건은 잘했어. 아이는 어떤가?"

"그럭저럭 지내고 있습니다."

킴이 말했다. 그녀는 급습 이후로 네깁의 아버지와 두 차례 이야기해 보았다. 어젯밤, 네깁의 아버지는 네깁의 누나들이 아이를 항상 눈 닿는 곳에 잡아 두려 한다고 말했다. 그 끈끈한 가족에게 일상은 쉽게 돌아오지 않겠지만, 아이는 삶을 헤쳐 나가는 데 도움이 될 사랑과 지원을 많이 받을 것이다.

"킴이 처음 심사 때 경사로 승진하지 못했다는 얘기를 해 주던가?"

던이 브라이언트를 보며 말했다. 킴이 끙 소리를 냈다.

"그 얘기를 대체 몇 번이나 우려먹는……."

브라이언트가 앞으로 나섰다.

"아뇨, 그런 얘기는 안 해 줬는데요."

던이 고개를 끄덕였다.

"그래, 그래. 킴은 경사 후보군에 있었어. 사실은 경사가 될 게 아주 확실했는데……."

"그런데요?"

킴이 주머니에 두 손을 찔러 넣자 브라이언트가 물었다.

"홀리트리의 어느 아파트에 기습 작전이 벌어졌네. 그 당시에는 갱단이 그렇게 기승을 부리지 않던 터라 경찰도 따로따로 행동했지. 기습 작전에 참여한 경찰들은 자동차 추격전을 벌인 뒤 홀든 코트의 계단을 3층이나 뛰어 올라가야 했네."

"그 임대 아파트 단지요?"

브라이언트가 물었다. 던이 고개를 끄덕였다.

"추격하던 두 경관이, 그러니까 여기 있는 자네 상관과 램핏이라는 꼬마가 현장에 도착했을 때쯤 우리는 젊은 애가 헤로인에 취해서 칼을 들고 있다는 정보를 들었네. 지원군이 도착하기 전에는 들어가지 말라는 명령이 떨어졌지."

"그런데요?"

"둘이 억지로 들어갔어. 범인은 창문으로 뛰어내렸고. 그 개 같은 녀서은 죽지 않았지만, 한동안 그리 상태가 좋지 않았지. 여기 자네 상관이 진입을 결정한 사람이라 경위서를 써야 했어. 승진은 날아간 거지."

던은 무언가를 놓아주듯 두 손을 쫙 펼치며 말했다.

"네, 좋았던 옛 시절 추억은 그만하면 될 것 같습니다."

킴이 브라이언트와 던 사이에 서며 말했다.

던이 킴을 넘어 브라이언트를 보았다.

"가엾은 램핏에게는 그날이 아내가 유산을 겪고 나서 처음으로 근무를 시작한 날이었어. 어깨에 멍이 든 사람이 여기 있는 자네 상관이 아니라 램핏이었다니 참 이상한 일이었지."

"제 가죽이 좀 질겨서요."

킴이 던을 보고 눈을 가늘게 뜨며 말했다.

"그래, 자네는 그렇게 말했지."

던이 브라이언트를 돌아보았다.

"결국 킴은 마땅하게 승진될 때까지 족히 아홉 달을 기다려야 했네."

"경위님."

킴이 경고하듯 말했다. 던이 어깨를 으쓱했다.

"그냥, 자기가 어떤 상관이랑 같이 일하는지 알아도 좋을 것 같아서."

브라이언트가 고개를 끄덕였다.

"감사하지만, 저도 알 만큼 압니다."

"어이, 형사 양반. 올 수 있었다니 다행이군."

키츠가 땅에서 고개를 들어 킴을 보며 소리쳤다. 킴은 자신이 보러 온 것에 집중하느라 키츠의 말을 무시했다.

시신. 이 남성은 물가에서 약 6미터쯤 떨어진 곳, 숲과 좀 더 가까운 곳에 유기되었다. 그의 손에서 7센티미터쯤 떨어진 곳에 오래된 콘돔이 놓여 있었다. 킴이 보기에는 숲속에서 어떤 활동이 벌어진 게 거의 확실했다.

이번 피해자는 펜스 풀에서 발견된 남자와 정반대였다. 킴은 희어져 가는 남자의 머리를 통해 두 사람의 나이가 비슷하다는 것을 알 수 있었지만 이 남자는 키가 크고 호리호리했다. 체격이 왜소했고 영양 부족인 것처럼 보였다.

두 발에는 운동화를 신고 있었다. 겨우 며칠에 걸쳐 이렇게까지 더러운 색깔이 된 건 아닌 듯했다. 청바지는 슈퍼마켓에서 산 것으로, 절대 빠지지 않을 기름얼룩이 묻어 있었다. 킴이 잘 아는 얼룩이었다.

남자의 티셔츠는 특징이 없었고, 한때 흰색이었던 것 같았다. 킴은 이 티셔츠를 기름때 묻은 청바지와 함께 빤 것인지 궁금했다.

시신을 따라 올라간 킴의 시선은 그의 손목에서 끝나 버린, 피투성이의 뭉툭한 팔뚝에 닿았다. 파리들이 경찰의 존재에도 겁을 먹지 않고 드러난 살 주위로 이리저리 날아다녔다. 킴은 즉시 웨스털리를 떠올렸다.

그 장면은 고약한 공포영화에서 꺼내 온 것 같았지만, 특수 효과는 사용되지 않았다. 이 광경 자체는 끔찍했지만 잘린 팔뚝은 이상할 정도로 깨끗했다.

"죽은 뒤에 자른 겁니까?"

킴은 손목을 고갯짓하며 키츠에게 물었다. 키츠가 고개를 끄덕였다.

"피의 양을 보면 심장이 뛰지 않았다는 걸 알 수 있지."

"사망 원인은요?"

눈으로 계속 단서를 찾으며 킴이 물었다.

"으흠……."

던이 옆에서 말했다.

빌어먹을. 킴은 이게 그녀의 범죄 현장이 아니라는 걸 잊고 있었다. 지금 그녀는 오직 정보를 얻을 목적으로 온 터였다.

"죄송합니다."

킴은 그렇게 말하고 계속해서 시신 주변을 걸었다.

"뭐, 둘 중 어느 형사 양반의 관심사인지는 모르겠지만 이 사람의 신원은 확인되지 않았네. 여기에는 14시간에서 18시간 있었던 것으로 추정되고, 아직 사망 원인은 밝힐 수 없어. 다만 목 위쪽에 멍이 들어 있네."

킴은 키츠가 이 말을 한 것은 자신을 위해서라는 걸 알았다. 키츠는 킴이 범죄 현장에 들어가게 해 달라고 다른 사람에게 부탁하지 않고도 도움이 될 만한 정보를 얻을 수 있도록 한 것이다. 그는 킴이 부검에 참여하지 못하리라는 것도 알고 있었다.

"다 봤나?"

던이 킴에게 물었다. 킴은 고개를 끄덕이고 시신에서 돌아섰다. 알아야 할 모든 것을 알아냈다. 두 건의 살인은 연결되어 있었다. 밥이 이번 일에 어떤 식으로든 얽혀 있었다.

하지만 예의범절과 뿌리 깊은 직업윤리에 따르면, 이번 사건이 다시 수사 중인 사건이 된 만큼 그녀는 동료들의 수사에 방해나 간섭이 될 만한 짓은 아무것도 하지 말아야 했다.

"그래서, 펜스 풀에서 건진 다른 남자는?"

던이 물었다. 킴이 두 손을 들었다.

"이건 이제 경위님 사건이 분명합니다. 저는 손 떼고 물러나겠습니다."

던이 고개를 젖히고 크게 웃었다. 킴은 놀랐다.

"아니, 그러면 안 되지. 나한테서 배운 게 조금이라도 있다면 말이야."

던은 얼굴을 찡그리며 말하더니 멀어져 갔다.

킴은 브라이언트가 탈의실 벽에 기대 있는 곳으로 돌아갔다. 담당도 아닌 사건의 시신을 둘 모두가 보는 건 선을 넘는 짓이었다.

"저 사람 이름이 래리일 확률에 얼마나 걸겠습니까?"

킴이 물었다. 킴은 펜스 풀에서 밥이 발견된 장소와 이곳의 유사성에 주목할 수밖에 없었다.

"무슨 생각이신지 알아요."

브라이언트가 550평가량의 물 건너편을 바라보며 말했다.

"무슨……?"

"놈이 피해자들을 유인한 겁니다."

브라이언트가 말했다. 킴은 즉시 그의 말이 옳다는 걸 알았다. 두 곳 모두 접근이 쉬우면서도 덤불과 잎사귀, 나무를 갖추고 있었다. 불법적 행동을 하기에 완벽한 장소였다.

킴은 가슴이 철렁하는 것을 느끼며 핸드폰을 꺼냈다. 신호가 두 번 갔을 때 스테이시가 전화를 받았다.

[대장, 방금 전화드리려 했어요. 와파린을 처방한 병원의 어떤 여자에게 밥의 인상착의를 알려 줬는데, 그 사람 진짜 이름이 아이버인 게 확인됐어요.]

"그래, 스테이시. 그럴 것 같았어. 근데 지금 하던 일은 잠깐 내려놔. 아이버가 명단에 있는지 확인해 봐."

스테이시는 킴이 말하는 명단이 성범죄자 등록부라는 걸 알고 있었다. 던이 최근에 한 말이 귓속에 울렸다. 당연히 킴은 이 사건을 내버려 둘 수 없었다.

스테이시는 잠시 침묵을 지킨 후에야 입을 열었다. 킴은 그 이유를 알았다. 성범죄자 등록부를 검색한다는 건 주위에서 얼마나 많은 악행이 벌어지는지를 노골적으로 떠올리게 하는 일이었다.

[찾았어요, 대장.]

킴은 주위를 둘러보고 더 이상 알아낼 게 없다는 걸 알았다.

이제는 가서 저마이마가 다닌 학교의 교장을 만날 시간이었다.

사건의 답은 과거에 있었다.

## 58

트레이시는 카페 입구를 둘러싼 자갈을 어찌어찌 헤쳐 나갔다. 고르지 않은 바닥은 트레이시에게 인생의 난관이었다. 경사로, 포트홀, 자갈, 사이가 너무 많이 벌어진 널빤지.

분주한 오후가 지나가고 저녁의 한가로움이 내려앉았다. 트레이시는 누구에게도 시원하지 않은 선풍기 바람에 실려 오는 주방용품의 열기를 느끼며 카운터에 서 있었다.

그녀는 마실 생각도 없는 커피를 주문했다. 지난번 킴 스톤을 만났을 때 마셨던 커피만큼 고약하지는 않았지만, 차이가 크지도 않았다. 이 카페에는 벽돌 벽과 식탁보가 있었다. 물론 지난 20년간 갈아 본 적이 없는, 빨간색과 흰색의 체크무늬가 들어간 비닐 식탁보였지만 어쨌든 식탁보이긴 했다.

트레이시가 이곳에 온 건 훌륭한 커피와 고급 요리 때문이 아니었다. 이곳은 트레이시의 어린 시절에서 조금도 변하지 않은 유일한 장소였다. 트레이시의 어머니는 토요일 아침마다 그녀를 올드 힐로 데려와, 그 주에 장 볼 물건을 사들이며 시장을 걸어 다녔다. 어머니는 한 번도 처음 들어간 가게에서 물건을 사는 게 편리한 행동이라고 생각하지 않았다. 그녀는 장을 이곳저곳에서 나눠 보는 편을 좋아했다. 식품이 담긴 비닐 봉투에 짓눌린 채, 그들은 언제나 이 카페에 들러 돼지고기 샌드위치와 차 한 잔을 마셨다.

시장은 사라졌지만 이 카페는 똑같이 남아 있었고, 트레이시는 지금도 이곳에 자주 찾아왔다.

트레이시는 이번 주에 그녀를 괴롭힌 감상적인 생각이 무엇 때문에 생긴 건지 알 수 없었다. 아마 옛 동창 중 한 명이 살해당했다는 소식 때문이었을 것이다. 그 소식 때문에 트레이시는 가장 자랑스러운 순간이라고는 할 수 없는 때로 돌아갔다. 아무리 큰 대가를 치르더라도 취소할 수 있었으면 좋겠다는 마음이 드는 시절로.

솔직히 말하면, 일곱 살 때도 트레이시는 깡패들이 다른 아이에게 눈을 돌렸을 때 안도감을 느꼈다.

트레이시는 사람들이 자신에 대해 뭐라고 하든 신경 쓰지 않는 것처럼 굴었다. 불행한 일이지만, 왕따와 괴롭힘을 당할 때의 부작용은 신경을 쓰게 된다는 것이었다. 아주 많이. 너무 많이. 자기들끼리만 대화를 나누는 모든 사람이 그녀의 이야기를 하는 것 같다는 편집증은 언제나 그녀를 따라다녔다. 귀에 들려오는 모든 웃음소리는 비웃음으로 들렸다. 편집증의 가장 나쁜 점은, 이런 생각이 틀렸다고 증명할 수 없다는 걸 안다는 데 있었다.

그러다 보면 또래에게서 인정받고 무리에 끼려고 애쓰던 학창 시절의 노력을 평생 계속하게 된다. 열여섯 살이 되어 교육 시스템에서 탈출한다고 해서, 그 순간 상점으로 가 자존감을 살 수 있는 건 아니었다.

당연히 트레이시는 자신이 내세우는 가면을 잘 알았다. 그 가면을 쓴 건 의도적이었다. 그게 트레이시의 유일한 방어였다. 그녀는 사람들이 웃고 손가락질하기 전에 자신이 남의 이목에는 눈곱만큼도 신경 쓰지 않는다는 걸 보여 주어야 했다.

태어날 때부터 이런 갑옷을 입고 있었던 것은 아니다. 그 갑옷은 세월이 지나면서 점점 자라나 방패처럼 그녀의 살갗을 조금씩, 조금씩 덮어 갔다. 결국 트레이시는 그 갑옷을 벗는 방법을 알 수 없게 되었다.

그녀가 정말로 부러워하는 사람 중에서도 스톤 경위는 확실히 상위권에 들었다. 트레이시는 입술을 잡아당기는 미소를 참지 못했다. 정말이지, 그 무엇에도 전혀 신경 쓰지 않는 여자라니. 그래, 사람들이 킴 스톤에 관해 이야기하는 건 사실이었다. 물론 욕도 했다. 하지만 킴 스톤은 그 사람들에 대해 다시 신경 쓰는 법이 없었다. 어떻게 그럴 수가 있지? 트레이시는 궁금했다.

트레이시는 자신이 만들고 갈고닦은 이미지가 이제는 완벽하게 자신에게 어울리는지 알 수 없었다. 가끔은 경계를 풀고, 조금이라도 연기를 그만두고 싶은 날이 있었다. 언젠가는 사람들의 시선에 신경을 덜 쓰고 싶었다. 하지만 사실, 그녀는 방법을 몰랐다.

트레이시는 땅을 짚고 일어서며 이런 일에 대해 이야기해야 한다는 걸 알았지만, 이곳은 답을 얻기에 적합한 장소가 아니었다.

자갈에 다시 한번 집중하다가, 그녀는 자신을 도와줄 수 있는 사람이 단 한 명뿐이라는 걸 깨달았다. 그녀는 지하 주차장으로 향하며 내일은 어머니를 만나러 가겠다고 결심했다.

## 59

오두막은 스투어튼을 가로지른 곳에 있었다. 선술집 이름을 따 스튜포니 신호등이라 부르는 곳에 이르기 전에 끝나는 주요 도로 근처였다.

스튜포니 여관은 벤자민 할렌의 집이라 불리던 1744년부터 존재했다고 알려져 있었다. 이 여관의 이름을 따라서 인근의 수문과 스태퍼드셔나 우스터셔 운하로 가는 다리의 이름이 지어졌다. 팔각형의 통행료 징수소도 마찬가지였다. 선술집은 2001년에 집을 짓기 위해 철거되었다.

옛 교장의 집은 장식품이라고는 벽에 걸린 바구니 하나밖에 없는, 정면이 이중구조로 되어 있는 집이었다. 제라늄 꽃이 무심하게 바닥을 바라보았다.

"돈이 꽤 들었겠는데요."

브라이언트가 말했다. 스투어튼의 부동산은 싸지 않았다.

"경사님 짐작만큼 비싸지는 않습니다."

킴이 말했다. 킴의 눈에는 작은 뒤뜰을 내려다보는 여러 채의 신축 주택이 들어왔다.

"나이가 어떻게 된대요?"

브라이언트는 진입로를 올라가며 물었다.

"약 15년 전에 콘히스 초등학교에서 은퇴했으니까……."

킴은 초인종을 누르며 말했다. 아무 소리가 들리지 않아 그녀는 유리문을 톡톡 두드렸다.

남색 작업복을 입은 40대 중반의 여자가 문을 휙 열었다. 그녀는 머리카락을 짧게 자르고 있었으며 귀에는 알록달록한 모조 장신구를 달고 있었다.

"고맙지만 관심 없……."

문이 닫히려 했다.

"경찰입니다."

킴은 여자가 자신들을 영업사원이나 외판원으로 여긴다는 걸 재빨리 알아차리고 설명했다.

문이 멈추었다.

"신분증은요?"

여자는 인상을 찌푸리고 두 사람을 번갈아 보며 말했다.

킴과 브라이언트가 둘 다 신분증을 보여 주었다. 킴은 그 방법이 아니면 들어가지 못할 것 같다는 느낌이 들었다. 베라라는 이름이 여자의 작업복에 수놓아져 있었다. 그래도 문은 뒤로 젖혀지지 않았다.

"뭘 원하는 거죠? 잭슨 씨는 아주 쉽게 지치셔서……."

"수사와 관련해 잭슨 씨와 이야기를 나눠야 합니다. 그 문제는 잭슨 씨와 직접 의논하겠습니다."

킴은 문을 단호하게 밀치며 말했다. 여자는 말귀를 알아듣고 물러나기 시작했다.

"왼쪽 문으로 들어가세요."

여자는 문을 닫으며 말했다.

"방금 저녁 식사를 하셨는데, 그런 뒤에는 보통 졸려 하셔서……."

"여기 와서 잭슨 씨를 돌봐 주시는 겁니까?"

킴이 잠시 멈추어 물었다. 여자가 고개를 끄덕였다.

"잭슨 씨의 아드님이 매일 아침 출근하기 전에 오시고, 저는 하루에 두 번 잠깐씩 들러요."

킴은 가슴이 철렁했다. 이 남자에게는 엄청난 도움이 필요했다.

"알츠하이머예요."

베라가 설명했다.

킴은 알츠하이머가 '긴 작별'이라고 불리는 이유를 이해할 만큼 그 질병에 대해 잘 알고 있었다. 병의 원인은 별로 밝혀지지 않았다. 킴은 언젠가 그 질환이 뇌 속에 생기는 찌꺼기와 뒤엉킴 때문이라는 내용을 읽은 적이 있었다. 또 그 질환의 진행을 멈추거나 되돌리는 치료법은 없다는 것도 알았다.

"기억력은 어떠십니까?"

"점점 더 현재보다는 과거에서 사세요. 때로는 아직 일어나지 않은 일도 이미 일어났다고 생각하시고, 때로는 옛 기억을 새로운 기억이라고 생각하시죠. 아들이 오면 완전히 다른 두 가지 기억을 결합하곤 하세요. 사람들을 헷갈릴 때도 있고, 그러니까……."

여자가 어깨를 으쓱했다.

"감사합니다."

킴이 미소 지으며 말했다.

킴은 왼쪽으로 돌아 멋을 부리기보다는 안락하게 만들어 놓은 방으로 접어들었다. 몇 년에 걸쳐 모은 게 분명한 어두운 색깔의 가구들이 이제는 공간을 차지하려고 다투고 있었다. 장식품과 잡동사니가 모든 표면을 장식했다.

잭슨 씨는 팔걸이가 달린 리클라이너에 앉아 있었다. 눈은 감고 입은 살짝 벌린 채였다. 숱 많은 백발 아래로 그의 얼굴이 평화로워 보였다.

브라이언트가 조용히 헛기침했다.

잭슨 씨의 눈꺼풀이 파르르 떨리다가 뜨였다. 그는 킴과 브라이언트 쪽을 보았다. 잠깐 혼란스러운 듯하더니 눈이 밝아지며 반짝였다. 킴 때문일 리는 없었다. 킴을 보고 그렇게까지 즐거워하는 사람은 한 명도 없었으니까.

잭슨 씨의 시선이 킴을 지나쳐 브라이언트에게로 향했다.

"아아, 이리 오게. 어떻게 지내나?"

브라이언트가 킴 쪽을 보는데 베라가 뜨거운 뭔가가 담긴 머그잔을 가지고 들어왔다. 그녀는 킴 옆에 멈춰 섰다.

"저 남자 분이 시몬스 씨라고 생각하시는 거예요. 콘히스에 있을 때 잭슨 씨가 조언해 주던 영어 선생님이죠. 쉰 살이 안 된 남자는 모두 시몬스 씨예요. 사실 그분은 5년 전에 돌아가셨는데. 우린 그냥 잭슨 씨에게 더 이상 다시 알려 드리지 않고 있어요."

베라는 능숙한 솜씨로 머그잔을 북적거리는 탁자 위 유일한 공간에 내려놓았다.

"제대로 알려 드려야 할까요?"

"말씀드려도 믿지 않으실 거예요."

베라가 딱딱하게 말했다.

잭슨 씨가 다시 손짓하자 브라이언트가 조심스럽게 다가갔다. 킴도 한 발 움직였다.

"잭슨 씨, 저희가 여기에 온 건……."

"아, 이쪽이 자네 아내겠군. 만나서 정말 반갑습니다."

잭슨은 열정적으로 고개를 끄덕이며 말했다.

브라이언트는 재미있어하는 표정이었다. 킴은 나중에 꼭 벌을 주기로 했다.

"네, 정말 사랑스럽죠?"

브라이언트가 킴에게서 시선을 돌리며 말했다.

"제가 전에……. 어……. 아내한테 콘히스에서 함께 보낸 세월에 대해 이야기했거든요, 잭슨 선생님."

잭슨의 얼굴이 밝아졌다.

"내 인생 최고의 순간이었지. 굉장한 시절 아니었나?"

"맞습니다, 잭슨 선생님."

브라이언트는 그렇게 말하며 가장 가까운 자리에 앉았다.

"사실, 저마이마 로의 불행한 사건에 대해서 생각해 보고 있었어요. 기억나세요?"

킴은 숨을 참았다. 보통 낮은 확률을 놓고 승부를 거는 건 킴이었다.

히지만 이번에는 브라이언트가 제대로 그물을 치고 있었다.

잭슨의 얼굴이 슬퍼졌다.

"아, 그럼. 기억하지. 끔찍한 일이었어. 아이들은 참 잔인할 수 있거든."

브라이언트가 킴 쪽을 힐끗 보았다. "물러나세요, 이건 제 겁니다"라는 표정이었다. 실제로도 그랬다.

킴은 문 앞으로 물러났다. 어째서인지 이런 구실을 대는 건 잘못된 일로 느껴졌다. 비록 다른 어떤 방식으로도 그 정보에 다가갈 수 없을 것 같았지만.

베라가 문 앞에 나타나자 킴은 눈으로 질문했다. 베라가 고개를 끄덕이고 문틀에 기댔다.

브라이언트가 말했다.

"기억이 예전 같지 않아서요, 잭슨 선생님. 방금 일어난 일도 기억이 안 난다니까요."

"아, 그야 나이 때문이지. 모두에게 벌어지는 일이야. 기억할지 모르겠네만 그 여자애들 문제였네. 여자애들 무리 말이지. 걔들이 그 아이를 체육관 복도에 붙들어 놓고 원피스를 들추었어. 모두에게 와서 보라고 했지. 끔찍한 일이었어."

"그때 여자애들이 몇 명이나 됐는지 기억이 안 나요, 잭슨 선생님."

브라이언트가 조용히 말했다.

"내 생각에 처음에는 너덧 명이었을 거야. 여자애 하나가 우리를 데려가려고 교무실로 뛰어왔지. 아주 재미있는 아이였어."

브라이언트가 말을 이었다.

"그렇죠, 이제 기억나네요. 루이즈도 거기 있었죠?"

잭슨 씨는 고개를 끄덕이기 시작했지만, 그와 동시에 표정도 바뀌었다. 그의 얼굴이 혼란스러운 듯 구겨졌다. 그는 킴과 브라이언트를 번갈아 보더니 그들 너머의 문을 보았다.

"베라……?"

요양보호사가 즉시 나타났다. 그녀의 미소는 따뜻하고 편안했다.

"괜찮아요, 잭슨 씨. 착한 분들이에요. 그냥 유리문이 잘 맞는지 보려고 오셨어요. 이젠 가신대요."

베라가 킴을 돌아보았다. 브라이언트는 뒤로 물러났다. 베라가 문 쪽을 보았다. 불친절한 동작은 아니었으나 둘이 떠날 시간이 된 것만은 분명했다. 킴은 고맙다는 뜻으로 고개를 끄덕이고 슬퍼진 채로 돌아섰다.

"괜찮으실 거예요."

베라가 킴의 옆에 나타나며 말했다.

"〈코로네이션 스트리트〉가 곧 시작하거든요. 가장 좋아하시는 프로그램이에요."

킴은 목구멍에 맺힌 감정을 삼키고 문으로 다가갔다.

"잠시만."

잭슨 씨가 소리쳤다.

"이제 기억나. 우리를 데리러 왔던 그 재미있는 아이 말이야. 다리를 절었는데. 끔찍하게 절었지. 내 생각에는……. 내 생각에는 이름이 트레이시였던 것 같아."

# 60

"대장, 혹시……?"

"경사님 집이라도 걸 수 있습니다."

진입로 끝에 다다랐을 때 킴이 말했다. 두어 가지가 이해되기 시작하자 그녀는 고개를 저었다.

"그 멍청한 하이힐도 그렇고요. 스테이시한테 전화를 걸어서 주소를 받으세요."

킴은 수신 전화 목록을 스크롤하며 말했다. 그녀는 며칠 전 자정 즈음에 받은 전화를 찾아 재발신 버튼을 눌렀다.

신호가 가고 또 가다가 결국 트레이시 프로스트의 짧은 메시지로 끝났다. 킴은 브라이언트가 스테이시에게 말하는 소리를 들으며 다시 전화를 걸었다.

결과는 같았다. 계속 신호가 가다가 부재 중 음성메시지가 나왔다.

킴은 다시 한번 걸어 보았다. 이번에는 신호가 가지 않고 바로 음성사서함으로 연결됐다.

제기랄. 핸드폰이 꺼졌다. 킴으로서는 누가 껐는지 알 방법이 없었다.

브라이언트가 전화를 끊고 킴에게 다가왔다.

"스테이시한테 확인해 달라고 했어요. 트레이시 프로스트가 콘히스에 다녔는지, 저 마이마와 같은 시기에 그 학교에 있었는지요."

킴은 고개를 끄덕였다. 그녀는 시간이 거의 7시 30분이고 팀원들이 하루 종일 일에 매달려 있었다는 걸 알았다. 그중 한 명이라도 집에 보내려 하면 다들 가지 않겠다고 하리라는 것도. 단서가 언제나 아침 9시에 알아서 나타나는 것은 아니었으니 말이다.

"트레이시 주소는 받았습니까?"

킴이 묻자 브라이언트가 운전석 문을 열며 고개를 끄덕였다. 그는 망설였다.

"우리가 완전히 틀렸을 수도 있다는 건 아시죠?"

킴은 조수석에 툭 앉으며 전혀 망설이지 않았다.

"네. 근데 우리가 정확히 맞는다면요?"


# 61


"이 사람은 트레이시가 어디에 있는지 전혀 모른답니다."

킴이 전화를 끊으며 말했다. 트레이시의 편집장은 아침 브리핑 시간 이후로 그녀를 본 적이 없었다.

"아시겠지만, 편집장 입장에서는 다른 기자보다 트레이시를 잃는 게 차라리……."

"브라이언트, 그 말을 끝까지 했다간 내가 가만히 있지 않을 겁니다."

세상에는 더 나은 사람도, 더 나쁜 사람도 없다. 옆 사람보다 가치 있는 사람도 없다. 경찰 일을 할 때는 그렇게 생각하면 안 된다. 트레이시 프로스트는 눈엣가시 같은 존재였다. 그건 틀림없다. 지난 몇 년간 킴은 검거되지 않을 수만 있다면 그 여자를 직접 납치하고 싶다는 망상을 여러 번 했다. 하지만 그 파충류 같은 기자에게는 킴이 상상했던 것 이상의 모습이 있었다. 트레이시가 이런 일을 당해도 싸다는 말이 브라이언트의 진심이라고 생각했다면, 킴은 이미 그를 집으로 돌려보냈을 것이다.

브라이언트는 QB 오토바이를 지나며 속도를 늦추었다.

"저건가요?"

"그런 것 같습니다."

킴이 문의 호수를 확인하고 말했다.

브라이언트는 계속 언덕 아랫부분까지 나아간 다음 선술집 주차장에 들어섰다. 킴은 흰색 아우디가 어디에도 보이지 않는다는 걸 알았다. 브라이언트가 집 바로 앞에 차를 댔다.

"제 예상하고는 다른데요."

브라이언트가 말했다. 킴도 브라이언트의 말에 동의할 수밖에 없었다. 그 집은 다른 두 집 사이에 끼어 있는 아주 작은 계단식 주택이었다. 세 집을 하나로 묶으면 괜찮은 크기의 주택이 될 것 같았다.

트레이시의 명품은 이런 집에 어울리지 않았다.

킴은 문을 세게 두드렸다. 아마 트레이시는 어느 차고에 차를 넣어 두었을 것이다.

킴은 허리를 숙여 우편 투입구를 열어 보았다. 문은 작은 응접실로 곧장 이어졌다. 저쪽 구석에 TV가 보였다. TV는 꺼져 있고 킴의 귀에 들리는 다른 소리는 없었다.

"세상에, 대장. 대체 뒤쪽으로 어떻게 돌아가죠?"

브라이언트가 한 걸음 물러서 주위를 둘러보며 말했다.

일리 있는 말이었다. 트레이시의 집은 두 집 사이 가운데에 있었으니까.

오른쪽에서 어떤 움직임이 킴의 눈에 들어왔다. 옆집 창문을 가리고 있던 망사 커튼 한 귀퉁이가 다시 내려졌다.

킴은 두 걸음 다가가 문을 두드렸다. 뒤뜰을 통해 주택의 뒤쪽으로 돌아갈 수 있을 터였다.

문을 연 사람은 10대 중반의 호리호리한 소년이었다. 열대 지방의 새 무늬로 뒤덮인 알록달록한 반바지 밑으로 흐느적거리는 우윳빛 다리가 튀어나와 있었다. 푹 꺼진 가슴팍에는 아무것도 걸치지 않았다.

"네."

그가 상황에 참 적절한 태도로 말했다.

"옆집 여자 알아?"

킴이 물었다. 인사말을 건네려고 노력할 필요조차 없다는 게 다행스러웠다.

소년은 밖을 내다보더니 킴이 말한 사람이 대체 누구인지 모르겠다는 듯, 옆에 다른 집이 있다는 걸 다시 생각해 보고서야 알았다는 듯 주택을 한 번 보았다.

"네, 알죠. 금발에 하이힐, 괜찮은……."

"그 여자가 다른 데다 차를 세우니?"

브라이언트가 재빨리 물었다.

"네, 가끔 우리 집 앞에 세우죠."

그가 말하더니 씩 웃었다. 킴이 마주 쏘아보았다.

소년이 고개를 저었다.

"아뇨, 그 여자가 여기 있다면 차도 있어야 해요."

"너희 집 뒤뜰을 통해서 그 여자 집으로 가도 될까?"

"참나, 절대 안 되죠. 우리 집에는 2미터짜리 울타리랑 철조망이 있다고요. 망할 고양이들 때문에."

제기랄. 반대쪽 집에 가 봐야 할 듯했다. 그 집도 킴이 들어가려는 집처럼 비어 있는 것 같았지만.

"엄마한테 비상 열쇠가 있어요."

소년은 문 뒤로 손을 뻗으며 말했다. 킴이 처음에 느꼈던 안도감은 경악으로 바뀌었다.

"넌 우리가 누군지도 모르잖아."

브라이언트가 킴 대신 말했다. 소년은 처음 본 두 사람에게 너무도 쉽게 열쇠를 내주었다. 이 주택의 보안 수준은 그야말로 대단했다.

소년은 두 사람을 위아래로 훑어보더니 브라이언트에게 열쇠를 건네주며 크게 웃었다.

"네, 농담 한번 잘하시네요, 형사님."

소년은 문을 닫으며 말했다.

킴은 고개를 저었고 브라이언트는 자물쇠에 열쇠를 꽂아 넣었다.

킴은 방 안으로 들어섰다. 그 공간은 우편 투입구를 통해 보았을 때보다 더 작았다. 2인용 소파가 오래된 가스난로를 마주 보는 한쪽 벽 전체를 차지하고 있었다. 안락의자 하나가 TV와 비스듬하게 놓여 있었고, 하도 걸어 다녀 길이 난 카펫을 줄무늬 깔개가 덮고 있었다.

사용하지 않은 긴 양초 두 개가 난로 장식의 양쪽 끝에 놓여 있었다. 그 가운데에 사진이 한 장 있었다. 킴은 사진을 자세히 들여다보았다.

어린 트레이시, 아마 일곱 살이나 여덟 살쯤 되었을 트레이시가 해변에서 어느 여자 옆에 앉아 있었다. 그들은 스티로폼으로 만든 똑같은 모자를 쓰고 있었다. 킴은 아이의 얼굴에 떠오른 미소에 이끌렸다. 트레이시의 얼굴에도 이런 표정이 있을 줄은 몰랐다.

킴은 방을 계속 훑어보다가 의자 팔걸이에 놓여 팔랑거리던 쿠폰 더미에 다리가 걸렸다.

방에서 나가는 유일한 문은 계단 아래쪽으로, 그다음에는 주방으로 이어지는 복도로 통했다.

블라인드가 내려져 스테인리스 싱크대 위의 창문을 반쯤 가리고 있었고, 싱크대 안에는 사용한 주스 잔이 들어 있었다. 저렴한 강낭콩 통조림의 빈 캔이 페달이 달린 쓰레기통에서 고개를 내밀었다. 브라이언트가 찬장 문을 열자 역시 저렴한 브랜드의 식료품이 더 보였다. 단 한 장의 종이가 컵케이크 모양 자석으로 냉장고 문에 붙어 있었다.

"치과 예약이 있네요."

브라이언트가 빠르게 살펴보고 말했다.

킴은 주위를 둘러보며 알아낼 게 별로 없다는 걸 알았다. 이곳에는 뭐가 별로 없었으니까.

"위층으로 가 보겠습니다."

킴은 뭐라도 단서가 나올지 궁금해하며 말했다. 브라이언트가 그녀를 따라왔다. 그는 평소와 달리 조용했다.

킴은 왼쪽 문을 열고 건물 앞면을 향해 있는 침실에 들어갔다. 아무 무늬 없는 갈색 커튼이 작은 창문을 반쯤 가리고 있었다. 전자책 기기와 침대 옆의 램프가 하나밖에 없는 서랍장을 차지했다.

킴은 침대 주위를 돌아가 옷장을 열었다. 오른쪽에 걸려 있는 것은 세 벌의 명품 바지 정장이었다. 하나는 남색, 하나는 검은색, 하나는 크림색. 왼쪽에는 트랙 슈트 하의, 운동복, 조끼가 들어 있는 서랍이 있었다. 킴은 트레이시가 치마를 입은 모습을 한 번도 본 적이 없다는 걸 깨달았다.

브라이언트가 허리를 숙였다.

"보세요, 대장."

그가 하이힐을 집어 들며 말했다. 안에 플라스틱 깔창이 들어 있었다. 킴은 한 줄로 늘어서 있는 똑같은 신발들을 보며 모든 신발에 깔창이 들어 있다는 걸 확인했다.

킴은 침대 가장자리에 앉아 고개를 저었다. 이 집의 슬픔이 그녀의 마음속 어딘가에 닿는 길을 찾아냈다.

"저도 가끔 우리 마나님이나 이것저것에 대해서 불평하긴 하지만, 제기랄. 여길 보니 제가 감사할 줄 몰랐다는 생각이 드네요."

킴은 조용히 동의했다. 킴의 집도 다른 집에서 보이는 개인적 손길은 많이 부족했다. 그러나 꼬리 치며 그녀를 맞이해 주는 존재가 그런 결핍을 보상해 주고도 남았다.

트레이시는 가진 돈을 전부 사람들이 볼 수 있는 물건에, 그녀가 세상에 보여 주는 트레이시 프로스트에게 투자하는 게 틀림없었다. '집 안의 프로스트'는 그와 정반대였다. 설명할 수 없는 어떤 이유로 그 점이 킴의 신경을 거슬렀다.

"밖에서 한 말은 취소하겠습니다."

브라이언트가 옷장 문을 닫으며 말했다. 자세히 설명할 필요는 없었다. 킴은 브라이언트의 말이 무슨 뜻인지 정확히 알았다.

그들은 트레이시를 되찾아야 했다.

# 62

이소벨은 자기 꼬리를 쫓아 빙빙 도는 셈이었다. 잠과 맞서 싸우려는 노력에 진이 빠졌다.

하루는 피곤했다. 빽빽한 어둠에서 도망치기는 했지만, 빛이 짙은 안개에 가려져 있었다.

병원의 모든 것이 그녀를 잠 속에 가두려 했으나 그녀는 눈을 감고 싶지 않았다. 어둠이 기다리고 있었다. 이소벨은 그리로 돌아가고 싶지 않았다.

빛이 희미해지고 야간 근무조는 더 조용한 발걸음으로 돌아다녔다. 기계에서 나는 일정한 박자의 소리와 조용히 코 고는 소리가 맞은편 침대에서 들려왔다.

모든 것이 그녀를 다시 어둠 속으로 안내하려 했다.

깨어 있는데도 배 속이 울렁거렸다. 불안감이 몸속의 회오리바람처럼 휘몰아쳐 심장과 폐부로 손을 뻗었다. 가끔은 내면의 소용돌이를 가라앉히기 위해 급히 숨을 들이켜고 싶다는 충동이 느껴졌다. 때로는 가슴 속의 특이한 심장 박동으로 머리가 어지러웠다. 그녀는 두려움을 헤치고 집중하는 법을 배우고 있었다. 두려움 너머를 보는 방법. 그 너머로 다가가, 두려움에 반응하는 대신 두려움이 흘러가게 놔두는 방법.

최악은 무엇이 두려운 건지 알 수 없다는 점이었다. 두려운 것은, 글쎄, 모든 것이었다.

그녀는 자신이 누구일지 영영 모를까 봐 겁이 났다.

그녀에게 안전하다는 느낌을 갖게 해 주는 건 던컨뿐이었다. 미소를 지어 그녀를 안심시켜 주고 부드럽게 손을 잡아 주는 던컨 덕에 그녀는 혼자가 아니라는 걸 알았다.

던컨은 둘의 모든 데이트에 대해 말해 주었다. 이소벨은 그가 카페 앞에서 부딪혔던 일을 자세히 이야기해 주는 동안 골똘히 귀 기울이며 그 장면 속 자신을 알아보려고 노력했다. 뭐든 단서가 간절했다.

그녀는 눈꺼풀이 무겁게 처지는 것을 느끼고 고개를 저어 잠을 깼다.

그녀는 *너 하나, 나 하나*라는 말의 의미를 이해하려고 애써 왔다. 그게 무슨 뜻이었을까? 머릿속에서 재생되는 소리가 그것뿐인 이유는 뭘까? 이소벨은 그 단어들을 간판이라도 된 것처럼 마음속 눈앞에 떠올렸다. 하지만 새로고침 버튼은 작동하지 않았고, 새로운 것은 떠오르지 않았다.

"저기, 잠이 안 오나요?"

침대 반대편에서 매리언이 물었다. 야간 담당 간호사인 그녀는 7시에 교대 근무를 시작했다.

이소벨은 고개를 저었다가 눈을 크게 떴다. 매리언이 다 안다는 듯 미소 지었다.

"잠이 안 오는 거예요, 자기 싫은 거예요?"

이소벨은 눈꺼풀 뒤쪽이 눈물로 따끔거리는 것을 느꼈다. 그녀는 이 이상 오래 버틸 수 없다는 걸 알고 있었다. 그녀의 몸은 잠을 요구했고, 그녀는 투지를 잃어 가고 있었다. 매리언이 말했다.

"다시 그렇게 되지는 않을 거예요. 이제 당신의 뇌는 깨어났으니까요."

이소벨은 그 친절한 간호사를 믿고 싶었지만, 전에도 그녀의 뇌는 깨어 있었다. 단지 쓸모없이 반항하는 몸속에 갇힌 채 완벽히 기능하고 있었을 뿐이다.

이소벨이 고개를 저었다.

"잠이 안 오는 거예요……."

매리언이 한숨을 쉬었다.

"네, 그냥 몸이 좀 쉬게 놔두는 건 어떨까요?"

그녀는 손목시계를 보았다.

"30분만요. 11시 30분에 깨울게요. 그것부터 시작해 봐요."

이소벨은 고민했다. 다른 사람이 지켜보는 동안 피로에 항복하고 몸이 쉬도록 해 준다는 제안이 너무 매력적이라 저항할 수 없었다. 갑자기 그녀는 어른의 몸을 하고 있는 세 살짜리 아이가 된 기분이 들었다. 어둠을 두려워하는 소녀가 된 기분.

"정말이죠……?"

"11시 30분에 정확하게 깨울게요. 약속해요."

이소벨은 머리를 침대에 완전히 기댔다. 붕대가 그녀의 두개골과 부드러운 침구 사이에 끼었다.

근육이 이완되면서 아픈 목이 한숨을 쉬었다. 이소벨은 이보다 달콤한 기분을 느껴 본 적이 없는 것만 같았다.

눈꺼풀이 딱 닫혔다. 아주 잠깐, 그녀는 어둠 속에서 두려움에 떨었다. 하지만 그녀는 괜찮다고 자신을 타일렀다. 매리언이 그녀를 데리러 올 테니까.

긴장이 풀리도록 놔두자 살점이 잘 삶은 닭고기처럼 뼈에서 떨어져 나가는 것만 같았다.

하지만 어두워진 정신의 터널 속에는 목소리가 있었다. 얼굴도, 형체도 없이 그저 귓속말이나 메아리만 들려왔다. 꼭 옆방의 대화를 엿들으려는 것만 같았다.

목소리는 내면에서 들려오는 것이었지만 이소벨은 청각에 집중하려 노력했다. 그녀는 눈을 꽉 감았지만 목소리는 더욱 멀어졌다. *돌아와.* 이소벨이 조용히 불렀다. 하지만 소리는 사라지고 없었다.

긴장감이 다시 몸속에 스며들었다. 이소벨은 재빨리 그 느낌을 몰아냈다. 목소리는 그녀가 마침내 긴장을 풀었을 때에야 다가왔다.

이소벨은 긴장을 떨쳐 내고 모든 감각을 이완시켰다.

완전한 이완의 온기가 육신에 스며들어 뼛속까지 뻗어 갔다. 그녀는 멀리서 목소리를 들었다. 그 목소리가 단 하나의 단어를 외치고 있었다. 이소벨은 자신의 몸에 반응하지 말라고, 다시 그 목소리를 쫓아 버리지 말라고 했다.

그녀는 조각상처럼 가만히 있으며 자신의 정신이 억지로 목소리 너머, 심연 속을 들여다보도록 했다. 소리는 커졌지만 단어를 알아들을 수는 없었다. 이소벨은 그 소리를 쫓아가고 싶은 마음이 간절했으나 계속 긴장을 풀고 있었다.

목소리가 가까워졌지만, 이소벨은 계속해서 몸과 마음을 고요하게 유지했다.

더 가까이. 두 음절짜리 단어였다.

더 가까이.

핸디라고 하는 것 같았다.

더 가까이.

아니, 그 단어는 캔디였다.

더 가까이.

처음으로 이소벨은 그 소리를 선명히 들었다. 목소리는 '맨디'라고 소리치고 있었다.


# 63


어디를 보아도 트레이시가 보였다.

어느 찬장 문을 열어 보고 서랍을 닫아 보아도 그 복잡한 여자의 집에서 느껴지던 삶의 부재가 떠올랐다.

킴은 한 번도 그 기자를 좋아한 적이 없었다. 때로 트레이시는 피해자나 피해자의 가족에 대해 눈에 띄는 공감 능력 부족을 보였다. 대신 트레이시는 속보를 내는 편을 선택했다.

그러나 그 여자에 대한, 보통은 흔들리지 않는 킴의 의견이 시험을 받는 순간들도 있었다.

운명인지 우연인지, 트레이시는 단독 수사를 하던 케빈의 목숨을 구해 준 적이 있었다. 케빈을 두들겨 패고 칼을 휘두르던 홀리트리 지구의 젊은이 한 무리와 마주친 트레이시는 그림자에서 나와 싸움에 끼어들었다.

이번 주 초에는 캐서린을 가만히 놔두라고 했더니 그 말에 따랐다.

이런 사실이 트레이시는 기삿거리를 위해서라면 콩팥도 떼어 팔 수 있고, 특종을 할 수 있다면 콩팥 두 쪽을 다 팔아 버릴 야심차고 인정사정없는 여자라는 킴의 굳은 의견과 모순되었다.

그런데 이제는 트레이시가 실종되었다. 적어도 두 명의 여자를 살해했으며 세 번째 여자까지 죽이려 했던 살인자의 손에 잡혀 있을지도 몰랐다.

킴은 자신이 할 수 있는 모든 일을 다 했다는 걸 알았다. 지금 있는 것은 의심뿐이었고, 실종 신고도 들어오지 않은 성인 여자에게 귀중한 자원을 할애하는 것은 킴이 보기에도 무리였다.

킴은 집에 온 이후로 거의 한 시간에 한 번씩 트레이시에게 전화를 걸어 보았지만, 전화는 계속 음성 사서함으로 연결되었다.

킴의 의지에 반응하기라도 하듯 핸드폰이 땡 소리로 메시지 수신을 알렸다. 전에는 한 번도 트레이시 프로스트이기를 바라며 핸드폰에 손을 뻗은 적이 없었다.

트레이시가 아니었다. 대니얼이 보낸 메시지였다.

킴은 화면에 뜬 단어를 읽으며 헛숨을 들이켰다.

「시간 있어요? 지금 집 앞인데.」

대체 대니얼 베이트가 그녀의 집 앞에서 뭘 하는 걸까? 킴은 둘이 하고 있는 미묘한 게임의 규칙을 잘 몰랐다. 그러나 그녀의 집 앞에 나타나는 행위가 일종의 규칙 위반이라는 것만은 분명했다.

킴은 바니가 답을 알고 있을지 모른다는 듯 그 녀석을 바라보았다. 바니는 대답 대신 앞발을 잘근거렸다.

킴은 문자를 무시하려다가 혹시 그가 사건 때문에 찾아온 것일지도 모른다고 생각했다. 사건과 관련된 내용이라면 이런 식으로 전달하지는 않겠지만.

현관으로 다가가는 킴의 머릿속에서 생각이 휘몰아쳤다.

대니얼은 킴 쪽을 향한 운전석에 팔짱을 낀 채 앉아 있었다. 가로등 불빛으로 킴은 그의 눈에 깃든 도전 의식을 볼 수 있었다.

"나올지 몰랐는데."

킴은 인도를 건너가지 않은 채 벽에 기대섰다.

"왜 온 겁니까?"

킴은 앞주머니에 두 손을 찔러 넣으며 물었다.

"길을 잘못 들어서요."

킴이 미소 지었다. 그래, 그러시겠지.

"내가 더 해 줄 건 없습니다."

대니얼은 그렇게 말하고 말을 멈추었다. 킴이 그 말의 의미를 궁금해할 정도로 오랫동안.

"키츠가 전부 잘 처리해 뒀어요. 피해자 신원이 밝혀졌으니 사실 내가 여기 남아 있을 이유가 없죠."

킴은 알았다는 뜻으로 고개를 끄덕였다.

잠시 시간이 흘렀다. 둘은 가만히 서서 서로를 마주 보고 있었다. 각자가 자신의 생각에 사로잡힌 채로.

"알긴 알죠?"

대니얼이 말했다. 킴이 어깨를 으쓱했다. 킴이 뭘 알든 달라질 건 없었다. 그녀가 할 일, 혹은 할 수 있는 일이 중요할 뿐이었다.

"당신은 모순덩어리예요, 킴."

대니얼이 고개를 저으며 말했다. 그러나 킴은 대답하지 않았다.

"우리 사이에 뭐가 존재할 수 있는지 당신 자신에게라도 인정했는지 모르겠네요."

질문의 형태를 갖추지는 않았지만, 킴은 그 말이 질문이라는 걸 알고 있었다. 큰 질문. 그래도 킴은 대답하지 않았다.

킴이 마침내 대니얼과 눈을 맞추었지만 둘 다 조금도 움직이지 않았다.

"준비가 안 된 거죠?"

그게 진실이었다.

대니얼이 뭔가 말하려고 입을 열었지만 킴이 가만히 고개를 저었다. 대니얼은 숨을 내쉬더니 체념했다는 표정을 지었다.

대니얼이 손을 내밀었다.

"스톤 경위님, 다시 만나서 반가웠습니다."

킴은 침을 삼키고 헐겁게 그 손을 맞잡았다.

"나도요, 베이트 박사님."

"다시 만났으면 좋겠네요."

대니얼이 그녀의 손을 놓으며 말했다.

킴은 그를 다시 만나게 되리라고 거의 확신했다. 하지만 그때는 상황이 다를 것이다. 결정은 내려졌다.

어떤 순간이 있었다. 그리고 그 순간은 흘러갔다.

킴은 등을 돌려 집 안으로 들어갔다.

일단 들어간 킴은 현관에 기대 눈을 감았다. 트럭이 시동을 걸고 서서히 멀어져 가는 소리를 들었다. 목구멍에 맺혔던 말, 대니얼이 들었으면 했던 말은 이제 사라지고 없었다. 만일 기회를 잡을 준비가 *되어 있었다면* 대니얼과 함께 그 기회를 잡았을 거라는 걸 그가 알아주기를 바랐다.

대니얼과의 작별은 힘든 일이었다. 하지만 그가 곁에 남도록 하는 건 더욱 힘든 일이었을 것이다.

이건 희망에 관한 문제였다. 킴은 희망을 품을 수 없었다. 한 번쯤 시도해 본 적도 있지만 그러다가 하마터면 죽을 뻔했다.

킴은 위층으로 올라가 침대에 앉았다. 바니가 혼란스럽다는 표정으로 문 앞에 앉았다. 잘 시간인가? 침대 위, 킴의 옆자리에 뛰어올라야 하나?

킴은 침대 옆 서랍의 가장 위 칸을 열어 작은 흰색 봉투를 꺼냈다. 종이 한 장이 그녀가 가진 전부였다. 그 종이를 보는 것만으로도 목구멍에 감정이 솟구쳤다. 킴은 두 사람을 다시 불러올 수 있다는 듯 그 종이를 가슴에 댔다. 그 행동이 촉진제라도 된 듯, 열세 살 생일이 사흘 지났을 때의 기억이 그녀를 삼켰다.

\*

"꼭 이 편지를 닐 선생님에게 전달해야 해."

에리카가 말했다.

"벌써 세 번째 하는 말이네요."

킴이 문으로 향하며 투덜거렸다.

에리카가 재킷 후드를 잡아당겼다.

"이봐요, 꼬마 아가씨. 잊은 것 없나요?"

킴은 자기 몸이 뒤로 끌려가도록 놔두고, 돌아서서 위탁 엄마의 단단한 품에 안겼다.

대부분의 날에 킴은 그냥 눈알을 굴려 대며 피할 수 없는 것을 받아들이듯 포옹을 받아들였다. 보통 킴은 이 에리카라는 여자가 너무도 쉽게 떠올리는 애정 표현을 그냥 참아 냈다.

"자, 이제 가. 좋은 하루 보내고."

에리카가 킴을 현관까지 데려다주며 말했다.

킴은 백팩을 고쳐 메고 계속 갈 길을 갔다. 짧은 거리를 걸어가는 동안 오늘 밤에는 주방에서 시간을 좀 보내기로 마음먹었다. 에리카는 언제나 킴에게 요리를 도와 달라고 했고 킴은 언제나 핑계를 대며 주방 대신 차고로 갔다. 키스의 오토바이 조립이 언제나 킴의 관심을 먼저 끌었다. 하지만 에리카에게 요리가 중요한 일이니 그렇게 하기로 했다.

11시 14분에는 교장이 역사 수업에 들어왔다. 그가 선생님에게 뭔가 속삭였다. 그런 뒤 눈으로 교실을 훑었다.

교장의 시선이 결국 킴에게 닿았다.

킴은 즉시 아직 건네지 못한 가방 속 편지를 떠올렸다. 에리카가 정말로 교장에게 알린 걸까?

교장이 킴 옆으로 다가와 그녀의 어깨를 건드렸다.

"소지품 챙겨서 따라오너라, 킴벌리."

교장의 목소리는 작고 부드러웠다. 평소 교장이 킴에게 말하는 말투와는 전혀 달랐다. 킴은 철렁하는 느낌을 받았다. 동시에 이번 일이 편지보다 더 심각한 것이라는 걸 알았다.

"어떤 일이 벌어졌다, 킴벌리. 그래서 내가 너를…… 음……. 네 이모 댁으로 데려갈 거야."

교장은 킴을 학교 밖으로 데려가는 내내 그녀의 어깨를 잡고 있었다.

킴은 혼란스러웠다. 그녀에게는 이모가 없었다. 갑자기 킴은 교장이 말한 사람이 에리카의 언니인 낸시라는 걸 깨달았다. 자매는 가까운 사이가 아니었다. 킴은 키스와 에리카의 돌봄을 받던 3년 동안 낸시의 가족을 겨우 두 번밖에 만나지 못했다.

킴은 차를 타고 이동하는 짧은 시간 동안 무슨 일이 벌어지는 거냐고 열 몇 번 물었지만 교장은 대답하지 않으려 했다. 킴은 집으로 데려다 달라고 했다. 교장은 킴의 말을 무시했다. 킴은 키스와 에리카에게 전화를 걸어 달라고 했다. 교장은 침을 삼키고 고개를 돌렸다.

교장을 따라 한 번도 본 적 없는 집의 오솔길을 올라가는 동안 킴의 뱃속에서는 두려움이 솟구쳤다.

낸시가 문을 열었다. 그녀의 얼굴에 떠오른 혼란스러운 빛이 금세 두려움으로 바뀌었다.

그녀가 크룩스 교장을 보았다.

"왜 저 애를 이리로 데려온 거죠?"

"가족이……."

"우린 가족이 아니에요."

낸시가 내뱉었다.

"저 애는 나한테 아무것도 아니라고요. 대체 무슨 생각이에요?"

크룩스 교장은 불편해하는 게 분명했다.

"저는 저희한테 전화를 거셨을 때 원하신 게……."

낸시의 아랫입술이 떨렸다.

"내가 전화한 건 필요한 조치를 하라는 뜻이었죠."

킴은 둘의 대화를 지켜보았다. 뱃속에 불안감이 계속 쌓여 갔다. 그녀는 에리카를 원했다. 키스를 원했다.

마침내 마음속 두려움이 폭발했다.

"부탁인데, 무슨 일인지 좀 알려 주실래요?"

낸시의 입이 쩍 벌어졌다.

"쟤한테 말도 안 해 줬어요?"

크룩스 교장이 고개를 저었다.

"딱히 제가 말할 입장은 아니라서……."

"그렇다고 내가 말할 입장도 아니……."

그녀는 고개를 젓고 무겁게 한숨을 쉬었다. 마침내 낸시가 킴을 똑바로 바라보았다.

"미안하구나, 킴벌리. 키스와 에리카가 사고를 당했어. 고속도로에서. 유감이지만 둘 다 죽었어."

킴은 입이 저절로 벌어지는 걸 느꼈다. 그녀는 여전히 낸시를 보고 있었지만 낸시는 그녀를 보지 않았다. 낸시는 크룩스 교장을 보고 있었다. 그녀의 표정은 "자, 난 할 일 다 했어요"라고 말하는 듯했다.

"하지만……. 그런, 그럴 리가요."

킴은 방금 들은 말을 이해하려고 애쓰며 말을 더듬었다.

킴은 낸시와 크룩스 교장을 번갈아 보며 고개를 저었다. 그녀는 누군가를, 이 말이 사실이 아니라고 말해 줄 사람을 기다렸다.

이번에도 킴은 크룩스 교장의 손이 어깨에 닿는 것을 느꼈다. 눈물이 눈을 찌르기 시작했다. 교장의 손길을 떨쳐 버렸다.

킴은 고개를 들어 낸시의 얼굴을 보았다. 이 모든 게 거짓말이라고 말해 줄 무언가를 간절하게 찾았다.

여자가 집 안으로 한 발짝 물러났다.

"미안하지만 난……. 난 할 일이 있어서……."

킴도, 크룩스 교장도 꼼짝도 하지 않았다. 낸시는 조금 더 망설였다.

"킴벌리, 잘 지내렴. 행운을 빈다. 하지만 넌 사실 우리 가족이 아니야. 난 이제 정말 돌아가야 할 것 같고……."

면전에서 문이 단단히 닫히며 그 문장이 흐려졌다.

킴은 몇 시간처럼 느껴지지만 실제로는 아마 몇 초였을 시간 동안 문을 빤히 바라보았다. 그런 뒤 크룩스 교장이 그녀를 가만히 다시 자동차로 데려갔다.

크룩스 교장은 킴이 걸어가다가 떨어뜨린 게 틀림없는 백팩을 주워 들었지만 킴은 그 사실을 거의 의식하지 못했다. 다리가 후들거렸다. 어째서인지 그녀는 한 발을 다른 발 앞에 놓을 능력을 잃어버렸다.

크룩스 교장이 그녀를 부축해 조수석에 태웠다. 크룩스 교장이 차를 몰기 시작했을 때도 킴은 태워진 자세 그대로 있었다.

심장은 그럴 리 없다고 울부짖었지만 머리는 이 상황이 사실이라는 것을 알았다. 사실이 아니라면 그 누구도 이토록 잔인한 말을 하지 않았을 것이다.

킴은 자동차 문을 홱 열고 거리를 따라 자신이 집이라고 불렀던 집으로 달려가 확인해 보고 싶었다. 이제야 자유를 얻고 사랑할 용기를 냈던 심장 일부가 비명을 지르며 울었다.

에리카와 키스는 집에 돌아와 있을 것이다. 그래야만 했다. 키스는 오토바이 부품을 찾아 신문과 인터넷을 뒤지고 있겠지. 에리카는 저녁으로 먹을 수제 스테이크 파이에 쓸 페이스트리를 준비하고 있을 테고. 킴은 그 생각에 매달리려 했지만 생각이 굳어지지 않았다.

킴은 크룩스 교장이 차를 세웠을 때에야 자신이 가슴 밑바닥에서부터 흐느끼고 있다는 걸 알았다.

다시는, 영원히 집을 보지 못할 것이다.

점심시간에, 킴은 3년 전에 떠나온 보육원에 돌아가 있었다. 네 시간 뒤에는 킴의 옷이 담긴 쓰레기봉투 두 개가 도착했다.

그녀의 '가족'에게서는 더 이상 연락이 없었고 장례식은 킴 없이 치러졌다.

키스와 에리카가 입양 전문 변호사를 만나고 돌아오는 길이었다는 걸 알게 된 건 나중 일이었다.

\*

바니가 다가와 앉아서 킴의 다리에 기댔다. 이제는 눈물이 킴의 두 뺨으로 쏟아져 내리고 있었다. 마음속 고통은 그날처럼 생생하고 강력했다.

킴은 지금도 그녀를 감싸던 따뜻한 두 팔의 기억을, 둘 모두를 감싸던

유스 듀*의 향을 간직하고 있었다.

　그날 이후 몇 년 동안, 킴은 그날 아침 에리카와 함께했던 작고 소소한 기억을 무한히 고맙게 여겼다.

　그 마지막 날에, 킴은 에리카를 마주 끌어안았다.

　아마 대니얼은 킴이 다시는 자신을 그토록 많이 내줄 수 없는 이유를 모를 것이다. 킴이 가진 모든 것을 일에 바치는 까닭도 이해하지 못할 것이다. 하지만 킴에게는 이것이 안전하게 지내는 방법이었다. 그 무엇도 킴의 생각을 바꿀 수 없었다.

　킴은 눈물을 닦고 종잇조각을 다시 서랍에 넣었다.

　후회는 없었다.

　세상에는 킴이 지금 이대로의 모습이어야만 하는 사람들이 있었다.

　킴은 핸드폰을 꺼내 트레이시 프로스트의 핸드폰에 다시 전화를 걸었다.


# 64


*왜 **그날** 나를 학교에 보낸 거예요, 엄마?*
*무슨 일이 일어날지 어떻게 모를 수가 있었어요?*

---

● 향수 브랜드.

나를 화장실로 데려간 뒤 루이즈는 점심시간이 될 때까지 내내 나를 뚫어지게 보았어요. 나는 미소 지었어요. 루이즈가 내게 마주 미소 지어 주길 바랐죠. 루이즈는 미소 지었어요. 미소 비슷한 것을요.

루이즈에게는 린지를 생각나게 하는 점이 있었어요. 나는 루이즈가 나를 좋아하길 바랐어요. 루이즈가 내 친구가 되기를 바랐어요.

루이즈는 점심시간에 나한테 자리를 찾아 주더니 내가 혼자 밥을 먹게 놔뒀어요. 루이즈는 인기가 많은 아이였어요. 이 무리, 저 무리로 뛰어다니며 그 애들을 웃게 했죠. 그 사이에는 아리송하다는 듯 얼굴을 조금 찌푸리며 나를 보았어요. 나는 미소 짓고 손을 흔들며 루이즈가 다가와 주기를, 내가 혼자가 아니기를 기도했죠.

나는 나뭇조각 같은 맛이 나는 샌드위치를 간신히 다 씹었어요. 내 도시락통 바닥을 내려다보았죠. 주위를 둘러보고 싶지 않았거든요.

마침내 루이즈가 다가와서 내 옆에 앉았어요.

"점심시간 다음은 PE 시간이야."

루이즈가 말했어요.

"원한다면 나랑 짝을 해도 돼."

나는 고마워서 고개를 끄덕였어요. PE가 뭔지는 잘 몰랐지만, 적어도 짝이 있었으니까요.

문득 나는 머릿속에 맴돌던 질문을 던질 용기를 냈어요.

"왜 다들 나를 쳐다보는 거야?"

내가 물었어요.

"그냥 네가 새로 온 아이니까."

루이즈는 내 남은 튀김을 낚아채 가며 말했어요.

상관없었어요. 루이즈는 내 짝이 될 테니까요. 그 말은 루이즈가 내 친구가 된다는 뜻이었죠.

점심시간 끝을 알리는 종이 울렸고, 나는 아이들을 따라 교실로 돌아갔다가 체육관으로 갔어요. 루이즈한테는 다가갈 수 없었어요. 루이즈 주변에 사람이 너무 많았거든요. 하지만 나는 그래도 괜찮다고 나를 타일렀어요. 루이즈는 내 짝이 될 테니까. 루이즈가 그렇게 말했으니까. 나는 이미 언젠가는 루이즈가 우리 집에 와서 차를 마시게 될 거라고 기대하고 있었어요.

쇼 선생님은 짧은 주름치마를 입은 날씬하고 예쁘장한 여자였어요. 선생님은 체육 가방을 가져왔느냐고 물었죠. 나는 고개를 저었어요. 체육 가방이 필요한 줄 몰랐거든요.

선생님이 잠시 망설였어요.

"남는 가방이 있을 것 같구나."

선생님은 그렇게 말하고 체육관을 나섰어요. 선생님이 문에 다가가 멈춰 섰죠.

"루이즈, 새 친구한테 체육 매트를 어디서 가져와야 하는지 보여 주렴."

쇼 선생님은 그렇게 말한 뒤 사라졌어요.

루이즈가 돌아서서 내 쪽을 보며 미소 지었어요.

하지만 루이즈가 한 일은 선생님이 시킨 것과는 전혀 달랐어요.

# 65

모두가 사무실에 자리를 잡고 앉자마자 킴은 그들을 아침 브리핑에
불러들였다.

킴은 성큼성큼 어항에서 나갔다.

"좋아, 다들. 최대한 빨리하자. 이소벨이 나를 보자고 했다는 메시지를
받았으니까. 자, 우린 트레이시 프로스트가 실종되었거나 무단결근했다
는 걸 알고 있다. 지금도 전화를 받지 않고 있어. 집 앞에 차도 없고."

킴은 그날 아침에만 이미 세 차례 트레이시의 핸드폰에 전화를 걸어
보았고, 경찰서로 오는 길에 그녀의 집 앞을 지나왔다.

"정말 우리가 쫓는 범인이 트레이시를 잡아 두고 있을까요?"

케빈이 물었다. 킴은 잠시 생각하고 고개를 끄덕였다.

"기사 한번 잘 썼던데."

케빈은 그렇게 말하더니 두 손을 번쩍 들었다.

"혹시 물어보실까 봐 하는 말인데, 제가 정보를 흘린 게 아니에요."

킴은 케빈이 왜 자기가 즉각적인 의심을 받을 거라고 생각하는지 알
수 없었다.

"알아, 케빈."

"저를 탓하실 줄 알았어요. 그야……. 그러니까……. 제가 수다쟁이
인 데다, 사건 관계자가 정보를 흘린 게 분명하니까……."

"케빈, 내가 그런 거야."

"뭐라고요?"

브라이언트와 스테이시가 동시에 말했다. 킴은 아무 말도 하지 않았다.

"진짜로 대장이 트레이시 프로스트한테 얘기하신 거예요?"

케빈이 경악해서 되물었다.

"그래, 내가 말했어. 이젠 진도 좀 나가자. 자, 루이즈 히크먼이 우리가 아는 첫 번째 피해자다. 그런 뒤에는 저마이마가 두바이에서 돌아올 때까지 몇 년의 휴식 기간이 있었어. 그런 다음, 범인은 이소벨을 죽이려 했고 지금은 트레이시를 잡고 있어. 우리가 아는 한 이 중 세 사람은 같은 학교에 다녔고. 이번 살인극 전체를 촉발했을지 모르는 어떤 사건이 있었어. 교장이 기억하고 있는 사건이야. 게다가 우리 피해자 중 두 명은 루이즈 히크먼이 학교에서 하고 다녔던 것과 똑같은 헤어핀을 가지고 있었어. 그게 핵심인 건 분명하다."

스테이시가 말했다.

"좀 극단적이네요. 학교에서야 다들 거지 같은 일을 겪는데."

킴이 고개를 끄덕였다.

"같은 생각이야. 그때의 사건에 대해 좀 더 자세한 정보가 필요해."

킴은 몇 초 동안 말을 멈추었다가 스테이시를 돌아보았다.

"학교 영양사를 찾아봐, 스테이시. 영양사들은 늘 모든 것을 아니까. 그 사건에 우리가 지금껏 아는 것 이상의 뭔가가 있어."

"그리고 대장은 자기가 틀렸다는 걸 인정할 준비가 거의 되어 있고."

브라이언트가 미소 지으며 말했다.

"그렇습니까?"

킴이 놀라서 물었다.

"뭐, 교장 선생님이 하는 말 들으셨잖아요. 교장 선생님은 그 애가 여자애라고 했어요. 아무리 대장이라지만 우리가 맞았고 대장이 틀렸다는 건 인정해야죠. 우리가 찾는 범인은 여자입니다."

"그 애의 오빠나 아버지, 삼촌, 남자친구, 남편이 범행했을 가능성은?"

킴이 말했다.

"아, 그러니까 대장이 틀렸다는 말은 못 하겠다는 거네요? 다만 범인이 남자라는 주장이 대장이 했던 말 중 가장 옳은 말은 아니었다는 것만 인정하겠다는 거죠?"

브라이언트가 물었다. 킴이 고개를 저었다.

"그날 있었던 일에 대해 더 알아낼 때까지는 아무것도 인정하지 않겠습니다."

스테이시가 말했다.

"저는 지금도 이소벨이 이번 일의 어디에 맞아 들어가는 건지 살펴보고 있어요. 루이즈 히크먼과 저마이마 로는 같은 반이었어요. 트레이시 프로스트는 그 위의 학년이었고……."

"미들네임도 살펴봐, 스테이시. 어떤 사람들은 특정한 상황에서 미들네임을 쓰니까."

킴이 조언했다.

"알겠습니다, 대장."

"난 지금도 다리와 배에 남아 있던 그 흔적에 대해 알고 싶어. 말이 되지 않아. 알다시피 저마이마와 이소벨 모두에게 그 흔적이 있었어. 루이즈에 관해서는 알 방법이 없겠지만."

루이즈의 허벅지 살은 흉터를 확인하기에는 너무 부패되어 있었다.

"이소벨 이야기가 나와서 말인데, 이소벨은 어제 의식을 되찾았지만 당시 사건에 대해서나 자기 인생에 대해서나 전혀 기억하지 못해. 거기다가 C형 간염에도 걸린 상태야. 이소벨이 그 사실을 아는지는 모르겠지만."

"무슨, 이소벨이 약쟁이라는 거예요?"

"C형 간염에 걸리는 유일한 방법이 마약이라고 생각할 만큼 무식하지는 않을 텐데, 케빈."

킴이 쏘아붙였다. 하긴, 솔직히 말해 그들의 경험으로는 마약 사용이 C형 간염의 가장 흔한 원인이었다.

이소벨이 약을 끊은 중독자일 가능성도 있었다. 뚜렷한 금단 현상이나 주삿바늘 자국은 보이지 않았으니까.

"남자친구는 아니요?"

케빈이 물었다.

대장이 말해 주실 건가요? 킴은 젊은 형사의 목소리에서 그 질문을 들었다.

그건 킴 자신의 머릿속에서 성가시게 들려오던 질문이기도 했다. 던컨이 여자친구를 돌보는 모습을 지켜보면 용기가 생겼다. 그건 이소벨에게도 누군가가 있다는 뜻이었으니까. 하지만 던컨이 진실을 알더라도 애정을 유지할까? 결국 킴은 이건 그녀가 알려 주어야 할 진실이 아니라는 결론에 이르렀다.

"케빈, 너는 지역 쉼터를 탐문해 봐. 우리가 아는 성매매 여성들도. 이소벨이라는 여자에 대해 들어 본 사람이 있는지 알아봐."

"이소벨이 창녀라고 생각하세요?"

킴이 고개를 휙 처들었다.

"쓰는 단어를 다시 고를 시간으로 3초 준다."

브라이언트는 케빈에게 입을 열 기회를 주지 않고 일어섰다.

"커피 가져올게요. 스테이시가 도와준다네요."

킴은 동의한다는 뜻으로 눈썹을 치켜올리며 팔짱을 꼈다. 둘은 사무실에서 나갔다.

"어떻게 그런 말을 하지? 그런 여자들, 아니, 어떤 여자라도 어떻게 그렇게 예의 없이 부를 수 있느냐 말이야."

킴은 그렇게 묻고 한 손을 들었다.

"아니, 굳이 대답하지도 마. 이번 대화에서는 너한테 들을 말이 없으니까. 알아?"

케빈은 놀람과 짜증이 뒤섞인 표정을 지었다.

"매번 수사를 할 때마다 같은 얘기를 하게 되는 것 같은데, 케빈. 솔직히 난 그만 좀 했으면 좋겠다. 넌 그야말로 뛰어난 모습을 보이는 순간이 있어. 그럴 때면 실제로 네가 이 팀원이라는 것이 자랑스러워. 그런데 때로는, 솔직히 전혀 자랑스럽지 않은 경우도 있어. 알겠지만, 케빈. 난 네가 너만의 선입견을 근거로 사람들에게 각기 다른 우선순위를 두는 것처럼 보일 때마다 열 받아. 중요한 건, 나와 만나기 전에 이소벨이 뭐였든 난 전혀 신경 쓰지 않는다는 거야. 내가 아는 건, 내가 땅에서 신음하는 이소벨을 봤다는 것뿐이라고. 머리에서 피가 쏟아져 나오는데 숨을 쉬려고 애쓰는 이소벨을 말이야. 그런 다음에 나는 혼수상태와 맞서 싸운 놀랍도록 용감한 여자와 이야기를 나눴어. 그렇게 힘겨운 싸움 끝에 정신을 차리고 보니 자기 이름도 모르는 참 즐거운 상황이 되었을 뿐이지만. 그러니까 네가 이소벨을 창녀라고 부르는 뻔뻔함을 보일 때면 난 좀 열 받아. 알아들어?"

킴은 케빈의 목을 따라 핏대가 솟구치는 것을 볼 수 있었다. 그런 일은 케빈이 감정적으로 격앙될 때에만 일어났다.

"그냥 조금만 신경을 쓰면 되는 문제야, 케빈."

킴이 고개를 저으며 말했다.

"입을 열기 전에 생각을 좀 하라고. 알겠어?"

킴은 복도에서 나는 브라이언트의 헛기침 소리를 들었다. 전혀 은근하지 않았다.

"구내식당이 아직 안 열었네요."

브라이언트가 자리에 앉으며 말했다. 스테이시가 그 뒤를 따랐다.

당연히 그렇겠지. 구내식당이 8시에 문을 연다는 건 그들 모두가 알고 있었다.

"대장……?"

"그래, 케빈?"

"이소벨이 성매매 종사자였다고 생각하세요?"

킴은 망설이지 않고 대답했다. 할 말은 이미 다 했으니까.

"그럴 수도 있다고 생각해. 팔목의 흉터는 이소벨이 어려움을 겪었고, 어느 단계에서는 자기 목숨을 끊어야겠다고 마음먹었을 만큼 절망했다는 뜻이야. C형 간염에 걸렸다는 점은 이소벨이 어느 단계에서 생계를 위해 성매매에 발을 담갔다는 의미일 수 있어."

그리고 그 세계는 사람들이 출근 도장을 찍지 않고도 오갈 수 있는 곳이었다. 이소벨은 경찰을 쉽게 피할 수 있었을 것이다. 하지만 다른 성매매 여성들을 피하는 건 다른 문제였다. 근처에 있는 사람들을 파악하는 것이 그 여성들이 하는 일이었으니까.

"이소벨이 거리에서 일한 적이 있다면 누군가 알 거야, 케빈. 웨스털리로 돌아가는 길에 좀 파 봐."

"알겠습니다, 대장. 커티스 그랜트가 오늘 웨스털리에 다시 올 예정입니다. 그랜트와 잠깐 이야기를 나눠 보고 싶은데요. 대런 제임스를 갑자기 야간 경비원으로 투입한 게 좀 이상해 보여서요. 게다가 이번 주에는 커티스 그랜트가 딱히 필요하지 않을 정도로 웨스털리에 오랫동안 머문 것 같습니다. 뭔가 잘못된 느낌이 듭니다."

"흠, 계속 지켜봐. 뭔가 나오면 나한테 알리고."

스테이시가 잠시 키보드 입력을 멈추었다.

"아이버와 래리는 어떻게 할까요?"

킴이 무겁게 한숨을 쉬었다. 그녀는 사건이 다시 살아나 브라이얼리 힐의 것이 되었다는 걸 알았다. 그러나 마음속 무언가가 그 사건을 놓아주지 않으려 했다. 킴과 킴의 팀원들은 3년 동안 밝혀진 것보다 많은 내용을 이틀 만에 알아냈다.

지금 그들은 범인이 두 남자의 신분을 감추기 위해 온갖 노력을 했다는 걸 알고 있었다. 두 남자는 친구 사이였거나 최소한 지인이었다. 스테이시는 둘 다 등록된 성범죄자라는 걸 확인해 주었다.

이제는 아이버의 신원이 몇 년째 확인되지 않았다는 점이 훨씬 덜 불쌍하게 느껴졌다.

"그 둘의 피해자에 대해서 좀 파 봐, 스테이시. 둘 다 징역을 살았지만, 둘이 충분한 벌을 받지 않았다고 여기는 사람이 바깥세상에 있을지도 몰라."

"네, 일단 제가 있죠."

케빈이 말했다. 아무도 동의한다는 말을 하지 않았다. 그럴 필요가 없었다. 그건 보편적인 의견이었으니까. 누가 무슨 짓을 했든 그 사람을 죽이고 돌아다녀서는 안 된다는 생각도 마찬가지였지만.

# 66

이소벨은 주간 간호사가 건네준 묽은 차를 한 모금 마셨다. 하마터면 빳빳하고 흰 시트에 차를 뱉어 낼 뻔했지만, 머뭇머뭇 미소가 지어지기 시작했다. 이제 보니 그녀는 설탕을 넣지 않는 취향인 듯했다. 새로운 사실을 알아냈다.

이소벨은 매리언을 못 본 것이 아쉬웠다. 그 간호사는 약속을 지켜 11시 30분에, 그다음에는 새벽 2시에, 그리고 5시에 다시 이소벨을 깨웠다. 조금씩 자는 시간을 늘린 것이다. 그녀가 이소벨을 마지막으로 깨운 건 교대 시간이 가까워진 7시 30분이었다.

이소벨은 직원들이 말하는 소리를 들었다. 짧은 말들을 통해 자신이 오늘 늦은 시각에 다른 병실로 옮겨지리라는 것을 알 수 있었다. 그녀의 단기, 장기 기억력 모두가 긍정적인 징후를 보이는 듯했다. 이소벨은 자신이 잼을 바르지 않은 토스트를 더 좋아한다는 기억과 던컨이 그녀의 남자친구라는 기억을 유지했다. 그녀의 신체적 회복은 기적이라고 축하받았다.

회복되어 간다는 모든 신호에도 마음 한구석에서는 병실을 옮기기 싫다는 생각이 들었다.

오가는 사람이 최소한으로 유지되는 조용하고 폐쇄된 환경에는 안전이 존재했다. 하지만 이소벨은 보조장치 없이 숨을 쉬고 있었고, 모르핀은 성공적으로 감량되었다. 잠도 좀 잘 수 있었다.

이소벨은 아주 짧은 순간 던컨이 그녀를 찾지 못할 거라는 두려움을 경험했다. 그녀는 병원 직원들이 던컨에게 길을 가르쳐 줄 거라고 자신을 안심시켰다. 던컨이 떠나야만 하는 시간이 싫었다. 그가 돌아오는 순간만 기다려졌다. 손에 던컨의 손바닥이 닿기만 해도 마음이 놓였다.

던컨이 돌아오면 이소벨은 그에게 데이트에 관해 다시 물었다. 직접 기억할 수 있을 때까지 계속 물어볼 작정이었다. 어쩌면 언젠가는 던컨이 다른 무언가를 떠올릴지 몰랐다. 그 기억이 이소벨 자신의 기억에 불을 켤지도 몰랐고.

이소벨은 자기도 모르게 손목의 흉터를 만졌다. 이 동작에는 어딘지 익숙한 면이 있었다. 왜 내 몸에 이런 짓을 저질렀을까? 납치되기 전 인생에서 무엇이 그렇게 나빴기에 죽음이 답이라고 느꼈을까? 아이러니는 범인이 매우 아슬아슬하게 그 소원을 들어줄 뻔했다는 점이었다.

이소벨의 생각은 밤 내내 그녀를 괴롭혔던 꿈으로 돌아갔다. 납치된 기억. 누군가의 손길이, 성적이지는 않았던 손길이 닿았던 기억. 목소리. 깨어날 때마다 이소벨은 머릿속 동굴에서 춤추는 그림자에 불과한 형상을 이해해 보려 했다.

이제 이소벨은 더 이상 헉헉대지 않았다. 그녀는 머릿속 활동을 쫓아다니는 것이 기름 바른 뱀장어를 잡으려는 것과 비슷하다는 걸 알게 되었다.

그래, 이소벨은 그 형상에 초점을 맞출 수 없었다. 하지만 자신이 들은 말은 알고 있었다.

*너 하나, 나 하나.* 그리고 어딘가에 맨디라는 여자가 있었다.

그 두 가지 정보는 아무리 여러 번 들여다보아도 더 이상 늘어나지 않았다. 그녀는 머릿속으로 그 두 가지 작은 정보를 이리저리 뒤집어 보았다. 보석이 몇 캐럿인지 알아보려는 듯 모든 각도에서 그 정보를 살펴보았다.

하지만 정보는 변하지 않았다. 그녀의 머릿속 어딘가에서 떠올랐기에, 잠긴 상자에서 기어 나오는 데 성공했기에 소중한 정보.

주간 간호사가 다가와 찻잔을 확인했다.

"차가워졌네요, 환자분."

이소벨은 설탕에 대해서 뭐라 말하려고 입을 열었지만, 어제 만났던 여자 경찰관임이 분명한 누군가를 보고는 다시 입을 다물었다.

이소벨은 정신이 들자마자 병동 간호사에게 형사에게 전화를 걸어 달라고 부탁해 두었다. 하지만 그녀가 벌써 오리라고 예상하지는 못했다.

"안녕하세요. 좀 어떠십니까?"

이소벨은 면회객에게 미소 지었다. 이상하게도 형사를 보자 무척 기분이 좋았다.

어제 이소벨은 여자 형사의 태도에 위협을 느꼈다. 하지만 오늘은 안심이 됐다. 그 얼굴에는 정직함이 있었다. 입은 미소를 잘 짓지 않았지만, 검은 눈 이면에 열정이 있었다.

"괜찮아요. 이따 자리를 옮긴다나 봐요."

형사는 자리에 앉으며 고개를 저었다.

"제가 조금만 더 당신을 여기 머물게 해 달라고 했습니다. 아직 옮겨
질 준비가 되지 않으신 것 같아서요."

"아직 그 사람을 못 잡았다는 뜻인가요?"

막을 겨를도 없이 말이 튀어나왔다.

형사가 한쪽 눈썹을 치켜올렸다.

"그냥, 당신이 여기에 좀 더 있어야 제가 행복할 것 같다고 해 두죠."

이소벨은 경찰의 개입이 불쾌하지 않았다. 기억이 돌아올 때까지는
폐쇄된 환경의 안전을 만끽하고 싶었다.

"전 설탕을 싫어해요."

이소벨이 어깨를 으쓱하며 말했다.

"저도요."

경찰관이 대답했다.

"드릴 말씀이 있는데, 뭔가 의미가 있는지는 모르겠어요."

이소벨이 불쑥 말했다. 형사가 눈앞에 앉아 있는 지금은 해야 할 말이
중요하지 않게 느껴졌다. 부분적으로는 납치범과 함께 있을 때 그 소리
를 들은 건지 확인할 수 없기 때문이었다. 전생에서 들은 소리라고 할
수도 있었다.

"맨디. 그 사람이 다른 누군가를, 맨디라는 사람을 잡고 있었을지도
모른다는 생각이 들어요. 계속 그 이름이 들리는데 목소리는 못 알아듣
겠어요. 아무것도 아닐 수도 있어요. 아무 관련 없는 얘기인지도 모르
죠. 제가 형사님한테 엉뚱한……."

"괜찮습니다."

경찰관이 이소벨의 손을 두드리며 말했다.

"뭐가 중요한지 판단하는 건 제가 할 일입니다. 그냥 떠오르는 건 다 말해 주세요."

"너 하나, 나 하나."

이소벨이 불쑥 말했다.

"네?"

형사가 되물었지만, 이소벨은 혼란스러워 어깨만 으쓱했다.

"그러게 말이에요. 이상하지만, 눈을 감으면 그 말이 무한 반복되듯이 떠올라요. 문제는 그게 제 상상인지 아닌지 알 수 없다는 거예요."

이소벨은 마음속에 한숨이 차오르는 것을 느꼈다. 눈물로 눈이 따가웠다.

"그냥, 더 이상은 아무것도 모르겠어요. 생각과 기억의 차이를 모르겠다고요. 뭐가 진짜인지 모르겠어요."

"속상해하지 마십시오. 당신은 훌륭하게 해 나가고 있습니다."

서늘하고 단단한 손길이 그녀의 팔에 놓여 있었다. 그 손에서 맥동하는 힘에 이소벨의 눈물이 그쳤다.

"당신은 당신 목숨을 끝장내려는 끔찍한 공격에서 살아남았습니다. 혼수상태에서 살아남았고요. 거기다 당신 몸은 치유되려 노력하고 있습니다. 그러니까 좀 살살하세요."

이소벨은 형사가 기억이 돌아올 거라며 가짜로 안심시키는 말을 하지 않았다는 걸 알아챘다. 그들은 둘 다 기억이 영영 돌아오지 않을지도 모른다는 걸 알고 있었다. 그래서 형사는 굳이 가식을 떨지 않았다.

형사가 일어서자 이소벨은 갑자기 외로움을 느꼈다. 형사의 온몸은 어떤 안정감으로 둘러싸여 있었다. 비록 태도는 퉁명스럽고 뻣뻣했지만, 이소벨은 형사의 얼굴에서 드러나는 솔직함이 마음에 들었다.

"아무튼, 성 없이 이름만 가질 수 있는 사람은 아주 유명한 사람밖에 없습니다."

형사는 단순히 '이소벨'이라고만 적혀 있는 침대 위의 명판을 힐끗 보며 말했다.

이소벨은 그 말에 미소 지었다. 형사가 그녀의 팔을 꽉 잡았다.

"돌아와서 다시 상태를 확인하겠습니다. 괜찮죠?"

이소벨은 고맙다는 뜻으로 고개를 끄덕였다. 그렇게 생각하니 마음이 놓였다.

형사는 마지막으로 한번 미소 짓더니 돌아서서 떠났다. 자신감 있고 확신에 찬 걸음걸이였다.

병실이 그 즉시 공허하고 어둡게 느껴졌다. 불이 나간 것만 같았다.

이소벨은 갑자기 형사의 등에 대고 떠나지 말라고 소리치고 싶은 충동을 느꼈다. 그녀에게 머물러 달라고 빌고 싶었다.

아주 잠깐, 이소벨은 안전하다고 느꼈다. 그 무엇도 이 병실에 손을 뻗어 그녀를 잡아갈 수 없을 것만 같았다. 하지만 형사가 떠나자 어딘가에 노출된 듯한 취약한 느낌이 들었다.

이소벨은 그 개자식이 잡히지 않는 한 이런 기분이 들리라는 걸 알았다.

# 67

"좀 어때요?"

킴이 다시 차에 타자 브라이언트가 물었다.

"어제보다 나아 보입니다. 상태는 좋아졌지만, 내가 병실에 요청해서 이소벨을 잠시 잡아 두라고 했습니다."

"이소벨이 아직 위험하다고 보세요?"

브라이언트가 주차장을 벗어나며 물었다.

킴은 환자 대 직원 비율을 볼 때 근처에 언제나 누군가 있을 수밖에 없다는 걸 알았다. 하루 중 어느 때라도 정체 모를 방문자가 돌아다닐 수는 없었다.

"이소벨은 죽지 않았습니다. 그러니 확실히 아직은 안전하지 않죠. 계속 맨디라는 이름이 들린다는군요."

킴이 미심쩍게 말했다.

"이미 스테이시에게 전화를 걸어 뭐가 나오는지 알아보라고 했지만, 이소벨의 경우에는 뭐가 현실인지 알기 어렵습니다."

"그런 이름의 간호사나 병원 직원은 없을까요?"

브라이언트가 물었다. 킴이 고개를 저었다.

"아뇨, 확인해 봤는데 그런 환자도 없습니다."

브라이언트가 한숨을 쉬었다.

"트레이시 말고도 피해자가 한 명 더 있다고 보세요?"

킴은 이소벨에게서 들은 말을 이해해 보려 했다.

"놈이 다른 피해자를 같이 잡아 두었다면, 그 피해자는 어디 있을까요? 웨스털리가 놈의 유기 장소라는 건 아니까…….."

"아직 발견되지 않은 옛 피해자가 한 명 더 있을 수도 있죠."

킴이 생각하던 것도 바로 그것이었다.

"이소벨은 *너 하나, 나 하나*라는 말도 했습니다. 머릿속에서 그 말이 끝없이 재생된대요."

킴은 답답해 한숨을 쉬었다. 그녀에게는 아무 의미도 없는 말이었다.

"들리네요."

브라이언트가 노래하는 듯한 목소리로 말했다.

"뭐가요?"

"대장의 목소리 변화요. 아주 많은 걸 알려 주는 변화죠."

킴이 브라이언트에게 인상을 썼다. 그녀는 목소리 변화를 전혀 의식하지 못했다.

"사건이 더 이상 사건이 아니라 대장의 개인적인 사명이 되는 순간이에요."

킴은 고개를 젓고 창밖을 내다보았다. 자동차는 페드모어가로 향했다.

"개소리도 참 잘하십니다."

"사실인데요. 대장은 정의를 실현하겠다는 욕심에 모든 사건을 시작해요. 결국에는, 언제나 대장의 동기가 바뀌죠. 대장이 피해자들과 친숙해지고…….."

"잠깐, 내가 이소벨을 만나러 간 건…….."

"그런 얘기가 아닙니다. 살아 있는 피해자만 얘기하는 게 아니니까요. 죽은 피해자도 마찬가지예요. 대장은 어떻게든 피해자들과 친숙해지고, 그러면 변화가 일어나요. 더는 정의를 위해서 살인자를 잡으려 하지 않죠. 이제는 저 마이마, 루이즈, 이소벨, 심지어 트레이시를 위해서 움직이는 거예요. 이젠 개인적인 사건이 된 겁니다. 그러면 대장의 목소리가 바뀌어요. 제가 하고 싶은 말은 그게 전부입니다."

킴은 반박하려고 입을 열었다가, 브라이언트가 레덜 힐을 따라 크래들리 히스 주요 도로를 향해 차를 몰고 가자 다른 생각이 들었다.

킴은 브라이언트를 돌아보았다.

"다음으로 갈 곳을 말하지도 않았는데 어떻게 운전을 하는 겁니까?"

브라이언트가 슈퍼마켓 주차장으로 들어가더니 거리 반대편을 고갯짓했다.

"대장이 병원에 있을 때 스테이시한테서 전화를 받았습니다. 콘히스의 옛 영양사 엘시 힌튼이 저기서 일합니다."

"저기, 이런 얘기는 나한테 해 주는 게 좋겠습니다. 실제로는 내가 대장이라는 더러운 소문이 돌고 있어서."

킴이 쏘아붙였다.

킴은 자신이 사건에 감정적으로 관여하고 있다는 브라이언트의 추론에 여전히 분했다.

그녀는 브라이언트가 슈퍼마켓 주차장의 주차 자리를 하나하나 지나는 모습을 지켜보았다.

"브라이언트, 도대체 뭘 하는 겁니까?"

"자녀 동반 차량을 위한 자리를 찾고 있습니다."

"그냥 좀 세워요, 망할 거."

킴이 짓씹어 뱉었다.

슈퍼마켓 맞은편에 카페가 있었다. 가족이 경영하는 카펫 가게와 건축 협회 사이였다. 카페 안쪽은 규모가 작아 자리가 여섯 개뿐이었다. 환하게 장식된 벽에 크래들리 히스 대로의 흑백 사진이 걸려 있었다.

카운터에 다가가자 베이컨, 소시지, 커피 향기가 점점 강해졌다. 킴은 눈에 보이는 두 여자 중 한 명도 그들이 찾는 사람은 아니라는 걸 바로 알아보았다.

"엘시 힌튼?"

브라이언트가 미심쩍다는 듯 물었다.

"아직 안 왔는데요."

비교적 젊은 여자가 말했다.

"누구시죠?"

직접적이지만 무례하지는 않은 질문이었다.

"그냥 그분과 할 얘기가 있어서요. 주소 있으신가요?"

여자는 브라이언트가 나쁜 일이라도 시키는 듯 미소 지었다.

"아뇨, 아저씨. 그렇겐 안 되죠. 엘시는 10분 뒤에 올 거예요. 원한다면 기다리시든지요."

브라이언트가 킴을 보자 킴은 고개를 끄덕였다. 그녀는 몇 발짝 물러나 한때 파이브웨이 교차로를 위풍당당하게 내려다보던 옛 교회 사진 아래에 앉았다. 지금 그 교회는 새 슈퍼마켓으로 접근할 길을 내기 위해 철거되었다.

킴은 등 뒤에서 음료 기계가 식식대는 소리를 들었다. 브라이언트가 그의 주문을 받는 여자와 농담을 하며 웃는 소리도 들렸다.

킴은 브라이언트의 태평한 태도와 붙임성 좋은 성격이 놀라웠다. 브라이언트는 만나는 사람 대부분과 어울릴 수 있는 능력을 가진 매력덩어리였다.

킴은 어쩌다 브라이언트가 그런 성격이 됐는지 궁금했다. 학창 시절부터 모두가 주위에 몰려드는 그런 아이였을까? 아니면 자라서 갖게 된 성격을 몇 년에 걸쳐 갈고닦은 걸까?

뭐든 간에, 킴은 브라이언트가 그녀의 짜증을 심하게 돋우긴 하지만 팀에 균형을 맞춰 준다는 점을 다행스럽게 여겼다.

"더블 샷 라테요."

브라이언트가 탁자에 유리잔을 내려놓으며 말했다. 브라이언트의 음료는 찻주전자에 담긴 1인용 차였다.

브라이언트가 자리에 앉았을 때 10대 후반의 소녀가 쌍둥이 유아차를 가지고 카페에 들어왔다. 유아차의 두 자리 중 한 자리에만 아이가 있었다. 다른 자리는 여러 개의 쇼핑백으로 가득 차 있었다.

소녀가 유아차를 밀며 몸을 구겨 카페로 들어오려 하자 브라이언트는 뒤로 물러나서 문을 열어 주었다.

킴은 10대 엄마가 노련하게 아들을 유아차에서 꺼내는 모습을 지켜보았다. 아기는 꺼내 달라고 즉시 팔을 뻗었다. 둘 모두가 이해하고 실행하는 의례였다.

"폭풍이 다가옵니다."

브라이언트가 금속 주전자에 들어 있는 티백을 저으며 말했다.

"잘됐네요."

킴이 말했다. 넌더리나는 더위가 며칠째 심해져 가고 있었다.

브라이언트가 고개를 저었다.

"햇빛보다 비가 좋으세요?"

"네."

"아니, 대체 사람이 어떻게 여름을 싫어할 수 있지?"

브라이언트는 청동색 액체를 아무 무늬 없는 흰색 찻잔에 따르며 물었다.

글쎄, 가장 상처가 되는 기억이 끈적끈적한 더위의 장벽에 감싸여 있다면 쉬운 일이었다.

아기 엄마가 아기를 높은 의자에 내려놓자 아기가 울음소리를 냈다. 엄마가 아기를 의자에 앉히려 할 때마다 아기는 미끄러져 앉지 않으려고 다리를 쭉 뻗었다.

킴은 미소를 감추느라 고개를 돌렸다. 연습으로 완벽해진 또 하나의 일과. 저 행동은 아기가 늘 하는 일이었다.

"트레이시에 대해서는 우리 생각이 틀렸을 수도 있어요. 아시죠?"

브라이언트가 말했다.

"그냥 머리 비울 공간이 필요했던 걸지도 몰라요. 여기저기서 벗어나고 싶었던 거죠."

킴도 동의했다.

아이가 시끄럽게 울어 댔다. 녀석은 의자에 갇혀 있었지만 하체를 흔들어 빠져나오려 애썼다. 두 다리를 앞뒤로 버둥거리고 위아래로 들었다 놨다 했다.

"전 우리가 엄청난 가정에 따라 움직이고 있다고 생각……."

"쉿."

킴은 탈출하려는 아이의 몸부림을 계속 지켜보며 말했다. 아기는 함정에서 기어 나오려고 몸을 앞으로 숙였다. 녀석의 배가 앞에 놓여 있던 음식 쟁반에 부딪혔다.

"대장……?"

킴은 브라이언트의 말을 못 들은 체했다. 아이가 다리를 풀어내리려고 앞뒤로 버둥거렸다. 아기의 허벅지 뒤쪽이 위아래로 움직이며 의자의 나무 가장자리에 부딪혔다.

"저기요, 대장……?"

"브라이언트, 닥쳐요."

킴은 아기에게서 시선을 떼지 못하고 말했다.

아기는 통통하고 작은 손가락으로 음식 쟁반 끝을 잡더니 그 힘으로 몸을 앞으로 당겼다.

"아, 저 사람이 우리가 찾는 영양사일지도 모르겠네요."

브라이언트가 문 쪽을 고갯짓하며 말했다. 그제야 킴은 동료를 돌아보았다. 그녀는 어리둥절했지만 자신의 생각이 맞는다고 확신했다.

"브라이언트, 우리가 알아내지 못했던 피해자의 흉터 말인데요."

킴은 자신이 하려는 말을 믿을 수가 없었다.

"그 개자식이 피해자들을 유아용 의자에 묶어 놓은 겁니다."

# 68

트레이시는 온 힘을 다해 눈을 떴다.

용상 경기에 출전한 역도 선수가 된 기분으로 모든 힘을 집중해 눈알을 덮고 있는 피부 조각 두 개를 들어 올리려 했다. 그녀는 간신히 눈꺼풀을 들어 올릴 수 있었지만 처음에는 눈을 떴다는 걸 확신하지 못했다. 몇 초 뒤에야 눈이 어둠에 적응했다. 멀리, 어둠 속에 이상한 형상이 뚜렷하게 보였다.

"저, 저기요……."

트레이시는 벽을 따라 춤추는 그림자를 향해 속삭였다. 돌아오는 침묵이 무시무시했다.

트레이시는 입가에서 액체가 한 줄기 흘러내린 것을 느꼈다. 뺨을 타고 아래쪽으로 내려가는 그녀의 침이었다.

트레이시는 손을 들려 했지만 손이 움직이지 않았다. 눈으로 아래를 바라보며 몽롱한 머리로 이유를 생각할 뿐이었다. 트레이시는 다시 손을 들어 보려다가 자기 손목이 묶여 있다는 것을 깨달았다. 하지만 무엇으로 묶여 있는지는 보이지 않았다.

트레이시는 1분이 꽉 차게 흐르고 나서야 다른 손은 묶여 있지 않다는 걸 알았다. 그녀는 안개를 걷어 내 보려고 고개를 저었다. 십여 마리의 거미가 머릿속에 거미줄을 친 것만 같았다.

트레이시는 팔을 들려 했으나 중력이 억지로 다시 끌어 내리려는 것만 같았다. 헛되게도, 그녀는 아무리 열심히 노력해도 다리가 움직이지 않는 꿈속에 갇혀 버린 건지 고민했다.

번뜩이는 희망이 어둠 속에서 그녀를 찾아왔다. 어쩌면 이 모든 게 꿈일지도 몰랐다. 아마 깨어 보면 집에 돌아가 있을 것이다.

희망이 그녀를 차지하려 들 때조차 트레이시의 뇌 속 논리적인 부분은 살아나고 있었다. 손목을 감은 통증은 너무 생생하고 날카로웠다. 상상한 것일 리 없었다. 통증이 신경을 곧장 파고들었다. 사고도 느려지기는 했지만 현실적이었다.

트레이시는 자신이 잠들어 있지 않다는 것을 알고 잠시 주의를 분산시켰던 한 줄기 희망을 조용히 저주했다.

그녀는 의자에서 아래로 미끄러져 내려가려 했다. 어쩌면 의자를 앞으로 쓰러뜨리고 어떻게든 손목을 풀어낼 수 있을지 몰랐다. 하지만 아무리 다리를 뻗어도 대롱거리는 두 발은 그저 허공을 휘저을 뿐이었다.

트레이시는 허리에 막대가 닿는 것을 느꼈다. 앞에는 쟁반 같은 것이 놓여 있었다.

트레이시는 마지막으로 기억한 것을 떠올리려고 처절하게 노력했다.

그녀는 카페에서 나와 자동차로 돌아가는 중이었다. 바닥에 사탕이 잔뜩 쏟아져 있었다. 트레이시는 발을 조심하느라 아래를 보고 있었는데……. 그 이후로는 아무것도 기억나지 않았다.

트레이시는 피부가 멍들어 약해진 것을 느낄 수 있었다. 아무래도 자신이 저항한 모양이었다.

갑작스러운 두려움에 배에 힘이 들어갔다. 이 상황을 이해하려 애쓰다니, 대체 무슨 짓이지? 정말로 집중해야 하는 것은 그녀가 아마 죽게 되리라는 정보뿐이었다.

트레이시는 오른손을 들어 흔들었다. 금속이 나무에 부딪혔지만 단단히 고정되어 있었다.

트레이시는 완벽한 원형의 링에서 손을 억지로 꺼내려 했다. 손마디가 고리에 닿기 한참 전부터 손은 빠져나오지 못했다. 다시, 더 빠르게 해 보았다. 그녀를 구속한 금속 고리를 속여 거기에서 빠져나올 수 있기를 바랐다.

머리 위 어딘가에서 갑작스러운 쾅 소리가 들렸다. 그 바람에 트레이시는 깜짝 놀라 일시적으로 몸이 굳었다. 소음이 심장으로 곧장 들어와 혈관으로 피를 펌프질했다.

너무 오래 기다렸다. 무슨 일이 일어났는지, 여기가 어디인지 알아보느라 귀중한 시간을 써 버렸다. 그래서 이제는 너무 늦었다. 애초에 그녀를 이곳에 오게 한 것도 바로 그 무기력이라니 아이러니였다.

트레이시는 자기 입술에서 새어 나간 울음소리를 들었다. 절망적이고 목이 졸린 듯한 소리였다.

트레이시는 몸을 앞으로 밀어냈다. 의자가 흔들리는 게 느껴졌지만 충분하지는 않았다.

그녀는 몸을 뒤로 휙 젖혔다. 이번에도 움직일 수는 있었지만 의자가 쓰러질 만큼 관성이 생기지는 않았다.

빌어먹을. 뭐라도 해야 했다. 그것도 빠르게.

트레이시는 허벅지 무게를 실어 다시 한번 몸을 뒤로 젖혔다. 이번에는 땅에서 의자 다리 두 개가 들리는 것이 느껴졌다.

그녀는 다시 해 보려고 자세를 잡았지만 갑자기 문이 열렸다. 인공적인 빛의 기둥이 어떤 실루엣을 감싸고 있었다.

어둠을 갑자기 방해하는 그 빛에 트레이시는 눈이 시렸다. 몇 번 눈을 깜빡였다. 벽의 그림자가 어스름한 빛 속에서 춤추었다.

상대는 앞으로 두 걸음 다가와 불을 켰다.

트레이시는 벽을 보고 그 그림자의 모양을 이해했다.

이제 실루엣이 더 가까이 와 있었다. 실루엣 뒤의 불빛은 더 이상 트레이시의 시야를 방해하지 않았다.

정신이 미처 이해하지 못한 무언가가 눈에 들어왔다. 피가 얼어붙었다.


# 69


"에이, 그래도 상상이 안 돼요, 대장."

엄마와 아이가 카페를 나서자 브라이언트가 말했다.

킴은 그의 말을 무시하고, 엄마가 아이의 옷 주름을 펴 준 뒤 아이를 유아차에 태우는 모습을 계속 지켜보았다. 엄마는 아이의 줄무늬 티셔츠를 끌어 내리고 초록색 반바지를 끌어 올렸다.

"보세요. 15분 뒤의 모습입니다."

브라이언트는 의자를 돌려 뒤를 보아야 했지만, 결국 킴의 말을 알아들었다. 두 개의 희미한 선이 아이의 다리 뒤쪽에 나타나 있었다.

브라이언트가 고개를 저었다.

"우리 피해자들의 흉터는 어디에서든 생길 수 있는 거예요."

킴의 생각은 달랐다.

"저 아이의 티셔츠를 들추면 똑같은 선이 배에도 있을 게 틀림없습니다."

"그럼 대장이 알아보세요."

브라이언트가 웃었다.

"저는 절대로 애의 몸을 살펴봐도 되겠느냐고 물어볼 수 없습니다."

킴은 브라이언트의 말을 무시했다. 마음속 한구석에서는 킴도 브라이언트의 말에 일리가 있다고 생각했다. 대체 피해자들을 왜 유아용 식사 의자에 앉혔겠는가? 하지만 흉터가 너무 비슷해서 무시할 수가 없었다.

"저기요, 대장. 옵니다."

카페에 들어온 여자가 둘의 자리로 다가오자 브라이언트가 말했다.

"날 찾았다고요?"

여자는 둘 사이에 서서 말했다.

킴은 고개를 들었다. 지쳤지만 친절해 보이는 얼굴이 눈에 들어왔다. 킴은 엘시 힌튼이 평생 힘든 노동을 해 온 60대 중반의 여자일 거라고 짐작했다.

"앉으시죠."

킴이 의자를 꺼내며 말했다. 여자가 카운터 쪽을 고갯짓으로 가리켰다. 두 종업원이 호기심 가득한 시선을 감추려 애쓰고 있었다.

"오래 걸리지는 않을 겁니다."

킴이 말했다. 브라이언트가 카운터로 다가가 힌튼의 시간이 몇 분 필요하다고 설명했다.

킴은 시간을 들여 자신과 브라이언트를 소개했다. 엘시는 그냥 자신이 나쁜 짓을 하지 않았다는 걸 아는 사람 특유의 자신감을 담아 고개만 끄덕였다.

브라이언트가 자리로 돌아오자 킴이 말을 이었다.

"몇 년 전 콘히스 초등학교에서 일어난 일에 대해 여쭤보고 싶습니다. 잭슨 선생님과 이야기해 봤는데, 그분도 저희를 도와주셨습니다. 하지만 당신이 더 많은 정보를 알려 주셨으면 해서요. 영양사들은 모든 걸 알잖습니까."

칭찬도, 모욕도 아니었다. 그냥 사실이었다.

"체육관에서 일어난 일이라더군요. 아이들 중 한 명이 창피를 당했어요. 붙들려서 옷이 벗겨졌죠. 기억하십니까?"

엘시는 역겹다는 듯 입을 삐죽거리며 눈을 감고 고개를 끄덕였다.

"네, 기억나요. 그 조그만 아이를 못 움직이게 잡은 애들이 네 명인가 다섯 명 있었어요. 다른 애들도 꽤 여러 명이 구경했고요. 그중 한 명이 결국 교무실로 달려가 도움을 청했는데……."

"트레이시 프로스트였습니까?"

킴이 물었다. 엘시가 고개를 끄덕였다.

"네, 맞아요. 그런 이름이었던 것 같아요. 그 애가 나를 지나쳐 갔을 때는 왜 복도를 뛰어가는 건지조차 몰랐어요. 하지만 누군가 그 애 이름을 불렀던 건 기억나요. 아이의 두 뺨에 눈물이 흘러내리고 있었어요. 하지만 그 애는 교무실까지 계속 달려갔죠. 아이가 빠르게 움직일수록 장애가 눈에 띄었어요."

킴은 온몸을 찌르는 듯한 후회를 느꼈다.

"그 일에 관련된 다른 아이들 이름을 알려 주실 수 있을까요?"

브라이언트가 물었다. 영양사는 놀란 표정이었다.

"세상에, 엄청난 걸 요구하시네요. 이제 와서 그 애들 이름이 기억날지는 잘 모르겠어요. 너무 오래전이라."

킴은 예상되는 이름을 하나씩 떠먹여 주기 싫었다. 여자가 잘 기억나지 않는다는 이유로 형사들의 말에 동조할 수도 있으니까.

"이름이 인형 이름이랑 비슷한 여자애가 하나 있었어요."

"저마이마요."

브라이언트가 말했다.

"네, 맞아요."

엘시가 미소 지으며 말했다.

"루이즈는요?"

브라이언트가 말을 이었다.

"네, 루이즈도 있었던 것 같아요."

킴이 끼어들었다.

"조안나는 어떻습니까?"

그녀는 생각해 보더니 고개를 끄덕였다.

"네, 조안나도 있었어요."

킴이 브라이언트를 힐끗 보았다. 그녀는 신생아 명단을 쭉 읊어 주더라도 엘시 힌튼이 그 아이들 모두가 현장에 있었다고 말할 거라고 생각했다. 브라이언트는 마지막으로 한번 해 볼 가치는 있다는 눈빛으로 킴을 마주 보았다.

브라이언트가 몸을 앞으로 숙였다.

"그럼 붙들렸던 여자아이 이름은 말해 주실 수 있을까요?"

엘시는 둘을 번갈아 보았다.

"아, 잭슨 선생님이 제대로 기억을 못 하셨나 보네요. 바닥에 붙들린 아이는 남자아이였어요."


# 70


내 인생이 영원히 바뀐 건 그날이었어요.

나는 체육 매트가 높이 쌓여 있는 곳을 보았지만 루이즈는 그쪽을 보지 않고 있었어요.

나를 보고 있었죠.

표정이 이상했어요. 미소를 짓고 있었는데, 마음이 즐거워지는 미소는 아니었어요. 겁이 나는 미소였죠.

루이즈가 고개를 끄덕이니까 갑자기 모두가 내게 다가오기 시작했어요. 루이즈가 그 흥분한 표정을 짓고 맨 앞에 있었죠. 다른 애들도 다 똑같은 표정이었어요.

나는 물러났어요.

배 속이 뒤집힐 것 같았는데 이유는 알 수 없었어요.

"잡아, 저마이마."

루이즈가 말했어요.

난 저마이마가 누군지 몰랐어요.

짧은 금발의 여자아이가 무리에서 나와 내 왼쪽으로 왔어요. 나는 그 애와 루이즈를 번갈아 보았어요.

등이 서늘한 금속 늑목에 부딪혔어요.

저 마이마가 내 왼팔을 잡고 끌어당겼어요. 루이즈는 내 오른팔을 잡았죠. 둘이서 나를 다른 방향으로 당겼어요. 내가 어느 쪽으로 가기를 바라는 건지 알 수 없었어요.

나는 늑목에 등을 바짝 붙였어요.

"너희 둘이 쟤 다리를 잡아."

루이즈가 말했어요.

여자애들 중 한 명이 절뚝거리며 앞으로 나오더니 아래로 손을 뻗었어요. 나는 그 애들을 멈추려고 발버둥 쳤지만, 다리를 저는 여자애가 내 왼쪽 발목을 잡아당겼어요.

나는 넘어졌어요.

"그만해."

수많은 얼굴이 내 위로 밀려들어 빛을 가리자 나는 울었어요.

루이즈의 얼굴이 가까워졌어요. 신나고 호기심 어린, 뭔가 작정한 얼굴.

"부탁이야. 날 내버려 둬."

나는 빌었어요.

"닥쳐."

저 마이마가 신발을 벗으며 말했어요.

"놔줘."

내가 소리쳤어요.

저 마이마가 내 입에 내 양말을 쑤셔 넣었어요. 그 천 때문에 내가 우는 소리는 막혀 버렸어요.

위쪽의 얼굴들이 가까이 다가왔어요. 신난 표정으로 이루어진 천장 같았죠.

나는 예쁜 노란색 원피스가 다리 위로 밀려 올라가는 걸 느꼈어요. 서늘한 공기가 내 허벅지에 닿았어요.

"내려, 내려, 내려."

몇몇 목소리가 외치기 시작했어요.

뭘 내리라는 거지? 난 비명을 지르고 싶었어요.

떠들어 대는 소리에 귀가 먹을 것 같았어요. 신경질적인 낄낄거림이 내 두려움을 부채질했죠.

나는 그들의 얼굴을 보려고 고개를 버둥거렸어요. 내가 무슨 짓을 했는지 알아야 했어요. 그래야 다시는 그 일을 하지 않을 수 있으니까.

안 하겠다고 약속하려 했어요.

외치는 소리는 더 커졌어요.

"내려, 내려, 내려."

서툴고 작은 손가락들이 내 속바지를 잡다가 살을 꼬집었어요.

얼굴들이 더 가까워졌어요.

나는 움직여 보려 했지만 갈 곳이 없었어요. 나는 나를 내려다보는 얼굴들의 그물에 갇혀 있었어요.

귓속에서 외치는 소리가 더 커졌어요. 머리들이 점점 더 다가와 숨이 막혔어요.

"내려, 내려, 내려."

나는 눈과 귀를 막고 싶었어요.

짤막한 손가락들이 내 팬티를 당겼어요. 고무줄이 내 허벅지를 따라 내려갔어요. 천이 내 무릎에 걸렸어요.

외치는 소리가 갑자기 멈췄어요. 잠깐이지만 나는 안도감을 느꼈어요. 이제는 나를 일어나게 해 주겠지. 나를 놔주겠지.

"봐 봐, 고추가 있다니까!"

루이즈가 소리 질렀어요.

첫 번째 웃음은 신경질적이고 불안했어요. 그러다가 다른 웃음이 끼어들고, 또 끼어들었죠.

"내가 그랬지?"

루이즈가 의기양양하게 소리쳤어요.

웃음소리가 더 커졌어요. 외치던 소리보다 더.

얼굴이 훅 뜨거워지면서 얼굴들이 눈앞을 떠다녔어요.

난 고추가 뭘 말하는 건지 몰랐지만, 어쩐지 잘못된 것 같았어요.

웃음소리가 머릿속에 울려 댔어요.

루이즈의 얼굴이 내게로 다가왔어요.

"넌 고추가 달린 여자애야."

루이즈가 그렇게 말하자 웃음이 터져 나왔어요.

배가 울렁거리기 시작했고, 나는 양말을 문 채로 울부짖으려 했어요.

그냥 이 일을 멈추고 싶었어요.

"여자는 고추가 없어."

저 마이마가 소리쳤어요.

웃음소리는 점점 더 커졌지만, 그때 옆에서 작은 목소리가 들렸어요.

"그만해."

그 목소리가 말했어요.

내 생각이 머릿속에서 나가 소리가 된 건지 궁금했어요.

"그만둬, 너희 모두."

나는 그 목소리가 내게서 나온 게 아니라는 걸 깨달았어요. 그 목소리는 다리를 저는 여자애가 낸 거였어요.

난 이 일이 영영 끝나지 않으리라는 걸 알았어요. 내가 평생 땅에 못 박혀 있으리라는 걸 알았어요.

시야가 흐려지기 시작했고 얼굴은 모두 녹아 하나가 됐어요. 나는 멈추고 싶었어요, 막아 내고 싶었어요.

나는 눈을 감았지만 귀까지 감을 수는 없었어요.

웃음소리와 외치는 소리는 계속됐고 얼굴들은 쇼 선생님이 나를 일으켜 세워 데려간 뒤에도 한참 동안 이어졌죠.

그 얼굴들은 절대 사라지지 않았어요, 엄마. 눈을 감을 때마다 보였어요. 내 귀에 다른 소리라고는 들리지 않을 때마다 그들이 거기에 있었어요. 잠을 자려고 누울 때마다 그들이 거기에 있었어요.

내가 엄마를 싫어하기 시작한 게 **그날**이에요, 엄마. 당신이 나를 좆 같은 괴물로 만들었으니까.

# 71

트레이시는 앞에 서 있는 인물에 대한 거부감을 감추려 애썼다. 그녀는 공포영화 세트장이나 축제에서 설치한 유령의 집에라도 들어온 기분이었다.

그 존재는 온몸을 덮는 갈색 피나포 원피스를 입고 있었다. 가짜 주머니 두 개가 아무 형태 없는 옷을 장식했다. 창백하고 털이 많은 두 다리가 네모나게 마름질한 천 밖으로 튀어나와 있었다.

하지만 트레이시가 겁을 먹은 건 그래서가 아니었다.

머리칼이 짧았는데도 아주 짤막한 양 갈래 머리로 머리통 양옆에 단단히 묶여 있었다. 묶을 머리카락이 거의 없을 때 아기의 머리카락을 묶는 리본이 떠올랐다.

진한 화장은 충격적이었다. 꼭 어린아이가 화장 놀이를 한 것 같았다. 솜씨는 없이 색깔만 알록달록했다.

빨갛게 그은 립스틱은 깔끔하지 않았다. 그 바람에 얼굴이 미친 사람처럼 무시무시한 표정으로 보였다.

눈은 형형하게 빛났다. 신나서 반짝였다.

"안녕, 트레이시. 나 기억나?"

남자의 목소리였으나 부드러웠다. 친절하지 않다고는 할 수 없었다. 그게 더 무서웠다. 그 목소리에는 편안함이, 느긋함이 있었다.

"무, 무슨……?"

트레이시가 고개를 저으며 말했다.

"나야, 그레이엄. 넌 나를 마리아라고 알고 있었지. 오래전, 내가 학교에 간 첫날에 말이야. 기억나지?"

트레이시는 두려움을 꿀꺽 삼켰다. 저마이마가 살해당했다는 이야기를 들은 이후로 그녀가 두려워하던 것이 바로 이런 일이었다.

"나는……. 난 아, 안 그랬……."

트레이시가 말을 더듬었다. 그에게, 그녀에게, 그 존재에게 무어라 말해야 할지 알 수 없었다.

"난 이 순간을 오래 기다려 왔어."

트레이시의 핏줄을 따라 두려움이 비명을 지르며 번졌다. 상대의 말 때문만이 아니었다. 그 말을 전하는 냉담한 거리감 때문이었다. 그에게는 어떤 침착함이 있었다. 그가 전혀 압박감을 느끼지 않는다는 뜻, 그에게는 서두를 이유가 없다는 뜻이었다.

그레이엄이 옆으로 돌아서자 트레이시는 주위를 제대로 둘러볼 수 있었다.

벽에서는 수없이 많은 선반에 줄줄이 놓인 인형들이 관람이라도 하듯 그녀를 조롱했다. 어떤 인형은 치마가 머리 위로 젖혀진 채 팔다리 한쪽으로만 대롱대롱 천장에 매달려 있었다.

왼쪽의 작은 공간에는 유리 선반이 갖추어져 있었다. 맨 위 선반에는 도자기로 만든 찻잔 세트가 있었다. 튤립 디자인이 컵과 잔 받침, 우유 통과 설탕 통을 감고 올라갔다.

트레이시의 눈은 아래쪽의 다음 선반으로 향했다. 심장이 멎을 뻔했다.

찻잔 세트 아래에 놓인 것은 돌이었다. 돌들은 검은색에 가까운 짙은 회색이었다. 더 큰 바위의 표면에서 뜯어낸 빵 조각처럼 삐죽빼죽했다.

그 모든 돌에 피가 묻어 있었다. 긴 금발 머리카락이 오른쪽의 한 돌덩이에 매달려 있었다.

트레이시는 저 마이마가 금발이었다는 걸 떠올리며 치미는 구역질을 삼켰지만, 억지로 시선을 돌렸다가 결국 토하고 말았다.

아래를 보니, 그녀는 아이들이 쓰는 것과 비슷한 나무 장치에 앉아 있었다. 그 장치는 어울리지 않는 나뭇조각으로 만들어져 있었으며, 아기용 의자의 크기를 키운 듯한 형태였다. 트레이시의 두 발이 땅에서 약 30센티미터쯤 떨어진 곳에 대롱거렸다. 허벅지 아래에는 옻칠하지 않은 목재 조각이 있었다. 폭이 3센티미터쯤 되는 그 조각이 트레이시의 살에 파고들었다. 음식을 놓는 쟁반이 트레이시의 배에 닿아 억지로 그녀를 붙잡아 두었다. 대부분의 연결 부위에서는 제대로 망치질하지 않은 못이 튀어나와 있었다. 회색 마스킹 테이프가 의자의 오른쪽 앞 다리에 감겨 있었다. 이건 의자가 아니었다. 감옥이었다.

인형과 어린이용 가구 사이에서, 트레이시는 이상한 나라의 앨리스가 된 기분이었다.

그 형체가 트레이시를 위아래로 살펴보더니 미소 지었다.

"안녕, 트레이시 인형아. 우린 게임을 하나 할 거야. 그런데 일단은 내가 널 준비시켜야 해."

# 72

"스테이시, 그레이엄 스터드윅이라는 이름과 관계있는 걸 전부 찾아봐."

카페에서 나서자마자 킴이 스테이시에게 전화했다.

킴은 그 소년에 대한 엘시의 기억이 얼마나 믿음직스러운지 알 수 없었지만—엘시는 전교생의 절반이 그 사건에 연루됐다는 식으로 킴과 브라이언트의 말에 동조했다—지금 그들에게 있는 건 그 이름뿐이었다.

[네, 대장. 그리고 말씀드릴 게 있는데요. 8년 전 수감됐을 때 아이버 그로건은 첫 두 사건에 대해서는 유죄 판결을 받았지만, 세 번째 혐의에 대해서는 무죄를 받았어요. 피해자 가족 모두의 주소를 확보했는데, 세 번째 가족한테는 정의가 실현된 적이 없으니까…….]

"주소를 전부 브라이언트에게 보내. 그리고 그 이름에 관해서 뭐든 나오면 바로 전화하고."

킴은 전화를 끊고 브라이언트를 보았다. 브라이언트는 고개를 젓고 있었다.

"우리가 틀리고 대장이 맞았던 것 같네요. 남자라더니."

브라이언트가 말했다. 킴은 차에 타며 코웃음 쳤다.

"설레발치지 마십시오, 브라이언트. 지금 단계에서 누가 뭘 알겠습니까?"

# 73

스튜어트 호킨스의 집은 크래들리 히스와 벨 베일, 헤일소언 사이의 공영주택 단지 입구에 있는 팀버트리 선술집 뒤에 있었다.

그 집에는 어울리지 않지만 깨끗해 보이는 망사 커튼이 드리워져 있었다. 막다른 골목은 작았다. 늘어선 집들이 좁다란 길을 사이에 두고 둘로 나뉘어 있었다. 진입로가 없어서 주차 공간이 부족했다.

브라이언트는 길이 끝나는 지점의 회차로에 차를 대 놓았다.

킴이 막 문을 두드리려는데 문이 열렸다. 밖으로 나온 남자는 키가 크고 남색 작업복을 입고 있었다. 팔 아래에는 투명한 플라스틱 샌드위치 상자를 낀 채 다른 손에는 자동차 열쇠 꾸러미를 들고 있었다. 하마터면 부딪힐 뻔해서 놀란 그의 표정이 찌푸려졌다.

"호킨스 씨?"

브라이언트가 재빨리 물었다. 호킨스는 고개를 끄덕였지만 아리송한 표정은 남았다.

브라이언트가 자기소개를 했다. 호킨스는 일부러 손목시계를 눈여겨보았다.

"교대 근무를 시작할 시간인데……."

"아이버 그로건에 관한 일입니다."

킴은 그의 관심을 끌어냈다. 호킨스는 잠시 망설이다가 집 안으로 물러서며 현관문을 잡아 주었다.

복도가 거실을 지나 주방으로 이어졌다. 예전에는 별개의 공간이던 곳이 하나로 합쳐져 식사용 공간으로 꾸며져 있었다.

호킨스가 아일랜드 반대편에 서서 샌드위치 상자를 내려놓았다.

"따님께서 아이버 그로건 사건에 관련되어 있다는 걸 알고 있습니다."

킴의 말을 들은 호킨스의 턱에 힘이 들어가고 콧구멍이 커졌다.

"우리 애가 그 역겨운 쓰레기에게 성폭행을 당했다는 뜻이겠죠."

'네, 그것도 그렇죠.'

하지만 킴이 그런 말로 사건을 설명한 데는 의도가 있었다. 그녀는 호킨스의 반응을 보고 싶었다.

"무죄 판결을 받았다고요?"

킴이 조용히 물었다.

"최면치료사가 개입했거든요."

킴은 잠시 혼란스러웠지만 곧 이해했다.

"따님 나이가 어떻게 됩니까, 호킨스 씨?"

"이제 서른넷입니다."

그가 말했다. 목소리에서 느껴지는 피로감이 아주 많은 것을 말해 주었다.

"기억을 복구하는 최면이었습니까?"

스튜어트 호킨스가 고개를 끄덕였다.

"놈의 변호인은 가짜 기억 증후군이니 뭐니 하는 온갖 주장을 했어요."

호킨스가 말을 멈추었다.

"아니, 정말로 가짜 기억을 만든다면 그런 기억을 만들겠냐고요?"

킴은 호킨스의 말에 일리가 있다는 점을 인정할 수밖에 없었다. 하지만 일반 대중의 안전과 복지를 책임져야 하는데 실제로는 그 역할을 자신에게 유리하게 이용하는 전문가들이 있다는 것도 알았다. 킴도 그런 전문가 중 한 사람 때문에 망가질 뻔했다.

"문제는, 지금 그 기억이 해결되지 않고 남아 있다는 거예요. 엘라가 당한 일에는 정의가 구현되지 않았어요. 엘라는 차라리 최면치료사를 방문하지 않았으면 좋았을 뻔했다고 후회합니다. 심지어 나한테 경찰에 신고하도록 한 것도 후회하고요."

"처음에 엘라가 최면치료사를 찾아간 이유는 뭡니까?"

"엘라는 어머니의 죽음을 받아들이지 못했어요. 트리시가 죽었을 때 엘라는 열다섯 살이었죠. 내가 좀 더 잘해 주었으면 좋았을 텐데. 10년이 지났는데도 엘라는 여러 사람과 관계하고 좀도둑질을 하고 과음을 했습니다. 엘라조차 그 이유를 몰랐어요. 정신과 의사에게 몇 달 치료를 받았더니, 의사가 최면치료사를 찾아가 보라고 제안하더군요. 약 1년 뒤에는 엘라가 성폭행을 자세히 떠올렸습니다."

"혹시 어떤……?"

"엘라가 열한 살 때였어요. 수영장에서 일어난 일입니다."

호킨스는 냉정하게 말했다. 킴은 호킨스가 지금도 그 사건을 다른 사람에게 일어난 일처럼 말한다고 느꼈다. 방금 말한 사건을 자기 자식과 연관 지었다면 이렇게 침착할 리 없었다.

"지금 엘라는 어떻습니까?"

"솔직히 말하면, 지금도 아무하고나 자고 과음하고 있습니다. 기억을 떠올리기 전에는 그런 행동을 하면서 이유를 몰랐는데, 지금은 알아낸 걸 잊어버리려고 그러는 겁니다. 엿 같죠?"

"아이버 그로건이 죽었다면 엘라가 좀 달라질까요?"

브라이언트가 물었다. 아이버 그로건의 신원은 어제 저녁 뉴스를 통해 알려져 있었다.

호킨스는 고개를 저었다.

"엘라한테는 변함이 없죠. 하지만 나한테는 차이가 생길 거요. 그리고 혹시 물어보실까 봐 하는 말인데, 그놈을 죽인 건 내가 아니에요. 내가 한 짓이었다면 인정하고 형을 살았을 겁니다. 기꺼이."

"호킨스 씨, 그건⋯⋯."

호킨스가 갑자기 브라이언트에게 물었다.

"자식 있습니까? 딸이에요?"

"한 명 있습니다."

브라이언트가 대답했다. 호킨스가 고개를 끄덕였다.

"그러면 경찰 제복을 입고 있다는 이유로 나랑 생각이 다르다는 가식은 떨지 마쇼."

호킨스가 다시 킴을 돌아보았다.

"경위님, 내가 놈을 죽였다면 난 다시 내 아이의 눈을 똑바로 볼 수 있었을 겁니다. 난 놈을 처치한 사람과 악수라도 할 거요. 장담하는데 그 사람도 아버지일 겁니다. 그 사람이 나보다 대담했어요."

킴은 그의 목소리에서 원한을 읽었다. 죄책감도. 과연 스튜어트 호킨스가 딸에 대한 복수를 한 동시에 자신의 죄책감을 달랜 걸까? 그는 자기 자식에 대한 공격을 막지 못했고, 아내를 잃었을 때도 완벽하게 행동했다고는 할 수 없었으니까.

아이버와 래리를 죽인 사람은 같은 사람이었다. 킴은 그 점을 확신했다. 하지만 킴 앞의 남자에게는 아이버를 죽일 동기밖에 없었다.

킴은 뒷주머니에서 핸드폰이 진동하는 것을 느꼈다. 스튜어트 호킨스가 도시락통을 집어 들었다.

킴은 고맙다는 뜻으로 고개를 끄덕이고 문을 나섰다.

"뭐가 나왔어, 스테이시?"

킴이 전화를 받았다.

[대장이 만나고 싶어 하실 만한 사회복지사 이름이요.]

"그레이엄 스터드윅 건이야?"

[네, 대장. 그레이엄의 엄마가 죽었을 때 그레이엄을 데려간 사람이에요.]

"잘했어, 스테이시. 내 핸드폰으로 보내. 그레이엄에 대해서 더 파 보고. 손에 넣을 수 있는 정보는 전부 다 필요해."

킴이 전화를 끊었을 때 브라이언트가 자동차 옆으로 다가왔다.

"딱히 정보를 주진 않았네요. 그쵸?"

"브라이언트, 이번 방문으로 알게 된 건 아이버 그로건이 몇 년씩 아이들을 학대하고서도 빠져나갔다는 점입니다."


# 74


트레이시는 자신에게 다시 약물이 투여되었다는 걸 알았다. 그 존재가 트레이시에게 음료를 주었다. 트레이시가 거부하자 그의 얼굴이 바꿰었다. 온순하던 눈에 분노가 깃들었고 아래턱은 굳었다.

그가 자신에게로 다가오자 트레이시는 위험을 느꼈다. 그러면서도 음료를 마시기는 거부했다.

그는 트레이시 뒤로 돌아가 그녀의 고개를 뒤로 젖혔다. 그 동작이 너무 빨라 트레이시는 목이 부러지는 줄 알았다. 놀라서 입이 열렸다. 그에게는 그걸로 충분했다.

트레이시는 약물이 혈류를 따라 떠돌며 몸에 무기력을 전달하는 것을 느꼈다. 근육이 뼈에서 떨어져 녹아내리는 것만 같았다. 트레이시의 모든 힘이 사라졌다. 이제는 고개를 들 수도 없었다.

트레이시는 정신이 혼탁해진 가운데 위쪽의 문이 쾅 닫히는 소리를 들었다. 가슴 속에서 심장이 두근거렸다. 그녀는 녹아내리는 근육으로 그와 싸울 수 없다는 걸 알았다.

말할 힘, 목숨을 구걸할 힘을 찾을 수 있을지 궁금했다. 저마이마도 살려 달라고 빌었을까?

트레이시는 자신이 그를 도와주려 했었다고 비명을 지르고 싶었다. 하지만 그가 '더 빨리 했어야지'라고 대답하리라는 걸 알고 있었다.

그 말이 맞을 것이다.

트레이시의 뺨으로 굴러떨어지는 눈물은 뜨겁고 짠맛이 돌았다. 그녀는 그 눈물이 트레이시 자신과 그레이엄 모두를 위한 것이라는 걸 알았다. 그들은 어린이였다. 자기가 한 행동의 여파를 상상할 수 없었던, 바보 같은 꼬마들. 그들이 아무 생각 없이 저지른 잔인한 한 번의 행동이 그레이엄에게 너무도 큰 영향을 미쳤다. 그때의 조롱과 웃음이 그레이엄의 미래를 빚어냈다.

하지만 그때의 아이들은 트레이시에게도 똑같은 짓을 했다. 게다가 트레이시는 단 한 사람, 그를 도우려 했던 단 한 명이었다. 트레이시는 당시에도 그레이엄을 이해했다. 그게 어떤 기분인지 알았고 그의 고통을 멈춰 주고 싶었다.

이 상황의 부당함이 트레이시의 목구멍에 씁쓸함을 더했다. 어쨌든 그녀는 자신이 죽으리라는 걸 알았다.

트레이시는 눈물을 삼켰다. 그레이엄의 기분을 상하게 해서는 안 된다. 그의 표정, 그의 땀구멍에서 터져 나오는 분노를 다시는 보고 싶지 않았다.

문이 열리고 불이 켜졌다. 그 방에 창문은 없었다. 이곳이 지하라는 뜻이었다. 트레이시는 어느 지하인지 전혀 알 수 없었다. 그가 오고 있음을 뜻하는 위쪽의 쿵 소리 말고는 아무 소리도 들리지 않았다.

트레이시는 그가 팔에 물그릇 하나와 작은 화장품 가방을 얹어 가져오는 것을 보았다. 다리를 들어 올릴 힘만 있다면 트레이시는 그릇을 걷어차 안에 담긴 것을 그의 얼굴에 끼얹을 수 있을 것이다. 그러면 풀려날 순간을 벌 수 있을지도 모른다. 하지만 트레이시는 발가락 하나도 움직일 수 없었다.

"이젠 널 깨끗이 준비시킬 시간이야."

그가 트레이시 앞의 의자에 앉으며 말했다.

'무슨 준비?'

트레이시는 그렇게 묻고 싶었지만, 상냥한 분위기가 돌아온 것은 분명했다. 당장은 고마운 일이었다.

그레이엄은 바닥에 그릇을 내려놓고 가방을 열었다. 천과 유리병을 꺼냈다.

그는 천을 물그릇에 집어넣고 트레이시의 발을 부드럽게 톡톡 찍었다. 거품이 생길 때까지 천에 비누를 문질렀다. 그러더니 트레이시의 왼발을 다른 손으로 잡고 비누칠하기 시작했다.

손길이 부드러웠다. 트레이시는 갑자기 울고 싶어졌다. 그녀는 자기 발의 모든 부분이 깨끗해지는 것을 느꼈다. 그런 뒤에야 그는 트레이시의 발을 자기 다리에 얹어 놓았다.

그가 트레이시의 발가락을 가만히 톡톡 찍자 트레이시의 눈에서 눈물이 흘러내렸다. 냄새를 통해 트레이시는 그가 매니큐어 제거제를 사용해 발톱에서 빨간 얼룩을 제거하고 있다는 걸 알았다.

"울지 마, 트레이시."

그레이엄이 그녀를 올려다보고 미소 지으며 말했다.

"기분 나쁘게 생각할 건 전혀 없는걸."

그는 가방에서 일회용 면도기를 꺼내 트레이시의 다리를 위아래로 쓸었다. 무딘 날이 트레이시의 피부에 돋아난 짧은 털을 당기고 뜯어냈다.

그레이엄은 다시 가방에 손을 집어넣어 물티슈를 꺼내 한 장 뽑았다. 다른 한 장이 올라왔다. 그는 그 물티슈까지 꺼내서 모아 쥐었다. 분홍색 플라스틱 의자를 뒤로 밀어 놓고 트레이시에게 다가왔다. 그녀의 의자와 미니 테이블 사이에 섰다.

먼저 그는 트레이시의 이마를 부드럽게 닦았다. 이마를 가로질렀다가 부드럽게 원을, 작은 원에서 점점 큰 원을 그리는 느린 움직임이었다.

"눈 감아."

그가 말했고 트레이시는 시키는 대로 했다.

그녀는 축축한 물티슈가 눈꺼풀을 가만히 쓸고 지나가는 것을 느꼈다. 아플 정도로 힘이 들어가 있지는 않았지만, 그녀의 눈에서 빛바랜 아이섀도와 조각난 마스카라를 떼어 낼 정도는 됐다. 그레이엄은 트레이시의 반대쪽 눈에도 같은 동작을 반복했다.

"훨씬 낫다, 트레이시. 이제 눈 떠도 돼."

트레이시는 시키는 대로 했다.

그는 트레이시의 눈을 바라보고 있지 않았다. 트레이시의 턱까지 점점 더 큰 원을 그리며 그녀의 뺨에 집중하고 있었다. 그는 트레이시의 아래턱 전체를 훑은 뒤 반대쪽으로 올라갔다가 그녀의 코를 닦았다. 마지막으로 그는 트레이시의 위아래 입술을 동시에 문질렀다.

그가 한 걸음 물러나 트레이시의 얼굴을 살폈다. 입술을 한 번 닦는 것으로 그는 일을 마쳤다.

그는 화장품 가방으로 손을 뻗어 빗을 꺼냈다. 그가 옆으로 다가오자 트레이시는 숨을 참았다.

빗의 뾰족한 끝이 트레이시의 뒤통수에 닿았지만 상처가 나지는 않았다. 그레이엄은 빗질을 하더라도 그녀의 머리가 당겨지지 않도록 트레이시의 머리카락을 단단히 잡고 있었다. 뒤쪽에서 왼쪽으로, 박자에 맞춰 움직였다. 머리카락을 쓸어내리며 빗이 그녀의 귀에 걸리지 않도록 조심했다. 근육을 공격해 오는 약물이 무색하게도 트레이시는 자신의 살에 닿는 모든 손길을 느낄 수 있었다.

그런 뒤 그레이엄은 뒤통수 가운데에서부터 오른쪽으로 빗질하기 시작했다. 이번에는 실수로 트레이시의 귀 위쪽을 할퀴었다. 그는 즉시 빗질을 멈추었다. 그가 몸을 숙이고 방금 할퀸 부분에 입맞춤할 때 트레이시는 자신의 어깨에 닿는 그의 두 손을 느꼈다.

"미안해, 우리 예쁜 아가."

그가 부드럽게 말했다.

트레이시는 몸을 빼내지 않으려고 애써야 했다. 그레이엄이 무슨 공상 속에서 살고 있는지는 몰라도 트레이시는 그 공상을 방해하고 싶지 않았다.

그레이엄은 빗질을 마치고 한 번 더 트레이시 앞으로 나섰다. 트레이시는 그의 왼손이 꽉 쥐어져 있는 것을 보았다.

그레이엄이 트레이시의 이마로 손을 뻗더니 삐져나온 머리카락을 옆으로 넘겼다. 그는 손을 펴 두 개의 헤어핀을 드러냈다. 트레이시의 엄마는 그런 핀을 커비 그립이라고 부르곤 했다. 하지만 이 핀은 트레이시의 엄마가 헤어롤러를 고정할 때 쓰던 무늬 없는 갈색 핀이 아니라 흰색이었다.

헤어핀의 구부러진 부분에는 갈라진 하트가 붙어 있었다. 그레이엄은 트레이시의 흘러내린 머리카락을 고정하려고 그 핀 두 개를 모두 끼웠다.

"좀 낫네. 이제 네 얼굴이 보여."

그레이엄이 고개를 갸웃하며 말했다.

"이제 놀이를 할 준비가 됐어."

그의 목소리에서 느껴지는 부드러움에 트레이시의 눈에는 새로 눈물이 솟았다.

그녀는 자신이 죽을 준비를 마쳤다는 걸 깨달았다.

## 75

"한 번도 안 와 본 곳이네요."

브라이언트가 2층짜리 건물 절반을 둘러싼 주차장에 들어서며 말했다.

엠스는 더들리와 월설에서 합동으로 설치한 정신 보건 센터로, 아동 및 청소년의 정신보건 서비스에 주력했다.

"사회복지사들이 여기서 일해요?"

킴이 어깨를 으쓱했다.

"잘 모르겠지만 스테이시 말로 그 사회복지사는 여기서 일한답니다."

이중문이 자동으로 열리고, 주변에 플라스틱 의자들이 놓여 있는 별채가 보였다. 유리창이 그 너머의 사무실 앞면을 이루고 있었다.

킴이 그리로 다가가 창문을 두드린 뒤 조금 늦게야 '누르세요'라고 적혀 있는 벨을 보았다.

머리카락을 눈 위로 늘어뜨린 20대 초반의 남자가 유리창에 다가왔다.

"도와 드릴까요?"

그가 유리에 뚫려 있는 여러 개의 다이아몬드 모양 공기구멍 너머로 말했다.

"발레리 우드와 약속하고 왔습니다."

킴이 창문에 배지를 들어 보이며 말했다.

남자는 깊은 인상을 받은 것 같지도, 걱정하는 것 같지도 않은 표정이었다. 킴은 이곳이 문제가 있는 청소년들을 다루는 건물이라는 걸 떠올렸다.

남자가 사무실 뒤쪽으로 가서 전화를 걸었다. 두어 차례 고개를 끄덕이더니 그들을 향해 손을 흔들었다. 앉으라는 뜻이었다.

킴은 창문에서 물러난 후 그 공간을 어슬렁거리며 돌아다녔다.

이곳은 킴이 어렸을 때 방문한 시설과는 전혀 다르게 느껴졌다. 하지만 그녀는 이곳도 똑같다는 걸 알고 있었다. 절차는 그리 많이 바뀌지 않았다.

'털어놓으렴. 얘기해 봐. 그러고 나면 기분이 나아질 거야.'

'내기할까요?'

킴은 늘 그렇게 생각했었다. 그녀는 언제나 침묵을 선택했다.

한 여자가 목에 건 열쇠를 이용해 주요 건물에서 나와 별채로 들어왔다.

킴은 그녀가 50대 후반이라고 짐작했다. 여자의 금발 곱슬머리는 두피에 가깝게 머물러 있었다. 얼굴에는 화장기가 없었고 깊은 주름 몇 가닥이 입과 눈 주변에 새겨져 있었다. 그녀가 미소 짓자 앞니에 작은 틈새가 보였다.

"발레리 우드입니다. 어떻게 도와 드릴까요?"

그러니까 스테이시는 만날 시간이 있는지만 물었을 뿐 용건을 말하지 않은 셈이었다.

"그레이엄 스터드윅이라는 남성에 관한 사건 기억하십니까?"

킴이 묻자 발레리의 눈이 휘둥그레졌다.

"사회복지사로 일하던 시절의 일이죠. 네, 기억나요. 왜 그러시죠?"

"몇 가지 질문해도 될까요?"

그녀는 잠시 생각하더니 고개를 끄덕였다.

"밖으로 나오세요. 어쨌든 담배를 피우려던 참이니까요."

여자는 밖으로 나가 작은 상자와 아주 조그만 라이터를 청바지 주머니에서 꺼냈고 킴은 그녀를 따라갔다.

"끔찍한 습관이죠."

여자는 담배를 빨아들이며 말했다.

"한 대 피울 때마다 끊어야지 싶어요."

"그래서, 전에 사회복지사로 일하셨습니까?"

킴이 물었다. 이 여자와 용의자의 관계를 더 잘 이해하기 위해서였다.

"예전에 그랬죠. 근데 저한테 맞는 직업은 아니었어요. 때로는 스위치를 끄는 법도 배워야 하는데, 그 방법을 알지 못하면 오래 버틸 수가 없는 일이거든요. 난 오래 못 버텼어요. 실은 그레이엄 일이 내가 맡은 마지막 사례였어요. 내가 심리학 쪽으로 진로를 옮긴 이유이기도 했고요."

"왜죠?"

"그 아이한테는 이야기할 상대가 필요했거든요. 그 아이에게는 사회복지사 이상의 누군가가 필요했어요. 치료사가 필요했죠. 친구, 비밀을 털어놓을 누군가⋯⋯. 하지만 서른아홉 건의 사례를 다루면서 그 모든 일을 해 줄 수는 없었어요. 아, 그리고 방임하는 부모들 앞에서 내 감정을 숨기는 것도 잘하진 못했고요."

킴은 저절로 떠오르는 미소를 눌러 참았다. 킴 자신이라도 사회복지사로 일하면 똑같은 문제를 경험할 것 같았다.

"어느 단계에서 관여하신 겁니까?"

"얼마나 알고 오셨죠?"

킴의 질문에 발레리가 질문으로 답했다. 킴이 어렸을 때 심리학자들과 잘 지내지 못한 이유를 그대로 보여 주는 질문이었다. 그들은 이런 식으로 질문에 질문으로 답하곤 했다.

"그레이엄이 학교에서 끔찍할 정도로 창피스러운 사건을 경험했다는 걸 압니다. 그때 아이를 만나신 건가요?"

킴이 물었다. 발레리는 고개를 저었다.

"난 그레이엄이 열한 살일 때 그 아이를 만났어요. 학교에서의 사건에 대해서도 알았지만, 당시에는 사회복지 서비스가 요청되지 않았죠. 이유야 누가 알겠습니까마는. 아무튼 그레이엄의 어머니가 아이를 학교 시스템에서 꺼내 집에서 가르쳤어요. 그 이후로 그레이엄은 다시는 학교에 가지 않았어요."

"그게 합법인가요?"

브라이언트가 물었다. 발레리가 고개를 끄덕였다.

"아, 그럼요. 영국의 모든 지역에서 홈스쿨링은 합법이에요. 예전부터 그랬어요. 아이를 학생 명단에서 빼기만 하면 돼요. 그런 다음, 보통은 지역 당국에 서류 한 장짜리 교육 계획을 적은 제안서를 내면 되죠."

"하지만 국가 교육과정을 제대로 가르치고 있는지 확인은 하겠죠?"

브라이언트가 밀어붙였다.

"누군가의 자녀를 교육시키는 게 국가의 책임은 아니에요. 그냥 누군가가 교육을 요구할 경우 적절한 시설을 제공하기만 하면 되죠. 의무교육 단계에서 자녀에게 적절한 교육을 제공하는 건 부모의 의무예요. 학교를 이용할 수도 있지만, 부모가 판단하기에 자기가 더 잘 교육할 수 있을 것 같다면, 그건 부모의 권리랍니다."

킴이 믿을 수 없어 물었다.

"그레이엄의 어머니가 아무런 감독도 받지 않고 아이를 학교 시스템에서 빼낼 수 있었다는 말씀이십니까?"

"그럼요. 법에도 명시돼 있지만, 지역 당국에는 교육을 감독할 법적 의무가 없어요. 당국은 드문 경우, 혹은 극단적인 경우에만 가정 방문을 해요."

킴은 이 정보를 이해하느라 잠시 시간을 들여야 했다.

발레리가 말을 이었다.

"아이 어머니가 세 살 때부터 그레이엄에게 호르몬을 투약했다는 거 아시나요?"

킴은 고개를 저었다. 아니, 그런 얘기는 들어 보지 못했다. 하지만 킴은 다른 이유로 혼란스러웠다. 아이의 진짜 성별이 드러난 일로도, 아이가 학교에 다니지 못한 일로도 사회복지 서비스가 개입할 수 없었다니 대체 무슨 사건이 필요했던 걸까?

"그래서, 당신은 그레이엄과 어떻게 만났습니까?"

킴이 물었다.

"나는 그레이엄의 어머니가 사망한 이후 아이를 집에서 데리고 나온 사회복지사였어요. 구급차와 경찰을 부른 게 그레이엄이었죠."

"그레이엄이 경찰을 불렀어요?"

브라이언트가 묻자 발레리가 고개를 끄덕였다.

"그레이엄이 범죄 혐의를 쓰지 않은 게 다행이죠. 그레이엄의 어머니가 그레이엄에게 한 짓을 생각하면 아이는 이미 시달릴 만큼 시달린 셈이었거든요. 그 아이한테 필요한 건 처벌이 아니라 도움이었어요."

킴이 브라이언트를 힐끗 보았다.

"이해가 안 가는데요. 무슨 범죄 말입니까?"

발레리는 쓰레기통 위에 담배를 지져 껐다.

"세상에, 경위님. 그레이엄에 대해서 정말이지 아는 게 별로 없으시군요. 범죄 혐의란 살인을 말하는 거예요. 그레이엄 스터드웍은 어머니를 죽인 사람이 자신이라고 즉시 인정했어요."


# 76


붐비는 금요일 오후, 러시아워의 교통 체증은 점점 심해져 갔다. 브라이언트는 자동차 사이를 비집고 가며 킴이라면 보여 주지 못했을 인내심을 보여 주었다. 킴은 브라이언트가 이따금 못 믿겠다는 듯 고개를 젓는 모습을 보았다.

"뭡니까?"

킴이 물었다.

"그 아이가 기소조차 되지 않았다니 믿을 수가 없습니다."

킴은 아무 문제 없이 그 말을 믿을 수 있었다. 발레리는 그날 이어진 일을 기꺼이, 자세하게 알려 주었다.

열한 살의 그레이엄은 어머니가 더 이상 숨을 쉴 수 없을 때까지 그녀의 얼굴을 베개로 눌렀다고 인정했다. 하지만 그렇게 진술할 때 그레이엄의 곁에는 보호자가 없었다. 그레이엄을 집에서 경찰차까지 데려간 젊은 순경이 두어 가지 질문을 하는 바람에 자백 전체에 증거 능력이 없어졌다.

다행히도 그레이엄의 국선 변호인은 그가 무슨 일을 겪었는지 알고 그를 즉시 브롬리에 입원시켰다.

정신과 의사 두 명은 그레이엄이 형사 법원에서 '변론할 건강 상태'가 아니라고 보고했다. 그 바람에 경찰 수사는 더욱 방해를 받았다.

킴은 기소 여부에 대한 검찰의 결정이 수많은 요소에 근거를 둔다는 걸 알고 있었다. 기소가 공익에 부합하는가는 물론 피의자의 과거 이력, 타인에게 해를 끼칠 가능성, 치료의 필요성 및 그 치료가 제공되고 있는지도 고려 대상이 되었다. 누구도 공공연히 말하지는 않지만, 유죄 판결을 끌어낼 확률도.

킴은 검찰이 왜 기소하지 않기로 결정한 건지 이해할 수 있었다.

브라이언트는 자동차를 곧장 발코니가 딸린 방 두 개짜리 집의 진입로에 세웠다. 그 집은 헤일소언이 크래들리 히스와 만나는 라이드 그린 지역의 도로에서 뒤로 조금 물러나 있었다.

창문은 두 개만 보였고 둘 다 묵직한 망사 커튼으로 가려져 숨 막힐 듯했다.

킴은 커튼 사이를 들여다보려 했지만 안쪽에 묵직한 가로닫이 커튼이 있다는 것만 보였다. 커튼은 닫혀 있었다.

포장된 진입로가 집 뒤쪽으로 이어졌다. 킴은 그리로 다가가 대문을 열어 보았다. 대문이 열리자 킴은 가슴이 철렁하는 것을 느꼈다. 스테이시는 이 집이 그레이엄 스터드윅이라는 남자의 주소가 맞는다고 확인해 주었지만, 킴의 직감은 이 집이 맞는다면 대문이 잠겨 있어야 한다고 말했다.

대문이 열리자 뒤쪽, 한 줄로 늘어선 참나무 사이로 사라지는 평평하고 길쭉하고 좁다란 정원이 나왔다.

오른쪽에 황량한 오두막이 있었다. 안을 힐끗 보니 원예 공구나 잔디깎이, 남자아이들이 주로 가지고 노는 장난감은 없었다. 식물이나 덤불, 조그만 잔디밭조차 없어 울타리에서 울타리까지 이어지는 석판은 전혀 끊이지 않았다.

"브라이언트, 들어갑니다."

킴은 그렇게 말하고 문을 열어 보았다. 잠겨 있었다.

이번에는 헛간 문을 열어 보았다. 문이 열렸다. 그곳에, 선반 두 개 떨어진 곳에 놓여 있는 유일한 물건은 뒤집힌 화분이었다. 킴이 화분을 치우자 열쇠가 보였다.

"저 나무 뒤에 숨어 있는 게 없는지 확인해 보겠습니다."

브라이언트가 말했다.

킴은 문에 열쇠를 꽂고 돌려 보았다. 약간 힘을 주자 자물쇠가 풀렸다.

뒤쪽 문이 주방으로 이어졌다. 암막 블라인드 때문에 방은 완전히 어두웠다.

킴은 벽을 더듬어 보다가 조명 스위치를 발견했다.

방은 비어 있었다. 조리대 위에는 주전자, 머그잔, 차, 커피 등 사람이 사는 집 주방에 보통 있는 물건들이 하나도 없었다.

찬장을 하나씩 확인해 볼 때마다 빈 공간만 더 드러났다. 냉장고와 냉동고도 빈 채로 스위치가 꺼져 있었다.

킴은 문을 지나 집 앞쪽으로 들어섰다. 그곳도 어두웠지만 전만큼 어둠이 짙지는 않았다. 두 줄기 햇빛이 묵직한 갈색 벨루어 커튼 가장자리로 들어와 최소한의 빛을 드리웠다. 킴은 그것만으로도 이 공간에 존재하는 것은 카펫뿐이라는 걸 알 수 있었다.

"대장네 집만큼 아늑하네요."

브라이언트가 말했다. 킴은 그 말을 무시했다. 두 사람이 들어온 지금 이 공간에서는 폐소공포증이 느껴졌다.

킴은 유일한 다른 문으로 향했다. 그 문을 열어 보니 계단이 나왔다.

킴은 한 번에 두 단씩 계단을 올랐다. 침실 두 곳과 욕실 한 곳을 확인한 그녀가 본 것은 이미 아래층에서 본 것과 같았다.

아무것도 없었다.

킴은 다시 브라이언트가 있는 곳으로 내려갔다.

"여기가 주소지일 수는 있어도 실제로 그레이엄이 사는 공간은 아닐 겁니다."

킴은 이 사건을 더 끌고 나가려면 자신이 상대하려는 존재를 더 잘 이해해야 한다는 걸 알았다.

그녀는 살인자의 머릿속으로 기어들어가 그가 생각하는 방식을 파악해야 했다. 그레이엄 같은 사람의 사고방식은 이해조차 할 수 없었다.

킴은 이야기해 볼 만한 사람이 한 명뿐이라는 걸 알았다.

# 77

"바로 저기입니다."

킴은 테라스가 딸려 있고 문을 새롭게 페인트칠한 집을 가리키며 말했다.

"저분이 대장이 말한 분이에요?"

킴이 고개를 끄덕였다.

"저는 차에 있을까요?"

킴은 대답을 떠올리느라 잠시 뜸을 들였다.

그들은 테드 놀스라는 사람의 집 앞에 와 있었다. 킴은 어린 시절 내내 간간이 테드에게 진료를 받았다. 사람들이 킴에게 테드와 이야기해야 한다고 했다. 그래야 그녀가 고통을 다룰 수 있도록 테드가 도움을 줄 수 있다면서. 킴은 고집스럽게 자신의 인생에 대해 한마디도 하지 않았다.

하지만 테드는 다른 사람들과 달랐다. 킴이 누구에게라도 마음을 열기로 했다면 그 상대는 테드였을 것이다. 최근에 테드는 킴이 소시오패스의 마음속에 들어가도록 도와주었다. 킴은 그 덕분에 목숨을 건진 것이나 마찬가지였다.

킴이 심호흡했다.

"아뇨, 들어와도 됩니다."

브라이언트는 오랫동안 그녀를 바라본 뒤에야 차에서 내렸다.

12년 된 시트로엥을 보면 테드가 집에 있다는 걸 알 수 있었다. 짧게 두 번 문을 두드리자 문이 열렸다. 문을 연 사람은 귀 주변에 마지막 남은 머리카락 몇 가닥이 매달려 있는, 키가 작고 땅딸막한 남자였다. 남은 머리칼은 '미친 과학자' 스타일로 뻗어 있었다. 믿을 수 없지만, 킴의 머릿속에서는 지금 이 모습이 그녀가 여섯 살이던 28년 전의 모습과 똑같았다.

테드는 킴을 보고 미소 짓더니 브라이언트에게 시선이 닿자 더욱 활짝 웃었다.

"킴, 만나서 정말 반갑구나."

그가 옆으로 비켜서며 말했다.

"이쪽은 제 동료 브라이언트예요."

브라이언트가 지나가자 테드가 손을 내밀었다.

"그럼 친교 삼아 찾아온 건 아니구나?"

테드의 목소리에서는 나무라는 기색이 느껴지지 않았지만 킴은 뜨끔한 죄책감을 느꼈다. 그녀는 뭔가 필요할 때만 테드를 찾아왔다. 오늘도 예외가 아니었고.

"잘 지내시는 것 같네요."

킴이 말했다. 진심이었다.

"마크 앤 스펜서*를 통해서 한 달에 한 번 배달되는 특이한 음식 꾸러미 덕분일 거야. 도대체 누가 보내는 건지 모르겠구나."

킴이 어깨를 으쓱했다. 연락하지 않는다고 해서 킴이 테드를 생각하지 않는다거나, 소시오패스에게 상처를 입은 피해자를 도와 달라는 킴

---

* 영국의 유명 체인 소매점.

의 부탁을 들어준 것에 고마움을 느끼지 않는다는 뜻은 아니었다.

"저마이마의 어머니는 어때요?"

"내가 할 수 있는 말은 차도가 있다는 것뿐이야. 뭔가 필요해서 왔다면 분명 바쁠 텐데, 커피 마실 시간은 있니?"

킴은 고개를 끄덕였다. 테드가 찬장의 머그잔으로 손을 뻗었다. 머그잔에는 모두 지역 축구팀의 문양이 새겨져 있었다. 브라이언트는 알비온 머그잔을, 킴은 울버햄튼 머그잔을, 테드는 애스턴 빌라 머그잔을 가져갔다.

"자, 뭘 도와줄까?"

브라이언트가 함께 있지 않았다면 킴은 테드가 즉시 그녀의 삶을 탐색했으리라는 걸 알았다. 그는 킴에게 어머니를 찾아가 보았느냐고 물었을 것이다. 누구하고든 대화하고 지내는지, 남자친구는 있는지. 킴은 아니라고 대답하는 게 싫증났다.

다른 사람이 있다면 테드는 절대 그런 질문을 하지 않을 터였다. 하지만 킴이 브라이언트에게 그녀를 따라 안으로 들어오게 해 준 것은 그래서가 아니었다. 그녀는 다 큰 여자였다. 브라이언트 없이도 테드에게는 몇 년이나 대답을 거부해 왔다.

킴이 브라이언트에게 들어오도록 해 준 것은 그러지 않을 이유가 없기 때문이었다. 이건 신뢰의 문제였다.

"살인자가 있어요. 그 사람에 대해 파악해 봐야 해요."

테드가 고개를 끄덕이더니 머그잔을 가지고 정원으로 나갔다. 킴이 어렸을 때와 거의 달라지지 않은 행동이었다.

집의 바깥쪽 경계선은 첼시 꽃 전시장 같았다. 물이 뚝뚝 떨어지는 인어 석상 아래, 푹 꺼진 물고기 연못이 그 전시장의 정점이었다.

그들은 각기 둥근 탁자 주변의 나무 의자에 앉았다. 킴은 오후의 태양을 등지고 있었다.

"이번에는 살인자의 정체를 알아요. 아니, 예전에 그가 어떤 사람이었는지 알았다고 해야겠죠. 이름은 그레이엄 스터드윅이고 남성으로 태어났는데, 그레이엄의 어머니가 열한 살이 될 때까지 여자 옷을 입히고 여자로 키웠어요. 열한 살이 된 그레이엄이 어머니를 살해했고요."

테드는 별로 놀라지 않았다. 심리학자로 보낸 오랜 세월 동안 그가 보지 못한 경우는 거의 없었다.

"그래. 어떤 범죄였니?"

"첫 번째 사건은 몇 년 전에 일어났어요. 피해자의 얼굴이 심하게 구타당했고, 입과 목구멍은 흙으로 채워져 있었어요. 약물이 사용되었을 가능성이 크고 성폭행 증거는 없었습니다."

"첫 번째 사건이라고 했는데……. 두 번째 사건도 있다는 얘기냐?"

"두 번째 피해자는 이번 주에 살해당했어요. 똑같은 상처에 입에도 흙이 들어 있었고요. 또 죽지 않은 세 번째 피해자도 있어요. 그레이엄이 의례처럼 보이는 어떤 행동을 완수하기 전에 방해를 받은 거죠."

"목격자가 있어?"

테드가 커피를 홀짝이며 물었다.

"사건에 대한 기억은 없지만요."

브라이언트가 끼어들었다.

"과거에 대한 정보는 있고?"

킴은 커피를 한 모금 마신 뒤 대답했다.

"피해자 셋 모두가 그레이엄이 여섯 살이었을 때 그 애의 비밀을 폭로했어요. 그레이엄을 붙들어 놓고 놀렸죠. 그러다가 그중 한 명이 도망쳐서 도와줄 사람을 부르러 갔어요."

테드는 허공으로 시선을 돌리며 고개를 끄덕였다.

"그럼 그레이엄은 그 애들의 얼굴에 떠오른 표정이나 그 애들이 한 말을 한 번도 잊지 못했겠구나. 그레이엄이 기억하는 건 그 애들의 혐오감이었을 거야. 그레이엄이 자신에 대해 느끼는 혐오감을 그대로 비추는."

"목격자는 '*너 하나, 나 하나*'라는 말을 기억하고 있어요."

킴이 덧붙였다.

"그럼 게임이다."

테드가 단호하게 말했다.

"게임이라기엔……."

"게임이거나 일종의 놀이야. 하지만 그 얘기는 잠시 후에 하자. 캐나다에서 벌어진 데이비드 라이머 사건에 대해 들어 본 적 있니?"

킴이 고개를 저었다. 브라이언트도 마찬가지였다.

"데이비드 라이머는 1965년에 태어났어. 태어난 지 여섯 달이 됐을 때 쌍둥이 형제와 함께 일상적인 포경수술을 받았지. 수술이 잘못되는 바람에 데이비드의 성기는 회복할 수 없이 손상됐단다."

킴은 눈가로 브라이언트가 다리를 꼬는 것을 보았다.

"짧게 말하자면, 그 가족은 머니 박사라는 사람에게 진료를 받았어. 머니 박사는 사람의 성별을 결정하는 건 본성이 아니라 양육이라는 자신의 이론을 증명하는 데 그 가족을 이용했지. 머니 박사는 성별 인식

관문이라는 걸 믿었단다. 그 지점을 지나면 아이의 정체성이 남성이나 여성으로 굳어진다는 개념이야. 머니 박사는 그 시점이 생후 두 살 반에서 세 살이라고 믿었지."

"그래서요?"

브라이언트가 물었다.

"성별 재결정 수술이 이루어졌고, 데이비드는 여자아이로 키워졌어."

"쌍둥이 형제와 함께요?"

킴이 물었다. 테드가 고개를 끄덕였다.

"세월이 지나자 데이비드의 본능이 커졌지. 평범한 남자 아이들이 하는 행동을 하고 싶다는 욕구도 같이 커졌고. 부모들의 걱정에 대한 머니의 답은 아이를 더 여자처럼 대하라는 거였단다."

"세상에."

브라이언트가 나직하게 말했다.

"내 말이 그 말이야. 그게 얼마나 혼란스러운 일이었을지 상상해 보렴. 머리와 몸 사이에 벌어지는 싸움이라니."

"그래서 어떻게 됐어요?"

"결국 데이비드의 부모가 아이에게 진실을 말해 줬어. 성별을 되돌리는 수술이 이루어졌고 데이비드는 남자로 살기 시작했지."

"그렇게 행복하게 살았나요?"

킴이 한쪽 눈썹을 치켜올리며 물었다.

"서른여덟 살에 자살했다."

브라이언트가 등받이에 기대앉았다.

"그때쯤 데이비드는 자기 머릿속에서 살 수가 없었어. 더는 자기가 누군지, 아니면 무엇인지 알 수 없었거든."

"게임 얘기를 하셨는데, 범인이 뭔가를 재현했다는 말인가요?"

킴이 물었다.

"그레이엄은 어떤 희생을 하거나 제물을 바치는 것 같구나. 어린 시절의 사건을 재현하려는 것일 수 있어. 어머니와 했던 게임을 말이지."

"하지만 어머니를 그렇게 싫어한다면 왜 이런 짓을 하는 거죠?"

"한편으로는 어머니를 사랑하기도 하니까. 둘이 함께한 시간을 그리워하고 있을 가능성도 있어. 그레이엄이 수치심을 느낀 순간들도 있을지 모른다. 지금 엄청난 갈등이 벌어지고 있는 거야. 만일 그레이엄이 적절한 도움을 받지 못했다면 특히 그렇겠지. 다른 사람이 느끼는 혐오감을 보기 전까지는 데이비드가 자신에 대해 혐오감을 느꼈을 가능성이 무척 낮다는 걸 명심하거라."

킴은 알겠다는 뜻으로 고개를 끄덕였다.

"저희 생각에는 피해자들한테 어린이용 식사 의자에 앉아 있어서 생긴 흉터가 있는 것 같아요. 몸도 늘 깨끗하게 씻겨 있었습니다."

"티 파티로구나."

"제기랄, 그레이엄이 피해자들을 인형처럼 대하는 거군요."

문득 떠오르는 깨달음에 킴이 말했다. 테드가 고개를 끄덕였다.

"인형을 가지고 하는 티 파티는 여자 아이의 어린 시절과 동의어야. '너 하나, 나 하나'라는 말은 그레이엄의 어머니가 가장 좋아했던 게임일 수 있다."

"다른 피해자도 있습니다. 아직 사망은 확인되지 않았지만요."

"그럼 빨리 그 피해자를 찾는 게 좋겠다. 다른 모든 게임에서 그렇듯 아이는 결국 지루해지니까."

킴은 문득 다른 생각이 떠올랐다.

"그레이엄이 자기 의례를 바꿀 가능성은 얼마나 될까요? 그게, 다른 여자가 그레이엄에게 잡혀 있을지 모르거든요. 그레이엄이 두 사람을 동시에 잡고 있을 수도 있을까요?"

테드는 얼굴을 구기더니 고개를 저었다.

"그레이엄이 과거에도 그런 일을 한 게 아니라면 그럴 가능성은 매우 낮아. 이런 현상은 점점 심해지는 게 아니란다, 킴. 그레이엄은 피해자가 한 명 한 명 늘 때마다 범죄를 키워 가는 게 아니야. 그보다는 모두에게 똑같은 과정을 고집할 가능성이 커."

테드의 대답에 킴의 생각은 즉시 맨디라는 소녀에게로 돌아갔다. 맨디는 이미 늦었다는 생각이 들었다. 과수팀은 여전히 웨스털리에 있었고, 그곳에서 발견해야 할 것이 좀 더 있을 가능성이 점점 커져 가는 것처럼 보였다. 그레이엄이 똑같은 과정을 고수한다는 테드의 말이 옳다면 맨디도 그곳에 묻혀 있을 수 있었다.

브라이언트가 앞으로 나와 앉았다.

"우리가 찾는 범인이 남자가 확실합니까?"

"신체적으로는 그럴 수도 있네. 외모를 보면 알기 어렵겠지. 그레이엄은 남자 모습을 보여 줄 수도, 여자 모습을 보여 줄 수도 있어. 심지어 두 모습을 오갈 수도 있다네. 많은 게 그레이엄이 어렸을 때 받은 도움에 달려 있어. 11년이란 긴 시간이고, 그 기간의 한 해 한 해는 성격에 영향을 주거든."

그 대답으로는 아무것도 알 수 없었지만 브라이언트는 고맙다는 뜻으로 고개를 끄덕였다.

그들이 빠진 상황은 킴에게 확실히 독특하게 느껴졌다. 이번만큼은 살인자의 이름을 알면서도 그가 누군지 전혀 파악할 수 없었으니까.


# 78


"좋아, 다들 속도 내자. 시간이 많을 것 같진 않아."

킴의 머릿속에서 시간이 없는 건 트레이시라는 속삭임이 들려왔다.

금요일 오후 6시. 경찰서에서는 사람들이 빠져나가기 시작했다. 교대 근무가 시작되었고 사무직 직원들은 이미 작별 인사를 하고 주말을 보내러 떠났다. 원래대로라면 킴의 팀원들도 그렇게 해야 했다.

"우린 저마이마가 토요일에 납치돼 일요일 밤에 유기되었고, 월요일 아침에 우리에게 발견됐다는 걸 알고 있어. 이소벨은 월요일에 납치돼 화요일 밤에 유기됐고, 그레이엄이 피해자를 하루씩 잡아 두고 있으니까⋯⋯."

"트레이시는 어제 납치됐으니 오늘 밤에 유기되는 건가요?"

케빈이 물었다. 킴이 고개를 끄덕였다.

"자, 확실히 해 두자면 우리는 그레이엄 스터드윅이 학교에서 붙들려 괴롭힘을 당할 때 루이즈 히크먼, 저마이마 로, 트레이시 프로스트가 모두 그 자리에 있었다는 걸 알고 있다."

킴이 스테이시를 돌아보았다.

"맨디라는 이름으로는 아직 나온 거 없어?"

스테이시가 고개를 저었다.

"당시 콘히스 초등학교에 맨디라는 아이는 일곱 명이었어요. 살펴보고는 있는데, 지금까지는 다들 안전하고 소재가 파악되는 상태입니다."

"좋아. 현재 우리는 그레이엄이 피해자들을 잡아 두는 동안 그들을 인형으로 취급하면서, 어머니와 했던 게임을 재현한다고 추정하고 있어. 일종의 티 파티일 가능성이 가장 높아. 그런 다음 그레이엄은 피해자들을 웨스털리로 데려가 얼굴을 박살 낸 다음 입을 흙으로 채워 죽인다."

"그레이엄이 트레이시를 웨스털리에 놔두려고 할 만큼 멍청할까요?"

브라이언트의 물음에 킴이 말했다.

"그레이엄은 트레이시를 웨스털리에 놔둘 수밖에 없는 겁니다. 저마이마 사건 이후 이틀 만에 이소벨을 유기했듯이요. 그렇게 행동하는 이유가 있을 거예요. 내가 아직 그 이유를 모를 뿐이지."

"그래서 계획이 뭐예요, 대장?"

케빈이 물었다.

"우리가 바로 웨스털리로 가서 그레이엄을 기다려야지."

킴이 말했다. 킴의 팀원 전원이 의심스럽다는 듯 그녀를 보았다. 킴도 그들의 염려를 이해했다. 어떤 장소에 경찰이 있는데도 굳이 그 장소에 찾아가는 위험을 감수하는 범인은 바보뿐일 테니까.

하지만 테드와 이야기를 나눈 이후로 킴의 본능은 그것이야말로 그레이엄이 해야만 하는 일이라고 말했다. 트레이시를 위해서라도 자신이 제대로 판단했기를 바랄 뿐이었다.

"이제 위층으로 가서……."

핸드폰이 울리는 바람에 킴은 말을 흐렸다. 발신자 번호가 표시되지 않았지만 상황을 감안해 받기로 했다.

"스톤입니다."

킴은 웅성거리는 팀원들에게서 한발 물러섰다.

[경위님, 조인데요……. 병원이요.]

킴은 조의 목소리에서 느껴지는 괴로움에 뱃속이 철렁했다.

"이소벨은 괜찮습니까?"

킴이 재빨리 물었다. 순간 주위에서 떠들던 소리가 멈추었다. 세 쌍의 호기심 어린 눈이 킴에게로 향했다.

[네, 이소벨은 괜찮아요. 하지만 아까 있었던 사건에 대해 알려 드려야 할 것 같아서요. 어떤 남자가 이소벨을 만나겠다고 병실에 들어가려 했어요. 출입을 거부하니까 강압적으로 변하더라고요. 문을 두드리고 걷어찼어요. 경비원을 불러서 문에서 떼어 놓아야 했고요. 경찰관들한테도 공격성을 보여서, 물리적으로 건물에서 쫓아내야 했어요.]

킴은 목 뒤 털이 삐죽 서는 것을 느꼈다.

"조, 인상착의를 봐 두셨으면 좋겠는데요."

킴이 숨을 참으며 말했다.

[인상착의만 봐 둔 게 아니에요, 경위님. 그 사람은 덩치가 크고 건장하고 대머리였어요. 이름이 대런 제임스였고요.]

킴은 조에게 도움을 주어 고맙다고 말한 뒤 전화를 끊었다.

그녀는 팀원들을 돌아보았다.

"좋아, 다들. 최대한 빨리 준비해. 즉시 웨스털리로 가야 한다."

그들은 경비원이 왜 병실에 억지로 들어가려 했는지 알아내야만 했다.

# 79

들어오라는 말에, 킴은 전혀 망설이지 않고 경감의 사무실로 들어갔다. 우디는 책상 오른편에 서 있었다. 갈색 가죽으로 만들어진 서류 가방 손잡이가 그의 손에 쥐어 있었다.

"경감님, 웨스틸리에서 전체 경찰 병력과 과수팀을 철수시켜 주셔야 합니다."

킴이 말했다. 우디가 미소 지으며 물었다.

"스톤, 대체 무슨 말인가?"

"모두를 현장에서 빼야 한다는 말입니다."

이제 우디는 인상을 썼다.

"그건 불가능하네. 부지 수색은 완료되었다고 하기 어렵고, 자네가 말한 그 아만다라는……."

"맨디입니다."

킴이 바로잡았다.

"아무튼. 우린 더 이상 발견될 게 없다는 걸 철저하게 확인해야 하네."

킴은 고개를 끄덕인 뒤 책상으로 두 걸음 다가갔다.

"그건 알지만, 오늘 밤에는 그곳을 비워야 합니다. 수색은 내일 다시 시작하면 됩니다."

우디가 바닥에 서류 가방을 내려놓고 다시 앉았다.

"왜지?"

"범인이 오늘 밤 그곳에 트레이시 프로스트를 유기하려 할 것 같습니다."

이제는 우디가 웃음을 터뜨렸다. 킴은 걱정됐다.

우디가 고개를 저었다.

"바보가 아니면 그렇게 대담할 리 없지. 자네는 살인범이 TV도, 신문도 보지 못할 거라고 생각하나?"

"경감님, 우리가 저마이마를 발견하고 얼마 되지도 않아 살인범이 이소벨을 유기할 만큼 대담하게 군 데는 이유가 있습니다. 이 방법이 아니면 그자를 추적할 수 없습니다."

"범인의 이름은 알지?"

우디는 킴이 잊어버리기라도 했다는 듯 말했다.

"그레이엄 스터드윅은 더 이상 존재하지 않습니다. 자기 어머니를 살해한 열한 살에 관리 대상이 됐는데, 그 명단에서 빠져나간 기록은 없습니다. 그런데 실제로는 관리를 받지 않고 있죠. 그레이엄은 다른 사람이 되어 감시망을 빠져나간 겁니다. 누군가 그를 추적해 봤자 수사가 그의 이름에서 끝나리라는 걸 알고요. 우리가 활용할 수 있는 건 그레이엄이 지금까지 해 온 행동뿐입니다. 지금까지는 웨스털리 현장이 그에게 어떤 의미가 있었습니다."

우디가 다시 의자에 앉았다.

"경감님, 저는 웨스털리를 그레이엄에게 최대한 매력적인 공간으로 만들고 싶습니다. 우리한테 있는 게 웨스털리뿐이니까요."

우디는 고개를 끄덕이고 펜을 들었다.

"좋아. 뭐가 필요한가?"

킴은 첫 번째 협상이 어차피 쉬울 거라고 예상했다. 진짜 싸움은 지금부터였다. 킴이 고개를 저었다.

"아무것도 필요 없습니다. 이번 작전은 최소 인원으로 진행해야 합니다. 그냥 제 팀원들과 웨스털리 직원들이면 됩니다."

우디는 킴이 말을 마무리하기도 전에 고개를 저었다.

"절대 안 되지, 스톤. 일단, 나는 자네가 팀원들을 그 정도로 위험에 빠뜨리게 놔둘 수 없어. 게다가 그곳 직원들은 민간인이야. 그 사람들 중 누군가에게 무슨 일이 일어나면……."

"그건 이해합니다만, 현장에 대한 정보를 가진 그 사람들이 필요합니다. 두세 구역을 감시해야 하는데 그건 직원들의 도움이 있어야만 할 수 있는 일입니다."

우디는 몇 초간 아래턱을 문질렀다.

"경감님, 저는 지금이 그레이엄을 막고 트레이시 프로스트의 목숨을 구할 유일한 기회라고 믿습니다."

"정말로 그자가 돌아올 거라고 확신하나?"

킴은 망설이지 않았다.

"네, 확실합니다."

우디가 무겁게 한숨을 쉬었다.

"좋아. 하지만 800미터 안에 팀원들을 배치하겠네. 자네는 항상 무전기를 켜 두어야만 하고."

"저는……."

"한마디만 더 하면 더 많은 제약을 걸 수 있어."

킴은 얼른 입을 다물었다.

"그곳 사람들의 안전이 잠시라도 위험해지면 물러나는 거야. 알겠나?"

'그럼 트레이시 프로스트는 죽으라는 거죠.'

며칠 전, 누군가 킴에게 이토록 열렬하게 트레이시 프로스트의 안전을 확보하고 싶어질 거라는 말을 했다면 그녀는 그들의 면전에 대고 웃음을 터뜨렸을 것이다. 트레이시는 이번 주에 미처 깨닫지 못하는 사이 자신의 많은 부분을 드러냈다.

킴 자신의 인생이 그렇듯 트레이시가 살아가는 삶은 다른 사람들의 의견에 별로 좌우되지 않았다. 둘 다 직업에 가진 모든 것을 쏟아부었다. 둘 다 결혼하거나 아이를 낳지 않았다. 그리고 트레이시가 어떤 삶을 살든 그 인생은 트레이시의 것이었다. 킴은 트레이시에게 그 삶을 돌려줄 작정이었다.

논리적으로 킴은 상관의 말이 그런 뜻이 아니라는 걸 알았다. 우디도 트레이시에게 무슨 일이 벌어지기를 바라는 건 아니었다. 하지만 늘 중요한 건 다수의 안전이었다. 더 많은 사람을 구하기 위해 한 사람을 희생해야 한다면 선택해야 하는 건 더 많은 사람이었다.

유일한 문제는 킴이 수학을 잘 못한다는 점이었다.


## 80


*아, 엄마. 나는 하루 중 이 시간이 가장 좋아요. 티타임이 너어어무 좋아요. 엄마도 그렇다는 거 알아요.*

*내가 티 파티에 데려올 인형들을 고르곤 했죠. 내가 인형들을 모두 셋*

거서 준비하고, 엄마는 음식을 마련하곤 했어요.

차에 참 맛있는 케이크를 곁들여 먹었잖아요? 엄마가 가끔 대접한다고 새로운 케이크를 내오기도 했지만, 언제나 나오는 케이크도 있었죠.

여름에는 때때로 젤리와 아이스크림을 먹었어요. 엄마가 냉장고에서 젤리를 꺼내 오면 우린 젤리가 흔들리는 걸 보고 웃었죠. 난 손가락 끝으로 젤리를 건드려 젤리가 다시 튀어 오르는지 봤어요. 그렇게 튀어 오르면 준비가 된 거였죠.

내가 거짓말했을 때 기억나요, 엄마? 난 젤리가 준비됐다고 했는데 사실은 그렇지 않았어요. 하지만 엄마가 냉장고 문을 연 순간 입에 침이 고이게 했던 그 딸기 맛 젤리 때문에 조바심이 났어요.

엄마가 젤리를 나누려고 그릇에 숟가락을 넣었죠. 젤리는 그릇에 닿았을 때 춤을 추는 대신 뭉개져서 카운터 위에 온통 튀었어요. 나는 숨을 참았어요. 엄마가 나한테 화를 낼 게 너무나 분명했으니까요. 하지만 엄마는 화를 내지 않았어요. 엄마는 엉망이 된 젤리가 키친타월 한 줌 아래로 사라져 가는 내내 웃었죠. 당연히 웃었어요. 우린 엄마가 가장 좋아하는 놀이를 하고 있었으니까.

나는 친구들과 노는 모든 부분이 좋아요, 엄마. 하지만 이 부분이 가장 좋아요.

친구들이 떠나야 할 때는 너무 슬퍼요. 하지만 친구들은 가야만 해요, 엄마. 엄마가 가야 했던 것처럼요. 난 엄마를 사랑했지만 증오했어요. 우리만 있을 때의 우리 삶은 사랑했지만, 엄마는 나머지 세상을 끌어들였어요. 그때까지 난 그냥 엄마가 가장 좋아하는 여자아이였는데.

우린 그 사람들을 막으려 했어요. 안 그래요, 엄마? 우린 우리만의 작은 세상으로 돌아가려 했어요. 우리 둘이서만.

엄마는 학교에서의 그날 하루가 존재하지 않았던 것처럼 굴었어요. 나도 그랬고요. 엄마는 읽을 책과 해야 할 활동을 주었고 모든 것이 전과 똑같아졌어요. 거의 말이에요.

그 얼굴들과 웃음은 지금도 내 꿈속에 나와요. 하지만 적어도 나한텐 엄마가 있었어요.

내 몸이 변하기 전까지는요. 내 몸에는 만지고 탐구하고 이해하고 싶은 부분이 있었지만 난 그렇게 하지 않았어요. 엄마가 눈치채리라는 걸 알았으니까요.

하지만 엄마가 나한테 준 호르몬으로 막을 수 있는 것에는 한계가 있었어요.

그 일이 일어난 날 나는 엄마를 불렀어요.

밤중에 내 고추가 섰어요. 난 고추가 부러진 건지 알 수 없었어요.

엄마의 얼굴에 떠오른 표정이 내 마음을 무너뜨렸어요. 엄마의 얼굴이 역겹다는 듯 구겨지는 걸 보면서 그간의 세월은 무너져 내렸어요. 난 다시 바닥에 누워 날 괴롭히던 아이들을 올려다보고 있었어요.

난 엄마에게 다가갔고 엄마는 물러났어요. 내 영혼을 칼로 찔렀어요. 엄마는 나를 만지고 싶어 하지 않았어요. 내가 무슨 병에라도 걸린 것처럼. 아마 엄마가 보기엔 실제로 병에 걸린 것이었겠죠. 하지만 내 병이란, 내가 남자아이라는 것뿐이었어요.

엄마는 하루 종일 나를 비난하듯 보았어요. 사춘기가 어떤 이유에서든 내 잘못이라는 것처럼. 시간이 지날수록 아이는 사라졌고 화가 난 젊은 남자가 나타났어요.

갑자기 나는 어디에도 속할 수 없었고 더 이상 엄마의 딸도 아니었어요.

그 표정은 절대로 취소할 수 없었어요. 엄마의 배신이 그 애들의 배신보다 나빴어요.

엄마가 나를 이렇게 만들었어요.

그러니 나머지 사람들처럼 엄마도 죽어야 해요.


# 81


트레이시는 더 이상 소변을 참을 수 없었다. 낮 내내 마신 우유 반 잔이 이제는 방광에 차오르고 있었다.

트레이시는 그 무해한 음료에, 뭔지는 몰라도 그레이엄이 주는 약이 들어 있다는 걸 알았다. 마지막 한 잔을 마신 지 어느 정도 시간이 지난 터라 머릿속 생각이 좀 더 선명해졌다. 생각을 유지하기가 더 쉬웠다.

트레이시는 앉은 자리에서 불편하게 몸을 움찔거렸다. 소변이 새어 나올까 봐 무서웠다.

그레이엄이 마지막으로 이 방에 들어와 부드러운 손길로 몸을 씻겨 준 이후 시간이 얼마나 흘렀는지 전혀 알 수 없었다. 앞으로 닥칠 일이 무엇인지도 알 수 없었다.

그녀는 자신이 의식과 무의식을 넘나들었다고 확신했다. 어머니의 얼굴이 머릿속으로 들어왔다가 다시 흘러나갔다. 언제나 미소 지으며,

언제나 반겨 주며.

트레이시는 찌르는 듯한 후회가 몸 전체로 번져 가는 것을 느꼈다. 그 느낌이 가슴 언저리에서 신체적인 고통으로 바뀌었다. 낯선 이가 트레이시와 어머니의 연대를 끊으려 했는데, 트레이시는 그걸 그냥 놔두었다.

트레이시는 한 번도 의붓아버지를 좋아한 적이 없었다. 의붓아버지도 마찬가지였다. 둘 중 어느 사실이 먼저 드러났는지는 알 수 없었다. 그들은 어머니를 위해 서로를 참아 냈다.

다섯 살이라는 나이에 진짜 아버지를 잃고 나서 트레이시와 어머니는 더욱 가까워졌다. 그들은 모든 것을 함께했다. 트레이시는 어머니의 사랑과 따스함 덕분에 어린 시절에 친구가 없어도 별 영향을 받지 않았다. 한 번도 뭔가 부족하다고 느끼지 않았다. 트레이시가 뛸 때 다리를 더 심하게 저는 것을 보겠다는 이유만으로 못된 아이들이 그녀를 교문 밖으로 몰아낼 때마다 어머니가 그 자리에 있었다.

어머니는 트레이시의 머리카락을 쓰다듬고 눈물을 닦아 주고 모든 게 괜찮아질 거라고 말해 주었다. 그리고 트레이시는 그 말을 믿었다.

테리가 들어오기 전까지는.

어머니는 자기 자식도 아닌 아이를 받아 준 테리를 영웅처럼 여겼다. 하지만 테리는 아무것도 받아 주지 않았다. 트레이시는 테리에 관해 할 말이 많았다. 어머니가 자리를 비웠을 때 테리가 욕설을 한다는 사실이 그중 한 가지였고.

그 일은 테리가 들어오고 나서 겨우 2주 뒤에 벌어졌다.

"그럼 차나 한잔 타 와라, 절레이시."

테리는 그렇게 말하더니 시끄럽게 웃었다.

트레이시는 이해하지 못했다. 절레이시가 누구지?

"너 말이야, 절름발이 트레이시."

테리는 그렇게 설명하더니 다시 웃었다.

수치심에 트레이시의 두 뺨이 붉어졌다. 목이 콱 막혔다. 그녀는 아무것도 보지 못한 채 비틀거리며 주방으로 들어갔다.

테리는 집으로, 트레이시의 안전지대로 추악함을 끌어들이는 데 성공했다. 전에는 절대 일어날 수 없었던 일이었다.

절레이시는 어머니가 집을 비울 때마다 테리가 그녀를 부르는 이름이 되었다.

트레이시는 점점 테리와 함께 있는 자리를 피했고 학교가 끝나면 곧장 위층으로 올라가곤 했다. 하루의 조롱과 모욕은 혼자서만 간직했다. 어머니와 테리에게는 그저 아무 문제가 없다고만 말했다.

트레이시는 열여섯 살 생일이 지나고 사흘 후에 집에서 나왔다.

이제야 트레이시는 알았다. 엄마의 방문을 열고 들어갔다면 아마 한 번도 엄마를 떠난 적이 없는 것처럼 그 커다랗고 따뜻한 품에 안길 수 있었을 것이다. 그동안 자리를 비웠다고 나무라는 말은 없었을 것이다. 일주일에 한 번, 그것도 늘 걸지는 않았던 전화에 대해 비난하는 말도 없었을 것이다. 어머니는 그녀를 안고 사랑했을 것이다. 가장 중요한 건 어머니가 그녀를 용서했으리라는 점이었다.

그런데 너무 늦은 뒤에야 알았다.

어머니는 그녀를 사랑했다. 트레이시는 그 점을 알았다.

트레이시는 어머니가 그녀를 사랑한 유일한 사람이라는 것도 알고 있었다. 그녀는 납치당했다. 인생에서 뜯겨 나왔다. 하지만 아무도 그녀를 그리워하지 않을 터였다.

위쪽 문에서 쾅 소리가 울리는 바람에 트레이시는 깜짝 놀랐다. 그녀는 그 소리가 그레이엄이 오고 있다는 뜻이라는 걸 이미 알고 있었다.

트레이시는 소변을 참으려고 애쓰다가 울음을 터뜨릴 뻔했다. 얼마나 오래 참을 수 있을지 알 수 없었다.

문이 열리자 트레이시는 다리를 꽉 조였다.

그레이엄이 불을 켜고 미소 지었다. 트레이시는 자기 입에서 새어 나가는 울음소리를 들었다.

그녀는 살면서 한 번도 이렇게까지 갇힌 느낌을 받지 못했다. 어렸을 때 이와 비슷한 순간이 몇 번 있었지만, 그때조차도 트레이시는 자신이 어린아이이며 언젠가는 자신의 운명을 어느 정도 통제할 수 있게 되리라고 믿었다. 하지만 지금 트레이시는 다 큰 어른이 되었는데도 그 시절에 그랬듯 묶여 있었다.

그 생각이 트레이시의 뱃속에 분노와 억울함의 소용돌이를 일으켰다. 그녀는 다시는 이런 처지가 되지 않겠다고 스스로에게 약속했었다.

"이젠 차를 마실 시간이야."

그레이엄이 밝게 말했다.

트레이시는 지금이 몇 시인지 알 수 없었다. 하지만 차 마실 시간이라면, 자신에게 시간이 이미 얼마 남지 않았다는 걸 깨달았다

그녀의 눈이 반대편의 돌로 향했다. 저 돌 중 하나에 손을 댈 수만 있다면. 트레이시는 그 돌로 그레이엄의 머리를 깬 후 목숨을 걸고 달릴 수 있을 터였다. 얼마나 달릴 수 있을지는 모르겠지만, 그레이엄은 언제나 어두운 복도로 통하는 문을 열어 놓았다. 최소한 노력은 해 볼 수

있었다.

그레이엄이 뒤쪽의 복도로 손을 뻗더니 두 손을 모두 사용해 찻주전자, 찻잔, 케이크 접시가 놓인 손수레를 굴려 들어왔다.

그레이엄이 그 물건들을 하나씩 탁자에 올려놓자 트레이시의 가슴이 두근거리기 시작했다. 그녀가 쓸 수 있는 것은 아무것도 없었다. 그녀의 오른쪽 손목은 유아용 의자에 묶여 있었다. 의자 자체를 움직일 수 있을 만큼 추진력을 낼 수 없다는 건 이미 알고 있었고.

접시 두 개를 나란히 놓는 그레이엄의 미소는 행복한 듯 보였다.

"지금이 내가 하루 중 가장 좋아하는 시간이야."

그는 찻잔 두 개에 차를 따르며 말했다.

"나는 우리의 작은 티 파티를 할 때가 좋아. 우리 둘이서만."

그는 수집된 인형들이 놓여 있는 선반을 둘러보았다.

"아니, 오늘은 다른 손님을 부르지 않을 거야. 우리끼리만 마실 거야. 그치, 아가야?"

그레이엄이 쓰는 다정한 단어에 정신이 오그라드는 듯했지만 트레이시는 아무 말도 하지 않았다. 음식을 생각하자 마지막으로 먹은 게 언제인지 기억나지 않는데도 배 속에 구역감이 밀려들었다.

"자, 케이크부터 먹자. 어떤 게 좋아?"

트레이시는 움직일 수 없었다. 두려움에 몸의 모든 근육이 죽어 버렸다. 하지만 뇌는 살아나고 있었다.

"어떤 거?"

그레이엄이 다시 물었다. 트레이시는 침을 삼키고 맨 끝 접시를 고갯짓으로 가리켰다.

"퐁당 팬시 케이크네. 좋은 선택이야."

그레이엄은 큰 접시에서 케이크 두 개를 꺼내 작은 접시에 한 조각씩 놓았다. 그러고는 트레이시 앞에 그중 하나를 두었다.

"너 하나, 나 하나."

그레이엄의 명령을 전부 따르면, 그가 원하는 것을 전부 하면 그레이엄이 그녀를 놓아줄지도 몰랐다. 아마 저 마이마는 어떤 식으로든 그레이엄을 화나게 했을 것이다. 케이크를 먹지 않았을 것이다.

트레이시는 케이크를 입으로 들어 올리는 데에 모든 힘과 집중력을 쏟았다. 두려움에 턱이 얼얼해졌지만 케이크 끄트머리를 잘근거릴 수 있었다. 건조한 스펀지케이크가 바싹 마른 사막 같은 그녀의 입에 닿았다. 더는 넘어가지 않았다.

"배가 안 고파, 아가야?"

그레이엄이 물었다. 트레이시는 정답을 모른 채 고개를 저었다.

그레이엄은 케이크 마지막 조각이 그의 입 속으로 사라지는 순간 이해했다는 듯 고개를 끄덕였다.

"차가 한 잔 필요하겠구나."

갑자기 트레이시는 정신을 차리고 자신이 겪는 위기의 어처구니없음을 깨달았다. 대체 그녀가 왜 그레이엄이 시키는 모든 일에 장단을 맞추고 있는 걸까? 지금 위기에 빠진 건 그녀의 목숨이었다. 그레이엄이 그녀를 납치해 약을 먹이고 가두더니 이젠 음식을 먹이고 있었다. 그런 마당에 트레이시는 깨끗한 얼굴에, 머리에는 핀을 꽂고서 저 멍청한 인형이라도 된 것처럼 앉아 있었다.

트레이시는 간신히 생각을 붙들고 행동을 멈추었다. 그녀의 머리카락에는 철사로 만들어진 핀이 꽂혀 있었고, 한 손은 자유로웠다. 그녀는 두 사실이 합쳐져 유용한 무언가가 될 때까지 정신을 똑바로 유지해야 했다.

그레이엄이 트레이시 앞에 찻잔을 놓고 우유를 부었다.

"이제 차를 마셔. 착하지."

트레이시가 찻잔으로 손을 뻗었다. 지난번 차를 마시지 않겠다고 했을 때 그레이엄이 보였던 반응이 떠올랐다. 손이 떨리는 바람에 이 빠진 찻잔이 잔 받침 위에서 달그락거렸다.

트레이시는 우유를 마시지 않겠다고 했을 때 그레이엄이 보인 반응을 다시 한번 되새겼다.

그녀는 찻잔을 잔 받침에 다시 내려놓고 가만히 고개를 저었다.

그레이엄이 허리를 세워 앉으며 인상을 찡그렸다.

"트레이시, 찻잔을 들어야지."

트레이시는 다시 고개를 저었다.

그레이엄이 자기 찻잔을 다시 탁자에 내려놓았다.

"트레이시, 마지막으로 말하는 거야. 차를 마셔야 해."

심장이 빠르게 뛰었지만 거절해야 했다. 트레이시는 다시 고개를 저었다.

그레이엄이 일어서자 그의 뒤로 플라스틱 의자가 넘어졌다. 그는 테이블 주위를 성큼성큼 돌아와 쟁반에 놓인 찻잔을 집어 들었다. 트레이시는 그가 자기 뒤로 움직이는 순간 손을 위로 뻗어 머리카락에 꽂혀 있던 헤어핀을 뜯어냈다. 그레이엄이 그녀의 머리카락을 한 움큼 쥐고 그녀의 머리를 뒤로 젖혔다.

그레이엄은 트레이시의 입 위에 찻잔을 두고 자기 쪽으로 기울이기 시작했다. 트레이시는 뒤집힌 그의 얼굴을 보고 있었다. 그녀는 기회가 한 번뿐이라는 걸 알았다.

따뜻한 차가 입술로 똑똑 떨어지기 시작했다. 하지만 이번에 그레이엄에게는 기습이라는 이점이 없었고, 트레이시는 입을 계속 다물고 있었다.

액체가 턱으로 흘러내렸다. 그레이엄은 문제가 생겼다는 걸 알고 잠시 멈추었다. 트레이시의 머리카락과 찻잔을 쥐고서 그녀의 입까지 벌릴 수는 없었다.

트레이시가 기다린 건 그 잠깐의 혼란뿐이었다. 기회는 한 번뿐일 테고, 트레이시는 그 기회를 결정적으로 만들어야 했다.

트레이시는 팔을 위로 휙 뻗었다. 그녀의 손이 헤어핀을 꽉 쥐었다.

머릿속으로 실행했을 때는 휘두르기, 후려치기, 찔러넣기를 모두 합쳐 1나노 초밖에 걸리지 않았다. 그러나 실제로 해 보니 슬로모션으로 재생된 영상을 지켜보는 것만 같았다. 트레이시의 모든 의지력도 팔을 더 빠르게 움직이지는 못했다.

그레이엄은 트레이시의 머리카락을 놓고 그녀의 시도를 쉽게 쳐 냈다. 머리핀은 자유를 향한 트레이시의 단 한 번의 기회와 함께 땅으로 굴러떨어졌다.

그레이엄은 자유로운 손으로 트레이시의 콧구멍을 꽉 잡아 막았다. 그 말은 트레이시에게 입을 벌리는 것밖에 다른 방법이 없다는 뜻이었다.

"자, 먹여 줄게."

그레이엄이 그녀의 입에 찻잔을 대며 말했다. 그가 잔을 더 기울이자 우유 대부분이 소용돌이를 일으키며 트레이시의 목구멍을 따라 내려갔다.

"잘했어."

그가 미소 지으며 말했다.

트레이시는 지금껏 그레이엄이 써 온 약을 방금 더 삼켰다는 걸 알았다. 본능적으로 기침이 났지만 너무 늦었다. 액체는 사라지고 없었다.

그레이엄이 한숨을 쉬며 고개를 갸웃했다. 후회하는 감정은 그의 눈가에 이르지 않았다.

그 눈에서 트레이시는 전에는 한 번도 겪어 보지 못한 차가움을 보았다. 심장이 빠르게 두근거리기 시작했는데도 시선을 뗄 수 없었다. 아무도 그렇게까지 집중된 증오심을 담아 그녀를 본 적은 없었다. 그 시선에 트레이시의 두 뺨이 빨갛게 달아올랐다.

트레이시가 불쑥 말했다.

"그레이엄, 난 너를 도왔어. 기억 안 나?"

"당연히 기억나지."

그가 말했다. 그의 얼굴은 조금도 변하지 않았다.

"참 빨리도 도왔어. 그치?"

트레이시는 두 뺨이 부끄러움에 더욱 붉어지는 것을 느꼈다. 그레이엄의 말이 맞았다. 트레이시도 알았다. 처음에 그녀는 다른 아이들과 똑같이 호기심을 느꼈다. 빌어먹을, 몇 분 동안은 자신과 다른 누군가를 보며 조롱한다는 게 즐겁기도 했다. 하지만 그녀의 배 속에 역겨움이 찾아들었고 그녀는 문을 향해 달려갔다.

트레이시는 누구도 자신과 똑같은 감정을 느끼지 않기를 바랐다. 하지만 그레이엄의 말이 맞았다. 트레이시는 더 빨리 도와줄 사람을 찾아

갔어야 했다.

"그레이엄, 미안해······."

그레이엄이 두 손을 들어 트레이시를 조용히 시켰다.

"어쨌든 상관없어, 트레이시. 이젠 네가 떠나야 할 차례야."

바로 그때, 트레이시는 지금이 바로 죽을 시간이라는 걸 직감했다.


# 82


웨스털리까지 마지막 400미터를 뻗어 있는 차선에 접어들었을 때 킴은 이 계획이 통했기를 바라기 시작했다.

기자들은 절차에 대해 잘 알고 있었다. 경찰 차량이 대규모로 빠져나갔으니 다른 일이 벌어지지 않으리라는 신호가 됐을 것이다. 더 이상의 새로운 소식도, 더 발견될 시신도 없었다.

더 얻어 낼 게 없어지자 기자들은 주변을 맴돌지 않았다. 그들은 집으로 돌아가거나, 다음번 불운한 기삿거리를 향해 떠났다.

킴은 팀원 모두가 그녀의 조그만 자동차에 타고 웨스털리로 향했던 지난번 일을 떠올렸다. 그로부터 일주일도 채 지나지 않았다니 믿기 어려웠다. 기분이 이렇게까지 다를 수 없었다.

"준비됐어?"

대문에 접근하자 킴이 물었다. 모두 긍정적인 대답을 내놓았다.

문이 열린 뒤 킴은 인터폰을 누르며 속으로 신음했다. 이 사람들은 절대 배우지 못하는 건가? CCTV 카메라에 접근하는 자동차를 알아보았다는 게 이들에게는 절대로 즉시 문을 열어 줄 이유가 되지 못하는 모양이었다.

킴은 차를 세웠다. 문 네 개가 동시에 열렸다.

이번 주 초에 그곳에 주차되어 있던 빨간색 픽업트럭이 어쩔 수 없이 떠올랐다. 롤라를 다시 보니 반가웠었는데.

킴은 포터캐빈으로 성큼성큼 다가가 문을 열었다. 라이트 교수와 캐서린이 탁자에 앉아 있었고 자밀은 컴퓨터 책상 앞에 서 있었다. 일행을 들인 사람이 자밀이라는 걸 알 수 있었다. 나중에 이 점에 대해 진심으로 한마디 하기로 했다.

킴이 안으로 들어가자 팀원들이 줄줄이 따라 들어왔다. 그들은 포터캐빈의 다양한 지점으로 나뉘어 섰다.

킴은 교수를 보았다. 교수는 손을 비틀어 대고 있었다.

킴은 즉시 경비원이 없다는 것을 알아챘다.

"대런은 아직 안 왔습니까?"

"병가를 냈습니다."

라이트 교수가 걱정스러운 표정으로 대답했다.

킴은 브라이언트를 힐끗 보았다. 브라이언트가 고개를 끄덕이며 뒤로 물러나 밖으로 나갔다. 대런이 병원에 들렀다는 사실이 킴에게 전해진 이후로 경찰 한 팀이 대런의 집으로 파견되었다. 순경들이 문을 두드렸는데도 답이 없었다기에 킴은 대런이 출근했으리라고 짐작했다. 지금 당장은 그를 쫓을 때가 아니었으나 브라이언트가 순찰차에 계속 그를 찾아보라고 지시할 터였다.

캐서린이 일어서며 킴에게 따뜻한 미소를 지어 보이고 고개를 끄덕였다. 그녀는 수가 놓인 밝은 색 청바지에 파스텔 톤의 조끼를 입고 있었다. 킴은 그녀가 화장까지 조금 한 것을 보고 놀랐다.

"음료 가져다 드릴까요?"

캐서린이 주위를 둘러보며 말했다.

"차랑 커피가 있어요. 냉장고에 콜라도 있고요."

팀원 대부분은 거절했다. 케빈만이 좋다고 했다. 캐서린이 킴의 뒤쪽 냉장고로 손을 뻗자 꽃향기가 나는 향수 냄새가 킴을 스쳐 갔다.

"좋습니다. 우리가 여기에 온 이유는 라이트 교수님이 설명해 주셨을 겁니다."

캐서린과 자밀 모두 킴 쪽을 보며 고개를 끄덕였다.

"곧 경찰관 다섯 명을 태운 지원 차량이 필요할 경우에 대비해 차선 끝에 차를 댈 겁니다. 브라이언트와 라이트 교수님은 루이즈가 발견된 현장에 있어 주시길 바랍니다. 캐서린과 저는 저마이마와 이소벨이 발견된 최근 현장에 있겠습니다. 케빈과 자밀은 그 사이에 있으면 좋겠습니다."

킴의 작전에는 단순한 논리가 들어 있었다. 전부 안전과 관련된 문제였다. 교수는 다른 직원들만큼 몸놀림이 민첩하지 않았으므로 범인이 등장할 가능성이 가장 낮은 곳에 배치하는 게 최선이었다. 케빈과 자밀은 둘 다 제법 젊고 건강했으니 필요시 양쪽의 위험 지역으로 갈 수 있는 곳에 두었다.

"스테이시, 넌 여기서 카메라를 지켜보면서 무전을 들어."

스테이시가 고개를 끄덕였다.

"스테이시가 우리 모두의 상태를 계속 확인할 수 있도록 현장 무전을 활용하겠습니다. 스테이시는 길 쪽에 있는 지원팀과 우리를 연결해 주는 역할도 할 겁니다. 손전등은 계속 바닥으로 향하게 두고, 꼭 필요할 때만 사용하십시오. 배정된 위치에 도착하면 손전등은 끕니다."

킴은 모두가 알아들었다는 표시를 할 수 있도록 잠시 말을 멈추었다.

"각자 파트너와 떨어지지 않는 게 중요합니다. 자밀, 캐서린, 교수님. 여러분은 현장 안내에 한해서 우리를 도와주시는 겁니다. 어떤 상황에서도 여러분 자신이나 다른 사람의 안전을 위험에 빠뜨리는 행동은 절대 하지 마십시오. 무슨 일이 일어나면 즉시 무전을 켜세요. 그러면 도와줄 사람이 올 겁니다. 아시겠습니까?"

세 사람이 알겠다고 대답했다.

"마지막으로, 지정된 위치에 도착한 순간과 그 이후로 15분에 한 번씩 확인 무전을 치시기 바랍니다. 아시겠습니까?"

모두 알겠다고 대답했다.

킴은 브라이언트가 그녀 쪽을 바라보며 고개를 끄덕일 때 그의 표정에 드리운 의심의 그림자를 보았다.

킴은 돌아서서 심호흡하고 조용히 기도했다.

'트레이시, 당신을 위해서라도 내 판단이 옳았기를 바랍니다.'

# 83

트레이시는 위쪽에서 나는 소리를 들었다. 이번에도 그레이엄이 그녀를 얼마나 오랫동안 내버려 두었는지 알 수 없었다. 생각이 바람에 찢긴 연처럼 머리 주변을 떠다녔다. 트레이시는 그 연의 꼬리를 잡을 수 없었다.

차 쟁반은 치워지고 없었다. 언제였는지는 알 수 없었다. 더 이상 소변을 보고 싶지도 않았다. 그러나 옷은 젖어 있지 않았고 악취도 나지 않았다.

문이 열렸다. 한순간 트레이시는 눈이 자신을 속이는 줄 알았다.

그녀의 눈앞에 서 있는 사람은……. 평범하게 보였다. 화장과 양 갈래 머리는 사라지고 없었다. 그는 청바지에 티셔츠를 입고 있었다.

트레이시는 찰나의 순간, 이 사람이 그레이엄과 동일 인물이 아닌 줄 알았다. 이 남자는 그녀를 구하기 위해 여기에 온 사람이었다. 사람들이 그녀를 발견했다. 구조되었다.

하지만 그때 트레이시는 그의 눈을 보았다. 꿰뚫어 보는 듯한, 분노로 가득 찬 눈. 그의 손에 들린 열쇠가 다른 손의 손바닥을 후려쳐 댔다.

"가자, 트레이시. 이젠 네가 떠날 시간이야."

# 84

브라이언트는 라이트 교수를 따라 포터캐빈에서 나온 뒤 CCTV 카메라가 부착된 가로등의 둥근 불빛으로 들어갔다. 주황색 빛이 쏟아져 내리며 자갈밭 끝까지 길을 안내했다. 주위를 감싼 어둠 속 둥근 빛을 보니 수많은 SF 영화가 떠올랐다.

가로등 너머의 길은 몰려드는 먹구름 뒤로 가끔 고개를 내미는 달빛을 받고 있었다.

브라이언트는 교수와 발걸음을 맞추기 위해 서둘렀다. 땅딸막한 사람치고 교수는 제법 빨랐다.

둥근 가로등 불빛이라는 안전한 공간에서 벗어난 순간 교수는 손전등을 켜서 약 150센티미터 앞의 땅을 비추었다. 발 바로 앞을 비추는 건 별로 의미 없는 짓이었다. 이 현장에서 그렇게 늦게 구멍을 비추었다가는 구멍에 빠지기 십상이었다. 이곳의 구멍 속에서는 혼자가 아닐 테고.

브라이언트는 그 생각에 몸을 떨었다.

그는 교수가 가려는 곳이 루이즈가 발견된 지점이라는 걸 알았다. 그곳은 부지의 서쪽 끝이었고, 저마이마와 이소벨이 유기된 곳과는 1.2킬로미터쯤 떨어져 있었다.

브라이언트는 대장이 팀원들을 배치한 이유를 알고 있었고, 그 이유에 별 반감을 느끼지 않았다. 브라이언트가 럭비 경기장에서 시간을 보내는 건 사실이었지만, 그곳에서 보낸 주말과 보내지 않은 주말 사이의 균형점은 보내지 않은 쪽으로 기울어져 가고 있었다.

반면 케빈은 가끔 일을 할 때도 보이는 한결같은 태도로 헬스장에 갔다. 비가 오건 눈이 오건, 그 녀석은 몸매와 건강을 유지하기 위해 일주일에 네 번씩 꼬박꼬박 운동했다. 게다가 브라이언트보다 거의 스무 살이 어렸다.

교수의 빠른 걸음을 보면서도 브라이언트는 결승선까지 달리기 경주를 한다면 어느 쪽에 돈을 걸어야 할지 확신할 수 없었다.

"날씨가 아주 대단하네요."

그가 침묵을 깨려고 물었다.

"정말 그렇습니다, 경사님."

교수는 그를 보지 않고 대답했다.

"대기에 심도 있고 빠른 상승 기류를 일으키는 대규모의 불안정한 공기가 있으면 응결이 일어나죠. 열에너지가 강력한 상승 기류를 만들어내고, 그 기류가 소용돌이를 일으키며 위로 올라가는 겁니다."

교수는 걸음을 멈추고 어두운 하늘을 손전등으로 비추더니 고개를 끄덕였다.

"나중에는 정전기 방전이 일어날 겁니다."

"뭐가 일어날 거라고요?"

브라이언트가 물었다.

"번개 말입니다, 경사님. 구름의 충전된 부분이 부딪힐 때 일어나는 현상입니다."

"아."

'교수한테 간단한 질문이라도 했다간 이렇게 되는 거야.'

"그래서, 어째서 살인자의 이름을 알면서도 그 사람을 추적하지 못하는 겁니까?"

교수가 질문을 던졌다. 교수와 달리 브라이언트에게는 현란하고 복잡하고 기술적인 답이 없었다.

"범인은 열한 살이라는 나이에 그레이엄 스터드윅이라는 이름으로 경찰 감시망에 올랐습니다. 그 이후로는 그레이엄 스터드윅에 관한 기록이 없고요. 다른 사람으로서 시스템을 빠져나간 겁니다."

"그런 일이 자주 일어납니까? 사람들이, 경사님 표현을 빌리자면, 시스템에 들어갔다가 그냥 사라져요?"

브라이언트도 인정하기 싫을 만큼 자주 일어나는 일이었다. 확실히 허용되어서는 안 될 만큼 자주 일어나는 일이었고.

"요즘 미성년자 관리에는 너무 다양한 기관이 참여합니다. 지방 자치 단체의 위원회가 결합되기도 하고 분리되기도 하죠. 서비스를 민간에 위탁하고요. 의료 기록은 인접한 보건 당국 사이를 오갑니다. 아이의 보육에 관계된 모든 면을 감독하는 하나의 몸통이 없어요."

브라이언트는 자신이 하필 사방에 시체가 널려 있는 웨스털리에서 '몸통'이라는 단어를 썼다는 것을 의식했다.

"아, 그렇군요."

교수가 말했다. 딱히 귀 기울이지 않는 말투였다.

브라이언트는 말을 이어 갔지만, 배정된 구역에 다가가자 옆에 있던 교수가 딴 데 정신을 파는 것이 느껴졌다. 교수는 듣고 있다는 티조차 내지 않았다.

브라이언트는 입을 다물었다. 그는 폭풍이 다가온다는 걸 알고 있었다. 공기에서 위협이 느껴졌다.

어떤 이유에서인지 브라이언트는 그 이상의 어떤 위협이 주변 모든 곳에 존재한다고 느꼈다.


# 85


"그러니까 오늘 밤에 뭔가 일어날 거라고 보시는 거예요?"

자밀은 자갈밭을 가로질러 가며 물었다.

"제 말은, 놈이 한 명을 더 여기에 버릴 거라고요?"

그는 케빈에게 대답할 시간을 주지 않고 말을 계속했다.

케빈은 어둠의 장벽에 들어가며 고개를 저었다.

썩어 가는 오래된 시신들에 둘러싸여 있다가 새로 살해된 시신을 보게 되었다는 생각에 이렇게까지 신나는 모습을 보여 줄 사람은 범죄 현장을 접해 본 경험이 거의 없는 어린애뿐이었다. 10년 전이었다면 방금 자밀이 한 말이 케빈 자신의 입에서 나왔으리라는 점이 아이러니였지만.

케빈은 브라이언트가 라이트 교수와 함께 시야에서 사라져, 루이즈 히크먼이 이틀 전 발견된 서쪽으로 향하는 모습을 지켜보았다.

대장은 캐서린과 속도를 맞추어 저마이마와 이소벨이 버려져 있던 동쪽 현장으로 가고 있었다.

그리고 케빈 자신은 여기에서, 그 누구에게도 속하지 않은 중간 지대로 향하고 있었다. 신선한 시체를 보게 되었다는 기쁨을 거의 감추지도 못하는 꼬마와 함께.

"자, 손전등 좀 흔들지 맙시다."

케빈이 쏘아붙였다. 그들이 의지하는 손전등 불빛이 온 사방으로 움직이고 있었다.

자밀이 킬킬거렸다.

"아, 네. 알겠어요."

자밀은 그들이 걸어가는 이 땅이야말로 엄청나게 중요한 지역이라는 것을 이제야 깨달은 듯 말했다. 웨스털리에서는 그들의 안녕과 안전에 대한 위험이 발밑의 무덤에서 나왔다.

"그래서, 당신은 왜 여기에 끌리는 건가요?"

케빈이 물었다. 이 꼬마는 성격도 쾌활했고 유튜브에서도 인기가 있었다. 함께할 사람이라고는 교수와 캐서린, 시신 몇 구밖에 없는 수상한 직장에서 엄청나게 많은 계산을 하며 지낼 학구적인 괴짜 같지는 않았다.

"데이터 때문이죠."

자밀은 그 말로 모든 것이 설명된다는 듯 이야기했다.

"숫자 몇 가지만 있으면 난 데이터, 사실, 예측을 내놓을 수 있어요. 지난 가스 요금 고지서 세 장만 주면 결과를 열 페이지는 내 드릴 수 있다고요. 과거 이력, 패턴, 예측까지. 난 여기서 매일 수백 가지의 숫자를 얻어서 사실로 바꿔 놔요. 과거, 현재, 미래를 만들어 낼 수 있죠. 끝내 준다니까요."

"어쩌다 여기 온 거예요?"

케빈이 물었다. 손전등은 자밀이 말에 집중하고 있을 때 덜 흔들렸다.

"우린 모두 라이트 교수님이 직접 선발한 사람들이에요. 난 위장 박테리아에 관한 교수님의 세미나에 참석했죠. 인간의 장에는 100조 가지 미생물이 있어요. 인체의 세포 수를 다 합친 것보다 열 배는 많은……."

"다음 얘기로 넘어가죠."

케빈이 조언했다. 그렇게 많은 생물이 배 속에 살고 있다는 사실이 딱히 마음에 들지는 않았다.

"난 수업이 끝나기를 기다렸다가 교수님한테 다가가서, 교수님 프레젠테이션에 제시된 계산 두 가지가 잘못되었다는 걸 말씀드렸어요. 100분의 1 단위에서 소수점을 잘못 찍는 바람에 그렇게 된 건데……."

"그걸 어떻게 알았어요?"

케빈은 빛이 그리는 지그재그 무늬를 따라가며 물었다. 이 꼬마의 지능에는 의문의 여지가 없었다.

"교수님이 사용한 소프트웨어에 오류가 있었거든요. 1조가 넘는 숫자를 활용한 계산값에 이를 때마다 0.5가 아닌 0.4부터 백분율을 반올림하기 시작하는 식으로."

케빈은 그 말에 딱히 의문을 제기하고 싶지 않았다.

"내가 교수님한테 프로그램을 고치는 패치를 제안했더니, 교수님이 일자리를 제안했어요."

"자밀, 손전등 얘기는 농담이 아니에요."

케빈이 쏘아붙였다. 어둠으로 방향 감각을 잃기는 했지만, 케빈은 직감적으로 세어의 얕은 무덤에 가까워지고 있다는 걸 알았다. 세어가 즐겁게 썩어 가는 곳, 아무것도 모르는 누군가의 발이 그 무덤에 빠지지 않도록 케빈 자신이 '미끄러움' 팻말을 가져다 둔 곳에.

"죄송해요. 그냥 단서를 찾고 있었어요."

케빈은 자신이 웨스털리의 최약체와 파트너가 되었다는 느낌을 받았다. 식료품 영수증이라도 하나 주면 이 녀석은 앞으로 10년 동안의 재정 상태를 분석해 줄 수 있을 터였다. 하지만 이번 임무에는 자밀이 별로 어울리지 않았다. 경비원이 출근만 했어도 좀 더 나은 파트너와 함께할 수 있었을 텐데.

"그래서, 대런은 병가를 낼 때 뭐라고 하던가요?"

케빈이 물었다. 그는 아직 커티스 그랜트를 만나지 못했기에 그랜트에게 질문할 수 없었다.

"배가 아프다나요. 좀 자세히 말했는데 듣자니 역겹길래 그만 들었어요. 교수님이 별로 좋아하지 않으면서 경비 서비스 계약 갱신이 코앞이라고 경고했죠."

"무슨, 업체를 바꾸겠대요?"

케빈이 물었다. 자밀이 어깨를 으쓱하는 바람에 손전등이 출렁거렸다.

"그럴지도 몰라요. 근데 대런도 그렇게 나쁘지는 않아요. 대런은 자기 대신 근무할 사람을 구해 놨으니 그 사람이 올 거라고 했어요. 그런데 그때 형사님들이 도착한 거예요. 그래서 전화를 끊었죠."

"자, 손전등 내립시다."

케빈이 걸음을 늦추며 지시했다. 빛이 그들이 걸어가는 땅을 제외한 모든 곳을 비추는 것 같았다.

케빈은 스테이시에게 전화를 걸어 대타를 뛸 경비원이 오고 있다고 알려 주려고 핸드폰을 꺼냈다.

"있잖아요, 이 얘길 좀 일찍 해 줬으면 좋았을 걸 그랬습니다."

케빈은 스테이시의 번호를 찾아 핸드폰을 스크롤하며 말했다.

"네, 죄송해요."

자밀이 말했다. 끝이 갈라진 번개가 어두운 하늘을 밝히며 전혀 미안해하지 않는 얼굴을 비추었다.

# 86

번개가 포터캐빈을 밝혔다. 잠시 폭발이 일어난 듯 일시적으로 아무것도 보이지 않았다.

찰나의 순간 주변 공간이 조용해졌다. 스테이시는 낙뢰로 과전압이 발생했다는 것을 알았다.

숫자를 다섯까지 헤아린 뒤에야 예비 발전기가 작동하며 윙윙거리는 소리가 돌아왔다. 그러니까 과전압이 전부가 아니었던 셈이다. 전기가 일시적으로 나갔다. 시스템은 5초가량 시간이 흐른 뒤에야 예비 발전기를 쓰도록 설정되어 있었다. 과전압으로 전기가 나갔을 뿐이라면 정전은 1초 미만이었을 것이다.

"세상에."

스테이시는 혼자 속삭이고, 심장 박동이 평소의 박자로 돌아오기를 기다렸다.

그녀는 폭풍에 개의치 않았다. 오히려 폭풍을 구경하는 걸 좋아했다. 모든 전자기기가 꺼진 벽돌 건물 안에서, 안전하게 구경한다면 말이다.

시스템이 하나씩 다시 켜지기 시작했다. 지금껏 스테이시가 경험한 시스템과 비슷하게 설정되어 있다면 전자기기의 중요도에 따라서 켜질 터였다. 조명, 난방, 통신 장비, 보안 장치, 마지막으로 주방 기구.

놀랍게도 조명은 꺼지지 않고 있었다. 하지만 스테이시는 조명이 다른 모든 회로와는 별개의 회로로 작동하는 경우가 많다는 걸 알고 있었다.

난방은 애초에 꺼져 있었으므로 시간이 지나도 다시 켜지지 않았다.

충전기에 놓여 있던 무선 전화기에서 한 차례 삑 소리가 났다. 전화기가 돌아왔다.

다음으로는 무전 스테이션 옆면의 초록색 불이 두 번 깜빡거리다가 켜졌다. 잘됐다. 이제 스테이션으로 무전통신을 할 수 있었다. 셋으로 나뉜 팀원들이 들고 다니는 휴대용 무전기에는 배터리가 달려 있으므로, 포터캐빈의 전기가 나가도 서로 통신할 수 있을 터였다. 하지만 그들이 스테이시와 연락하거나 스테이시가 그들과 연락할 방법이 없어질 뻔했다.

그럼 남은 것은 카메라뿐이었다. 오른쪽 화면이 계속 비어 있었다.

"켜져라."

스테이시가 말했다.

카메라가 가장 중요한 시스템이라고 할 수는 없었다. 하지만 스테이시는 모든 도구를 쓸 수 있다는 걸 확인하고 싶었다. 동료들은 모두 부지의 끝에 배치되어 있었으므로 정문 바깥과 부지 바로 안쪽의 활동을 지켜보는 것은 별 도움이 되지 않는다. 그러나 건물 및 그와 인접한 지역을 지켜볼 수 있다면 마음이 놓일 터였다.

스테이시는 문득 팀원 중 혼자 남겨진 건 자신뿐이라는 걸 깨달았다. 하지만 그 시간이 오래지는 않았다. 옆의 인터폰이 울렸다. 케빈이 방금 전화로 알려 준, 대신 근무하러 왔다는 경비원일 터였다.

옆의 화면이 깜빡거리며 살아나자 스테이시는 미소 지었다. 화면은 2분할 화면으로 전환되어 카메라 두 대의 시야를 보여 주었다. 금속성의 소리가 나는 스피커로 목소리가 들려오기 전부터 정문에서 기다리는 애스턴마틴의 형체가 보였다.

커티스 그랜트가 도착을 알렸다. 스테이시는 버저를 눌러 그를 정문으로 들였다.

울타리 너머로 차선을 비추는 화면은 정전되기 전과 똑같아 보였다. 그 차선에 지원 병력이 타고 있는 밴이 서 있었다.

문밖에서 자갈 밟는 소리가 들려왔다.

"안녕하세요, 스테이시. 잘되어 가요?"

커티스 그랜트가 포터캐빈에 들어오며 물었다.

"대런 대신 근무하러 왔습니다. 생각나는 모든 사람에게 연락해 봤는데 제안을 받아들인 사람이 없었어요. 너무 촉박하게 알리기도 했고, 지금 이 순간에는 딱히 사람을 꾀기에 매력적인 제안도 아니라서요."

"하지만 당신이 사장이잖아요."

스테이시가 말했다.

"네에, 때로는 밤중에 사장이 나와서 손을 더럽혀야죠. 그래야 소중한 고객사를 잃지 않으니까."

그랜트는 문과 가까운 싱크대에 엉덩이를 기대고 섰다.

"대런이 괜찮아졌는지 확인하려고 다시 전화를 걸어 봤는데 핸드폰이 꺼져 있더라고요."

"그렇다고 직접 교대 근무를 할 필요는 없었을 텐데요?"

스테이시가 미심쩍다는 듯 물었다.

커티스가 어깨를 으쓱했다.

"그럴 수도 있죠. 하지만 대런 때문에 계약을 놓치면 더 책임감이 느껴질 것 같았어요. ……하긴, 가족을 고용할 땐 그런 일이 벌어지는 법이겠죠."

스테이시는 혼란스러웠다. 수사 내내 스테이시는 가족 관계를 발견한 적이 한 번도 없었다.

"대런과 친척 관계라고요?"

커티스가 위쪽으로 눈알을 굴려 댔다.

"아아, 네. 그 짜증 나는 똥개 같은 놈이 제 사촌입니다."

스테이시는 자신이 이런 관계를 대체 어떻게 놓친 건지 의문이었다.

커티스 그랜트가 활짝 미소 짓더니 주방으로 향했다.

"그건 그렇고, 주전자를 올릴까요? 긴 밤이 될 것 같은데."

## 87

킴은 덮쳐 오는 <u>으스스한</u> 기분을 무시하려 애썼다.

일행의 바로 눈앞 하늘을 가르는, 갑작스러운 두 갈래 번개가 킴과 캐서린을 놀라게 했다. 현장 꼭대기에 있는 안전한 빛의 원을 떠나온 지 겨우 몇 분 만의 일이었다.

킴은 뱃속에서 느껴지는 감각에 어둠도, 주변에 시신이 있다는 사실도 도움이 되지 않는 것 같다고 느꼈다.

어둠이든, 시체든 하나씩 상대한다면 둘 다 기꺼이 처리할 수 있었다. 문제는 그 둘이 결합되어 있다는 점이었다. 그러나 킴의 내면에는 이 시신들을 집으로 데려다주고 싶어 하는 뭔가가 있었다. 킴의 집이 아니라 키츠에게로, 존중받고 적절히 매장될 수 있는 곳으로.

"그래서, 어떻게 지냅니까?"

마침내 킴이 옆에서 걸어가던 여자에게 물었다.

캐서린이 손전등을 들고 앞길을 비추고 있었다.

마지막으로 만난 이후로 이 여자에게 벌어진 변화를 눈치채지 않는다는 건 불가능했다. 브라이언트는 눈을 비비고 다시 그녀를 보았고 케빈도 한 번 이상 그녀를 보았다.

바뀐 것은 뒤통수에 기능적으로 매달아 놓은 포니테일 대신 어깨로 느슨하게 늘어뜨린 금발만이 아니었다. 손톱을 장식한 은은한 분홍색 네일팁만도 아니었다. 연하게 칠한 립스틱과 광대를 강조하는 블러셔도 아니었고.

캐서린에게 일어난 가장 놀라운 변화는 내면에서 나왔다. 킴은 캐서린이 현장에 있는 모든 사람에게 간식을 권하는 모습을 지켜보았다. 캐서린은 형체에 존재감을 더해 주는 자신감을 띠고서 움직이고 말했다. 허리는 더 곧아졌고 어깨는 펴졌다.

캐서린도 자신이 그동안 얼마나 배경 속으로 희미하게 녹아 있었는지 알고 있을까 궁금했다. 교수가 다시 캐서린을 '구더기 아가씨'라고 소개했다가는 적절한 대답을 듣게 될 터였다.

"이 이상 잘 지낼 수가 없어요, 경위님."

캐서린이 대답했다.

"기자들은 떠났고 전 숨을 필요가 없죠. 떠날 필요도 없고요. 대체로 경위님 덕분이에요."

킴은 아무 말도 하지 않았으나 캐서린이 말을 이었다.

"경위님이 어떻게 제 이름을 신문에서 빼 주신 건지는 모르겠지만, 그렇게 해 주셨다는 게 믿을 수 없을 만큼 감사해요. 제 삶은 지난 며칠 동안 너무 많이 바뀌었어요. 다시 숨을 쉴 수 있을 것 같은 기분, 심지어 다시 살 수 있을 것 같은 기분이에요."

캐서린이 조용히 웃었다. 매력적이고도 가벼운 소리였다.

"네, 얼마나 순진하게 들리는 소리인지는 알아요. 하지만 몇 년 만에 처음으로 저는 정말 자유로워진 기분이에요. 이제야 저 자신이 될 수 있을 것 같아요. 아세요?"

킴은 알 것 같았다. 하지만 그게 전부는 아니었다. 딱 한 번 짧은 대화를 나눈 뒤에 벌어진 이 여자의 변화가 놀랍기는 해도, 킴은 캐서린이 어린 시절에 겪은 끔찍한 시련 이후로 뭔가가 더 있었을 거라고 짐작할 수밖에 없었다. 납치범들이 돌아올지 모른다는 두려움은 그녀가 평생 해 온 모든 결정에 영향을 미쳤다. 그 공포심이 너무 커서 캐서린은 자신을 사랑하는 부모와 함께하는 삶보다 폐쇄된 정신병동에서의 삶을 원했다. 아니, 이런 것들은 짧은 대화 한 번으로 지워지지 않았다. 하지만 지금은 킴에게 이 문제를 탐구할 시간이 없었다. 살인범이 안전하게 철창에 갇힌 뒤라면 몰라도.

"얼마나 남았습니까?"

킴은 손전등 불빛을 따라가며 물었다.

"2미터, 2.5미터 정도 가면 잭과 베라를 다시 만나게 돼요."

캐서린이 대답했다. 킴은 캐서린이 그걸 대체 어떻게 아는 건지 궁금했다.

캐서린의 허리띠에서 무전기가 지직거리며 살아났다.

[여기는 교수님과 브라이언트. 스테이시 응답하라.]

경찰 무전을 활용할 때는 음성 기호로 이루어진 적절한 호출 부호를 써야겠지만, 그들은 현장 무전 시스템을 사용할 때는 이름을 쓰는 것만으로 충분할 거라고 의견을 모았다.

[말씀하세요.]

스테이시가 대답했다.

[1번 장소 도착. 이상 무.]

[알겠습니다.]

세 발짝을 더 걸어가니 눈앞에 익숙한 참나무 형체가 어슴푸레하게 보였다. 손전등 불빛이 참나무 아래의 장미를 비추었다. 웨스털리 직원들이 놔둔, 무덤을 알리는 그 예의 바른 표시를 처음으로 본 이후로 몇 주는 지난 기분이었다.

"거의 다 왔어요."

캐서린이 말했다. 이번에도 무전기에서 잡음이 들려왔다.

[자밀과 케빈, 2번 장소에 도착했습니다. 이상 무. 오버.]

그들은 스테이시가 무전을 확인하는 소리를 들었다. 그런 뒤 무전기는 다시 그들을 침묵에 빠뜨렸다.

갑자기 낯선 소리가 킴의 귀에 들려왔다. 그녀는 걸음을 멈추고 캐서린의 팔에 손을 얹었다.

캐서린이 옆에서 멈춰 섰다. 그 소리는 희미했지만 잘못 알아들을 수는 없었다. 킴이 듣기에는 타이어 소리였다.

"들려요?"

킴이 속삭였다.

킴은 캐서린이 옆에서 고개를 끄덕이는 걸 보았다기보다는 느꼈다. 둘 다 제자리에 가만히 서서 어둠 너머에 귀 기울였다.

"저쪽에서 들립니다."

킴은 언덕 아랫부분의 흙길을 가리키며 말했다. 그녀는 눈에 힘을 주고 길이라고 느껴지는 방향을 보았다. 천천히 움직이는 타이어 소리였다.

흙길이 살짝 내리막으로 이어졌다. 살인자가 틀림없었다.

킴은 운전자가 시동을 끄고 언덕을 따라 천천히 굴러오고 있다는 걸 깨달았다.

그녀는 앞으로 나섰다. 어둠에 자기 모습이 안전하게 숨겨져 있다는 것을 알았다.

"보세요. 저기입니다."

킴이 캐서린에게 말했다. 약 100미터 뒤쪽에, 아래쪽을 비추는 헤드라이트가 그들이 있는 방향으로 천천히 다가오는 모습이 틀림없이 보였다.

킴은 흥분과 안도감을 함께 느꼈다. 대부분은 안도감이었다. 킴의 판단이 옳았다. 트레이시에게는 기회가 있었다.

"서둘러요, 캐서린. 무전을 치십시오. 다른 사람들에게 우리가 놈을 잡았다고 알리세요."

캐서린이 허리띠에서 무전기를 꺼내고 말했다.

"여기는 캐서린. 스테이시 응답하라. 3번 장소에 도착했다."

그녀가 손전등 불빛 위로 킴과 눈을 마주쳤다.

"보고할 내용은 없다."

# 88

"대체 뭐 하는 겁니까?"

킴이 무전기로 손을 뻗으며 소리쳤다.

깨달음은 몇 초쯤 늦게 다가왔다. 첫 번째 빗방울이 팔에 닿은 바로 그 순간이었다.

잠깐은 다른 모든 것이 잊혔다. 동료들도, 작전도, 심지어 피해자들도. 킴의 두뇌는 머릿속에 파편화되어 흩어져 있던 사실들을 다시 정리했다.

"망할, 네가 한패였어. 그래서 놈이 피해자들을 여기로 데려온 거야. 네가 시신을 처리하도록 도와줬고. 하지만 왜……."

더 많은 조각들이 맞아 들어가며 킴의 말이 흐려졌다. 머릿속 자석이 모든 조각들을 빨아들이자 선명한 그림이 형성되기 시작했다. 어떻게 둘의 관계를 놓칠 수 있었을까?

"브롬리에서 그레이엄을 만난 거야?"

킴은 머릿속으로 덧셈을 해 보며 물었다. 둘은 동시에 브롬리에 있었을 것이다. 그리고 킴은 망가진 영혼들에게 서로를 찾아내는 능력이 있다는 걸 매우 잘 알고 있었다.

빗방울이 두 방울 더 팔에 내려앉았다. 첫 번째 천둥소리가 멀리서 들려왔다.

"네. 그리고 난 절대 그곳을 잊지 않을 거예요. 멍청한 단체 토론을 할 때면 우리는 우리 감정에 대해 이야기하고 치유되어야 했어요. 우리의 두려움을 반복해서 말하는 게 우리가 그 일을 잊는 데 도움이 될 거라나? 그걸로 우리를 완전하게 만들 거라나?"

캐서린은 침을 뱉었다.

킴은 움직일 수 없었다. 벼락이 치며 눈앞에 선 여자의 비틀리고 원한에 찬 얼굴이 드러났다. 캐서린 에번스는 상황에 맞는 가면을 쓰는 기술을 완벽히 익혔다. 그러나 진짜 그녀는 지금 이곳에 있었다. 진짜 캐서린, 어린 시절의 시련을 극복하지 못한 캐서린.

"진실을 말할 용기가 있었던 사람은 한 명뿐이었어요. 그레이엄의 진실……. '우리의' 진실 말이죠. 그레이엄은 자기를 괴롭힌 사람들을 해

치고 싶다고 솔직하게 말했어요. 용서나 치료에는 아무 관심이 없다는 사실을 숨기지 않았죠. 그레이엄은 복수를 원했어요. 복수만이 도움이 될 테니까. 네, 우리에게는 우리를 하나로 묶어 주는 공통점이 있었어요. 복수에 대한 욕구 말이에요. 우리는 둘 다 우리를 괴롭힌 자들이 벌을 받을 때까지는 온전한 삶을 살 수 없다는 걸 알았어요."

"아무리 그래도 어떻게 그레이엄을 도와줄 수 있지, 캐서린?"

킴이 충격을 받아 물었다.

"넌 납치당할 때의 공포, 안전한 삶에서 뜯겨 나갈 때의 두려움을 알잖아. 그 사건이 너한테 무슨 짓을 했는지 봐. 그런데도 넌 다른 사람이 정확히 같은 일을 하도록 도왔어."

"멍청하게 굴지 마세요."

캐서린이 분노했다.

"그건 다르죠. 난 어린애였고⋯⋯."

"하지만 넌 어른이 되어서도 놈들이 찾아와 다시 널 잡을지 모른다고 생각했을 때 겁에 질렸잖아. 내가 직접 봤어, 캐서린. 내가 그 상자에 들어 있던 널 봤다고. 내가 널 도와서 나오게 했어. 그 두려움은 진짜였어."

"당연히 진짜였죠. 언제나 진짜였는걸요. 그 개자식들이 살아 있는 동안에 나는 그 두려움을 품고 살았어요."

캐서린이 말했다. 그때 벼락이 꽝음을 울리며 내리쳤다.

"그레이엄이 납치한 여자들의 두려움은 진짜가 아닐 것 같아? 그런데도 넌 그레이엄을 도왔어. 이해가 안 돼, 캐서린. 너희 둘 때문에 여자 두 명이 죽었어. 어떻게 그런 짓을 할 수 있지?"

캐서린의 목소리에는 아무 망설임이 없었고, 번개에 비추어진 얼굴에는 후회가 없었다.

"우린 약속했으니까요. 서로를 돕기로."

"하지만 널 납치한 범인들은……."

킴은 캐서린의 집에서 나누었던 대화 중 한 가지 중대한 정보를 떠올렸다. 킴이 하려던 말이 둘 사이에 머물렀다. 캐서린은 두려워서 제정신을 잃고 '그 남자가' 돌아올까 봐 두렵다고 인정했다. 캐서린의 납치와 학대에 연루된 범인은 두 명이었다. 그녀가 한 남자만을 언급했다는 점은 둘 중 하나가 이미 죽었다는 걸 그녀가 알고 있었음을 뜻했다.

"아이버와 래리였구나? 그 둘이 널 학대한 사람들이었어. 네가 바뀐 건 웨스털리에서 계속 일할 수 있게 됐다는 사실과는 아무 상관도 없었어. 네 두 번째 학대자가 죽었기 때문이었던 거야. 그자는 보름 전에 교도소에서 풀려났는데. 너희 둘, 그동안 내내 기다린 거야?"

"그 두 개자식이 내 인생을 빼앗아 갔어요."

캐서린이 내뱉었다.

"그 좆같은 돼지 새끼들이 나한테 저지른 짓을 경위님은 상상도 못 할 거예요. 난 매일 밤 놈들의 더럽고 독한 입 냄새를 맡아요. 놈들이 내 귀에 속삭이는 변태 같은 귓속말을 듣는다고요. 이어지고 이어지고 또 이어지고, 놈들이 나눠 마시던 위스키병처럼 계속 이어져요. 놈들은 내 어린 시절과 내 가족을 빼앗아 갔어요. 난 절대 내 삶으로 돌아갈 수 없어요. 브롬리를 떠날 수 있게 됐을 때 나는 부모님조차 못 알아보게 됐어요. 부모님도 나를 못 알아봤고, 놈들이 일으킨 두려움이 암처럼 내 몸을 차지했어요. 그 두려움이 어디에나 있었어요. 선택할 수 있는 가능성은 한 번도 없었어요, 경위님. 내가 살려면 놈들이 죽어야 했어요."

킴은 그녀의 목소리에서 날것의 감정을 느꼈다. 캐서린의 생각과는 달리 그녀는 절대 그 남자들에게서 자유로워질 수 없었다.

이제는 빗방울이 더 자주 떨어지기 시작했다. 비가 메마른 땅에 부딪히며 주변의 땅이 넌더리나는 냄새를 풍겼다.

"내 인생은 지금부터 시작이에요, 경위님. 오늘 밤에 난 다시 살 수 있어요."

"그레이엄이 놈들을 죽였구나?"

킴이 물었다. 문득 깨달음이 찾아왔다.

"그게 거래였던 거야. 너희가 서로를 도와주기로 한 거였어. 그레이엄은 그렇게 널 도왔고."

킴은 사람들을 부를 수 없다는 걸 알았다. 그녀가 무슨 소리라도 내면 그레이엄은 도망칠 것이다. 트레이시를 데리고. 웨스털리와의 연결고리가 없으면 킴은 절대로 다시 그를 찾을 수 없었다. 그레이엄은 만신창이가 된 쥐를 주인에게 가져오는 고양이와 같았다. 캐서린과의 연결이 없으면 킴에게는 아무것도 없는 셈이었다.

킴은 뺨에 빗방울이 닿자 갑자기 든 생각에 충격을 느꼈다.

"하지만 둘이 동업 관계라면, 왜 그레이엄에게 오지 말라고 경고하지 않은 거야?"

"앗, 실수했네요."

"씨발, 그레이엄이 잡히기를 바라는 거구나?"

킴이 말했다. 이 여자의 이중성이 경악스러웠다. 그레이엄은 캐서린을 납치하고 학대한 남자들의 목숨을 빼앗았지만, 이제는 그 둘이 죽었다. 그래서 캐서린은 그레이엄을 제거하고 싶어 했다. 그레이엄은 쓰임새를 다했다. 그레이엄과 그녀가 얽혀 있다는 진실을 아는 건 두 사람뿐이었고.

그레이엄이 안전하게 잡혀 철창에 들어가면, 진실을 아는 사람은 한 명밖에 남지 않았다.

킴이 그 사람이었다.

눈앞의 여자가 품은 얼음장 같은 한기에 킴은 뼛속까지 시렸다.

갑자기 무전기가 킴의 왼쪽 관자놀이를 후려쳤다. 그녀는 똑바로 서려 했지만 옆으로 휘청거렸다.

캐서린이 킴을 땅에 밀치기에는 그것만으로 충분했다.

캐서린이 그녀의 배 위로 몸을 던지자 킴은 발버둥을 쳤다. 몇 초 안에 킴의 두 손이 등 뒤로 묶였다. 킴은 다시 발길질했지만 캐서린은 쉽게 그녀의 두 발을 피했다.

캐서린은 킴의 머리카락을 잡고 그녀를 끌고 다녔다. 꽃다발을 감싼 비닐이 등 아래에서 부스럭거리는 게 느껴졌다. 가시 돋친 줄기가 아래쪽에서 쪼개지며 킴의 드러난 피부를 베었다. 가시가 그녀의 피부를 찔러 댔다. 살에 닿는 풀이 축축하게 느껴졌다.

킴은 나무에 기대 버텼지만, 두 손이 묶여 있어서 별 소용은 없었다. 손등이 나무에 쓸렸다.

"그래 봐야 모든 구멍을 막을 수 없다는 거, 알 텐데?"

킴이 시간을 벌려고 물었다. 어떤 아이디어가 떠오르기 시작했다. 그녀는 등 뒤의 비닐을 치웠다. 몸 아래에서 꽃의 줄기가 느껴졌다.

킴은 두 손을 최대한 멀리 떨어뜨리고 묶인 손목을 나무껍질에 댄 채 위아래로 움직이기 시작했다. 그 과정에서 울퉁불퉁한 늙은 나무가 그

442

녀의 피부를 갈가리 찢어 놓을 수 있었지만, 킴은 지원군이 도착하기를 기다릴 수 없었다.

"내 계산으로는 첫 확인 무전을 칠 때까지 최소 12분이 남아 있어요. 경위님의 작은 사고를 꾸며 내는 데는 그렇게 오래 걸리지 않을 테고요."

그 말과 연결된 감정이 전혀 없다는 사실에 킴의 피가 차게 식었다. 캐서린이 치명적 사고를 꾸며 낸 다음 무전기를 활용해 지원을 요청한다면 그레이엄은 잡힐 것이고 캐서린의 구멍은 모두 메워질 것이다.

캐서린의 목소리는 침착하고 차분했다.

"제 생각에 경위님은 잭이나 베라가 있는 곳에 떨어질 것 같아요. 떨어지면서 목이 부러지는 거죠. 그게 아니라면, 그레이엄이 늘 칼을 들고 다니기도 하고요."

캐서린의 말에서 느껴지는 한기가 킴에게 두려움을 불어넣었다. 킴의 죽음은 목적을 이루기 위한 수단일 뿐이었다. 캐서린이 남은 인생을 계속 살아나가게 해 줄 방법 말이다. 캐서린은 킴이 자신의 정체에 대해 알고 있는 한 그 삶을 살아갈 수 없었다.

킴은 캐서린이 길게 한숨 쉬는 소리를 들었다.

"세상에. 거의 도착했네요."

킴은 그레이엄이 도착할 때까지도 두 손이 여전히 묶여 있다면 자신은 죽은 목숨이라는 걸 알았다.

그녀는 고개를 저어 눈에 들어간 머리카락을 떨치고 손목을 나무 껍질에 더 빠르게 문지르기 시작했다.

# 89

트레이시는 밴의 뒷자리에서 몸이 이리저리 튀는 것을 느꼈다.

몇 분 전 자동차는 조용해졌다. 밴이 속도를 늦추었다. 타이어가 길의 튀어나온 부분에 부딪치곤 했지만 그녀는 더 이상 여기저기 내팽개쳐지지 않았다. 움직임에 몸이 이리저리 흔들릴 뿐이었다.

매혹적인 수마가 그녀를 유혹했다. 혼탁한 정신으로 판단하기에는 잠을 깨 보면 이 악몽에서 벗어나 있을 것만 같았다.

하지만 트레이시는 잠들면 안 된다는 걸 알고 있었다. 아마 저마이마는 잠들었을 것이다. 트레이시의 정신은 전보다 맑았다. 하지만 그녀의 몸은 지금도 죽은 것처럼 느껴졌다.

그녀는 유아용 의자에서 굴러떨어졌지만 다시 일어날 힘이 없었던 순간이 어렴풋이 기억났다. 그레이엄이 그녀를 일으켜 세우더니 밴으로 데려갔다.

트레이시는 그의 도움이 고마웠다. 그리고 그 고마운 마음을 의식하자 분노가 아드레날린처럼 온몸에 솟구쳤다. 그녀를 납치하고 이제는 죽이려는 남자에게 고마움을 느끼다니, 씨발.

그 생각 자체가 머릿속에서 자고 싶다는 유혹을 전부 몰아냈다. 지금이 트레이시 인생의 마지막 몇 분일지 몰랐다. 트레이시는 어차피 죽을 거라면 싸워 보지도 않고 죽지는 않겠다고 마음먹었다.

그녀는 뭐라도 기회가 올 때에 대비해야 했다. 그녀가 할 수 있는 일을 준비해야 했다. 다른 건 못 해도 조용히 떠나지는 않을 것이다. 씨발,

그녀는 사는 내내 싸워 왔다. 죽음이 삶보다 좋아 보인 순간들도 있었지만, 한 번에 한 순간씩 그 감정과 맞서 싸우며 결국은 상황이 나아질 거라고 자신을 설득했다.

트레이시는 늘 기자가 되겠다는 꿈에 집중했다. 그 과정에서 그녀는 한 번도 그녀를 떠나지 않은, 자기 의심이라는 잔인한 악마들과 맞서 싸워 왔다. 과거에 지배당하지 않기로 작정했다.

그래, 트레이시는 결심했다. 이제 와서 웬 미친놈한테 살해당하기 위해 인생의 모든 순간을 쟁취한 게 아니었다.

이런 허장성세는 30초를 꽉 채워 트레이시에게 남아 있었다. 자동차가 멈추는 그 순간까지.

# 90

킴은 울퉁불퉁한 나무 껍질에 닿아 철사가 약해졌다는 걸 알았다.

그 과정에서 손목 피부에 상처가 났지만, 철사가 풀리는 것이 느껴졌다. 몇 초만 더 있으면 두 손이 자유로워질 터였다.

하지만 그 몇 초가 없었다. 캐서린이 그녀를 홱 잡아당겨 일으켰다.

머리 위에서 천둥이 쾅 울리는 순간 왼발이 진창에 미끄러졌다. 빗방울은 여전히 느리게 떨어졌지만 크기가 훨씬 커져 있었다. 둥글고 묵직한 점들이 킴에게 온통 내려앉았다.

캐서린은 킴을 일으켜 세우느라 더 이상 손전등을 들고 있을 수 없었다. 손전등이 그녀의 손에서 굴러떨어졌다.

킴은 캐서린의 손아귀에서 빠져나와 땅으로 몸을 던졌다. 손전등은 최소한 무기 비슷한 것이라도 되어 줄 터였다.

킴은 손전등 위에 넘어졌다. 손전등이 가슴뼈에 파고들었다. 캐서린이 그녀의 갈비를 걷어찼다. 킴은 기침했지만 그 자리에서 떠나지 않았다. 쉽게 손전등을 포기하지는 않을 것이다.

킴은 몸으로 빛을 가로막고 있었기에 완전한 어둠 속에 내팽개쳐졌다. 축축한 풀이 얇은 티셔츠를 뚫고 피부 전체에 닿았다. 가시 돋친 꽃줄기가 엉덩이에 파고들었고 손목은 불이라도 붙은 듯했다. 하지만 킴은 손전등을 포기할 수 없었다.

번개 한 줄기가 하늘을 찢어발기며 둘 모두에게 서로의 모습을 선명히 보여 주었다. 캐서린은 그 시야를 활용해 한 번 더 발길질을 했다. 킴의 왼쪽 가슴이 발길질에 맞았다.

킴은 큰 소리로 신음했다. 고통이 상체에 전달되었다.

"포기하세요, 경위님."

캐서린이 숨죽여 말했다.

'씨발, 널 죽이는 한이 있더라도 그렇게는 못 하지.'

그녀는 미친 듯이 어깨에 힘을 주어 약해진 철사를 당겼다. 그것만이 킴이 살 수 있는 유일한 기회였다.

손전등은 이제 그녀의 배에 자리 잡고 있었다. 그녀의 두 팔은 여전히 등 뒤로 묶여 있었고 목은 흠뻑 젖은 진흙을 피해 뒤로 젖혀져 있었다.

또 한 번의 발길질. 이번에는 엉덩이였다. 통증이 뇌까지 곧장 쏘아져 올라가더니 거꾸로 울려 퍼졌다. 킴은 통증이 느껴지는 온몸의 부위를 더 이상 추적할 수 없었다. 지금은 그딴 걸 신경 쓸 수 없었다. 손을 풀어내지 못하면 죽을 테니까.

킴은 끈을 다시 당겼다. 캐서린의 손이 엉덩이에 닿는 것이 느껴졌다. 씨발, 캐서린이 킴을 굴리고 있었다.

킴은 굴러가면서 땅이 사라지는 것을 느꼈다. 그녀의 두 다리 아래에는, 어깨 아래에는 아무것도 없었다.

그녀는 기억에 비추어 지금 이 순간을 그려 보려 했다. 빌어먹을, 그녀는 두 무덤 사이의 다리 위로 굴려진 터였다. 그녀의 두 다리 아래에는 썩어 가는 베라가, 어깨 아래에는 썩어 가는 잭이 있었다.

캐서린이 그녀를 굴리는 데 성공한다면 킴은 곧장 푹 꺼진 무덤 속 그들과 함께하게 될 터였다.

킴은 캐서린이 자기 쪽으로 몸을 숙이는 것을 느끼고 미친 듯이 끈을 당겼다. 구르지 않으려고 어둠 속에서 몸을 끌어 댔다. 등이 다리에 닿아 있기만 하면 안전했다.

킴은 자신의 두 발이 땅에서 들리는 것을 느꼈다. 발목을 잡는 강한 손아귀가 느껴졌다.

"대체 무슨……?"

킴이 소리쳤지만, 그녀의 목소리는 귀청이 떨어질 것 같은 천둥에 묻혔다.

킴은 팔이 묶여 있는 탓에 지금 벌어지는 일을 막을 수 없었다. 발버둥 치려 했지만 두 발이 단단히 붙들려 있었다. 캐서린이 킴의 발목을 세게 움켜쥐고 자기 몸을 지렛대처럼 사용해 킴을 굴리려 했다. 킴은 몸이 시계 방향으로 돌아가는 것을 느꼈다.

두 손을 떼어 내야 했다. 그것만이 살 수 있는 유일한 방법이었다.

그 순간이 다가오고 있었다. 킴은 분명히 알았다.

킴은 빗방울과 섞인 땀이 머리카락에서 흘러내리는 것을 느낄 수 있었다. 캐서린이 그녀의 다리를 외바퀴 손수레 손잡이처럼 사용해 그녀를 뒤집고 있었다.

두 번만 더 굴러가면 그녀는 두 무덤 사이의 다리와 나란하게 눕게 될 테고, 한 번 제대로 걷어차기만 하면 두 시체 중 한 구의 위에 떨어질 터였다.

철사가 끊어지지 않았다.

캐서린이 한 번 더 킴의 두 발을 밀었다. 킴은 캐서린이 그녀를 뒤집으려면 자기 팔다리가 뻣뻣해야 한다는 것을 깨달았다. 킴의 몸부림이 오히려 캐서린에게 도움이 되었던 것이다. 킴이 몸에 힘을 주면서, 캐서린이 원하는 자리로 그녀의 몸을 굴려 가게 해 주었다. 킴은 캐서린을 떨쳐 내느라 버둥거리는 대신 그 동력을 활용해 신체를 움직여야 했다.

벼락이 캐서린 바로 뒤에 떨어졌다. 킴은 몸을 가라앉히고 무릎을 굽혔다. 예상치 못하게 다리가 접히는 바람에 캐서린은 휘청거리며 킴에게로 쓰러졌다. 아주 잠깐, 캐서린의 체중이 킴의 접힌 다리에 실렸다.

킴은 자기가 가진 힘에 집중하며 두 다리를 곧장 다시 뻗었다. 캐서린이 뒤쪽으로 내팽개쳐졌다. 덕분에 철사를 한 번 더 끊어 볼 1초가 생겼다.

"이 멍청한 년."

캐서린이 식식댔다. 그사이 킴은 미친 듯이 움직여 철사를 약하게 만들었다. 캐서린이 무력화된 건 겨우 몇 초뿐이었다. 여전히 손이 등 뒤로 묶여 있었기에 킴이 불리한 건 마찬가지였다.

킴은 등 뒤에서 미친 듯이 철사를 잡아당겼다. 한 번 움직일 때마다 깊어지는, 철사 때문에 난 수백 개의 상처로 손목이 타는 듯했다. 최근 납치 사건 때 입은 칼에 베인 상처가 눌려 욱신거렸다.

처음 힘을 썼을 때는 철사에 아무 영향이 없는 것만 같았다.

킴의 어깨는 손을 떼어 내려는 노력으로 욱신거렸다.

두 번째로 폭발적인 힘을 주자 손이 풀려났다. 두 팔이 터져 나가듯 몸통에서 멀어졌다.

킴은 캐서린의 등에 뛰어올라 그녀의 목을 철사로 감았다. 캐서린의 두 손이 위로 올라오며 철사 아래쪽에 손가락을 집어넣으려 했지만, 킴은 캐서린의 등을 타고 내려가며 철사를 세게 당겼다.

캐서린의 키가 2~3센티미터쯤 더 큰 탓에 킴은 까치발을 들어야 했다. 캐서린은 킴의 손아귀에서 몸부림치려 했지만 킴은 더욱 세게 당겼다. 그녀의 목구멍에서 조용히 질식하는 소리가 들렸다.

킴은 캐서린을 두 발짝 뒤로 끌고 갔다. 그렇게 하면 땅에 놓인 손전등이 코앞의 땅을 비출 터였다.

잠깐, 킴은 자기 손목을 보았다. 상처가 이리저리 교차된 손목의 수십 군데 흉터에서 피가 뚝뚝 떨어졌다.

조각이 맞아 들어가는 데 걸린 시간은 잠깐뿐이었다. 킴이 어깨를 톡톡 두드리는 손길을 느꼈을 때쯤, 그녀는 그레이엄 스터드윅의 정체를 알았다.

## 91

트레이시는 땅 위에서 몸부림쳤다. 땅굴을 파려는 팔다리 없는 벌레가 된 기분이었다. 팔과 다리는 너무 약해서, 아예 몸에서 떨어져 나간 것만 같았다. 그냥 몸통과 머리만 남아 있는 느낌이었다.

풀은 길고 미끄러웠다. 트레이시는 어느 쪽으로 가야 안전해질지 알 수 없었다. 그녀가 아는 것은, 잠깐이지만 그녀가 혼자 남겨졌다는 것뿐이었다.

그레이엄이 트레이시의 다리를 잡고 그녀를 밴에서 끌어내는 바람에 트레이시는 여전히 등이 아팠다. 그녀는 간신히 목을 들고 힘을 주어 머리가 바닥에 쿵 부딪히지 않도록 할 수 있었다.

그레이엄은 자갈길을 가로질러 그녀를 끌고 가기 시작했다. 맨살을 긁거나 깊게 파고드는 무수히 많은 벽돌과 돌 조각에 살이 찢겼다. 백 개의 바늘이 피부를 관통하는 듯했다. 트레이시는 근육을 마비시키되 피부는 마비시키지 않는 그 약물을 저주했다.

천둥 너머로 갑작스러운 소음이, 어떤 목소리가 그레이엄의 주의를 끌었다. 트레이시도 그 소리를 들었다. 그레이엄은 트레이시의 다리를 땅에 내려놓고 달리기 시작했다.

트레이시는 누워서 밤하늘을 올려다보게 되었다. 팔다리를 움직일 수는 없었지만 뭔가 해야 한다는 건 알았다

그녀는 팔다리를 무시하고 모든 에너지를 엉덩이와 허리 부근에 집중했다. 시도한 지 세 번째 만에 몸을 왼쪽으로 움직거릴 수 있었고, 그런

다음에는 엎드릴 수 있었다. 이제는 어느 쪽으로 갈지 선택해야 했다.

트레이시는 젖은 땅에 턱을 파묻은 채 턱을 이용해 움직이려 애썼다.

언덕 위에서 뭔가 벌어지는 소리가 들렸다.

그녀는 소리와 먼 곳으로 기어가고 싶었다. 그레이엄이 뭔가에 주의를 빼앗기고 있었다. 트레이시는 지금이 탈출할 수 있는 유일한 기회라는 걸 알았다.

이곳은 저마이마가 살해되고 유기된 곳이었다. 기어가려는 노력조차 하지 않는다면 트레이시도 같은 운명을 맞을 것이다.

학교에서의 운명의 날을 떠올리자 눈물이 그녀의 눈을 비집고 나왔다. 그때, 트레이시는 잠깐이지만 쉽게 빠져나가는 길을 선택했다. 다른 사람의 고통이 자신의 고통을 누그러뜨리게 놔두었다.

그리고 지금, 30대 초반이 된 이 순간에도 똑같은 일을 하고 있었다. 자신이 쓰는 기사가 머릿속에 떠올랐다. 부정적인 마음, 증오, 비난. 이번에도 트레이시는 다른 누군가의 완전하지 못한 모습을 꼬집는 것으로 자신의 고통에서 화살을 돌리고 있었다.

부끄러움에 참을 수 없이 눈물이 휘몰아쳤다. 그중 일부는 지금 이 순간의 트레이시 자신을 위한 것이었지만, 대부분은 잃어버린 과거의 자신을 위한 것이었다. 또 일부는 다시는 어머니를 만날 수 없으리라는 것을 아는 데서 온 눈물이었고.

어머니를 생각하자 가슴에 새롭고 생생한 통증이 찾아들었다.

'엄마를 자랑스럽게 할 수 있으면 좋겠어요.'

트레이시의 마음이 빗속에서 소리 질렀다.

트레이시는 언덕 꼭대기에 위험이 있다는 걸 알았다. 의심할 여지가 없었다.

그녀는 참을 수 없이 흐느꼈다. 시선이 왼쪽으로 움직였다. 그리로 가면 그녀 자신이 안전해질 수도 있다.

그러나 혼자서 보낸 세월이 다른 누군가를 그녀 자신보다 앞세우는 본능을 지워 버렸다.

트레이시는 몸을 굴려 언덕을 기어오르기 시작했다.


# 92


킴은 휙 돌아섰다. 그녀는 여전히 캐서린의 목을 조르며 살인자의 얼굴을 들여다보고 있었다.

그의 숱 많은 검은 머리카락이 쏟아지는 비 때문에 머리에 찰싹 달라붙어 있었다. 킴은 던컨으로 알았던 남자의 눈을 바라보고 있었다.

이제는 모두 이해됐다. 왜 이소벨 존스라는 사람을 찾을 수 없었는지. 그야 그런 사람이 존재하지 않기 때문이었다.

던컨이 여자친구에게 음식을 먹이는 모습이 킴에게는 왠지 이상하게 느껴졌었다. 그녀가 자살을 시도했을 때 생긴 흉터는 오른쪽 손목에 나 있었다. 그 말은 그녀가 왼손잡이라는 뜻이었다. 하지만 던컨은 그녀가 오른손으로 음식을 먹도록 도와주었다.

그는 경찰이 절대 그녀를 찾지 못하리라는 것을 알고서 가짜 정보를 제공해, 그들이 무수히 많은 기록을 뒤지게 했다.

킴은 캐서린을 끌고 한 걸음 물러났다. 캐서린의 몸에서 투지가 빠져 나가는 것이 느껴졌지만 그녀를 놓아줄 수는 없었다. 둘 모두와 싸울 수는 없었다.

킴은 팀원들을 부를 기회를 놓쳐 버렸다. 천둥이 치고 비가 쏟아지는 지금 팀원들은 그녀의 목소리를 들을 수 없었다. 지금 이 순간 킴은 혼자였다.

"한 걸음만 더 다가오면 이 여자를 죽이겠다."

비가 둘 사이로 쏟아지는 가운데 킴이 위협했다. 그레이엄은 한 걸음 다가오며 어깨를 으쓱했다.

"그렇게 하세요. 바라는 바니까. 둘 다 죽으면 아무도 모르겠죠."

제기랄, 캐서린도 그레이엄을 죽일 계획이었는데. 그들에게 서로의 쓰임새는 끝나 버렸다. 둘 사이에 존재했던 강력한 연대감도 마찬가지인 듯했다. 둘의 계획에서 유일한 공통분모는 킴의 죽음이었다.

킴은 두 걸음 더 물러났다. 캐서린의 두 발이 질질 끌리기 시작하는 게 느껴졌다. 1~2분만 더 있으면 그녀는 죽을 것이다. 킴이 원하는 일은 아니었다.

킴은 한 걸음만 더 가서 꽉 쥔 끈을 풀어 주었다.

캐서린이 땅으로, 땅 너머로 쓰러졌다. 그녀의 몸이 아래로 내려가는 무덤 옆면에 부딪쳤다. 크게 신음하는 소리와 기침 소리가 들렸다. 캐서린이 잭이라는 이름의 시체 위에 떨어진 것이다.

킴은 무전기가 바닥 어딘가에 있다는 걸 알고 있었다. 발로 무전기를 찾아내기만 하면 됐다. 그러려면 던컨의 손이 그녀에게 닿지 못하게 해야 했다.

킴은 뒤로, 손전등 불빛과도 멀지만 무덤과도 먼 곳으로 물러났다.

비가 둘 모두에게 퍼붓고 있었다. 킴은 빗물이 온몸의 모든 구멍에 들어오는 것만 같았다.

"넌 일을 마무리하려고 병원에 갔지만 들어갈 수 없었어. 이소벨의 남자친구라고 말했지만 이소벨이 너무 밀착 간호를 받고 있었지. 넌 일을 끝낼 수 없었어. 내가 갔을 때는 그냥 이야기를 지어낸 거야. 너 때문에 우린 이소벨을 안다는 네 이야기를 반증할 만한 다른 친척이나 친구를 찾지 않았고."

그는 자신의 영리함을 즐기는 듯 골똘히 귀 기울였다.

킴은 계속해서 한 번에 한 걸음씩 움직였지만 그레이엄은 킴보다 30센티미터는 컸다. 시야가 흐려지자 킴은 눈에서 빗물을 닦아 내려고 손을 들었다.

"네가 이곳에 시신을 묻을 수 있도록 캐서린이 도와줬지? 브롬리 시절부터 함께 일을 꾸민 거야."

킴의 발가락 끝이 단단한 무언가에 부딪혔다. 현장 무전기였다. 하지만 던컨이 겨우 60센티미터 떨어진 곳에 있었다.

킴은 발로 무전기를 뒤집은 뒤 그 위에 몸무게를 실었다. 자신이 전송 버튼 근처에 있기를 바랐다.

"너희는 서로를 도와 너희의 인생을 지옥으로 만든 사람에게 복수하기로 약속했어."

킴이 발을 뗐다. 응답이 없었다. 그녀는 마이크를 켠 게 아니었다.

"난 네가 그레이엄이었을 때 사람들이 너한테 무슨 짓을 했는지 알

454

아. 걔들이 널 어떻게 해쳤는지 알아. 그렇다고 걔들이 죽어도 싼 건 아니야."

킴은 발가락으로 무전기를 누르며 말했다. 다시 한번 몸무게를 실었다.

"당연히 죽어야죠."

그레이엄이 미소 지으며 말했다. 그의 얼굴은 다른 방법이 없다는 듯 어린애처럼 천진난만한 표정이 되었다.

"나머지 애들도 그렇고요. 일단 경위님을 처리해야겠지만……."

"몇 명인데?"

킴이 물었다. 그녀는 트레이시가 마지막일 거라고 생각했다.

"그날 날 조롱한 건 스물일곱 명이에요."

그가 한 걸음 더 다가오며 말했다.

"루이즈와 저마이마 사이에는 왜 기다렸지?"

"체계가 있어야 했으니까요, 경위님. 증오심의 순서에 따라서, 내가 들은 목소리의 크기에 따라서, 내 꿈에 가장 많이 나온 얼굴부터 죽여야 했어요."

무전기를 켜려는 킴의 두 번째 시도도 성공하지 못했다. 하지만 그녀는 그레이엄이 계속 말을 하게 해야 했다.

"네가 캐서린을 납치했던 두 남자를 죽인 거지?"

킴은 버튼을 다시 놓으며 물었다.

킴에게 침묵이 들려왔다. 그러다가 던컨이 그 침묵을 깼다. 그는 킴과 30센티미터도 떨어져 있지 않았다.

"각자가 원하는 걸 얻으려면 우리에겐 서로가 필요했어요."

킴은 발로 무전기를 다시 차고 세게 밟았다. 그녀에게서 시간이 사라져 가고 있었다. 하지만 폭풍을 뚫고 동료들이 그녀의 고함을 들을 수는 없었다.

킴은 뒤로 물러났다. 무전기가 지직거리며 살아났다.

[대장, 괜찮으세요?]

스테이시의 목소리가 들렸다.

던컨은 목소리가 들려온 킴의 발치를 내려다보았다. 킴은 다시 전송 버튼을 찾아 답신할 수는 없다는 걸 알았다. 하지만 그녀가 대답하지 못한다는 사실이 나머지 팀원들의 지원을 이끌어 낼 터였다.

[대장, 괜찮은지 확인해 주세요.]

스테이시가 소리쳤다.

두 번째 호출이 촉매 작용을 했다. 던컨이 그녀에게 몸을 던졌다.

킴의 눈에 어둠 속에서 칼이 번뜩이는 것이 보였다.

킴은 던컨의 손아귀에서 벗어나려 애썼지만 그의 왼손이 킴의 목에 닿았다.

"씨발, 경위님 때문에 이번 일을 망칠 수는 없어요. 나는 이번 일을 하려고 평생을 기다려 왔다고요."

킴은 칼의 위치를 추적할 수 없었다.

"썅, 이해가 안 가요? 난 이번 일을 해야만 해요."

한 마디, 한 마디가 보태질수록 킴의 목 뒷덜미에 가해지는 그의 손아귀 힘도 커졌다. 하지만 그 말이 킴 내면의 도화선에 불을 붙였다. 이번 일을 *해야만* 한다. 그 말은, 아직 그 일을 하지는 않았다는 뜻이었다. 트레이시가 아직 살아 있었다. 트레이시가 대체 어디 있는지는 몰라도 그레이엄은 아직 트레이시를 죽이지 않았다.

킴은 그레이엄의 손아귀에서 벗어나려 했지만 칼이 두려웠다.

그레이엄은 한 손으로 킴을 잡고서 동시에 칼을 쥐고 있으려 애썼다.

킴은 힘을 되찾고 그를 뒤쪽으로 밀어 버렸다.

그레이엄이 뒤로 쓰러졌다. 그의 다리가 균형을 찾으려 버둥거렸다. 킴이 돌아서서 그의 손아귀에서 칼을 비틀어 빼냈다. 칼을 놓치자마자 그레이엄은 두 손을 모두 써서 킴을 땅에 쓰러뜨렸다. 킴의 어깨가 물웅덩이에 닿으며 빗물이 그녀의 얼굴에 튀었다. 그녀는 물을 털어 내려 애썼다.

그레이엄은 두 다리를 벌린 채 킴을 깔고 앉아 풀밭을 더듬었다. 그는 킴에게로 몸을 숙이며 그녀의 어깨와 머리 주변에서 칼을 찾으려 했다. 그 자세를 보니 킴은 닌자를 탈 때가 생각났다. 그레이엄의 몸무게가 그녀를 짓눌렀다.

꽃줄기가 그녀의 등에 박혀 들었다.

킴은 그레이엄이 칼을 찾으면 자신은 죽은 목숨이라는 걸 직감했다.

그레이엄의 몸무게 때문에 몸을 움직일 수 없었다. 킴은 발길질을 하고 발버둥 쳤지만, 그레이엄의 허벅지가 그녀의 허리를 고정하고 있었다. 킴에게는 무기가 없었다. 자유롭게 쓸 수 있는 건 두 손뿐이었다.

그레이엄의 양손이 킴의 머리 양옆 땅에 고정되어 있었다. 한 팔은 그가 자세를 안정시키는 데 쓰였고 다른 손은 칼을 찾는 중이었다.

킴이 할 수 있는 일은 한 가지뿐이었다.

킴은 그레이엄이 몸을 지지하는 데 쓰던 팔을 머리로 들이받았다. 그레이엄의 상체 무게 전체가 킴을 덮쳤다.

킴은 폐에서 공기가 빠져나가자 헛숨을 들이켰지만 움직여야만 했다. 두 발로 그레이엄의 목을 감고 그의 머리를 끌어 내렸다. 그의 얼굴을 자신의 쇄골에 묻었다.

킴은 그레이엄의 목덜미에 두 팔을 감고 연인처럼 꽉 끌어안아 그를 움직이지 못하게 했다.

그레이엄은 빠져나가려고 고개를 돌렸지만 킴이 그를 단단히 잡고 있었다. 그레이엄이 킴의 위에 올라타 있다는 것은 그가 다시 똑바로 앉은 자세가 되기 위해 쓸 수 있는 지지대가 없다는 뜻이었다. 킴은 그의 얼굴을 곧장 가슴으로 끌어당겨 꽉 붙들었다.

그레이엄이 킴의 품에서 풀려나려고 애쓰자 그의 엉덩이가 흔들리기 시작했다. 하지만 킴은 그가 칼을 찾게 놔둘 수 없었다.

그레이엄의 꿈틀거리는 몸을 본 킴은 그가 숨을 헐떡이고 있음을 알았다. 그게 바로 킴이 원한 것이었다. 그게 킴의 유일한 기회였다.

갑자기 킴은 손을 놓았다. 그레이엄은 허리를 펴고 입을 벌렸다.

킴의 손이 그의 옆으로 돌아가, 잡을 수 있는 유일한 것을 잡았다. 그녀의 손바닥이 꽃줄기에 난 가시를 감았다.

그레이엄은 숨을 헐떡이느라 입을 크게 벌리고 있었다. 킴은 30센티미터 길이의 가시 돋친 줄기를 쥐고 있던 손을 들어, 온 힘을 다해 그 줄기를 그레이엄의 목구멍에 쑤셔 넣었다.

아주 잠깐, 그레이엄은 가만히 있었다. 그의 눈이 혼란스러운 듯 킴을 내려다보았다.

그는 목을 쥐고 옆으로 쓰러졌다.

킴은 그레이엄이 줄기를 뽑아낼 수 있다는 걸 알았다. 하지만 그 행동은 킴에게 필요한 시간을 벌어 주었다.

킴은 등 뒤로 손을 뻗어 드디어 손전등 손잡이를 찾았다.

그레이엄이 몸을 일으켜 섰다. 그는 목이 막히는 듯 비틀거리며 목구멍에서 꽃줄기를 뽑아냈다. 미친 듯이 기침하며 킴을 돌아보았다. 킴은 그레이엄의 얼굴에 곧장 빛을 비추었고 그가 자신을 향해 두 걸음 다가오는 모습을 지켜보았다. 그의 눈이 다시 살인자의 광기로 번뜩였다.

한 걸음 더 다가온 그의 발이 땅의 무언가에 닿았다. 그는 바닥을 굴러 보이지 않는 곳으로 사라지며 비명을 질렀다.

킴은 손전등을 풀밭으로 돌렸다. 불빛이 꿈틀거리는 트레이시 프로스트에게 닿았다.

킴이 땅에 주저앉는 순간 케빈이 헐떡거리며 그녀의 앞에 나타났다.

그가 손전등으로 킴을 똑바로 비추더니, 이어 기자의 몸을 비추었다.

"세상에, 대장. 괜찮으세요?"

케빈이 킴 옆에 무릎을 꿇으며 말했다.

킴의 몸에서 그녀를 여태껏 세워 두던 아드레날린이 빠져나가기 시작했다. 아드레날린이 사라지자 피로가 그 자리를 차지했다.

"난 괜찮아, 케빈. 둘 다 아직 살아 있는지 확인해."

킴은 그들이 죽는 것을 바라지 않았다. 그들이 법정에 서는 것을 보고 싶었다.

케빈이 주위를 둘러보았다.

"어디 있는데요?"

킴은 잭과 베라의 무덤을 고갯짓으로 가리켰다. 더는 누가 어느 무덤에 들어 있는지 확실하지 않았다.

케빈이 손전등을 비춰 보고 고개를 끄덕였다.

"네, 대장. 둘 다 아직 살아 있네요."

비가 내리는 속도가 느려지기 시작했다. 하지만 폭풍의 기운은 여전히 공기에 남아 있었다. 우르릉거리는 천둥소리가 멀리서 들려왔다. 다만 이제 그 소리는 다른 곳으로 향하고 있었다.

킴은 목숨을 부지한 채 탈출한 기자를 향해 풀밭을 가로질러 갔다.

"이봐요, 프로스트. 당신을 찾고 있었습니다."

킴은 트레이시의 얼굴에서 젖은 머리카락을 떼어 내며 말했다. 기진맥진해 처진 트레이시의 눈에 감정이 가득 담겨 있었다. 킴은 놀라지 않았다. 일주일 전에 비해 지금은 트레이시에 대해 훨씬 많은 것을 알고 있었으니까.

"난…… 도, 돕고…… 싶었…… 도와야만…… 해서……."

트레이시가 말을 더듬었다. 그녀의 두 손과 턱에 흙이 뭉쳐 있었다.

킴은 트레이시가 몸을 엉망으로 만들고 약화시키는 약물에 맞서 싸우고 있다는 걸 직감했다.

트레이시는 가만히 누워서 누군가에게 발견되기만을 기다릴 수도 있었다. 하지만 그렇게 하지 않았다. 그녀는 그냥 자기 한 몸을 안전하게 지키는 대신 고통스럽게도 언덕 꼭대기까지 몸을 끌고 올라왔다.

킴은 손을 뻗어 트레이시의 어깨를 꽉 잡았다.

"괜찮습니다, 트레이시. 당신은 무사해요. 이제 우리가 있으니까요."

# 93

아침 태양이 묘비의 검은 대리석에 반사되었다. 하루의 열기가 가만히, 안심시키듯 킴의 몸을 감쌌다. 오늘은 열기가 더 깨끗하게 느껴졌다. 얇고 차분하게.

앞의 묘비에는 두 이름이 새겨져 있었다.

킴의 생각에는 그곳이 부모님의 묘지였다.

그녀는 종이 두 장을 가지고 있었다.

키스와 에리카 웨스트는 킴이 알았던 사람들 중 가장 가족에 가까운 사람이었다. 함께한 시간은 짧았지만, 킴은 매일 그들이 그리웠다.

킴은 둘의 기일인 어제, 둘을 찾아오고 싶었다. 하지만 그들도 이해할 테다. 풀어내야 할 단서가 마지막으로 하나 남아 있었고, 킴은 그 끝을 봐야만 했다.

토요일 아침, 킴은 우디에게 전날 밤 사건에 관해 보고한 뒤 사무실로 내려갔다가 이미 와 있던 케빈을 보았다. 실종자 보고서 더미가 그의 책상에 높이 쌓여 있었다.

"뭐 해?"

킴이 물었다.

"이소벨에게는 아직 이름이 없어요."

케빈이 간단히 대답했다.

그들은 전보다 많은 정보로 무장하고 함께 서류를 헤쳐 나갔다. 세 시간 뒤, 그들은 찾던 보고서를 발견했다.

이소벨은 2년 전쯤 손을 씻은 전직 성매매 여성이었다. 한 주가 시작될 때 동료가 그녀의 실종을 신고했다. 그녀의 이름은 맨디 헤일이었고.

킴은 케빈에게 맨디를 찾아가 그녀의 인생에 대한 정보를 채워 주라고 했다. 그녀는 흠집과 혹까지 진실을 모두 알 자격이 있었다. 그것이 맨디의 신분이자 인생이었다. 완벽하지 않은 인생이라도 아예 존재하지 않는 인생보다 나았다.

캐서린과 던컨은 둘 다 구치소에 있었다. 던컨은 네 건의 살인, 한 건의 살인미수, 한 건의 납치로 기소되었다. 캐서린은 온갖 공모 혐의로 기소되었다. 둘은 이 모든 일의 배후에 있는 주범으로 서로를 지목하며 자신은 종범으로서 강요에 따라 범행했을 뿐이라고 주장했다. 지금 이 순간에도 그들이 알지도 못하는 채 똑같은 변명을 내놓고 있다니 재미있는 일이었다. 결국 둘 중 누구도 60대 초반이 될 때까지는 자유로운 세상을 보지 못하게 될 가능성이 컸다. 던컨의 경우는 아마 영영 보지 못할 테고.

던컨은 일렬로 늘어선 테라스 딸린 집들의 맨 끝, 널빤지를 쳐서 막아 놓은 모퉁이 가게에 모든 피해자들을 잡아 두었다. 철거가 결정돼, 무너질 날만 기다리고 있던 집이었다. 일단 그곳에 억지로 들어가고 나니 그의 활동은 누구의 눈에도 띄지 않았다. 킴은 으스스한 방과 그가 흉기로 사용한 돌을 사진으로 보았다.

마음속 아주 작은 구석에서는 인생 초기에 망가진 두 사람을 가엾게 여기는 연민도 들었다. 하지만 아니었다. 둘 다 다른 사람들의 손에 끔찍한 시련을 겪은 건 사실이었다. 힘이 없어 자신을 지키지 못한 것도. 다만 문제는 수천 명의 다른 사람들도 마찬가지라는 점이었다. 킴은 오랜 세월에 걸쳐, 이상적인 어린 시절을 보내는 사람은 극소수라는 것을 알게 되었다. 대부분의 아이들이 최선을 다하려는 바쁜 엄마의 단순한 관심 부족에서부터 온갖 신체적, 감정적 학대에 이르는 일종의 감정적 상처를 경험한다. 그러나 그 사람들 모두가 차갑고 날카로운 복수의 칼날이 자신의 심장을 도려내도록 놔두지는 않았다.

킴 자신의 과거도 동화책과는 거리가 멀었다. 그녀는 정신병, 상실, 학대, 잔인함의 온갖 형태를 경험했다. 그 시절의 기억이 킴의 내면에 살아 있긴 했지만 그녀는 단 한 번도 그것들의 힘에 굴복하지 않았다. 대신 그녀는 그런 것들을 추진력으로 삼았다.

킴은 캐서린과 던컨이 정확히 같은 시기에 브롬리에 있지 않았다면 어떤 일이 벌어졌을지 궁금해졌다. 저마이마와 루이즈가 여전히 살아 있었을까? 던컨은 처음부터 복수를 원했기 때문에 구원받을 수 없었던 걸까? 머릿속이 복수를 할 수 있다는 생각으로 꽉 차 있지 않더라도 그런 짓을 했을까? 아무도 알 수 없는 일이었다.

아니, 킴의 연민은 두 사람의 어린 시절로 이어지지 않았다. 그 연민은 목숨을 잃은 저마이마와 루이즈를 위해, 영원히 인생을 회복하지 못할지도 모르는 맨디를 위해 아껴 두었다.

차마 아이버와 래리의 죽음까지 애도할 수는 없었다. 그들의 범죄는 끔찍했다. 킴의 세포 단 하나도 그들이 죽었다는 것을 유감스럽게 여기지 않았다. 사실, 킴은 캐서린에게 저지른 짓을 생각했을 때 그들이 죽어도 싸다고 믿었다. 하지만 그들을 벌하는 것이 사법 제도를 제외한 다른 누군가의 특권이라고는 절대 생각하지 않았다.

어제 그녀는 옛 멘토인 던 경위에게서 문자 메시지를 한 통 받았다.

던의 사건을 가만히 내버려 두겠다고 했던 약속을 어긴 터라 그녀는 한쪽 눈을 감고 메시지를 열었다.

걱정할 필요는 없었다. 메시지에는 이렇게만 적혀 있었으니까.

「이래야 킴 스톤이지.」

우디는 사건이 해결되었고 기소할 사람이 두 명 잡혔다는 것에 만족했다.

웨스털리는 귀중한 작업을 계속해 나가겠지만, 다른 '구더기 아가씨'와 더 나은 보안을 갖춰야 할 터였다. 스테이시가 라이트 교수에게 대런 제임스가 애초에 그곳에서 일해서는 안 됐다는 걸 알린 이후로 커티스 그랜트는 잠수를 타 버렸다. 스테이시는 대런 제임스가 선술집에서 한 남성을 쫓아내려다가 그를 심하게 폭행하는 바람에 그곳의 문지기 자리를 잃었다는 걸 알아냈다.

당시의 폭행 사건은 경비 산업국에 신고되어야 했다. 대런의 면허증은 정지되어야 했고. 그러나 커티스는 그를 웨스털리라는 잘 알려지지 않은 장소에 숨김으로써 자신의 사업체를 위험에 빠뜨렸다. 이제는 둘 다 경비 산업국의 조사를 앞두고 있었다.

킴은 대런 제임스가 다시는 웨스털리로 돌아가지 않게 되어 어느 정도 안도감을 느끼리라는 생각이 들었다. 심한 구타를 당해 땅에서 몸부림치던 맨디를 발견했을 때 그가 본 장면은 그 이후로 대런이 깨어 있는 모든 순간을 괴롭혔다. 그가 병원에서 보인 공격성은 맨디를 꼭 보아야겠다는 절박함에서 나온 결과였다. 눈을 감을 때마다 떠오르는 장면 대신 다른 모습을 머릿속에 집어넣기 위해서 그렇게 행동한 것이다. 그가 과연 과거로 돌아갈 수 있을지 의문이었다. 케빈은 자신이 웨스털리 현장에서 근무하던 중 대런과 대화하다가 이소벨의 차도에 대해 이야기했고, 대런이 병원에 찾아가 소란을 부리는 데 필요한 모든 정보를 자기도 모르게 넘겨주었다고 인정했다.

대니얼에 대한 생각은 희미해지기 시작했다. 지금도 둘 사이에는 하지 않은 말이 너무 많았다. 그러나 역설적으로, 더 이상 할 말이 없었다. 그들은 둘 사이에 불꽃이 튈 수 있었다는 걸 알았지만, 그 생각이야말로 킴을 가로막았다. 킴은 언젠가 그를 다시 만나게 될 거라고 확신했다. 아마 그때쯤에는 킴이 온전해질 테고, 아마 대니얼은 다른 누군가와 함께하게 될 터였다. 어쨌든 킴에게는 선택지가 없었다. 그 말은 후회도 하지 않는다는 뜻이었다.

킴은 늘 해 온 일을 하게 될 것이다. 책상에 놓일 다음 사건에 몸을 던질 것이다.

킴은 손에 든 첫 번째 종이를 힐끗 보았다. 아홉 살짜리 소녀 두 명의 실종 사건을 해결하고 받은 표창장이었다.

킴은 땅으로 몸을 숙이고 액자를 무덤에 기대 놓았다.

"이건 두 분에게 드리는 거예요."

눈물에 목소리가 탁해졌다. 둘의 돌봄을 받으며 보낸 시간이 아니었다면, 킴은 자신이 어떤 존재가 됐을지 알 수 없었다. 어린 시절의 그 짧은 에피소드로 충분했다. 그 3년은 킴에게 되고 싶은 사람의 유형을 보여 주었다. 두 사람이 킴의 평생을 떠받쳤다.

그들은 킴에게 가족의 일부가 된다는 게 무엇인지 보여 주었고 아무 조건 없이 그녀를 사랑했다. 킴도 그들을 사랑했고.

이 표창장은 언제나 둘의 것이었다.

킴은 주머니에서 두 번째 종이를 꺼냈다. 에리카가 마지막 날, 운명의 날에 킴의 가방에 넣어 준 종이였다.

다른 사람들에게는 그냥 더들리 동물원으로 학교 소풍을 가도 좋다는 허가서에 불과할지 몰랐지만 킴에게는 훨씬 큰 의미가 있었다.

킴은 가운데에 그어진 점선으로 나뉜, 닳아빠진 인쇄된 종이를 펼쳤다. 위쪽 절반은 소풍의 자세한 일정이었다. 날짜와 요일, 도시락이 필요하다는 내용. 두 번째 부분은 '피보호자'의 허가 요청서였다.

시선이 계속해서 종이를 따라 내려가자 킴의 시야가 흐려지기 시작했다. 상관없었다. 킴의 머릿속에는 키스와 에리카가 '피보호자'라는 단어에 줄을 그어 버리고 적어 넣은 '딸'이라는 단어가 새겨져 있었으니까.

잠시 킴은 유일한 유품인 그 종이를 꽉 쥔 채 눈물이 흐르도록 놔두었다. 그런 뒤에는 심호흡하고 억지로 눈물을 참았다. 묘비 위쪽을 가볍게 어루만졌다.

"사랑해요. 보고 싶어요."

킴은 땅을 내려다보며 조용히 속삭였다.

눈물 사이로 미소가 간신히 떠올랐다. 오늘이 지나면, 그녀는 그들과 함께 나눈 사랑과 좋은 시절만을 기억할 것이다. 둘에게는 그럴 자격이 있었으니까.

킴은 무겁게 한숨을 쉬고 오토바이로 걸어갔다. 해야 할 일이 마지막으로 딱 하나 남아 있었다.

킴은 핸드폰을 꺼내 연락처를 스크롤했다. 통화 버튼을 누르자 두 번째로 신호음이 울렸을 때 누군가가 전화를 받았다.

"프로스트, 납니다. 좀 어떻습니까?"

[안녕하세요, 경위님. 어떻게…….]

"내 기억이 맞는다면, 스톤이라고 부르라고 했을 텐데요."

핸드폰 너머로 조용한 웃음소리가 들렸다.

[솔직히 좀 이상한 한 주였어요. 기분이 달라졌달까?]

"네, 죽을 뻔한 경험을 하면 그렇게 되죠. 하지만 금세 원래 모습으로 돌아올 겁니다."

[그래요?]

"아뇨, 완전히는 아니고. 그런 거지 같은 일은 사람을 약간 바꿔 놓으니까요. 당신의 경우에는 사람이 좀 괜찮아지면 좋겠지만……."

[아니, 그렇게 말할 필요는 없잖아요]

트레이시가 웃음기 어린 목소리로 말했다.

킴은 트레이시가 핸드폰에서 좀 떨어진 곳에서 중얼거리는 소리를 들었다.

"네?"

[아뇨, 그냥 오늘 일곱 번째로 차를 가져다준 엄마한테 고맙다고 한 거예요. 이 차를 다 마셔야 건강이 좋아진다네요.]

"잠은 잘 잡니까?"

[별로요. 딱히 악몽을 꾸는 건 아닌데, 그때 장면이 왜곡돼서 재생된달까.]

킴은 이해했다.

"지나갈 겁니다."

트레이시의 춥고 황량한 집, 비밀 말고는 아무것도 없는 집이 떠올랐다. 생기와 즐거움, 가족과 친구는 전혀 없는 집.

"알겠지만 우린 당신을 찾고 있었습니다. 당신을 되찾아 오겠다고 마음먹었습니다."

[알아요.]

트레이시가 속삭였다. 킴은 그 짧은 단어에서 여자의 목구멍에 맺혀 있는 감정을 온전히 느낄 수 있었다.

킴이 목을 가다듬었다.

"그래서, 당신이 쓴다는 그 기사에 내가 주연으로 출연하는 건 언제입니까?"

[하, 스톤. 무슨 기사요? 진짜 이 모든 게 당신에 관한 일이라고 생각한다면 좀 그만해요.]

킴은 참지 못하고 웃음을 흘렸다. 하지만 이제는 이번 통화의 진짜 목적을 이야기할 차례였다.

"알겠습니다. 자, 프로스트. 다시 말하지는 않을 테니까 잘 들으십시오. *과거는 놓아 버려요.* 그 언덕을 기어오르기로 한 순간이 지금의 당신을 규정하는 겁니다. 그걸 잊지 마십시오. 난 잊지 않을 테니까."

전화가 잠시 조용해졌다. 그런 뒤에야 트레이시가 입을 열었다.

[저기요, 스톤. 그 말 혹시 이젠 우리가 *친구*라는 뜻인가요?]

킴이 큰 소리로 웃었다.

"염병할, 부담 주지 맙시다, 프로스트. 장담하는데 우린 곧 다시 서로 들이박게 될 테니까."

킴은 배경에서 트레이시 프로스트가 여전히 킥킥거리는 가운데 전화를 끊었다. 트레이시는 괜찮을 것이다. 그녀는 투사였다. 튀어 오를 것이다.

제기랄. 킴은 미소 지으며 인정했다. 결국 둘은 비슷한 사람인 것 같았다.

## 작가의 말

일단 〈죽음의 연극〉을 읽기로 한 여러분께 대단히 감사합니다. 킴의 네 번째 여정이 즐거우셨기를, 여러분도 나와 같은 감정이기를 바랍니다. 킴은 아주 따뜻한 사람은 아닐지라도 열정과 추진력, 정의에 대한 진정한 굶주림을 가진 인물입니다.

이야기가 재미있었다면, 서평을 써 주시면 언제까지나 감사하겠습니다. 여러분의 이야기를 무척 듣고 싶기도 하고, 다른 독자들이 이 책을 처음으로 발견하는 데도 도움이 될 것입니다. 아니면 이 책을 친구나 가족에게 추천해 주실 수도 있겠죠.

모든 이야기는 독특한 여정이고, 이 이야기도 예외는 아닙니다. 어떤 이야기는 선명한 상상으로 시작되고 최초의 아이디어와 매우 비슷한 결과물로 마무리되며, 작가와 이야기의 관계도 조화롭습니다. 어떤 이야기는 의도했던 길에서 벗어나기를 고집하며 작가와 불화하죠. 〈죽음의 연극〉은 여러 변형을 거친 끝에, 처음부터 이렇게 될 수밖에 없었던 이야기가 되었습니다.

또 어떤 이야기가 이어질지는 모르지만 여러분께서 다음 여행에도 킴 스톤, 그리고 저와 함께해 주시기를 바랍니다. 만일 그렇게 된다면 여러분의 의견을 듣고 싶습니다. 페이스북이나 굿리즈 페이지, 트위터, 혹은 제 웹사이트로 연락해 주세요. 최근작 소식을 들으실 수 있습니다. 응원해 주셔서 감사합니다. 제게는 정말 큰 의미입니다.

앤절라 마슨즈

옮긴이 **강동혁**

서울대학교에서 사회학과 영문학을 전공하고 동대학원에서 영문학 석사학위를 받았다.
대중적으로 널리 읽히면서도 새로운 생각거리를 제공해주는 책들을 쓰거나 소개하겠다는
목표를 갖고 있다. 번역서로는 『해리 포터』(1-7권, 새번역) 등 다수의 대중소설 등이 있다.

# 킴 스톤4: 죽음의 연극

초판 1쇄 발행 2023년 11월 20일

| | |
|---|---|
| 지은이 | 안젤라 마슨즈 |
| 옮긴이 | 강동혁 |
| 펴낸이 | 강동혁, 윤선영 |
| 편집 | 정승혜 |
| 디자인 | 북디자인 경놈 |
| 펴낸곳 | 품스토리 |
| 출판등록 | 제409-2018-000044호 |
| 주소 | 경기도 김포시 걸포2로 74 |
| 전화 | 031-984-2016 |
| 이메일 | poomstory@poomstory.com |
| ISBN | 979-11-6761-240-3  03840 |